Dear korean readers,

We beat death by
Living while we are
here...

Matt Haig

친애하는 한국 독자 여러분께
우린 여기 있는 동안 삶으로써 죽음을 이깁니다.

—매트 헤이그

포르티나츠

쁘니라스

산 조안

칼라 산 비센테

그레이스의집

라스 달리아스

산 에우랄리아

카지노 데 이비사

칼라 욘가

탈라망카

마리나 보타포크

닥트 빌라

병원

라이프 임파서블

라이프 임파서블

THE LIFE IMPOSSIBLE

매트 헤이그

노진선 옮김

🌷INFLUENTIAL
인 플 루 엔 셜

이비사섬과 주민들에게
이 책을 바칩니다

현실에서 늘 개연성 있고 그럴듯한 일만 벌어지는 것은 아니다.

—호르헤 루이스 보르헤스

하늘에서 천사들이 내려와
비둘기처럼 날개를 펼칠 때
우리가 손에 손을 잡고 걸으면
형제자매여, 우리는 약속의 땅으로 갈 수 있다네.

—조 스무스, 〈프로미스드 랜드〉 가사 중에서

친애하는 윈터스 선생님께

이렇게 오랜만에 연락을 드린 것이 결례가 아닌지 모르겠네요.
아마 절 기억하실 거예요. 홀리브룩에서 선생님께 수학을 배웠죠.
전 지금 스물두 살이고, 대학교 졸업반이에요. 그리고 기쁜 소식을
알려드리자면 저도 수학을 전공하고 있답니다!
부활절 휴가에 우연히 시내에서 만난 굽타 교장 선생님에게 선생
님 안부를 물었더니 소식을 전해주셨어요. 남편분께서 돌아가셨다
니 정말 안타깝네요. 스페인에서 지내신다고 들었어요. 제 할머니도
일곱 살에 떠나온 카리브해의 그레나다로 이사해 행복한 노년을 보
내고 계세요. 선생님도 그곳에서의 삶에 만족하시면 좋겠네요.
저도 최근에 슬픈 일을 겪었어요. 2년 전에 엄마가 돌아가셨고 그
후로 절망에 빠졌죠. 아버지와도 사이가 안 좋고, 학업에 전념하기
가 힘들더군요. 여동생(아마 에스더를 기억하실 거예요)은 지금 더 많
은 도움이 필요해요. 저는 여자친구를 실망시켰고, 그녀는 절 떠났
어요. 그 외에 다른 일들도 있었고요. 가끔은 이대로 계속 사는 게
정말 힘들어요. 이렇게 젊은 나이에 제 인생은 이미 다 정해졌고, 반전
은 없을 것 같아요. 때때로 가슴이 답답해서 숨을 쉴 수가 없어요.
전 패턴 속에 갇혀 있어요. 0, 1, 1, 2, 3, 5, 8, 13, 21 등으로 진행되
는 피보나치수열 같은 숫자 패턴 속에요. 그 수열처럼 뒤로 가면 갈

수록 놀랄 일이 줄어들죠. 하지만 앞의 두 숫자를 더하면 다음 숫자가 나온다는 사실은 깨닫지 못한 채, 앞으로 나올 숫자들이 이미 정해져 있다는 사실만 깨달아요. 나이를 먹을수록, 더 많은 숫자를 지나칠수록 패턴은 더욱 예측 가능해져요. 그리고 그 무엇도 패턴을 깨지 못하죠. 예전에는 신을 믿었지만, 지금은 어떤 것도 믿지 않아요. 사랑하는 사람이 있었지만 제가 그 관계를 망쳤어요. 가끔은 이런 제가 미워요. 제가 전부 다 망쳐버렸어요. 전 늘 죄책감에 시달려요. 술을 너무 많이 마셔서 공부도 제대로 못 하고 그 사실에 또 죄책감을 느껴요. 왜냐하면 엄마는 제가 열심히 공부하기를 바라셨거든요.

요즘 세상에서 벌어지는 일을 보면 인간이라는 종 전체가 멸망의 길에 들어선 게 보여요. 그렇게 프로그램된 것 같아요. 또 다른 패턴처럼요. 그리고 세상을 위해 아무 일도 할 수 없는 이렇게 작고 하찮은 존재로, 인간으로 사는 게 지긋지긋해요. 모든 것이 불가능하게 느껴져요.

제가 왜 이런 소리를 하는지 모르겠네요. 그저 누군가에게 말하고 싶었어요. 선생님은 제게 늘 친절하셨으니까요. 전 어둠 속에 있고 빛이 필요해요. 죄송해요. 너무 감상적이었네요. 전 그저 동생에게 좋은 롤모델이 되고 싶어요.

꼭 답장 안 하셔도 돼요. 하지만 어떤 말이든 해주신다면 큰 도움이 될 거예요. 글이 길어져서 죄송합니다.

감사합니다.

모리스(어거스틴) 드림

모리스에게

정말 고맙구나.

나는 원래 이메일에 답장하지 않아. 그렇다고 해서 내가 이메일을 많이 받는 건 아니지만. 나는 정말로 인터넷을 전혀 하지 않는단다. 소셜 미디어 계정도 없어. 있는 거라곤 왓츠앱뿐인데 그나마도 거의 사용하지 않아. 하지만 네 메일을 읽고 꼭 답장을 보내야겠다 싶었어. 제대로 답장을 써야겠다고.

그렇게 힘든 일을 겪었다니 정말 마음이 아프구나. 학부모의 밤 행사에서 네 어머니를 만났던 기억이 난다. 난 네 어머니를 좋아했어. 진지한 분이었지만 네 이야기를 할 때면 입꼬리가 올라가며 살짝 미소를 지으셨지. 분명 넌 어머니를 기운 나게 하는 아들이었을 거야. 그냥 너 자체로 말이다. 그건 대단한 성과란다. 10대 청소년에겐 더욱 그렇지.

네게 답장을 쓰다 보니 점점 길어져서 짧은 이메일을 훌쩍 넘어 긴 이야기가 되어버렸구나.

솔직히 말하면 꽤 오래전부터 이 이야기를 쓰려고 했는데 마침 네 메일이 완벽한 계기가 됐단다.

지금부터 내가 하려는 이야기는 나조차도 믿기 어려운 내용이야. 그러니 내 말을 믿어야 한다는 부담은 갖지 말아다오. 하지만 이 이

11

야기에서 내가 지어낸 부분은 하나도 없다는 걸 알아주렴. 난 마법
을 믿은 적이 없고 지금도 마찬가지란다. 그래도 가끔은 마법처럼
보이는 일이 그저 우리가 아직 이해하지 못한 삶의 일부분일 때가
있어.

　내 이야기가 불가능한 것을 믿는 데 도움이 될 거라고 약속할 수
는 없구나. 하지만 이 이야기는 자신의 존재에 아무런 의미가 없다고
느꼈던 사람이 이전에는 결코 몰랐던 삶의 위대한 목적을 발견하는
내용이고, 다른 어떤 이야기 못지않게 진실되단다. 이런 이야기는 다
른 사람들과 공유해야 한다고 생각했어. 곧 밝혀지겠지만 난 결코
롤모델이 될 만한 사람은 아니란다. 나도 살면서 죄책감을 많이 느꼈
어. 어떤 의미에서는 그에 관한 이야기이기도 하지. 네게 조금이나마
도움이 되었으면 좋겠구나.

　첨부 파일을 확인해보렴.

　좋은 일만 가득하길 바란다.

　　　　　　　　　　　　　　　　　　　　　　그레이스 윈터스

눈물 나는 이야기

옛날 옛적에 우주에서 가장 지루한 삶을 사는 할머니가 있었다.

할머니는 병원에 가거나, 기증 받은 물건을 판매하는 중고품 가게에서 자원봉사를 하거나, 묘지에 갈 때를 제외하고는 거의 집에만 틀어박혀 있었다. 이제는 정원도 가꾸지 않았다. 잔디는 무성하게 자랐고, 화단은 잡초가 가득했다. 필요한 물건은 매주 배달 주문으로 해결했다. 오래전 헐 대학에 재학했던 시절만 제외하면 할머니는 성인이 된 후로 쭉 링컨셔, 링컨, 미들랜즈의 오렌지색 벽돌 건물들이 있는 작은 마을에서 살았다.

너도 링컨이 어떤 곳인지 알 거다.

그리 나쁘지 않은 도시였지만 거리는 예전처럼 정겹지 않았다. 소중한 추억 속 거리의 절반이 창문을 막아버린 합판과 찢어진 포스터로 뒤덮인 모습은 보기 괴로웠다.

할머니는 의자에 앉아 낮 시간대 텔레비전 프로그램을 시청하고, 머리가 잘 돌아가도록 가끔 책을 읽거나 십자말풀이와 낱말 맞히기를 했다. 벽난로 위에서 시계가 재깍거리는 동안 정원의 새들을 관찰했고, 작고 텅 빈 온실도 멍하니 바라보았다. 한때는 정원 가꾸기에 열심이었지만 이제는 아니었다. 겨우 일흔두 살이었으나 4년 전 남편이 세상을 떠나고, 곧이어 반려견인 포메라니안 버

13

나드까지 그 뒤를 따르자 철저히 혼자가 된 기분이었다. 사실 그런 고독감을 느낀 지 30년이 넘었다. 정확히 말하면 1992년 4월 이후로 그랬다. 그날 그녀는 삶의 의미와 목적을 완전히 잃었고, 다시는 되찾지 못했다. 하지만 지난 몇 년간 외로움은 지독한 현실이 되었으며 그녀는 132살이 된 기분이었다. 알고 지내는 사람도 거의 없었다. 친구들은 죽었거나 이사했거나 곁에서 멀어졌다. 왓츠앱에 저장된 연락처는 두 개뿐이었다. 영국심장재단이 운영하는 중고품 매장의 앤절라와 33년 전 호주 퍼스로 이주한 시누이 소피.

하지만 과거의 모든 슬픈 순간 중에서도 가장 큰 파장을 불러일으킨 것은 역시 오래전 4월의 그날이었다. 아들 대니얼의 죽음은 가장 힘들고 참담한 사건이었으며, 이렇게 큰 비극은 줄기가 다른 가지로 뻗어나가듯이 다른 슬픔과 실패로 이어진다. 결국 할머니와 남편 칼은 방갈로•로 이사했고, 아들의 죽음을 받아들이려고 노력했다. 하지만 잘되지 않았기에 그들은 둘 다 침묵을 지키며 텔레비전을 보거나 라디오를 들었다. 남편은 원래 그녀와 아주 달랐다. 칼은 하드록과 리얼 에일 맥주를 좋아하긴 해도 근본적으로 조용한 사람이었다. 비극의 문제는 그 이후에 일어난 모든 일에 먹칠을 한다는 점이다. 그들은 가끔씩 추억을 공유하며 위로를 받았지만 칼이 죽자 더 힘들어졌다. 이제는 추억이 갈 곳을 잃었기 때문이다. 추억은 그저 그녀의 머릿속에 고인 채 썩어갔다. 그 때문

• 영국에서 일반적인 2층 주택이 아닌 작은 단층 주택을 가리킨다.

에 할머니는 거울을 볼 때마다 반은 죽어버린 자신의 모습이 보였다. 보이지 않는 숲에서 서서히 쓰러져가는 나무 같았다.

또한 할머니는 돈 문제로 약간 곤경에 처해 있었다.

평생 모은 돈을 날려버렸기 때문이다. 푸근한 스코틀랜드 억양을 구사하며 냇웨스트 은행 직원인 척했던 사기꾼이 어수룩한 할머니를 이용해 할머니 부부가 함께 모아온 2만 3390파운드 27펜스를 뜯어 가버린 것이다. 교활한 인물들과 한 명의 우스꽝스럽고 늙은 바보(바로 나!)가 등장하는 긴 이야기지만 여기서 풀어놓을 이야기는 아니다.

어쨌든 이 할머니는 그 후에 그저 아픈 다리로 집 안에 틀어박혀 낯선 사람에게서 온 이메일에는 절대 답장하지 않고, 강물 위로 떠내려가는 빈 감자칩 봉지처럼 자신의 구겨진 삶을 흘려보냈다. 할머니의 유일한 관심사는 작은 뒤뜰에 놓아둔 새 모이통을 찾아온 박새나 찌르레기를 보며 옛 추억과 빛바랜 꿈에 젖어 드는 것이었다.

사과

미안하구나. 좀 거창하고 우울한 이야기였어. 나 자신을 삼인칭으로 말하려니 보통 힘든 게 아니구나. 난 그냥 상황을 설명한 거란다. 도입부는 우울해도 앞으로는 재미있을 거야. 인생의 많은 재미있는 일이 그렇듯이 이 이야기도 절개를 최소화한 고주파 정맥절제 수술로 시작할 거란다.

쾌락 불감증

이비사에 가기로 결심했을 때 나는 거꾸로 누워 있었다.

누워 있던 수술 침대가 너무 뒤로 기울어진 탓에 침대에서 주르륵 흘러내릴 것 같았다. 벽에 걸린 거울에 내 모습이 비쳤다. 헝클어진 반백 머리, 피곤한 얼굴. 하마터면 날 못 알아볼 뻔했다. 난 빛바랜 사람 같았다. 그래서 평소에 가능하면 거울을 피해 다녔다.

보다시피 병원에서는 내 다리의 혈류를 되돌리려고 애쓰는 중이었다. 내 다리는 푸른곰팡이가 핀 고르곤졸라 덩어리보다 더 푸른색을 띠고 있어서 정맥을 절제해야 했다. 보기 흉해서가 아니라 종아리가 가렵고 화끈거렸으니까. 우리 이모는 혈전이 터져서 치명적인 폐색전증으로 돌아가셨기 때문에 나도 내 안의 혈전이 비슷한 야망을 품기 전에 하지정맥을 치료하고 싶었다. 지나치게 상세한 정보라면 미안하구나. 난 그저 네게 최대한 솔직해지겠다고 마음먹었기 때문에 있는 그대로 말하려고 해.

진솔하게 말이야.

그래서 내가 라디오를 듣는 동안 혈관외과 의사는 내 왼쪽 다리를 따라 국소 마취제를 여러 번 주사했다. 마지막 주사를 놓으면서 장난스럽게 이번 주사는 "벌침"이라고 말했는데 그 말대로 정말 따끔했다. 그다음에 본격적인 시술에 들어갔다. 의사는 종아리 안쪽에 카테터를 삽입해 대복재정맥에 "양파 소테를 만드는 온도"인 120도의 열을 가할 거라고 말해주었다.

"뭔가 느껴져야 해요……."

그리고 정말로 느낌이 왔다. 좋은 느낌은 아니었지만 그래도 느낄 수는 있었다. 사실 난 몇 년 전부터 별다른 감정을 느끼지 못했다. 그저 막연한 슬픔만 남아 있었다. 안혜도니아. 이 단어를 아니? 쾌락 불감증이란다. 감정을 느끼지 못하는 증상이지. 내가 한동안 그랬단다. 우울증도 겪어봤는데 그것과는 다르다. 우울증처럼 강렬한 상태가 아니다. 그저 부족한 상태다. 난 껍데기만 남아 있었다. 음식은 그저 배를 채우기 위해 먹었고, 음악은 패턴화된 소음에 지나지 않았다. 난 그저 존재할 뿐이었다.

'뭔가 느껴져야 해요.'

그게 생명체의 가장 기본적이고 본질적인 형태가 아닐까? 감정을 느끼는 것 말이다. 감정 없이 산다면 그걸 뭐라고 해야 할까? 대체 뭐라고 해야 하지? 그냥 우두커니 앉아 있는 것이나 다름없으리라. 폐업한 레스토랑의 테이블처럼 누군가 들어와 자리에 앉아주기를 영원히 기다리면서.

"기분 좋은 일을 떠올려보세요……."

그리고 이번만큼은 그렇게 하는 게 그다지 어렵지 않았다. 내가 주로 생각했던 일은 채 두 시간이 되기 전에 어느 변호사 사무실로부터 받은 한 통의 편지였다.

파인애플

특이한 편지였다.

크리스티나 판데르베르크라는 사람이 자신이 소유한 스페인 이비사의 부동산을 내게 남겼다는 내용이었다. 크리스티나 판데르베르크는 세상을 떠났고 내게 유산을 남겼다. 적어도 유산의 일부를. 난 또 돈을 뜯어내려는 수법일 거라고 생각했다. 한번 사기를 당하고 나면 온 세상이 사기꾼 소굴로 보이기 마련이다. 하지만 설사 내가 사기를 당하지 않았다 해도 일면식도 없는 사람이 지중해에 있는 집을 내게 물려준다는 것은 말도 안 되는 일이었다.

하지만 알고 보니 실상은 조금 달랐는데, 이를 깨닫기까지 시간이 좀 걸렸다. 달리 말하자면, 시간이 흐른 후에야 나는 크리스티나 판데르베르크가 일면식도 없는 사람이 아님을 깨달았다. 조금은 아는 사람이었다. 문제는 너무 생소한 이름이라는 것이었다. '판데르베르크'라는 네덜란드 이름이 나오는 거리가 먼 데다 동화 속 왕족같이 웅장하게 느껴져 날 혼란스럽게 했다. 다행히도 넬슨앤드켐프 변호사 사무실에서 보낸 편지에는 추가 정보가 적혀 있었는데 거기에 이 크리스티나라는 여자의 결혼 전 성이 잠깐 언급되었다. 파파다키스.

그제야 기억이 났다.

크리스티나 파파다키스는 아주 짧은 기간 음악 교사로 일했다. 나는 칼과 다시 사귀기 직전에 크리스티나와 같은 학교에 근무했다. (칼과 나는 캠퍼스 커플이었지만 칼이 결혼을 너무 서두르는 바람에 내가 잠시 떨어져서 시간을 갖자고 했다.)

솔직히 말해서 난 크리스티나를 잘 모른다. 예쁘고 수줍음이 많았던 아가씨로 기억하는데 꽤 스타일리시했다. 1979년에는 지금과 달리 스타일리시한 사람이 무척 드물었다. 크리스티나는 긴 진 갈색 머리카락에 앞머리는 덥수룩하게 내렸고, 비즈 목걸이를 하고 다녔다. 가수 나나 무스쿠리를 연상시켰으나 안경은 쓰지 않았다. 크리스티나의 아버지는 2차세계대전 직후 젊은 나이에 영국으로 이민을 왔다. 크리스티나는 그리스에 가본 적이 없다고 했지만 바다가 없는 시골에서 자란 내게는 전형적인 지중해의 세련된 미녀로 보였다. 또 그녀는 어릴 때 런던의 그리스인 마을에서 자라며 먹었던 그리스 음식을 그리워했다. 난 살면서 '할루미*'라는 단어를 그녀에게서 처음 들었다. 크리스티나는 늘 과일을 많이 먹었다. 예를 들어 도시락에 파인애플을 싸 오곤 했는데 통조림의 투박한 덩어리가 아닌 직접 깎아 얇게 자른 조각이었고, 난 그걸 볼 때마다 감탄하지 않을 수 없었다. 한번은 크리스티나가 수업 중인 교실을 지나쳤는데 그녀가 〈레이니 데이스 앤드 먼데이스〉를 불렀고, 아이들은 모두 경외감에 입을 딱 벌리고 있었다. 그녀의 목소리는 (역시나 호랑이 담배 피우던 시절의 가수) 카렌 카펜터와

---

* 그리스 동쪽의 키프로스섬에서 양젖과 염소젖을 섞어 만드는 치즈.

견줄 만한 수준이었다. 주변 공기와 시간 자체를 고요하게 하는 목소리였다.

어쨌든 크리스마스 연휴가 얼마 남지 않은 어느 날 저녁, 나는 학교에 늦게까지 남아 직접 만든 삼각법 학습용 교구에 반짝이 술을 붙이려고 스테이플러를 찾아다니다가 자기 자리에 앉아 있는 크리스티나를 발견했다. 그녀는 책상 앞에 앉아 손톱 주변을 뜯고 있었다.

"아, 그러지 말아요." 내가 주제넘게 훈계했다. 마치 그녀가 동료 교사가 아니라 학생이라는 듯이. "그랬다간 매니큐어가 벗겨질 거예요." 나는 따뜻한 벽돌색 매니큐어를 칠한 그녀의 손톱이 마음에 들었다. 하지만 그렇게 말한 걸 곧바로 후회했다. 특히나 그녀의 공허한 눈을 봤을 때는. 난 원래 사람을 대하는 데 서투르다.

"아, 미안해요." 내가 말했다.

"아뇨, 미안해하지 말아요." 크리스티나는 그렇게 말하더니 갑자기 날 바라보며 지극히 부자연스러운 미소를 지었다.

"괜찮아요?"

그제야 그녀는 속내를 털어놓았다. 나는 미처 몰랐지만 그녀는 일주일간 학교를 쉬었다고 했다. 지금 한창 힘든 시기였고, 그녀는 크리스마스를 싫어했다. 지금은 떠나버린 약혼자가 작년 크리스마스이브에 그녀에게 청혼했기 때문이었다. 이 학교로 발령받은 지 얼마 안 된 터라 아는 사람도 없었다. 그래서 난 크리스티나에게 나와 함께 크리스마스를 보내자고 했다.

그렇게 우리는 크리스마스를 함께 보내게 되었다. 크리스티나가 우리 집으로 왔고, 우리는 여왕의 연설과 영화 〈골드 핑거〉, 텔레비전 프로그램인 〈톱 오브 더 팝스〉에 출연해 〈선데이 걸〉을 부르는 블론디를 보았다. 그때 크리스티나가 자신도 사람들 앞에서 노래하고 싶다고 말했다. 우린 달콤한 블루넌 와인을 몇 병 마셨고—이걸 마시면 기분이 널을 뛴다—나는 집에 파인애플이 없어서 미안하다고 했다. 우린 밤늦도록 이야기를 나눴다.

크리스티나는 현재 상황을 도저히 감당할 수 없다고 했다. 그게 어떤 기분인지 그때보다는 지금 더 잘 안다. 크리스티나는 가르치는 일을 힘들어했고, 직업을 잘못 선택한 것은 아닌지 고민했다. 나는 홀리브룩의 모든 교사가 그런 심정일 거라고 말했다. 그러다 그녀가 이비사섬을 언급했다. 1980년대를 코앞에 둔 당시에는 스페인 패키지여행이 대유행이었고, 크리스티나는 이비사에 새로 지은 호텔에서 가수와 뮤지션을 구한다는 얘기를 들은 적이 있다고 했다.

나는 호기심이 생겼다. 크리스티나가 미스터리한 존재로 다가왔고 그래서 아마 시시콜콜 물어봤으리라. 미지의 변수가 있다면 반드시 그 값을 찾아내야 직성이 풀리는 것이 수학 선생의 직업병이다.

"내 안에는 살아줘야 하는 삶이 있는데, 내가 그걸 살아내지 못하는 것 같아요."

아마 크리스티나가 정확히 저렇게 말하지는 않았을 것이다. 하지만 저런 의미였다. 크리스티나는 또 이렇게 말했다. "말이 안 되는 거 알아요. 난 스페인인이 아니라 그리스인이니까요. 그리스에도 섬은 많거든요. 차라리 그쪽으로 가는 게 낫죠. 그나마 그리스어는 할 줄 아니까요. 유창하지는 않아도. 반면 스페인어는 전혀 몰라요. 외국에 살 거라면 그 나라의 언어를 꼭 알아야 한다고 생각해요."

"스페인어를 배우면 되죠. 원한다면 그렇게 해요. 꼭 배워봐요."

"말도 안 돼요."

그러자 내가 매우 나답지 않은 말을 했다. "모든 일이 꼭 말이 돼야 하는 건 아니에요."

이비사에서 일자리를 얻는다는 생각에 크리스티나의 눈에서 불꽃이 일자 나는 그녀에게 원한다면 해보라고, 다른 사람들이 어떻게 생각할지는 걱정하지 말라고 했다. 틀림없이 그렇게 말했을 것이다. 왜냐하면 내가 어릴 때부터 하고 다녔던 목걸이를 그녀에게 줬던 기억이 나기 때문이다. 여행자의 수호성인, 성 크리스토퍼가 새겨진 펜던트 목걸이였다. 나는 더 이상 가톨릭 신자가 아니었고, 어린 시절에 종교와 얽힌 불행한 기억도 많았지만 그 목걸이는 절대 버릴 수가 없었다. 크리스티나에게 주는 게 옳은 일 같았다.

"성 크리스토퍼가 당신을 보호해줄 거예요." 내가 말했다.

"고마워요, 그레이스. 결정을 내릴 수 있게 도와줘서 고마워요."

그러다 크리스티나는 〈블랙버드〉를 불렀다. 처음에는 혼자 불렀다. 아주 차분하지만 아름다운 노래였다. 그녀의 노래에는 눈물 짓게 하는 달콤쌉쌀한 정서가 있었다. 크리스티나는 내게 그 노래를 가르쳐주었다. "그냥 노래와 하나가 되면 돼요. 노래 안으로 들어가세요. 당신이 존재한다는 사실을 잊어버려요. 이게 비틀스 노래 중에서 제일 부르기 쉬운 곡이에요." 그녀가 날 안심시켰다.

"음, 〈예스터데이〉랑 〈옐로 서브머린〉 다음으로요."

알고 보니 이 노래는 전혀 부르기 쉬운 노래가 아니었다. 하지만 우리는 와인을 많이 마신 터라 신경 쓰지 않았다.

크리스티나는 자신이 음악을 얼마나 사랑하는지 말해주었다.

"음악은 세상을 더 넓게 해줘요." 술에 취해 감상에 젖은 눈으로 그녀가 말했다. "가끔은 상자 안에 갇힌 기분이 드는데 피아노를 치거나 노래를 부르면 잠시나마 그 상자에서 나올 수 있어요. 내게 음악은 필요할 때 와주는 친구 같아요. 당신과 약간 비슷해요, 그레이스."

어쨌든 우린 산책하러 나갔다. 모르는 사람을 지나칠 때마다 미소를 지어주는, 추운 크리스마스의 산책이었다. 그게 전부였다. 그이상의 특별한 일은 없었다. 크리스티나는 학교에 복직해서 몇 달더 일했고 그 후로 사라졌다. 다시는 우리 집에 찾아오지도 않았다. 교무실에서 이야기를 나누긴 했다. 비록 그녀는 내 앞에서 약간 부끄러워하는 듯했지만. 이해할 수 없는 일이었다. 이렇게 사랑스럽고 재능이 많으며 장차 관중 앞에서 노래하고 싶어 하는 사람이 어떻게 크리스마스에 함께 지낼 사람이 필요했다는 사실을 그토록 부끄러워할 수가 있을까? 그러던 어느 날—아마도 내가 그녀를 마지막으로 본 날이었으리라—크리스티나가 주차장에 있던 내게 다가와 눈물을 글썽이며 조용히 말했다. "고마워요. 그때 크리스마스에……."

그걸로 끝이었다. 난 그저 지극히 사소한 친절을 베풀었을 뿐이었다. 수십 년 전, 누군가에게 크리스마스를 우리 집에서 함께 보내자고 한 것. 그게 전부였다.

그러다 수십 년이 지난 후에 갑자기 이 편지를 받은 것이다. 편지에는 크리스티나가 세상을 떠났고, 그녀가 '오래전에 베풀어준 친절'에 보답하는 뜻으로 내게 스페인에 있는 집을 남겼다고 했다. 또한 편지에는 만약 스페인으로 이사하는 게 너무 '비현실적'이라면 이 집을 팔거나 임대할 수 있다는 말도 분명히 적혀 있었다.

정말이지 놀라운 일이었다. 그리고 나는 무언가를 얻었다기보다 잃은 느낌이 들었다. 아득한 꿈처럼 느껴지는 시절에 제대로 사귀지 못했던 친구를. 난 이비사로 이사할 생각이 없었다. 나이를 먹으면 삶의 패턴을 깨기가 점점 더 힘들어진다. 그리고 패턴을 깨고 싶지도 않다. 과거에 내 패턴은 여러 번 깨졌다. 은퇴했을 때, 남편이 갑자기 온실에서 쓰러졌을 때, 심지어 반려견 버나드가 죽었을 때도 나는 균형을 잃었다. 그리고 물론 대니얼이 자전거를 타다가 우체국 트럭에 치였을 때도.

한때는 너무 버겁다고 생각했던 예전 결혼 생활의 반복되는 일상마저 간절히 그리운 요즘에는 새로운 패턴이 생겼다. 매일 아침 새 모이 주기, 월요일마다 식료품 배달시키기, 금요일 오전마다 영국심장재단에서 운영하는 중고품 가게에서 자원봉사 하기, 일요일마다 묘지 방문하기, 그리고 사라지지 않는 죄책감과 슬픔, 공허감. 이 패턴에는 극도로 사소한 변동만 존재했다. 나는 '점점 더 늙어감'이라는 패턴에 익숙해졌고, 그에 대해 별다른 생각을 하지 않았다.

하지만 이제 모든 것이 바뀌려 했다.

수사 진행 중

"너무 직설적으로 물어서 죄송합니다만, 크리스티나가 어떻게 죽었죠?" 나는 변호사에게 물었다.

"아시는 줄 알았는데요." 우나 켐프 변호사가 말했다. 냉장고에서 막 나와 아직 부드러워지지 않은 듯한 목소리였다.

"아뇨. 편지에는 크리스티나가 죽었다고만 적혔지 어떻게 죽었는지는 적혀 있지 않았어요. 그래서 어떻게 죽었는지 알고 싶어요. 가능하다면요."

"고인은 바다에서 사망했어요……."

이건 직설적인 대답은 아니었다.

"죄송합니다만 어떻게 죽었다고요?"

전화기에서 치직거리는 숨소리가 들렸다. "아, 그건 현재 수사 진행 중입니다."

'수사 진행 중.'

"죄송합니다만 그게 무슨 의미죠?"

"고인이 정확히 어떤 상황에서 사망했는지 스페인 경찰이 아직 조사 중이라는 뜻이에요. 경찰이 아주 철저하거든요. 우리가 확실히 아는 사실은, 그러니까 유일하게 전달받은 사실은 고인이 바다에서 사망했다는 것뿐이에요."

26

통화가 끝나고 족히 5분은 지나서야 정확한 사망 원인을 모른다는 점이 다소 이상하게 여겨졌다. 왜 사망 원인이 미스터리로 남은 걸까? 변호사에 따르면 크리스티나는 최근에 내가 수혜자에 포함되도록 유언장을 변경했다고 한다. 그 집을 내게 남겼다는 사실도 도무지 이해할 수 없었는데 그 사실까지 더해지니 내 마음은 의문으로 가득 찼다.

그리고 난 원래 의문이 생기면 답을 찾지 않고서는 못 견디는 성격이었다. 그 답을 찾기 위해 어딘가로 가야 한다고 하더라도.

.14159

"이 세상에 같은 다리는 없죠." 의사가 말했다. "같은 사람의 다리라 할지라도요. 겉으로는 똑같아 보여도 다리의 정맥은 늘 모양이 달라요. 지문처럼요." 의사의 말을 들으니 수학이 생각났다. 동일성 안에 예측 불가능성이 숨어 있는 모든 예시가. 지름에 파이를 곱하면 원의 둘레를 구할 수 있다는 건 불변의 사실이지만, 파이의 소수점 이하 숫자에는 아무런 패턴도 없듯이.

3.14159 이후로 영원히 이어지는 숫자는 완전히, 철저하게, 믿기어려울 정도로 무작위다.

가장 예측 가능한 것에도 항상 예측 불가능한 요소가 존재한다. 만약 예측 불가능한 요소가 없는 척하고 산다면 인생이 당신 발밑에 깔린 러그를 잡아당길 것이다. 그러니 '.14159'를 받아들이는 편이 좋으리라.

나는 병실의 텅 빈 벽과 거꾸로 된 시계를 바라봤다. 이비사에 대해서는 아는 게 거의 없었다. 내가 절대 가지 않을 거라고 생각했던, 혹은 가고 싶지 않았던 여행지라는 사실만 제외하고.

라디오에서 블론디의 노래가 나왔다. 〈선데이 걸〉이 아니라 〈하트 오브 글래스〉였다. 패턴 안에서의 예측 불가능성이었다. 우리 인생처럼.

"가까운 시일 내에 비행기를 탈 일은 없으시죠?" 몇 분 뒤 의사가 물었다. "이 다리로는 약간 위험하거든요."

"다리를 두고 갈 수 없다는 말인가요?"

그녀는 내 농담에 웃지 않았다.

"아뇨." 내 다리에 천천히 압박 스타킹을 신기는 간호사를 지켜보며 내가 말했다. "아뇨. 가까운 시일 내에 비행기를 탈 일은 없어요."

고의로 거짓말을 해본 건 오랜만이었다.

나는 은퇴하고 사별한 수학 선생치고는 꽤 못된 여자가 된 기분이었다. 왜냐하면 여전히 뒤로 기울어진 수술 침대에 누워 있는 그 순간, 내겐 계획이 생겼기 때문이다.

간단하지만 언제든 그만둘 수 있는 계획이었다. 귀국 날짜가 정해지지 않은 왕복 티켓을 끊어 이비사로 간 다음, 터무니없는 이유로 내게 남겨진 집을 둘러보고, 그 집이 너무 싫어져서 차라리 추억이 가득한 링컨의 빈집으로 돌아가는 게 더 낫겠다 싶을 때까지 거기 머무는 것이다.

하지만 그 전에 먼저 해야 할 일이 있었다. 내가 꼭 방문해야 하는 유일한 곳에 다녀와야 했다. 바로 묘지였다.

죽은 자와의 대화

묘지로 가는 길에 우연히 카페를 나서는 예전 상사—너의 교장 선생님이기도 한 굽타 씨—를 만났다. 잠시 이야기를 나눈 후에 굽타 씨가 내게 어떻게 지내냐고 물었고, 나는 슬픔에 잠겨 살았지만 그렇게 말하는 대신 또 다른 사실을 말했다.

"이비사?" 굽타 씨가 눈썹을 치켜세우고 웃음을 참으며 말했다. "선생님이 이비사를 좋아하시는 줄 몰랐네요."

"저도 몰랐어요."

그리고 나는 이내 가던 길을 갔다.

묘지에 도착해 대니얼의 묘지 앞에 꽂아둔 꽃을 갈고, 주목 아래 벤치에 앉아 회색으로만 이뤄진 묘비를 바라보았다. 간결한 디자인의 묘비에는 글씨가 새겨져 있었는데 그늘이 져야만 보였다.

대니얼 윈터스

사랑받은 아이

1981년 3월 15일 – 1992년 4월 2일

그날 나는 거기에 한 시간 정도 앉아 있었다.

언제나 그랬듯 침묵을 지키며. 대니얼이 앞에 있다고 생각하면 늘 그 애에게 무슨 말을 해야 할지 몰랐다. 공공장소에서 죽은 사람과 대화하는 걸 싫어하는 성격은 아니었다. 남편과는 늘 대화를 나눴다. 하지만 대니얼에게는 여러 이유로 그러기가 힘들었다. 비통한 세월을 보낸 지 30년도 더 지났지만—21세기와 밀레니엄에 접어든 지도 한참 지났다—난 여전히 말문이 막혔다. 미안하다는 말밖에 할 말이 없었다. 여느 때처럼 나는 묘비를 세고 이리저리 계산하며 마음을 가라앉혔다.

슬픈 일을 꺼내 이 이야기를 너무 무겁게 만들고 싶지 않지만 대니얼이 얼마나 특별한 아이였는지는 말하고 싶구나. 그 애의 모습을 떠올리고 싶어. 대니얼은 나이에 비해 키가 컸고, 호리호리한 체격에 걸으면서 책을 읽곤 했다. 똑똑하고 재미있고 시무룩할 때조차도 얼굴에 미소를 살짝 띠었다. 마치 온 세상이 코미디라는 듯이. 어린이 책 '내 맘대로 골라라 골라맨' 시리즈를 좋아했고, 나이에 비해 어른스러운 취향의 팝송과 텔레비전 프로그램을 좋아했다. 나는 대니얼이 아홉 살 때 아빠와 〈힐 스트리트 블루스〉• 를 보고 또 보는 게 못마땅했다. 땅콩버터와 마마이트로 직접 삼단 샌드위치를 만들기도 했다. 시간 여행하는 개를 주제로 만화를 그리기도 했다. 학교는 별로 좋아하지 않았다. 적어도 새로 입학한 중등학교는. 왜냐하면 스포츠에 관심이 없었고 그런 척하고 싶어 하지도 않았기 때문이었다. 사실 대니얼은 아주 정직한 아이였다. 거짓말을 해야겠다는 생각조차 못 했다. 그랬던 것 같다. 하지만

• 미국 NBC에서 제작한 경찰 드라마로 방영 당시 폭발적인 인기를 끌었다.

몽상가이기도 했다. 만약 비가 오던 그날에 자전거를 타고 나가지 않았다면 훗날 예술적인 일을 했을 것이다. 아마 일러스트레이터가 됐으리라. 대니얼은 미술을 좋아했고 소질도 있었다. 열한 살이 되었을 때 파랑새를 예쁘게 그려 내게 어머니의 날 선물로 주었다. 내가 새를 얼마나 좋아하는지 알기 때문이었다.

대니얼은 성인은커녕 청소년이 되기도 전에 세상을 떠났으니 장차 어떤 사람이 되었을지 짐작하기 어렵다. 어린아이가 죽으면 두 종류의 유령이 유가족을 괴롭힌다. 그들의 살아생전 모습을 한 유령과 그들이 될 수 있었던 미래의 모습을 한 유령. 대니얼의 죽음은 날 완전히 관통해 절대 다시 채워질 수 없는 구멍을 뚫어놓았다. 그 후로 몇 년간 하루하루를 버티는 것 자체가 올림픽 시합이나 다름없었다. 대니얼이 없는데도 감히 삶이 계속된다는 사실에 지속적으로 공포를 느꼈다. 화를 참기가 힘들었다. 특히 나 자신에게. '대니얼이 비가 오는데 자전거를 타고 나가지 못하도록 말렸어야 했어.'

너도 슬픈 일을 겪었다고 했지, 모리스? 어머니 일은 정말로 안타깝구나. 나도 대니얼이 죽고 처음 2년간은 정신이 나가 있었어. 정신이 나가 있다. 재미있는 표현이지? 내 몸은 거기 있지만 정신은 빠져나간 상태. 날 제삼자처럼 보고 있었지. 내 삶과 비슷하지만 내 삶이 아닌 삶을 사는 인물을 보듯이. 대니얼이 너무 그리웠지만 동시에 나도 그리운 기분이었어. 그게 슬픔의 문제란다. 슬픔은 너도 함께 죽음 속으로 가라앉게 해. 다시 말해, 넌 당연히 아직 생물학적으로 기능하고 있어. 세상 속에서 숨 쉬고 보고 말하지만 더는 제대로 살아 있다는 느낌이 들지 않아.

"사랑한다." 마침내 내가 속삭였다. "엄마는 당분간 영국을 떠나 있을 거야. 매일 널 생각할 거다. 잘 있어라."

그런 다음 대니얼 곁에 있을 때면 늘 그랬듯이 떨리는 숨을 깊이 들이마셨고, 눈물을 꾹 참으며 칼의 무덤까지 짧은 거리를 걸어갔다. 그 길은 늘 시간 속을 걷는 기분이었다. 묘지에서 그런 기분을 느낀 적 없니? 한 줄 한 줄이 새로운 시대를 의미하고, 그렇게 시간이 계속 이어지는 듯한 기분. 칼의 묘비는 대리석이지만 검은색이었다. 칼은 특히 검은 대리석 묘비를 선호했다.

"좀 더 로큰롤 느낌이 나거든." 예전에 칼은 그렇게 말했다. 그는 치즈샌드위치만큼이나 로큰롤과 거리가 먼 사람이었지만 록 음악을 정말로 좋아했고, 가장 좋아하는 밴드가 블랙 사바스였으니 검은 대리석을 선택한 게 이해가 갔다.

칼 윈터스

1952년 1월 20일 – 2020년 10월 5일

헌신적인 아버지이자 남편

아버지라는 단어에는 아픔이 담겨 있었지만 헌신적이었다는 말은 사실이었다. 우리가 방갈로로 이사했을 때 남편은 대니얼의 물건을 최대한 많이 가져가야 한다고 주장했다. 오래된 스타워즈 피규어며 장난감 자동차, 만화책, 드로잉 패드, 대니얼이 그린 그림들. 남편은 마치 박물관 큐레이터가 된 듯했다. 나는 대니얼과 관런된 추억의 물건이 집 안 곳곳에 놓인 걸 보면 숨이 막혔고, 그 사실에 늘 미안한 마음이 들었다. 하지만 남편이 세상을 떠난 후에도 그 물건 중 단 하나도 중고품 가게에 기부하지 않았다.

"칼, 난 결정을 내렸어." 수술한 다리로 묘지 앞에 서서 나는 그의 비석에 대고 말했다.

예전에 내가 남편의 입장에서는 탐탁지 않을 만한 무언가를 선언하려고 할 때마다 칼은 눈치를 채고 침묵을 지켰는데 지금도 그때와 비슷한 침묵이 감돌았다. 눈썹을 치켜세우는 칼의 얼굴이 눈에 보이는 듯했다. 칼은 원래 대화에 능숙한 사람이 아니었고, 죽은 뒤에도 별로 나아지지 않았다.

"나 스페인에 갈 거야. 발레아레스제도로. 그중에서도…… 이비사로." 나는 그 말을 하며 약간 움찔했다. 그리고 '이비사'를 큰 소리로 말했다. 묘지 전체가 그 말에 실린 내 혐오감을 들었으리라. "너무 나무라지 마."

칼은 예전에 이비사 근처의 큰 섬인 마요르카에 간 적이 있었다. 오래전 토목공학 학회 참석차였는데 팔마에서 사흘을 보냈다. 그때가 그의 경력이 정점에 있었을 때였다고 했다. 하지만 편견에 사로잡힌 내게 마요르카는 이비사와 다른 이미지로 다가온다. 마요르카는 자신감 넘치는 미소를 짓는 든든한 맏형 같은 이미지라면, 이비사는 돌발 행동을 일삼는 시끄럽고 장난기 넘치는 동생이었다. 내가 생각하는 이비사는 버릇이 없었다. 라스베이거스나 칸쿤, 카니발이 열리는 기간의 리우데자네이루, 태국에서 열리는 풀문 파티와 함께 설사 내게 돈이 있다 해도 가고 싶지 않은 곳이었다. 이비사는 축하할 이유가 있는 젊은이들을 위한 파티의 장소, 혹은 나와 정반대로 돈 많은 부자들이 요가 매트를 들고 갈 법한 곳이었다. 나는 늙고 온몸이 뻣뻣했으며 은행 잔고는 초라했고 수십 년 동안 춤과는 담을 쌓고 살았다. 그리고 내게는 무언가를 축하할 이유가 전혀 없다고 진심으로 믿었다.

한마디로 난 편견에 사로잡혀 있었다. 물론 이비사가 어떤 곳인지 전혀 몰랐다. 내게 이비사는 그저 단어일 뿐이었다. 시끌벅적한 즐거움의 동의어. 게다가 난 이미 오래전에 앞으로 어떤 종류의 즐거움도 누려서는 안 된다고 결정한 터였다. 혹은 누릴 자격이 없다고. 나를 처벌하는 일종의 마조히즘이었다.

"나이트클럽에 가지는 않을 거야." 난 무덤 속 칼을 안심시켰다.

그런 다음 꽃병을 닦고 그 안에 새 플로럴폼을 넣은 뒤 국화 줄기를 꾹꾹 눌러 넣었다. 늘 하던 일이었지만 오늘은 좀 더 정성을 들였다. 꽃들이 바람에 날아가는 걸 원치 않기 때문이었다. 가능한 한 오래 꽂혀 있어야 했다.

"그러니까 내가 언제 돌아와서 다시 당신을 볼 수 있을지 모르겠어. 하지만 그렇다고 우리 집을 팔거나 하지는 않을 거야. 사실 생각해둔 계획은 없어. 흘러가는 상황을 지켜볼 거야. 일단은 환경을 바꿔보는 거지."

눈에 눈물이 맺혔다. 그때 구름 뒤에서 태양이 나타나자 온기가 느껴졌다. 나는 눈물을 닦으며 또 다른 여자, 또 다른 과부에게 미소 지었다. 그녀는 칼의 비석보다 더 새것으로 보이는 비석을 열심히 닦고 있었다. 잔디를 내려다보니 갑자기 반짝이며 밝게 빛났다.

누군가의 죽음을 슬퍼할 때는 모든 것이 죽은 자의 메시지로 보이기 마련이다. 풀잎에 비친 햇살마저도. 온 세상이 그들의 통역사가 된다.

나는 뒤늦게 하기에는 늘 너무도 쉽게 나오는 말을 했다.

"사랑해, 여보. 나중에 봐." 그런 다음 1초도 머뭇거리지 않고 덧붙였다. "그 일은 미안했어."

높이 솟은 바위

이비사행 비행기에서 내 뒷줄에 앉은 젊은이들은 신나게 나이트클럽 이야기를 했다. 나이트클럽 이름이 낯설었지만 반은 익숙한 언어처럼 들렸다. 일종의 암호 같았다. "그러니까…… 내일은 우슈아이아, 월요일은 DC10에서 열리는 시르콜로코 파티, 수요일에는 암네시아, 금요일에는 다시 우슈아이아 그다음에 하이, 토요일에는 파차……."

나는 평생 저렇게 혈기 왕성했던 적이 없었다는 생각이 들었다. 나라면 스물한 살이었어도 밤새도록 춤추고, 낮에는 종일 선베드에서 자는 저런 스케줄은 감당하지 못했으리라.

그래도 사랑스러운 젊은이들이었다. 무지개처럼 알록달록한 옷차림에 래브라도리트리버처럼 활기가 넘쳤다. 그들은 나이트클럽 티켓 가격을 전부 합하면 얼마인지 계산하려 했다. 내가 암산해서 말해줬더니 다들 숨을 헉 들이쉬며 계획을 재고했고, 내게 고맙다고 호들갑을 떨어댔다. 교사로 일하다 보면 늘 어른에게서도 어린아이의 모습이 보인다. 그들이 반에서 어떤 학생이었을지 상상하게 된다. 특히 어린 시절을 막 벗어난 풋풋한 청년일 때는.

비행기에는 다양한 승객이 섞여 있었다.

내 바로 왼쪽에는 잘생긴 스페인 남자가 앉아 있었다. 장발에 플립플롭을 신고 팔에 깃털 문신을 했으며 명상하는 사람 특유의 차분한 분위기였는데 인내심을 발휘해 독서에 집중하려 했다. 내 오른쪽에 앉은 우람한 체격의 중년 여성은 옷깃을 세운 채 진한 향수 냄새를 풍겼고, 통로 건너편의 발레리라는 차가운 눈빛의 여자와 이야기를 나눴다. 그녀는 발레아레스제도 전역의 부동산 가격을 비교하는 중이었다. "요즘 이비사는 터무니없이 비싸. 터무니없이 비싸다고. 갑자기 또 부동산에 거품이 잔뜩 꼈어. 상류층 보헤미안 때문이지. 난 다른 섬을 고를 거야. 메노르카, 마요르카 말고 메노르카가 투자할 만한 곳이야. 해미시가 그렇게 말했어. 지금 메노르카는 수요보다 공급이 훨씬 많대. 내가 아는 사람이 그 섬의 대농원을 개조해서 지금 땅값이 네 배로 뛰었다고. 무려 네 배나!"

내 앞에 앉은 30대 여성 세 명은 일주일 동안 이비사의 농가에서 요가를 하고 휴식을 취하는 농가 체험을 할 예정이었지만, 히피 마켓을 꼭 방문하고 어떤 해변의 일몰을 보고 싶다고 했다. 해변 이름은 듣는 순간 잊어버렸다. 그중 한 명은 일주일 내내 인스타그램에 게시물을 올리지 않고, 틱톡도 보지 않기로 했다고 말했다.

10대 초반으로 보이는 소년은 엄마에게 아주 다정한 말투로 틱토커, 유튜버, 21 새비지라는 래퍼, 그리고 내 나이에는 이해하기를 바랄 수조차 없는 새로운 세상의 다른 상징에 대해 이야기했다. 소년은 엄마와 사이가 좋았다. 나는 대니얼을 생각하지 않으려 노력했다. 그저 두 모자가 사이가 좋아서 잘됐다고만 생각하려 했다. 엄마는 아주 젊었다. 그들은 통로 건너편에 있었는데 내 눈에 확 띄었다. 여자는 검은 단발에 '테일러 스위프트: 디 에라스 투어'라고 적힌 티셔츠를 입었다. '에라스*'라는 단어가 내 마음속에 들어와 떠나지 않았다. 새로운 시대를 시작하는 방법은 무엇일까? 단지 묘지에 늘어선 비석 사이를 거니는 것만이 아니라 살아 있는 내 존재 안에서 말이다. 어떻게 해야 과거를 확실히 단절할 수 있을까? 지질학에서는 종종 멸종만이 답이지 않나? 중생대는 운석이 떨어지면서 공룡들의 떼죽음으로 끝났다. 나는 새로운 시대를 시작하려는 걸까, 아니면 과거의 짐을 너무 많이 가져가는 걸까? 이건 일생일대의 도전이다, 안 그런가? 과거를 말살하지 않으면서 앞으로 나아가기. 자신을 파괴하지 않으면서, 무엇을 붙잡고 무엇을 놓아줘야 할지 파악하기. 운석이면서 동시에 공룡이 되지 않으려고 노력하기.

또한 화장실과 가장 가까운 통로 쪽 좌석에는 내 나이 또래의 커플도 앉아 있었다. 두 사람은 조용히 이야기를 나누며 《비밀스러운 산책: 이비사와 포르멘테라》라는 책을 열심히 읽고 있었다. 그들은 BBC 라디오의 〈스타트 더 위크〉에서 들었던 이비사에 관한 내용에 대해 서로 이야기를 나누었다. 그 모습을 보니 마음이 찌릿할 정도로 서글퍼졌다. 아, 아직도 비밀스러운 산책을 함께할 사람이 있다니. 두 사람은 아주 편안해 보였다. 예전에 봤던 씁쓸한 자연 다큐멘터리가 떠올랐다. 유라시아 비버를 다룬 내용이었는데 그들은 생존에 필요한 나무껍질을 충분히 확보하기 위해 평

● Eras. 특정한 시대나 연대를 의미한다.

생 한 마리의 짝하고만 관계를 맺는다고 했다. 한 마리가 일찍 죽으면 다른 한 마리도 덩달아 죽는 셈이었다.

칼의 손을 꼭 잡을 수 있다면 좋으련만.

다리는 아무 문제 없었다. 심각한 통증은 없었고 그저 발목이 약간 붓는 정도였지만 그 정도는 익숙하다. 혈액 순환을 시키기 위해 종아리 운동을 하고, 발을 약간 움직여 남몰래 천천히 탭댄스를 췄다. 오래 앉아 있으니 고관절이 아팠지만 생각하지 않으려 했다. 관절통은 슬픔과 같다. 생각하면 할수록 더 아프다. 하지만 더럽게 아파서 생각하지 않을 수가 없다. 그야말로 악순환이다.

이렇게 떠들썩하고 활기찬 분위기 속에 있으니 우두커니 앉아 있는 나의 고요한 정적이 무겁게 내려앉았다. 나는 왼손에 낀 두 개의 반지를 내려다보았다. 결혼반지와 루비가 박힌 약혼반지. 비를 피해 도서관으로 들어갔을 때 칼이 두 번째로 청혼한 기억이 났다.

그로부터 6년 전 인도 식당에서 칼이 처음으로 청혼했을 때 난 거절했다. 우린 너무 어렸고 둘 중 한 명이라도 합리적으로 생각해야 했기 때문이었다.

기장이 현재 고도를 알려주는 동안 나는 붉은 루비를, 거기 담긴 추억을 뚫어지게 응시했다. 그러다 너무 감상에 빠지기 전에 정신을 차렸다.

추억의 도화선 이야기가 나왔으니 말인데 한 엄마가 아기를 안은 채 통로를 왔다 갔다 했다. 엄마는 아기의 머리에 키스하며 품에 안긴 아기를 어르고 있었다. 저런 장면을 보면 마음이 아팠던

때가 있었다. 자전거를 타고도 트럭과 충돌하지 않고 멀쩡히 살아서 등교하는 아이들을 대면하고 싶지 않다는 이유만으로 교직을 그만두고 싶었던 시절이었다. 나는 아기를 보며 미소 지었다. 진심으로 미소 지으려고 노력했다. 하지만 아기가 울기 시작했다.

"미안해요." 나는 아기 엄마에게 소리 없이 입 모양만으로 말했다.

그녀는 내가 기분 상하지 않도록 씩 웃으며 고개를 끄덕였다.

승무원이 허둥대며 음료수 카트를 밀고 지나가자 나는 진토닉을 주문했다. 평소 나답지 않은 행동이었고, 내 다리를 생각하면 아마 바람직하지 않은 선택이리라. 그렇다고 해서 내가 의사의 지시를 잘 따르고 있었던 것은 아니지만.

혈액 순환을 위해 기내에서 계속 서 있으려고 했으나 사람들의 시선이 신경 쓰여 주로 자리에 앉은 채 몰래 다리 운동을 했다.

약간의 난기류가 발생하자 나이트클럽을 좋아하는 젊은이들은 오히려 즐기는 듯했다.

아이는 다시 울기 시작했다.

비행기가 하강하기 시작했다.

나는 창밖으로 바위투성이 해안선과 울퉁불퉁한 녹색 언덕을 힐끗 보았다. 길게 뻗은 황금색 해변. 하얀 집과 군데군데 모인 중층 높이의 호텔 혹은 아파트 단지가 점점이 흩어진 경관. 지중해의 작은 섬 하나가 보였다. 아찔할 정도로 높이 솟았고, 아무도 살지 않는 그 바위섬의 이름이 에스 베드라라는 사실을 나는 곧 알게 될 터였다. 당시 멀리 비행기에서, 아직 아무 일도 일어나지 않은 상태였는데도 그 섬에서 두려움과 경이로움이 동시에 느껴졌다.

만약 내가 그 느낌을 좀 더 이해했더라면 아마 절대 공항 밖으로 나가지 않고 제일 빠른 비행기를 타 집으로 돌아갔으리라. 하지만 당시 난 감각이 무뎠고, 내게 어떤 일이 닥치게 될지 전혀 몰랐다.

마침내 비행기가 착륙했다.

다들 일어나 머리 위 선반에서 신나게 짐을 꺼내 정해진 목적지로 향하려는 동안 난 잠시 가만히 앉아 있었다. 그냥 그렇게 앉아 천천히 심호흡을 몇 번 했다. 내 일부는 아직 구름 속에 있고, 그게 올 때까지 기다려야 한다는 듯이.

방정식을 풀 때, 한쪽에서 다른 쪽으로 숫자를 옮기는 것을 '이항'이라고 한다. 난 그런 숫자가 된 기분이었다. 단지 유럽의 다른 지역으로 가는 단거리 비행을 한 것이 아니라 이항된 듯했다. 보이지 않는 무언가를 건넜고, 이제 난 왠지 모르게 재정렬된 듯했다. 재평가된 듯했다. 그리고 원소들이 순열을 이룰 것이다. 내가 세상의 질서를 어지럽혔다는 막연하지만 그렇다고 완전히 낯설지만은 않은 느낌이 들었다.

공항은 인상적이었다. 세련되고 환했으며 깔끔하고 효율적으로 운영되는 모습이 돋보였다. 일렬로 늘어선 렌터카 키오스크를 지나 출구로 다가가는데 작별 인사를 나누는 두 여자가 눈에 들어왔다. 날 등진 여자는 금발이었다. 다른 여자는 안경을 쓰고 헝클어진 머리에 청바지와 티셔츠 차림이었다. 티셔츠가 눈에 띄었던 이유는 아인슈타인이 인쇄되어 있었기 때문이다. 혀를 쑥 내민 아인슈타인. 그녀는 슬퍼 보였다. 두 사람은 연인이지만 금발 여인 혼자 다른 곳으로 떠날 예정이었다. 나는 서서히 그들을 지나쳤다.

갈색 머리 여자가 나와 눈이 마주치자 내가 쳐다본 것에 불쾌해하기보다는 본능적으로 미소를 지었다. 친절한 미소였다. 그 미소를 보니 붐비는 공항에서 마음이 살짝 느긋해졌다. 하지만 나는 전혀 모르고 있었다. 내가 곧 그 아가씨와 아는 사이가 되고 결국 친구가 되리라는 사실을. 나는 지금도 종종 그 일을 생각한다. 어떻게 입국한 직후에 거기서 그녀를 봤을까? 얼마나 신기한가. 그 만남이 지금까지도 제대로 파악하지 못한 패턴의 일부라는 사실이.

공항 밖으로 나갔더니 용광로처럼 뜨거운 공기가 날 덮쳤다.

나는 주위를 둘러보며 위치를 파악하려 했다. 건물 외벽에 대형 간판이 걸렸는데 크고 세련된 글씨로 '에이비사'라고 적혀 있었다. 카탈루냐어였다. 스페인 섬인 이비사의 주민들은 스페인어와 함께 카탈루냐어를 공용어로 사용한다.

에이비사. 좋은 이름이었다. 약속처럼 들렸다. 무엇을 약속하는지 곧 알아낼 것이다.

불현듯 내가 얼마나 미친 짓을 했는지 깨달았다. '내가 여기서 뭘 하는 거지?' 난 이 섬에 아는 사람이 한 명도 없었다. 외국에 나온 것도 몇 년 만이었다. '무차스 그라시아스(정말 감사합니다)' '포르 파보르(부탁합니다)' '파타타스 브라바스•'를 제외하고는 스페인어도 할 줄 몰랐다. 그런데도 나는 여기 있었다. 의심할 여지 없이 여기에. 의심할 여지 없이 이항되어.

낯선 땅, 나 홀로. 그리고 이미 약간 두려웠다.

• 튀긴 감자에 매콤한 소스를 얹은 스페인 요리.

A로 시작하는 이름

내게는 작은 타탄체크 캐리어와 주소가 적힌 종이, 열쇠가 든 봉투 하나가 있었다. 짐은 그게 전부였다. 나의 압축된 세상.

"어느 호텔인가요?" 택시 운전사가 반짝이는 흰색 자동차 트렁크에 내 짐을 실으며 미소 띤 얼굴로 물었다. 그의 뒤로 똑같은 흰색 차량이 줄줄이 대기 중이었다. 그는 외모가 상당히 깔끔했다. 그의 애프터셰이브 로션의 향은 숲이 우거진 대지를 연상시켰고, 말끔히 면도한 수염, 선글라스는 택시 기사가 아니라 포뮬러 1에 출전한 선수라고 해도 믿을 정도였다. 힘이 넘쳐 보였고, 팔뚝은 황소와 싸워도 뒤지지 않을 듯했다. 그는 선글라스를 머리 위로 올리고 내 눈을 바라보았다. 스페인 억양이 심하기는 했어도 영어가 유창했다. 나는 얼굴만으로 사람을 파악하는 데는 소질이 없었지만 이 남자는 정직해 보였고, 그의 미소 띤 얼굴은 엄마와 사이 좋은 아들 같았다. 나는 그가 마음에 들었다. 그래도 내가 이방인이라는 강렬한 느낌은 사라지지 않았다. 후끈거리는 더위, 스페인어와 카탈루냐어로 된 간판, 이국적으로 느껴질 정도로 새파란 하늘, 자동차 번호판, 카멜색의 매끈한 현대식 건축물인 공항. 나는 마치 아기가 키 큰 이방인을 올려다보듯이 아찔할 정도로 높이 솟은 야자수를 올려다보았다. 오도 가도 못한 채 어리둥절한 기분이었다. 내가 뭘 하려는 건지 알 수가 없었다. 지난 4년 동안 가장 멀리 갔던 곳이라면 동네 캔윅 로드에 있는 테스코 슈퍼마켓이었다. 그런 내가 미친 듯이 붐비고 캐리어가 굴러다니는 택시 승강장에서 거대한 야자수 옆에 서 있으니 탐험가가 된 기분이었다. 막스앤스펜서 옷을 입은 돈키호테였다.

"안녕하세요. 올라. 아, 내가 가려는 곳은 호텔이 아니라 집이에요. 카사(집)…… 카사…… 카사……."

내게는 상대가 내 말을 이해하는 데 유일한 장벽은 단어를 충분히 반복하지 않는 것이라고 믿는 잉글랜드인 특유의 끔찍한 습관이 있었다. 나는 그에게 주소를 건넸다. 그는 어려운 문장을 읽듯이 주소를 바라보았다. 혹은 약간 불안하다는 듯이. 그가 주소를 읽을 수 있는데도 나는 도로 이름을 말해주었다. "카레테라 산타 에우랄리아." 분명 내 발음이 틀렸는데도 그는 예의 바르게 가만히 있었다. 아니면 완전히 무시했거나.

그는 계속 주소를 바라보았다. 그의 얼굴은 여전히 근심스러운 표정이었다.

"내가 워낙 악필이에요." 내가 사과하듯 말했다. 하지만 그 때문이 아니었다.

"여기가 어딘지 압니다……." 그가 나직이 말했다. 이제 그의 얼굴에서 미소는 완전히 사라졌다. "전에 간 적이 있어요……."

"아, 그래요?"

그는 고개를 끄덕이더니 뒤에서 대기 중인 택시 기사를 바라보았다. 나이 지긋한 대머리 기사가 택시에 기댄 채 담배를 피웠는데 빨리 나가달라는 듯한 불만스러운 표정으로 우리를 바라보았다. 그래서 우리는 택시에 올라탔다.

"무슨 문제라도 있나요?" 내가 물었다.

짧은 정적이 흘렀다. 그러더니 그가 승강장에서 차를 뺐고, 정신을 차리는 듯했다.

"네. 그런 것 같습니다. 그 집은…… 고카트 트랙을 조금 지나면 나오는 집 맞죠?"

"사실 나도 몰라요. 여기가 처음이거든요."

"가족을 만나러 오셨나요?"

가족. 이렇게 다정하지만 마음 아픈 단어가 또 있을까. "아뇨. 아뇨. 누구도 만나러 오지 않았어요. 그냥 그 집에서 지내려고 왔어요. 그 집 주인과 예전에 아는 사이였거든요."

운전사는 그에 대해 뭔가 할 말이 있는 듯했으나 마음을 고쳐 먹었다.

택시를 타고 가는 동안 야자수와 길가 술집, 햇볕에 바랜 대형 나이트클럽 광고판이 옆으로 지나갔다. 태연하게 도로로 걸어 들어오는 어린 수탉 한 마리도 지나쳤다. 두 노인이 이렇게 더운 날씨에도 평범해 보이는 술집 앞에서 체스를 두며 웃었고, 옆에는 레몬 맛 환타를 광고하는 낡고 오래된 자판기가 있었다. 고급 화훼 농원 두 군데도 지났는데 앞마당에 쏟아지는 눈부신 햇살 속에 대형 선인장 화분과 올리브 화분이 즐비했다.

기사가 창문을 살짝 열자 노간주나무와 소나무 향 그리고 희미한 시트러스 향이 풍겼다. 달콤한 지중해 향수였다.

섬은 내 예상보다 푸르렀다. 이유는 모르겠지만 나는 이곳이 신록이 무성하기보다는 매우 건조할 거라고 생각했다. 확실히 날씨가 덥고 건조했으며, 땡볕 아래서 건물이 눈부실 정도로 새하얗게 보이기는 했다. 하지만 공항에서 멀어질수록 울창한 소나무로 뒤덮인 언덕이 보였다. 그 소나무 사이로 도로에서 떨어진 곳에 아름다운 저택들이 자리 잡았다. 특히 한 저택이 가까이에 있었는데 진분홍색과 자홍색 부겐빌레아가 담장 너머로 소복이 흘러넘치며 아름다움을 과시했다. 나는 캐롭 나무의 뒤틀린 줄기를 바라보았다.

"그 집이 어딘지 압니다." 운전사가 또 그렇게 말했다. 하지만 이번에는 자신이 하고 싶었던 말에 좀 더 다가가는 듯했다. "길가에 홀로 있는 집이죠. 사람들이 그 집을 찾아갔어요. 자주 찾아갔죠."

"사람들이요?"

"네. 사람들."

"아, 어떤 사람들인가요?"

"온갖 사람들이요. 수염을 기르고 수영복만 입은 남자도 있었어요. 수염을 기른 노인이었죠. 다이버였어요. 그거 있잖아요…….스쿠버다이빙."

"그 노인이 집주인과 아는 사이였나요?"

"그런 것 같더군요. 제가 그 노인을 두 번이나 태워다줬죠. 두 번째 태웠을 때는 어떤 여자와 함께 있었어요. 훨씬 어린 여자."

"두 사람이 집주인의 친구였나요?"

"모르겠어요. 집주인은 틀림없이 친구가 많았을 겁니다. 일가족이 그녀를 만나러 온 경우도 있었죠. 관광객들도요. 영국인, 독일인, 스페인인. 옷을 잘 차려입은 부자도 있었어요. 하드록 호텔 근처 레스토랑에서 그 남자를 태웠죠. 그 남자는 거기서 식사를 했어요. 제게 그 레스토랑에 대해 말해줬죠. 세상에서 제일 비싼 레스토랑이라더군요. 그거 아세요? 세상에서 제일 비싼 레스토랑이 바로 여기 이비사에 있습니다. 파리도 아니고, 뉴욕도 아니고, 두바이도 아니고 바로 여기에요." 운전사는 자부심과 경멸이 묘하게 뒤섞인 말투로 말했다. "그 남자는 호텔 사업을 한다더군요…….이름이 생각이 안 나네요……. A로 시작하는 이름이었는데…….가장 최근에 태워다준 손님은 울고 있는 여자였어요."

"울어요?"

"괜찮냐고 물었더니 그 집에 다녀오고 나면 곧 알게 될 거라고 하더군요. 하지만 가장 이상한 일은 따로 있었습니다."

"그게 뭔가요?"

"어느 날 밤 그 집에서 뭔가를 봤어요, 아주 이상한 걸."

"이상하다고요?"

기사는 룸미러를 보며 고개를 끄덕였다. "네. 빛이었어요. 아주 강렬한 빛이 그 집에서 새어 나오더군요. 창문으로요……. 전 그 집을 지나고 있었는데…… 그걸…… 뭐라고 불러야 할지도 모르겠네요. 아무튼 그 빛 때문에 하마터면 앞을 못 볼 뻔했어요. 도로를 이탈할 뻔했죠."

내가 대답하려는 찰나에 무전기가 켜지더니 누군가 그에게 스페인어로 뭔가를 물었고, 그가 대답했다. 나는 한마디도 알아들을 수 없었다.

이 섬은 분명 무인도도 아니고 인적이 드물지도 않지만 내 편견
에도 불구하고 매력적인 섬이라는 사실을 알 수 있었다. 왠지 모
르게 특별한 분위기가 느껴졌다. 크리스티나의 집이 어떻게 생겼
을지 궁금했다. 이젠 내 집이었지만. 그래도 한 번도 본 적 없는 곳
을 내 집처럼 느끼기는 쉽지 않다. 더군다나 내가 가질 자격도 없
는 듯한 집이었다. 실수로 상을 받았을 때처럼.

그래도 뭔가가 느껴졌다. 찰나였지만 기분 좋은 느낌이. 나로서
는 드문 일이었다. 젊은 날에 여행하면서 느꼈던 뭔가가 희미하게
다시 느껴졌다. 터무니없는 느낌이지만 혹시 너도 느꼈을지 모르
니 여기 적어보겠다. 그것은 온 세상에서 한꺼번에 일이 일어나는
느낌이다. '지금'이 제곱, 아니 세제곱, 아니 네제곱이 된다. 여행은
경험을 4차원 초입방체로 만든다. 4차원으로 폭발시킨다. 그리고
얼마나 많은 지금이 동시에 벌어지는지 깨닫게 되면 어지러워진
다. 지금 각 대륙에서 무전기로 대화하는 택시 기사가 얼마나 많
을지 생각해보라. 출산하는 사람은 얼마나 많을지. 혹은 샌드위치
를 먹는 사람은. 혹은 시를 쓰는 사람은, 혹은 사랑하는 이의 손
을 잡은 사람은, 혹은 창밖을 내다보는 사람은, 혹은 죽은 이와 대
화하는 사람은.

"아까 빛이라고 했는데……." 내가 말했다. 내 목소리는 희미했
고 나는 말끝을 흐렸다. 바로 그 순간 길가에 외따로 있는 살 데
이비사(이비사의 소금)라는 가게를 지나쳤기 때문이었다. 예쁜 청

록색으로 칠한 가게였지만 뭔가가 내 평온을 깨뜨렸다. 자신이 잡아먹힐 수도 있다는 사실을 불현듯 깨달은 동물처럼 내 감각이 예민해졌다. 가게 앞 땅바닥에 빨간 자전거 한 대가 놓여 있었다. 이 세상의 큰 문제 중 하나는 빨간 자전거가 계속 존재한다는 사실이었다. 어쨌든 나는 빨간 자전거 혹은 대니얼의 죽음을 생생하게 떠올리는 무언가를 볼 때면 늘 그랬듯이 수학으로 눈을 돌렸다. 도로 표지판에는 산타 에우랄리아까지 3킬로미터, 산 조안까지 21킬로미터, 포르티나츠까지 25킬로미터라고 적혀 있었다. 그래서 난 머릿속으로 백분율을 계산했다. 3의 25퍼센트는 0.75, 21의 3퍼센트는 0.63, 25의 21퍼센트는 5.25다. 불안할 때 심호흡을 하는 사람들이 있는가 하면, 비행기에서 본 세 여자는 요가를 하지만, 난 숫자를 계산한다. 그러면 주의를 돌릴 수 있다. 세상에는 작게 쪼개거나 뺄 수 없는 것들이 있다는 사실을 잠시나마 잊는 데 도움이 된다.

소금

운전사는 자전거를 바라보는 날 보며 내가 그 가게에 관심이 있다고 생각했다. 그는 아까 주소를 보고 어색해했던 일을 만회하려고 노력하는 듯했다.

"이비사는 소금의 섬입니다. 세스 살리네스에서 소금을 수확하죠. 그 소금…… 그게 뭐더라…….” 그는 적합한 영어 단어를 찾으며 손으로 크고 평평한 무언가를 표현했다.

"평원이요?" 내가 제안했다.

"네. 소금 평원. 아주 아름답죠. 꼭 보셔야 해요. 특히 그 뭐냐…… 분홍 새들이 있을 때요.”

"플라밍고?"

"네. 네. 꼭 보셔야 해요. 제 아버지는 소금 광부였고, 할아버지도 소금 광부였죠. 증조할아버지도 소금 광부였고 또…….” 나는 그가 무슨 말을 하려는지 이해했다. "아시다시피, 부인, 이비사는 역사상 여러 사람에게 침략을 받았습니다. 하지만 소금만은 늘 세계 최고 수준을 유지했죠. 이비사의 소금으로 황제가 먹는 생선을 염장했으니까요.”

나는 나중에 이비사의 택시 기사들이 종종 여행 가이드와 역사학자 역할도 겸한다는 사실을 알게 됐다.

"그리고 이제는 관광객들에게 침략당했네요." 자전거를 보고 흔들린 평정심을 되찾은 내가 말했다.

"네, 하하하. 그렇죠. 최악의 침략입니다. 처음에는 히피가 오더니 그다음에는 파티족이 왔고, 그다음에는 셀럽, 그리고 다시 히피가 왔죠. 세계 각지에서요. 영국만이 아닙니다. 독일, 프랑스, 네덜란드, 이탈리아, 포르투갈, 스웨덴, 오늘만 해도 미국과 여러 나라에서 왔어요. 브라질, 아르헨티나…… 아뇨, 사실 이건 행복한 침략입니다. 우린 모두 같은 인간이니까요, 그렇죠?" 활짝 웃는 그의 미소에서 진심이 느껴졌다. "이비사는 그 사실을 기억하기 위해 오는 곳입니다. 세계 각지에서 남녀노소, 모든 인종이 모이는 곳이죠. 좋은 일이에요. 골프장만 빼면요. 우린 여기에 골프장을 짓는 게 싫어요. 하나 있기는 하지만 더는 안 돼요. 하나로 충분합니다."

"골프장이요?" 칼이 생각났다. 남편은 골프를 좋아하지 않았다.

"엔 세리오(그렇다니까요)! 만약 골프장을 짓는다고 하면 여기 사람들은 거리로 나가서 시위할 겁니다! 골프장 말고 비치클럽을 지어야죠! 우린 음악을 좋아하고, 바다를 좋아하고, 맛있는 음식을 좋아하고, 자연을 좋아합니다. 하지만 골프장은 별로 좋아하지 않아요. 아파트 가격도, 8월의 도로도." 그러더니 택시가 좌회전하면서 갑자기 우리 대화도 방향을 틀었다. "이 섬에는 외계인도 있답니다. 그렇게 주장하는 사람들이 있어요. 이 섬에는…… 미친 사람들이 많죠."

"유의할게요. 골프장을 짓지 않도록 최선을 다하죠." 내가 진지하게 말했다. "ET도 찾아보고요."

기사는 웃었고, 내 농담이 재미있다는 뜻으로 운전대를 두들기기까지 했다.

"네. 아주 좋아요! 골프장, 노! 외계인, 예스!"

나는 뒷좌석에서 빙그레 웃으며 창밖을 바라보았으나 내 생각은 약간 어두운 쪽으로 흘렀다.

'바다를 좋아하고.'

나는 운전사가 마치 무슨 모양인지 정확히 알 수 없는 로르샤흐 잉크 반점이라도 되는 듯이 바라보았다. 그는 잠시 말이 없었다. 얼굴을 찡그린 채 생각에 잠겨 있더니 불쑥 이렇게 말했다.

"그 여자가 죽은 건 알고 있었어요. 신문에서 읽었거든요. 크리스티나 판데르베르크." 그는 마치 도자기를 다루듯 이름을 조심스럽게 발음했다. "《디아리오》에서 봤습니다. 이 지역 신문이에요. 《디아리오 데 이비사》."

"크리스티나가 어떻게 죽었는지 나와 있었나요?"

"스쿠버다이빙을 하다가 죽은 것 같던데요." 나는 룸미러에 비친 그의 눈을 보았다. 그가 아주 조심스럽게 다음 질문을 했던 기억이 난다.

"부인은 친구인가요?"

"아뇨." 나는 왠지 모르게 그렇게 말했다가 다시 덧붙였다. "네. 그러니까 오래전에요. 예전에 크리스티나의 친구였고, 지금은 집을 관리하러 가는 길이에요." 왜 그렇게 말했는지 모르겠다. '관리한다.' 어쩌면 잘 알지도 못하는 사람에게 집을 받았다는 사실이 갑자기 부끄러워진 것일 수도 있다. "크리스티나는 오래전에 가수가 되려고 여기 왔어요. 하지만 계속 가수로 활동했는지는 모르겠네요. 노래를 아주 잘 불렀죠. 재능이 있었어요."

운전사가 다시 걱정스러운 표정을 지었다. "재능이요?"

"네."

그는 그 말을 알약처럼 삼켰다. "이 섬에서는 이상한 일들이 일어나죠. 대부분의 사람들은 이해할 수 없는 일이요. 쉽게…… 설명되지 않는 일……."

나는 그가 무슨 말을 하는지 감을 잡을 수 없었다. 어릴 때 와이트섬으로 여행을 갔다가 야머스에 있는 디저트 가게의 이상한 아줌마와 친구가 된 적이 있었다. 아줌마는 자신이 예전에 인어였다고 믿었다. 어쩌면 섬이란 원래 그런 곳인지도 모르겠다. 사람을 미치게 하는 곳.

황량한 땅

이제 기사는 차를 세웠고, 우리는 목적지에 도착했다. 지나다니는 차량을 제외하면 주변에 아무것도 없는 황량한 땅이었다.

내가 본 이 집의 유일한 사진은 외관을 찍은 사진이었는데 그나마 다른 데 실린 사진을 다시 복사한 터라 화질이 내 시력처럼 좋지 않았다. 그저 강렬한 푸른색 하늘과 흰 벽만 보였다. 그래서 난 산비탈 마을에 자리 잡은 시골집을 상상했던 터였다.

하지만 우리가 도착한 곳은 완전히 딴판이었고, 난 즉시 내가 실수했다는 생각이 들었다.

배은망덕한 사람이 되고 싶지는 않지만 아마 이 집은 이비사 전체를 통틀어 가장 매력 없는 집일 것이다. 예쁜 꽃이 피는 부겐빌레아는 흔적도 없었다. 분위기도 없었고. 이 집과 비교하면 링컨에 있는 우리 집은 할리우드 힐스의 대저택처럼 보일 지경이었다. 어쩌면 그래서 이 집을 진짜 친구에게 주지 않았는지도 모르겠다. 다들 이 집을 원치 않았던 것이다.

흰 상자처럼 생긴 이 집은 집이 있을 만한 이유가 전혀 없는 곳에 버티고 있었다. 단층에 창문은 작았고, 도로변 자갈과 희끗희끗하게 변색된 아스팔트에서 약간 뒤로 물러나 있었다. 페인트가 비늘처럼 벗겨졌고, 갈색 시멘트를 여기저기 덧대놓았다. 집 앞 아스팔트 도로에는 깨진 맥주병과 아무렇게나 버려진 쓰레기들이 널 브러져 있었다. 집에서 걸어갈 만한 거리에는 아무것도 없었다.

설상가상으로 길 건너편에 특급 호텔 광고판이 설치되어 있었 다. 절벽 꼭대기에 위치한 수영장과 근사한 건물을 공중에서 찍은 사진이었다. '이비사 칼라 욘가에 있는 최신 에잇스 원더 스파 리 조트 호텔. 현재 영업 중. 당신의 꿈을 상상하고 현실로 만드세요.'

"여긴가요?" 나는 운전사에게 20유로를 건네며 작고 낡은 집을 바라보았다.

"이 집입니다." 그가 약간 정중한 미소를 지었다. "만나서 반가웠 습니다." 그는 그렇게 말하더니 내가 나이가 들수록 자주 보게 되 는 표정을 지었다. 걱정스러운 표정. "제 이름은 파우입니다. 폴에 서 l이 빠졌죠."

"난 그레이스예요." 내가 차 문을 열며 말했다. "나 역시 l은 없어 요. '만나서 반갑습니다'를 스페인어로 뭐라고 하나요?"

"무초 구스토."

기사가 트렁크에서 내 짐을 꺼내는 동안 나는 고개를 끄덕였다. "그렇군요. 무초 구스토."

"그리고 부에나 수에르테는 '행운을 빈다'는 뜻입니다."

"아, 그건 묻지 않았는데요."

그가 고개를 끄덕였다. "압니다. 하지만 필요하실 것 같아서요."

내가 왜냐고 묻기도 전에 그는 다시 택시에 탔다.

그러더니 지나가는 차량 사이로 틈이 나길 기다렸다가 차를 돌 려 재빨리 사라졌다.

벽에 걸린 사진

그렇게 난 땡볕이 내리쬐는 아스팔트 도로에 서 있었다. 부은 발은 신발에서 벗어나기를 간절히 원했다. 편한 샌들을 신고 왔다면 좋았으련만 오늘 아침에 링컨에서 일어나 샌들을 신었을 때는 너무 튀어 보였다.

'아, 이런.'

자동차 소음이 매미 소리와 경쟁하는 동안 나는 그걸 바라보았다.

집.

허름한 흰 상자 같은 집. 현관 대신 건물 옆쪽에 푸른 철문이 있고, 그 문을 열면 자갈이 대충 깔리고 초라한 식물이 어수선하게 자란 땅이 나왔다. 집 앞에는 오래된 고물차인 피아트 판다가 주차되어 있었다.

"그렇군." 나는 허공에 그렇게 말했다. 내 노화 과정의 특징은 점점 더 무대에 선 배우처럼 행동하며, 듣지도 않는 혹은 존재하지도 않는 관객에게 중얼거리는 방백을 던진다는 것이다.

나는 철문을 통과했다. 가슴이 두근거리고 다리가 따끔거렸다. 정맥 수술 때문인지 아니면 두려움 때문인지 알 수 없었다. 더듬거리며 열쇠를 찾다가 그만 떨어뜨렸다. 열쇠를 주우려고 쪼그려 앉자 무릎이 삐걱거리며 달가워하지 않았다(수월하게 쪼그려 앉을 수 있는 능력을 마음껏 즐기려무나, 모리스. 젊음이 주는 많은 선물 중 하나야).

자갈에 둘러싸여 땡볕 아래 반짝이는 열쇠를 보고 있으니 순간적으로 여기까지 온 내가 얼마나 멍청했나 하는 생각이 강하게 들면서 차라리 우주가 날 삼켜줬으면 싶었다. 아니면 차에 치여 내 시체가 들개의 먹이가 되거나.

머나먼 과거에서 엄마의 목소리가 들려왔다. "네 꼴을 좀 봐라. 아무짝에도 쓸모없는 그레이스."

'어리석긴. 정신 차려.' 나는 생각했다.

열쇠를 집어 들고 다시 일어나자 온몸이 나직이 삐걱거리고 빠각거렸다.

제대로 가꾸지 않은 작은 정원이 있었다. 잡초와 메마른 땅, 군데군데 조금씩 돋아난 잔디로 이뤄진 황무지였다. 이렇게 방치된 정원은 본 적이 없었다.

집 안은 약간 나은 정도였다.

인테리어는 낡은 갈색을 메인으로 잡은 듯했다. 집 안에서는 퀴퀴한 냄새가 났고, 공기는 텁텁하고 탁했다. 공기 중에 떠다니는 먼지가 작은 은하수처럼 빛났다. 그때 섬뜩한 생각이 날 사로잡았다. 먼지 중에 크리스티나의 각질이 떠다니는 건 아닐까? 지금 내가 크리스티나를 들이마시는 건 아닐까?

복도가 나오자 캐리어를 놓고 신발을 벗어두었다. 내 부은 발은 로퍼에서 벗어나자 안도감으로 노래했다. 그다음에는 히피풍 덮개를 씌운 소파와 지저분한 러그가 깔린 거실이 나왔다. 천장에 달린 대형 선풍기에는 먼지가 두껍게 쌓여 있었고, 바닥 타일은 물걸레질을 해야 했다. 나는 주위를 걸어 다녔다. 여전히 겁에 질렸고, 이러다 크리스티나의 시신과 마주칠지 모른다고 반쯤 예상하고 있었다. 있어서는 안 될 곳에 있는 기분이었다. 이 공간에는 은밀하고 친밀하게 느껴지는 무언가가 있었고, 따라서 여기 있는 것은 내가 전혀 모르는 추억을 침범하는 일이었다. 나는 이미 저주처럼 느껴지는 선물 안에 들어온 침입자였다.

벽에는 액자에 넣은 사진들이 걸려 있었다. 크리스티나의 일대기를 보여주는 갤러리였다.

크리스티나가 산들바람에 긴 갈색 머리를 나부끼며 역시나 장발에 두 눈이 반짝이는 남자와 함께 해변에 서 있는 사진이었다. 그들 뒤로 모래사장에서 모는 소형 자동차 미니 모크가 보였다.

어색한 미소를 지은 채 곰 인형을 안은 소녀의 사진.

크리스티나와 아까 그 소녀, 그리고 아까 그 남자 셋이서 찍은 사진.

손에 마이크를 쥔 채 호텔에서 노래하는 크리스티나의 사진.

1980년대 어느 파티에서 프레디 머큐리로 보이는 남자 옆에 서 있는 크리스티나의 사진.

잠수복과 스쿠버다이빙 장비를 착용한 크리스티나의 사진. 이번에는 다른 남자와 함께였는데 첫 번째 남자보다 수염이 더 덥수룩했고 바다 사나이 같았다. 제대로 당겨서 입지 않은 잠수복 차림의 키 작은 포세이돈이었다. 둘은 연인이라기보다 친구 같았다.

지방 축제 같은 곳에서 전통 의상을 입고 춤추는 크리스티나의 사진도 있었다.

모든 사진에서 크리스티나는 교사였을 때보다 행복해 보였다. 하지만 꽤 오래전 사진인 듯했고 최근 사진은 하나도 없었다.

"내가 왜 여기 있을까?" 나는 상상 속 관객을 향해 물었다. 사진 속 소녀와 소녀가 꼭 안은 보라색 곰 인형을 바라보았다. 이 아이가 크리스티나의 딸인가? 그렇다면 왜 크리스티나는 이 집을 딸에게 혹은 사진 속 다른 사람에게 남기지 않았을까? "왜 하필 나지?"

하지만 대답은 없었다. 대신 정적만 흘렀다. 그리고 걱정도. 축축한 공기와 엄청나게 많은 먼지도.

올리브 병

나는 집 안을 여기저기 돌아다녔다. 답을 찾고 있었지만 찾을 수 없었다.

침실에 들어갔더니 서랍장 위에 화분 하나가 있었다. 아무래도 죽은 듯한 식물이 말라서 갈색으로 변한 채 축 늘어져 있었다. 아마 스파티필럼일 것이다. 침대는 상태가 나쁘지 않았고 깨끗한 새 시트가 깔려 있었다. 다시 거실로 나가 1980년대 구식 오디오와 줄줄이 꽂힌 카세트테이프, 음반 더미를 살펴봤다.

꽤 많은 책도.

나는 누군가를 이해하는 가장 빠른 길은 그의 책장을 살펴보는 거라고 늘 생각한다. 특히 화려한 장식용 책장이 아니라 정직한 책장일 경우에는. 그리고 이 집에는 화려하거나 장식용으로 놓아둔 물건은 하나도 없었다.

책은 종류가 다양했는데 일부는 책장에, 일부는 책장 근처 바닥에 쌓여 있었다. 영어로 된 책도 있었고, 스페인어로 된 책도 있었으며, 그리스어로 된 책도 한두 권 있었다. 영어로 된 책 중에는 헤르만 헤세의《싯다르타》와《도덕경》번역본이 있었다.

발레아레스제도의 동식물 안내서. 애거서 크리스티 책 두 권.

내가 어릴 때 읽고 좋아했던 고전 소설도 있었다. 알렉상드르 뒤마의 《몬테크리스토 백작》(이 책을 읽어본 적 있니? 꼭 읽어보렴. 내가 읽은 책 중에서 최고야. 복수와 용서에 관한 내용인데 탈옥하는 장면도 나와. 난 탈옥을 다룬 훌륭한 이야기를 늘 좋아했지. 10대 시절에 뒤마의 책은 다 읽었어. 《프랑켄슈타인》이랑 《셜록 홈스의 모험》도. 너도 알다시피 훌륭한 이야기들이지). 그리스어로 쓰이지 않은 《그리스인 조르바》도 있었고, 카바피스의 시집도 있었는데 이건 그리스어였다. 스페인어 책 중에는 파블로 네루다 시집들과 카를로스 루이스 사폰, 손때 묻은 이사벨 아옌데가 있었다.

그러다 이 책장과 전혀 어울리지 않는 책을 발견했다. 《초능력을 얻기 위한 궁극의 가이드 8권》이라는 책으로 투시력에 관한 내용이었다. 나는 제목을 보고 어색하게 피식 웃었다. '음악 선생들이란.' 나는 생각했다.

눈에 띄는 책이 또 한 권 있었다. 이 책도 스페인어였는데 알베르토 리바스라는 사람이 쓴 《라 비다 임포시블레La Vida Impossible》였다. '불가능한 생명체.' 조잡한 표지에는 바다와 작은 바위섬 하나를 엉성하게 그려놓았다. 해변에서 본 풍경이었다. 바다는 마치 안에서 뭔가가 빛나는 듯 주위에 여러 개의 짧은 선을 그려놓았다. 뒤표지에 작가의 사진이 있었다. 햇볕에 그을린 얼굴에 덥수룩한 수염을 기르고, 문어가 그려진 티셔츠를 입었다. 이가 하나 빠진 채 환히 웃는 그의 모습은 늙은 해적 같았다.

나는 전에 이 남자를 본 적이 있는 듯한 이상한 기분이 들었다. 그런 기분이 든 이유는 정말로 봤기 때문이었다. 약 1분 전에, 벽에서.

크리스티나와 함께 찍은 사진 속에서 덥수룩한 수염을 기르고 환히 웃던 남자. 크리스티나는 이 남자와 아는 사이였다. 나는 다시 벽 앞으로 가서 사진을 보았다. 틀림없이 이 남자였다. 나는 사진들을 좀 더 바라보았다. 그중 한 사진에서 크리스티나는 1979년에 내가 췄던 성 크리스토퍼 목걸이를 하고 있었다. 다른 사진에서도 마찬가지였다. 심지어 프레디 머큐리를 만난 파티에서도.

약간 퀴퀴한 냄새가 났다. 심한 악취는 아니었지만 유쾌한 향도 아니었다. 그리고 향수 냄새도 아주 희미하게 났다. 허공에 떠도는 그녀의 유령이었다.

배에서 꾸르륵 소리가 났다. 작은 주방으로 가 냉장고를 열었더니 유통기한이 지난 오래된 가스파초● 한 통만 덩그러니 남아 있었다. 선반에는 비스킷 몇 개가 있었다. 이상하게 올리브가 없는 올리브 병도 있었다. 일반적인 잼 병보다 몸통이 눈곱만큼 더 가는 유리병이었는데 물이 가득 들어 있었다. 라벨에 녹색 피멘토 고추로 속을 채운 올리브 그림과 함께 '올리보스 델 수르(남부 지방 올리브)'라고 적혀 있어서 올리브 병이라는 것을 알 수 있었다. 나는 뚜껑을 비틀어 열고, 안에 든 물의 냄새를 맡아보았다. 살짝 유황이 섞인 소금물 냄새였지만 보통 올리브 병에 든 소금물과는 달랐다. 안에서 어떤 작용이 활발하게 일어나는 듯했으며 복잡해 보였다. 어쩌면 조류가 들어 있을지도 몰랐다. 잘 모르겠다. 비록 평범한 바닷물처럼 보이지는 않았지만. 하지만 내게는 아무 소용 없

● 차갑게 먹는 스페인식 토마토 수프.

는 물건이 틀림없었다. 그래서 현관으로 걸어가 문을 열고 메마른 땅바닥에 물을 부어버린 다음 다시 집 안으로 들어갔다. 그때 무언가가 눈에 띄었다.

복도의 작은 선반에 놓인 카드였다.

카드에는 꽃잎들로 이뤄진 'MUCHAS GRACIAS(대단히 감사합니다)'가 그려져 있었다.

그 안에서 편지가 떨어졌다. '드디어 나왔구나.' 나는 생각했다. 어쩌면 이 편지가 전부 말해줄지 모른다.

친애하는 그레이스에게

　이 편지를 읽고 있다면 당신은 올바른 결정을 내린 거예요. 이 집은 보잘것없지만 내가 가진 전부랍니다.

　당신에게 감사 인사를 하고 싶어요. 오래전 당신의 친절이 내 목숨을 구했어요. 과장되게 들리겠지만 당신이 아니었다면 난 정말로 그해 크리스마스를 넘기지 못했을 거예요. 그때가 내 인생의 바닥이었어요. 이비사에 가라는 당신의 제안이 날 해방시켜줬죠. 이젠 내가 당신 내면의 실현되지 못한 잠재력을 깨울 차례예요. 내가 왜 다른 누구도 아닌 당신에게 이 집을 남겼는지 당신은 틀림없이 이해가 안 될 거예요. 하지만 날 믿어야 해요. 당신이 적임자라는 걸 내가 어떻게 알았는지 설명한다면 당신은 날 미쳤다고 생각할 테니까요. 때가 되면 왜 당신이 여기에 와야 했는지 알게 될 거예요. 하지만 지금은 그저 당신이 아주 흔치 않은 사람이고, 난 당신이 여기서 마음의 평화를 찾을 거라는 예감이 든다고만 말해둘게요.

　난 내 여생이 얼마 남지 않았다는 걸 알아요. 하지만 두렵지 않아요. 그게 끝이 아니라고 정말로 확신하니까요. 그리고 더 나은 곳으로 향한다는 느낌이 들어요.

　나는 이 섬에서 사는 게 정말 좋았어요. 당신이 아니었다면 절대 이 멋진 섬으로 오지 않았을 거예요. 오래전 당신의 집 소파에서

〈톱 오브 더 팝스〉를 보며 우리가 나눴던 대화가 지금 이 순간으로 이어졌어요. 난 블론디처럼 유명해지지 못했어요. 그리고 이 허름한 집을 보면 알 수 있듯이 전통적 의미에서 부자가 되지도 못했죠. 하지만 풍요로운 삶을 살았고, 꿈도 꿀 수 없었던 것들을 발견했어요.

사람들은 당신에게 이곳이 마법의 섬이라고 말할 거예요. 이상한 이야기와 근거 없는 이야기도 듣게 될 거고요. 그 이야기가 모두 사실은 아닐 거예요. 하지만 우리가 아는 것이 인생의 전부는 아니에요. 우리 마음속에는 우리가 깨달은 것보다 훨씬 더 많은 것이 있어요.

이 집을 별장으로 사용하든, 아예 여기에서 살든 일단 살아보면서 아름다운 장소를 모두 방문해보세요. 내가 꿀팁을 알려줄게요.

성벽 뒤 언덕 높은 곳에 자리한 달트 빌라—에이비사, 영어로는 이비사 타운의 옛 성채죠—의 좁은 골목길에서 길을 잃어보세요.

칼라 산 비센테에서 옛 순례자의 길을 따라 타니트 동굴까지 걸어보세요.

에스 무르타의 보호구역에서 말을 구경하세요.

북쪽으로 가서 소나무에 둘러싸이는 경험을 해보세요.

세스 살리네스에서 플라밍고를 구경하세요.

라스 달리아스의 히피 마켓으로 가세요. 광란의 장소로 변하는 밤 말고 낮에. 가서 내 친구 자비네와 인사하세요.

포르멘테라로 가는 배를 타고 등대를 구경하세요.

언덕 꼭대기 마을에 있는 술집에 가서 이비사 전통주인 이에르바스 이비센카스를 한 잔 마셔봐요.

해 질 녘에 베니라스 해변에서 북 치는 사람들을 구경하세요.

산타 게르트루디스의 슈퍼마켓에서 장을 보세요. 거기 직원들은 아주 친절해요.

차를 몰고 폰트 드 페랄타라는 이름의 오래된 돌 분수로 가서 이비사 전통 '소작농 춤'인 발 파예스를 감상하세요. 알록달록한 옷을 입은 사람들이 잔뜩 나와 캐스터네츠 소리에 맞춰 폴짝폴짝 뛰고 빙글빙글 돌 거예요.

춤을 춰보세요. 딱 한 번만. 이 섬에서는 나이가 전혀 중요하지 않아요.

재미있게 놀아요.

아, 그리고 꼭 해야 할 일이 있어요. 칼라 도르트에 있는 아틀란티스 스쿠버에 가세요. 알베르토에게 내가 보냈다고 말하면 돈을 받지 않을 거예요. 가서 해초대를 보세요. 지구상에 사는 가장 오래된 유기체예요.

그리고 거기 가면 제발 마음을 열어요. 어떤 변화가 일어나든 더 나은 방향으로 가기 위해서예요. 날 믿어요.

오래전에 연락이 끊긴, 당신을 사랑하는 벗
크리스티나

＊추신: 길가에 주차된 흰색 피아트 판다도 당신 거예요. 차 키는 부엌 서랍에 있어요.

만족

　다정한 편지였다. 추신으로 자동차를 선물해주는 편지라면 읽을 가치가 있다. 하지만 솔직히 말해서 그 편지를 읽고 나니 진이 빠졌다. 그리고 심란했다. 크리스티나가 이 집을 내게 남겼다는 사실을 처음 알았을 때보다 더 혼란스러웠다.

　'내 여생이 얼마 남지 않았다는 걸……'

　심장이 심하게 두근거리는 동안 적어도 한 가지 답은 얻었다는 걸 깨달았다.

　크리스티나는 자신이 죽으리라는 걸 알았다. 하지만 병이나 다른 이유를 언급하지 않았고, 저 편지는 자살하면서 남기는 유서와는 거리가 아주 멀어 보였다.

　예전에 누군가 가장 행복한 죽음은 충족감을 느끼며 죽는 것이라고 말해준 적이 있었다. 맛있는 식사를 하듯이 인생을 사는 것이다. 각 코스마다 나오는 음식을 즐기며 깨끗이 먹어치우면 식사가 끝났을 때 배가 부르고, 한 입 한 입 즐기며 먹었기 때문에 식사가 끝났다고 해서 슬프지 않다. 크리스티나는 평범한 전채 요리를 먹고, 만족스러운 메인 코스와 디저트까지 먹은 뒤 흐뭇한 마음으로 세상을 떠난 듯했다.

　난 그녀가 추천해준 것을 다시 읽었다. 왠지 모르게 단순히 추천 이상인 듯했다. 내가 아직 이해할 수 없는 무언가로 가는 이정표 같았다. 그래서 여행객 기분을 낼 마음은 별로 없었지만 크리스티나가 편지에서 추천한 일을—절반이라도—진지하게 고려해 보기로 했다. 나는 그녀의 조언을 다시 살펴봤다.

즉시 제외해야 할 것들이 수두룩했다. 이를테면 내가 스쿠버다이빙을 한다는 건 어림도 없었다. 일흔둘의 나이에 스쿠버다이빙은 바람직하지 않다고 확신했다. 또한 아무리 정맥 수술을 했다고는 해도 내가 다시 춤을 출지도 의문이었다. 어쨌든 1992년 이후로는 춤을 춘 적이 없었으니까.

해초대도 관심 밖이었다. 나야말로 지구상에 사는 가장 오래된 유기체 아닌가?

편지에서 가장 눈에 띄는 부분은 "마음을 열어요"라는 구절이었다.

어쩌면 그냥 할 수 있는 말인지도 모른다. 특히나 스쿠버다이빙을 언급한 뒤에는. 하지만 그 구절과 일부 이상한 이야기들이 사실일 수 있다는 말, 그리고 이 집에 있는 과학책들을 보니 혹시 크리스티나가 여기 와서 마약을 너무 많이 한 나머지 신비주의 헛소리에 심취한 것은 아닌지 의문이 들었다. 난 그녀가 점성술에 관심이 많았던 걸 또렷이 기억했다.

이런, 내가 또 함부로 사람을 판단하고 있었다. 오랫동안 혼자 집에 틀어박혀 지내면서 생긴 나쁜 습관이었다.

마음을 가라앉히고 침실로 가서 짐을 풀었다. 옷장은 이 집의 다른 가구와 마찬가지로 약간 허름했고, 곳곳에 흠집이 있었다.

캐리어에서 제일 먼저 꺼낸 물건은 가운이었다. 이 가운이 전체 짐의 28퍼센트 정도를 차지했을 것이다. 예전에 칼이 입던 가운이었는데 이건 도저히 두고 오거나 버릴 수가 없었다. 지중해의 더위 속에서도 난 그 가운이 필요했다. 칼이 죽은 뒤로 종종 이 가운에 얼굴을 묻곤 했다. 이 가운을 입는 것은 그의 품에 안기는 것과 가장 비슷한 행위였다. 우스운 짓이라는 건 안다. 하지만 삶에서 어떤 시점이 지나면 모든 게 우스워진다. 대니얼이 그려준 파랑새도 가져왔다. 어머니의 날에 대니얼이 날 위해 그려준 그림. 오랫동안 액자에 넣어뒀는데 대니얼의 물건을 하나는 가져오고 싶었다.

짐을 풀면 마음이 편안해진단다, 모리스. 새로운 곳에 도착하면 정성스럽게 짐을 풀어보라고 권하고 싶구나. 새로운 환경에 질서를 부여하고 중요한 의식을 치르는 기분이 들지. 그래서 난 마치 명나라 황제에게 차를 대접하듯 조심스럽게 내 옷을 분류했다. 옷장에 걸린 크리스티나의 옷을 보고 왜 놀랐는지 모르겠다. 아마 누군가 와서 이미 옷을 가져갔을 거라고 생각했던 것 같다.

그녀의 옷은 알록달록하고 밝은 색상으로 중고품 가게에 진열해두면 학생들에게 금방 팔릴 스타일이었다. 이렇게 다채로운 색의 옷이 납작하게 눌려 있는 걸 보니 슬펐다. 색색의 유령으로 이뤄진 콘서티나• 같았다. 내가 몰랐던 누군가의 다양한 성격을 보여주는 스펙트럼 같기도 했다. 옷장에 내 옷을 건 뒤에야 그것들

• 작은 아코디언처럼 생긴 악기.

70

이 얼마나 칙칙해 보이는지 깨달았다. 크리스티나의 남색과 노란색 옷 옆에 걸린 내 옷은 전부 채도 낮은 크림색과 산호색, 라일락색이었다. 우리의 옷이 나란히 놓여 있으니 뭔가 잘못되어 보였다. 과일샐러드 위에 으깬 감자를 올려놓은 것처럼.

그런 다음 침대에 누워 낮잠을 자보려 했지만 잠이 오지 않았다. 뭐, 사실 몇 초 졸았던 것 같기는 한데 금방 잠에서 깼다. 새 매트리스에 적응되지 않아 등이 아팠고, 머릿속으로는 크리스티나가 무슨 뜻으로 "마음을 열어요"라는 구절을 썼을지 골똘히 생각했다.

도로에서 자동차가 쌩쌩 지나가는 소리가 들렸다. 그 백색소음이 의외로 마음을 달래주었다. 크리스티나에게 무슨 일이 있었고, 왜 그녀가 날 선택했는지 생각하는 동안 내게는 마음을 달래줄 무언가가 필요했다.

그때 내가 느꼈던 감정을 설명하기가 어렵다.

아마 마음이 약해진 상태였을 것이다. 또 외롭기도 했고.

지금 이 섬은 나이트클럽과 비치클럽, 고급 빌라, 노을을 감상하기 좋은 술집, 요가원, 대형 호텔, 미슐랭 스타를 받은 레스토랑으로 유명했지만 내게는 다른 우주의 이야기나 마찬가지였다.

필요

집에서 나가야 했다. 크리스티나에게 무슨 일이 있었는지 알아
야 했다.

삼 분의 일

모든 게 불확실하게 느껴졌다. 이 불확실한 느낌은 점점 더 강해졌고, 급기야 나는 내가 실재한다는 사실을 확인하기 위해 내 숨소리를 들어야만 했다.

마음 한구석으로는 지금 이게 아주 치밀한 몰래카메라가 아닐까 생각했다. 어쨌거나 크리스티나가 날 그토록 높이 평가했다면 왜 살아 있을 때 내게 연락하지 않았을까?

여러 가능성이 벡터•처럼 퍼져 나갔다. 어지러웠다. 배에서 꼬르륵 소리가 나자 내가 마지막으로 먹은 음식이 집에서 먹은 시리얼 한 그릇이었다는 사실이 떠올랐다. 식당을 찾아야 했다. 최소한 장이라도 봐야 했다.

그때 문 옆에 놓아둔 올리브 병이 다시 눈에 들어왔다. 정확히 내가 놓아둔 자리에 그대로 있었다. 같은 병, 같은 자리, 닫힌 뚜껑. 그런데도 병에는 물이 들어 있었다. 아까 물을 전부 다 따라버렸다고 맹세할 수 있었다. 하지만 아니었다. 병에는 물이 있었다. 그것도 3분의 1이나.

'내가 미쳐가고 있구나.' 새삼 그런 생각이 들었다.

● 방향과 크기를 가진 양. 주로 화살표로 나타낸다.

늙어서 그래. 나는 마음속으로 한숨을 쉬며 오후 태양이 내리쬐는 바깥으로 나갔다. 그러고는 그 외에 다른 이유는 있을 수 없다고 생각하려 최선을 다했다.

수학

나는 신비적인 현상을 잘 믿지 못한다.

어릴 때부터 성당에 다녔고, 기도를 열심히 했지만 아무 응답도 받지 못한 채 살아왔기 때문일 것이다. 그렇다고 해서 신앙심이 전혀 없다고는 할 수 없다. 하지만 젊을 때도, 칼과 대니얼이 죽기 전에도, 대답을 찾을 수 없는 곳에서 답을 찾는 데 지친 터였다.

아마 그래서 내가 수학을 사랑하나 보다.

수학을 제대로 안다는 것은 확실하게 알 수 있는 유일한 것을 아는 것이다. 정치와 사회학, 역사, 심리학은 해석해야 할 사실이 있는 반면 수학에서 사실은 그저 사실일 뿐이다. 논쟁의 여지가 없다. 좌파 대수학이나 우파 대수학은 없다. 기하학에는 죄가 없고, 삼각함수에는 죄책감이 없다.

수학이야말로 평화의 결정체다. 물론 수학 역시 우리 인생만큼이나 신비롭고 수수께끼 같다는 점, 또한 수학이—혹은 다른 무엇이든—내가 원하는 대로 되기를 기대하는 건 실수라는 점만 제외하고. 우리를 가장 망연자실하게 하는 것이 바로 그것이다. 우리가 추구했던 논리적 세계가 눈앞에서 가루가 되어 바스러지는 순간.

무한에 관한 새로운 이론

이야기를 계속하기 전에 내가 어떤 사람인지 확실히 말해두고 싶구나. 난 허황된 이야기는 잘 믿지 않아. 인간의 달 착륙은 진짜라고 믿고, 이 지구도 대략 둥글다고 생각한다. 하지만 수정 구슬 같은 미신에는 별로 관심이 없고, 목성의 달이나 수성의 역행이 내 기분에 영향을 미친다고 생각하고 싶지도 않구나. 우리 집엔 심지어 양초 한 자루도 없어.

그렇기는 해도 난 인간이 세상을 이해하는 범위가 엄청나게 제한되었으며, 자신의 세계관에 맞지 않으면 안 믿는 경향이 있다는 걸 이젠 깨달았어. 내가 하고 싶은 말은 가끔 우리는 눈앞의 진실도 받아들이지 못한다는 거야. 때로는 한 시대의 미치광이가 다음 시대에는 현자가 되기도 하지.

내가 이런 이야기를 하는 이유는 앞으로 이 이야기를 읽다 보면 네가 날 미쳤다고 생각할 수도 있기 때문이야. 그러니 부디 게오르크 칸토어를 생각해보렴.

네가 대학에서 수학을 공부한다면 틀림없이 칸토어를 들어봤을 거야.

나도 수업 시간에 칸토어 이야기를 자주 했던 것 같구나. 칸토어는 19세기 말의 집합 이론 창시자야. 어쨌든 칸토어는 엄밀히 말해 무한에도 다양한 크기가 있다는 사실을 증명하면서 이단자로 낙인찍혔어. 많은 학자가 그를 비난하고 배척하며 웃음거리로 삼았지. 칸토어는 그걸 견딜 수 없었어. 그는 자신이 발견한 사실에 충격을 받았고, 자신의 신념 체계에 의문을 품었지. 무한에도 다양한 크기가 있다고 믿는 것은 불가능을 믿는 것이나 마찬가지였어. 칸토어는 신경쇠약이 계속 재발했고 결국 정신병원에서 생을 마감했단다. 하지만 칸토어가 옳았어. 적어도 수학적으로는. 무한에는 다양한 크기가 있었어. 하지만 그가 보는 것을 다른 사람들도 보기까지는 오랜 시간이 걸렸지.

난 게오르크 칸토어는 아니야. 하지만 나 역시 최근에 내 세계관이 뒤집혔고, 이 이야기를 누군가에게 해야 할 필요성을 느꼈어. 나도 내 믿음을 송두리째 흔들어놓는 일을 겪었지. 마침 네가 딱 맞춰서 내게 이메일을 보낸 거야. 이 이야기를 하고 싶은 내 욕구와 답을 찾는 네 욕구가 일치한 것 같구나.

그러니까 요점은 이거야. 넌 무한에 관한 새로운 이론을 받아들일 준비가 됐니?

산타 게르트루디스

크리스티나의 차는 좀처럼 말을 듣지 않는 고물차였다. 나는 한동안 차에 앉아 퀴퀴한 자동차 시트의 냄새를 들이마시며 크리스티나가 어떤 삶을 살았는지 말해주는 단서를 찾으려 했다. 하지만 차 안에는 아무것도 없었다. 빈 다이어트 레모네이드 병 하나와 수납함 속 반쯤 먹다 남은 비스킷 한 상자가 전부였다. 라디오를 켰더니 시엠송과 함께 스페인어가 속사포처럼 쏟아져 나오다가 랩으로 바뀌었다. 혹시 이 래퍼가 아까 비행기에서 그 소년이 말했던 21 새비지일까? 나는 다시 라디오를 끄고 한숨을 쉰 다음 시동을 걸었다.

외국에서 운전을 해보는 건 평생 처음이라 가슴이 약간 벅차기도 했다. 처음에는 엉망진창이었다. 나는 휴대전화에 '산타 게르트루디스 슈퍼마켓'이라고 입력한 다음 출발했다. 하지만 GPS 신호가 끊겼고, 나는 지도에서 본 길을 금방 잊어버렸다. 이젠 그냥 산타 게르트루디스로 가는 표지판만 따라갔다. 희미한 흰색 선의 어느 쪽으로 차를 몰아야 하는지만 기억하려 애쓰며 회색 아스팔트 도로를 달렸다.

이내 도착한 산타 게르트루디스는 아주 예쁜 마을이었다. 널찍한 거리, 기하학적으로 보기 좋은 집, 흰색으로 칠한 건물, 분홍색 부겐빌레아, 느긋하게 여유를 즐기는 사람들로 가득한 카페. 모든 것이 그 위로 펼쳐진 강렬한 푸른색 하늘과 완벽하게 어울렸다. 난 차로 마을 주변을 둘러보았다. 비건 카페와 필라테스 스튜디오를 지나 마침내 슈퍼처럼 보이는 가게 앞에 도착했다. 창문에는 맥주와 올리브 오일을 광고하는 포스터가 붙어 있었다. 난 도로경계석 옆에 피타고라스가 관심을 보였을 법한 각도로 주차했다.

슈퍼에 들어가 장바구니를 들고 세 개의 짧은 통로를 걸어 다녔다. 완전히 신세계였다. 다시 대학생으로 돌아가 생계에 필요한 물건이 무엇인지 생각하는 법을 배우는 듯했다. 남편과 사별한 뒤로 매주 거의 똑같은 슈퍼에서 장을 봐온 터라 지난 몇십 년간은 장볼 때 몸이 저절로 움직였다. 이제 새롭게 시작하려니 꽤 두려웠다. 난 주위를 둘러보았다. 농산물 위에 분필로 쓴 팻말이 있었다. 이를테면 마분지 상자에 담긴 천도복숭아와 버섯, 지금껏 본 중에서 가장 통통한 토마토 위에는 '유기농 과일과 채소'라고 적혀 있었다. 나는 토마토 한 개를 장바구니에 넣고 통로를 계속 걸어갔다. 이내 빈 병 무더기 옆에 있는 이상하게 생긴 기계를 보게 되었다. 기계에는 금속으로 만든 나선형 관이 투명한 원통으로 이어졌고, 옆에는 오렌지가 무더기로 쌓여 있었다. 난 오렌지 서너 개를 활송 장치에 넣고 내가 들고 있는 병에 오렌지즙이 천천히 떨어지는 걸 참을성 있게 기다렸다. 잠시 후 내 손에는 갓 짜낸 (아주) 신선한 오렌지주스 한 병이 생겼다. 난 바구니에 바게트와 치즈, 비스킷, 커피, 주방 세제, 샤워젤, 화장실에서 쓸 두루마리 화장지, 진, 토닉 워터를 담았다. 냉장고와 선풍기가 웅웅거리고, 라디오에서 조용하지만 경쾌한 팝송이 흘러나오는 가운데 활달한 계산대 직원과 대화를 나누었다. '로세야'라는 이름표를 단 직원이었다.

슈퍼에는 손님이 없었고, 로세야는 분명 수다를 떨고 싶어 했다. 그녀는 영어가 아주 유창했다. 영국 브라이턴에서 몇 년 살다가 다시 이곳으로 돌아왔다고 했다.

"이 섬은 자석 같아요." 내 장바구니에 든 커피의 바코드를 찍으며 로세야가 말했다. "에스 베드라를 아세요?"

"에스 베드라? 아뇨, 난 여기 처음 왔어요."

"아. 음, 에스 베드라는 바위예요. 수면 위로 우뚝 솟아 있는 큰 바위죠. 칼라 도르트에서 볼 수 있어요. 남쪽에 있는 해변이요."

난 비행기 창문 너머로 우뚝 솟은 바위섬을 봤을 때 약간 음산한 느낌이 들었던 기억이 났다. "여기 오는 비행기에서 봤던 것 같네요."

로세야는 고개를 끄덕였다. "네. 지구상에서 세 번째로 자기가 강한 곳이래요. 그 섬에는 뭔가 특별한 기운이 있어요."

"그래요?"

"네. 그 섬에 얽힌 좋은 이야기도 있고, 나쁜 이야기도 있죠. 오래전에 그 섬에 한 은둔자가 살았대요. 동굴에서요. 신앙심이 깊은 사람이었죠. 신부였어요. 그가 쓴 글에는 바닷속에서 빛을 봤다고 나와요. 바다 전체를 환히 밝히는 빛이었대요. 그 후로 그 빛이 몇 번 더 나타났죠. 한번은 그 빛 때문에 하마터면 비행기가 추락할 뻔했어요……. 이제 그 바위섬에는 이상한 기운이 감돌아요. 가끔은 무섭기도 해요. 난 늘 그 섬에 뭔가 있다고 생각했어요. 바위 안에요."

슈퍼마켓에서 나누기에는 꽤 비현실적인 대화였다. 난 애써 예의 바르게 대답했다. "참 흥미로운 섬이네요."

미래를 파는 여자

　로세야의 팔에 새긴 작고 검은 문신이 눈에 들어왔다. 삼각형 꼭짓점 위로 가로선이 있고 그 위에 다시 둥근 원이 그려졌는데 가로선 양쪽으로 하늘을 향해 뻗은 짧은 직선이 있었다. 마치 양손을 들고 있는 사람을 가장 단순하면서도 도식적으로 표현한 듯했다.

　나는 평생 문신을 새겨본 적이 없다. 아무래도 세대에 따라 다른 듯하다. 내가 젊었을 때는 전과자나 선원 혹은 불량배만 문신을 했다. 칼은 문신을 좋아했다. 혹은 그런 척했거나. 하지만 실제로는 문신을 새길 엄두를 내지 못했다.

　로세야가 내 시선을 따라갔다. 내 표정이 너무 비판적이지 않았어야 할 텐데. "이건 달의 여신 타니트를 상징해요." 그녀가 설명했다. 크리스티나의 편지에서 타니트의 동굴이 언급되었던 기억이 났다. 훗날 난 타니트가 이비사에서 상당히 중요한 존재라는 사실을 알게 되었다. 타니트는 카르타고인들이 믿었던 달의 여신이지만 또한 비와 다산, 춤, 창조, 파괴, 그 외 다른 수천 가지를 관장하는데 아마 슈퍼에서 나누는 대화도 포함되리라. "고대인들은 타니트가 섬을 보호한다고 믿었죠."

　"멋진 문신이네요." 나는 늙은이답게 말했다. 금전등록기 옆에 놓인 환한 전단지가 눈에 띄었다. 나이트클럽 광고 전단지였다.

그때 로세야가 예상 밖의 말을 했다. 헤드라이트처럼 강렬한 말이었다. "부인이 그레이스 맞죠?"

난 느긋하게 보이려고 노력했다. "아, 네. 맞아요. 어떻게 알았어요?"

"부인이 올 거라고 그러더군요."

"누가요?" 내가 바보처럼 물었다.

"크리스티나요."

"크리스티나가 그랬군요, 네."

"죽기 전에요."

"물론이죠." 난 너무 놀라서 다시 한번 말했다. "물론이에요."

로세야는 더는 내가 구입한 물건들을 보지 않고 대신 내 눈을 똑바로 보았다. "크리스티나는 바다를 사랑했어요. 스쿠버다이빙을 좋아했죠. 다이빙을 시작한 지 몇 년 안 됐는데. 정말 비극적인 사고예요."

"사실 정확한 사망 원인은 아직 확실하지⋯⋯."

"크리스티나가 부인에게 잘해달라고 했어요. 부인은 특별하다면서요."

"그렇군요. 음. 하지만 난 오랫동안 크리스티나를 보지 못했어요. 수십 년 동안이요. 우린 그렇게 친한 사이는 아니었죠⋯⋯. 크리스티나를 잘 알아요?"

내가 정말로 묻고 싶은 것은 따로 있었다. '크리스티나가 죽으리라는 걸 알았나요?' 어쨌든 난 크리스티나가 죽었기 때문에 이 섬에 왔다. 집을 물려받은 것도 크리스티나가 죽었기 때문이다. 그리고 크리스티나의 편지를 보면 그녀는 곧 자신이 죽을 것임을 아는 듯했다. 하지만 어떻게 죽는지는 전혀 암시하지 않았다. 만약 크리스티나가 자신의 죽음이 임박했음을 알았고, 스페인 경찰이 아직도 그 죽음을 조사한다면 정말로 많은 의문이 생긴다.

나는 머릿속에서 이 모든 조각을 맞춰서 의미가 통하게 해보려고 노력했다. 리만 가설이나 골드바흐의 추측을 증명하는 것만큼이나 어려운 일이었다. 머릿속이 복잡했다.

"네. 크리스티나는 이 섬에 오래 살았어요. 여긴 제 부모님 가게인데 크리스티나는 제가 어릴 때 우리 가게에 자주 들르곤 했죠. 여기 살기 전에는 산 안토니에 살았을 거예요. 샌안토니오요. 우린 그 섬을 카탈루냐어와 스페인어로 부르지만, 영국인들은 그냥 샌안토니오라고 하더군요. 예전에 크리스티나는 호텔에서 노래를 불렀어요. 훌륭한 가수였죠. 늘 우리 슈퍼에 왔어요. 멋있는 사람이었고 특유의 분위기가 있었어요. 하지만 최근에는 자주 오지 않았죠. 히피 마켓에서 일하기 시작한 후로요."

"라스 달리아스로군요." 난 크리스티나의 편지에서 본 기억이 났다.

"네." 로세야가 갓 짠 오렌지주스의 바코드를 찍으며 말했다. "크리스티나는 늘 거기 있었어요."

"거기서 뭘 팔았나요?"

"엘 푸투로."

"뭐라고요?"

"미래요."

"그게 무슨 말이에요?"

로세야가 웃었다. "크리스티나는…… 그러니까……." 그녀는 영어로 정확히 뭐라고 말해야 할지 고심하며 허공에서 열정적으로 손짓했다. 마치 단어가 손짓하면 달려오는 반려동물이라도 된다는 듯이. "심령술사가 됐어요."

왠지 몰라도 그 말은 전혀 놀랍지 않았다. 어쨌든 그녀의 집에서 그런 책을 봤기 때문이었다. 게다가 크리스티나는 음악 선생이었다. 내 경험상 음악 선생들은 약간 기이한 경향이 있었다. 1970년대 말에 이비사로 이사한 음악 선생이라면 더욱 그럴 것이다.

"점술가 말인가요?"

"네. 점술가요. 현지인보다는 주로 관광객을 상대했죠. 자세히 물어보진 않았지만……."

"아, 그렇군요." 그러다 내가 무심코 본능적으로 물었다. "크리스티나가 자신이 죽을 거라고 말하던가요?"

"아뇨!" 로세야가 재빨리 대답했다. 그러더니 회의적인 표정을 지으며 입꼬리를 비틀었다. "아니에요."

"하지만 내가 올 거라는 말은 했고요?"

"네. 부인이 자기 집에서 지낼 거라고 했어요. 부인이 어떻게 생겼는지 설명해주면서 친절하게 대해달라고 부탁했죠."

'늙은이라고 했겠지. 크리스티나는 내가 늙었다고 했을 거야.' 나는 추측했다.

"마지막으로 봤을 때 크리스티나는 어때 보였나요?"

"괜찮아 보였어요. 말이 없긴 했지만 괜찮았어요."

그때 한 손님이 들어왔다. 하늘하늘한 흰색 원피스에 밀짚으로 짠 가방을 든 여자였다.

"올라, 카밀라." 로세야가 그녀에게 인사하는 동안 난 내가 산 물건들을 담기 시작했다. 둘은 스페인어 혹은 카탈루냐어 혹은 둘 다로 짧은 대화를 나눴다. 로세야는 다시 내 쪽으로 돌아서서 내가 산 물건의 바코드를 찍었다.

"크리스티나의 남편은 누구였어요?" 내가 로세야에게 물었다.

"요한이요. 그냥 늙은 네덜란드인 히피였어요. 둘은 몇 년 전에 이혼했죠. 요한은 암스테르담으로 돌아갔고요. 아마 그 무렵부터 크리스티나가 노래를 그만뒀을 거예요." 그러더니 로세야가 폭탄 발언을 했다. "크리스티나에게는 1990년대 초반에 낳은 딸이 있어요. 요한과의 사이에서 낳은 딸이요. 현재 암스테르담에 살죠."

나는 벽에 걸린 사진에서 봤던 소녀를 떠올렸다. 곰 인형을 껴안고 있던 여자아이.

이번에도 같은 생각이 들었다. '왜 하필 나지? 왜 딸에게 집을 물려주지 않았을까? 딸이 아니라면 적어도 그녀에게 딸이 있다는 사실을 알 정도로 가까운 사람에게 물려줘야 하지 않았을까?'

"크리스티나는 딸을 보고 지냈나요?"

마지막 남은 물건의 바코드를 찍으며 로세야가 빙그레 웃었다. 마치 나도 모르게 농담을 던진 듯한 기분이었다. "다들 크리스티나의 딸을 보고 지내죠."

"미안한데 무슨 말인지 모르겠어요."

그러자 로세야가 슈퍼마켓 유리문 너머로 길 건너를 가리켰다. "딸의 이름은 리케예요. 리케 판데르베르크. 크게 성공한 뮤지션이자 DJ죠. 지금도 암스테르담에 살지만 매년 여름에 이비사에 와요. 리케가…… 저기 있네요."

로세야는 다시 유리문 너머를 가리켰다. 나는 유리문 너머로 도로변에 세운 두 개의 광고판 중에서 더 가까운 광고판을 바라보았다. 탈색한 머리를 단발로 자른 젊은 여자의 얼굴이었는데 이국적인 푸른색 조명을 받고 있었다.

리케. 암네시아. 매주 수요일.

"올해는 암네시아에서 공연해요." 로세야는 내가 암네시아와는 거리가 먼 사람일 거라는 올바른 추정 끝에 이렇게 덧붙였다. "암네시아는 대형 나이트클럽이에요."

나는 광고판을 좀 더 바라보았다. 몇 가지 사소한 차이점이 있기는 해도 저 얼굴은 1979년의 크리스티나와 똑같았다. 블론디처럼 유명해지고 싶다는 야망은 한 세대를 건너 이뤄진 것일지 모른다. 어쩌면 그래서 딸에게 집을 물려주지 않았는지도 모른다. 슈퍼스타에게 도로변 판잣집은 필요치 않을 테니까.

"세상에. 딸이 아주 거물이군요."

"그렇죠. 하지만 크리스티나는 그렇게 생각하지 않았을걸요."

"아, 딸과 사이가 안 좋았나요?"

로세야는 어깨를 으쓱였다. "모르겠어요. 둘 사이에 아픔이 있었던 것 같아요. 사이도 서먹서먹했던 것 같고. 딸 이야기를 할 때면 눈물을 글썽거렸죠. 딸과 연락이 되지 않는다고 했어요. 원래 가족이 그렇잖아요. 안 그래요?"

"맞아요. 가족이 그렇죠."

마음 깊은 곳에서 무언가가 솟구쳤다. 대니얼의 장례식 전날. 칼은 눈물을 글썽이며 싱크대 찬장을 쾅 닫았다. '왜 대니얼을 그냥 나가게 둔 거야?'

"스쿠버다이빙이 크리스티나를 행복하게 해준 것 같아요. 해본 적 있으세요?"

그 질문을 받으니 민망해졌다. 이유는 모르겠다. "아뇨. 아뇨."

"크리스티나는 세상에서 스쿠버다이빙만큼 마음을 평온하게 해주는 것은 없다고 했어요. 바닷속에서는 모든 걸 다 잊는다고. 부인도 스쿠버다이빙을 좋아할 거라고 했어요."

이상했다. 왜 크리스티나는 슈퍼마켓 직원에게, 그것도 거의 완벽하게 영어를 구사하는 직원에게 내가 오거든 스쿠버다이빙을 권하라고 했을까? 좀 지나친 오지랖처럼 느껴졌다. 약간 함정 같기도 했다. 하지만 대체 왜 날 함정에 빠뜨린단 말인가? 알 수 없었다. 그래도 로세야는 따뜻한 사람 같았고 모든 행동이 자연스러웠다.

"난 일흔둘이에요. 너무 늙었죠. 게다가 자고 일어나면 다 까먹는답니다."

로세야는 웃었지만 절대 상대에게 상처를 주는 웃음은 아니었다.

"말도 안 돼요!" 로세야는 스페인어로 몇 마디 더하더니 다시 영어로 말했다. "일흔둘이 너무 늙었다뇨. 수영할 줄 아세요?"

"예전에는 수영을 좋아했어요. 하지만 안 한 지 오래죠." 나는 스페인어로 덧붙였다. "무초스 무초스 아뇨스(아주아주 오래됐어요)."

"그럼 됐어요. 수영할 수 있고 숨만 쉴 수 있으면 스쿠버다이빙을 할 수 있어요. 아직 건강해 보이시는데요, 뭘."

로세야가 나를 가르치려 들었지만 워낙 부드럽게 말하니 그냥 넘어가기로 했다. "그런가요?"

"시, 에스타 클라로(네, 그럼요)! 여긴 혼자 오셨어요?"

"네." 그렇게 대답하자 슬픔이 새어 나왔다. 내 얼굴과 눈에도 슬픔이 어렸다. 슬픔은 우리를 관통하는 홍수이며 타인으로 하여금 옆으로 물러서게 한다. 아니면 적어도 대화를 끝내게 하거나.

로세야도 눈치챈 듯했고 약간 경직되었다. 내 어색함이 그녀에게까지 전염된 것이다.

"47유로 49센트입니다."

나는 칼이 몇 년 전에 사준 지갑을 꺼냈다. 한때는 선명했던 진홍색 천이 이제는 흐릿한 분홍색으로 바뀌었다. "하지만 스쿠버다이빙을 하실 거라면 아틀란티스 스쿠버에는 가지 마세요. 크리스티나가 거길 다녔거든요. 그곳에 대해 좋게 말한 사람은 크리스티나뿐이었어요. 사장이 미치광이거든요."

"미치광이요?"

"네. 알베르토 리바스라는 남자예요."

알베르토 리바스.

미소 짓는 해적.

아까 로세야와 이야기를 나눴던 스페인 여자가 내 뒤에 줄을 서자 나는 더 이상 로세야의 시간을 뺏지 않기로 했다.

"만나서 반가웠어요." 내가 말했다.

로세야는 미소 지었다. "저도 만나서 반가웠어요. 차오(잘 가요)."

나는 슈퍼에서 나와 소나무 향이 풍기는 오후 열기 속으로 들어가 하늘색 조명을 받은 네덜란드인 DJ의 대형 사진을 올려다보았다. 그녀의 어머니에게 대체 무슨 일이 있었던 걸까?

노란 꽃

집에 돌아와 보니 현관문 바로 앞에 핀 들꽃이 눈에 들어왔다. 꽤 키가 커서 거의 내 무릎까지 올라왔고, 얇은 노란색 꽃잎이 달려 있었는데 흙길 한가운데 피어 있었다.

키가 크기는 해도 이런 곳에 덩그러니 피어 있기에는 너무 아름답고 연약해 보였다. 잡초는 아닌 듯했다.

물론 원래 이 세상에 잡초라는 것은 없다. 그저 인식의 문제일 뿐이다. 어떤 사람이 자신의 잔디밭에서 자라는 민들레가 싫다면 그는 악의에 차서 민들레를 잡초라고 부를 것이다. 인간은 세상 모든 것을 둘로 나눠야만 직성이 풀리기 때문이다. 내 편/네 편, 수학/시, 잡초/꽃.

하지만 여기서 내가 하고 싶은 말은, 이 꽃은 사람들이 잡초라고 부를 만한 식물이 아니라는 뜻이다. 사람들이 일부러 심을 법한 꽃이었다. 하지만 크리스티나가 그랬는지 아니면 다른 사람이 그랬는지 모르겠지만 대체 왜 현관문 바로 앞 메마른 땅바닥에 꽃을 심었을까? 그보다 더 시급한 문제는 왜 전에는 이 꽃을 보지 못했느냐는 것이다.

나는 꽃을 찍어 왓츠앱으로 호주에 사는 시누이 소피에게 보냈다. 소피는 꽃집을 운영할 뿐 아니라 여자친구가 식물학 전공자였다. 어쩌면 그들이 이 꽃 이름을 알려줄지도 모른다. 여기서 계속 지낸다면 집 부근의 화초를 내가 전부 돌봐야 했다.

집 안으로 들어갔더니 또 다른 물건이 눈에 띄었다.

바닷물이 담긴 유리병이 이제 가득 차 있었다. 3분의 1이 아니라 가득. 틀림없이 합리적으로 설명할 수 있을 것이다. 뚜껑은 여전히 잠겨 있었지만, 혹시 천장에서 물이 새는 게 아닐까 싶어 천장을 살펴봤다. 천장은 보송보송했고 확실히 아까 비가 내리지도 않았다.

그런데도 내 눈앞에 버젓이 있었다. 어떻게 된 영문인지 저절로 바닷물이 다시 채워진 올리브 병이.

일종의 역 증발, 적어도 내가 아는 자연법칙에 따르면 불가능할 듯한 극단적인 응축 현상이었다. 이번에도 누군가 내게 장난을 치는 것 같았다.

앞에서도 말했듯이 나는 어릴 때 알렉상드르 뒤마뿐 아니라 셜록 홈스 소설도 꽤 많이 읽었다. 장편과 단편 모두. 그중에서도 가장 완벽한 소설인 《네 사람의 서명》에 셜록 홈스의 유명한 대사가 나온다. "불가능한 가설을 모두 제외하고 남은 것이 있다면, 아무리 믿기 힘들다 해도 그것이 진실이다."

내가 직면한 상황이 바로 그랬다. 왜 올리브 병의 물이 저절로 다시 찼는지는 어떤 설명도 불가능했다. 그렇다면 비논리적이고 믿을 수 없는 가설만 남았다. 그리고 솔직히 말해서 그 가설은 정말로 마음에 들지 않았다.

한밤중의 노크

나는 배가 고팠고 술이 필요했다.

진토닉을 곁들여 빵과 치즈를 먹은 다음 크리스티나의 작은 소파에 앉아 스페인어로 더빙한 〈인디아나 존스: 최후의 성전〉을 건성으로 보았다. 나는 늘 해리슨 포드의 얼굴을 좋아했다. 그의 얼굴은 낡은 슬리퍼처럼 위로가 되었다. 그게 바로 영화배우의 특성이다. 훌륭한 배우는 워낙 친숙해서 우리는 볼 때마다 그들을 슬리퍼처럼 신는다. 그들은 우리의 외로운 부분을 덮어주고, 우리를 따뜻하게 해준다.

대니얼은 이 영화의 전작을 좋아했다. 〈인디아나 존스: 마궁의 사원〉. 특히 눈알이 든 수프가 나오는 연회 장면을 좋아했다. 그 영화와 〈스타워즈 에피소드 6: 제다이의 귀환〉이 대니얼이 가장 좋아하는 영화였다. 그 생각을 하니 영화를 보는 내내 마음이 씁쓸해졌다. 1980년대 영화들은 40년이 지났을지 몰라도 내게는 어제 본 영화처럼 생생하게 느껴졌다.

링컨에 살 때는 주로 옛날 영화를 봤다. 지금과 다른 세상의 흑백 영화. 〈로마의 휴일〉 〈어느 날 밤에 생긴 일〉 〈그의 연인 프라이데이〉. 컬러 영화가 끌릴 때는 〈파리의 미국인〉. 네가 우연히라도 접하기에는 너무 오래된 정통 고전 영화들일 거야, 모리스. 나는 칼과 만나기 전, 내가 엄마가 되기 전, 때로는 내가 태어나기도 전에 만들어진 영화를 좋아했다. 그런 영화를 보면 잠시 내가 존재하지 않는 듯했다. 내 고통이 시작되기 전의 세상으로 도피하는 것이다.

영화를 보고 있는데 갑자기 소리가 들리는 바람에 나는 앉은 채로 움찔했다.

현관문을 두드리는 소리였다.

바깥이 어두웠으니 분명 꽤 늦은 시간이었을 것이다. 게다가 낮이 긴 6월이었다. 하지만 여기는 이비사였고, 이비사에는 '늦었다'라는 개념이 없을 것 같았다.

문을 열어보니 한 남자가 있었다. 덩치가 크고, 어깨가 넓은 남자였다. 팔은 온통 근육질이었고, 눈빛은 버펄로 같았다. 탈색한 머리에 왼쪽 눈 옆에는 십자가 혹은 단검으로 보이는 문신이 있었다. 그에게서 위험하고 불안정한 기운이 느껴졌다. 그의 살갗은 흉터로 직조되었다. 키는 2미터가 될 법했다. 마치 바위에 근육보충제 한 통을 들이부어 에너지를 부여한 듯했다. 남자는 위협적으로 보이려고 꽤 노력한 듯했다. 한 손을 등 뒤로 숨기고 있었는데 혹시 총을 든 게 아닐까 싶었다.

"당신은 크리스티나가 아니군요." 그가 말했다. 영국인이었다. 억양으로 보아 런던 동부 혹은 에식스 출신이었다.

"그래요. 유감스럽게도 난 크리스티나가 아니에요."

"크리스티나는 어디 있죠?"

"여기 없어요." 난 크리스티나가 죽었다고 말하고 싶지 않았다.

그에게 아무것도 말해주고 싶지 않았다.

남자가 슬며시 웃었다. 꽤 수줍은 미소였다.

"크리스티나에게 프랭키가 왔었다고 전해주세요. 당신 말이 다 맞았다고, 전부 다 맞았다고요. 그리고 고맙다는 인사도 전해주세요. 이거랑 함께요."

그가 등 뒤에 있던 손을 내게 내밀었다. 나는 가운데가 높이 솟은 무지개다리를 건널 때처럼 속이 울렁거렸다. 하지만 그의 손에 든 물건을 보고 안도하며 웃었다. 대용량 하리보 젤리였다.

"크리스티나가 자신의 길티 플레저가 젤리라고 했거든요." 그가 함박웃음을 지으며 말했다. "특히 파인애플 골드베어를 제일 좋아한다고 했죠. 이 안에도 들어 있습니다. 그냥 감사 표시예요."

"그렇군요." 난 크리스티나가 세상을 떠났다는 말을 해주려고 했으나 그는 이미 돌아섰다.

"고마워요." 난 그렇게 말했고 그를 함부로 판단한 데 죄책감을 느꼈다. 그 사이에 그는 철문을 철컥 닫았다. 이내 차 문이 닫히는 소리가 나더니 심장이 요란하게 두근거리는 듯한 전자음악이 쿵쿵 울렸다.

불가능한 생명체

나는 인터넷에 접속했다.

이비사에 노트북을 가져왔다. 할리 데이비슨 스티커가 붙은 10년
된 노트북. 원래는 칼이 쓰던 노트북이라서—할리 데이비슨 스티
커는 토목 기사인 그의 안정된 삶에 위험이라는 짜릿한 요소를 더
하기 위해서였다—새 노트북을 사는 것은 칼을 배신하는 일처럼
느껴졌다. 그렇다고 해서 칼이 실제로 오토바이를 타고 다닌 적은
없었지만.

나는 구글에 들어가 '크리스티나 판데르베르크'를 검색했다.

'디아리오 데 이비사'라는 웹사이트에 올라온 기사가 있었다. 지
난번 택시 기사 파우가 말했던 기사였다. 번역기에 돌려보니 '익사
로 추정되는 실종'이라는 문구가 눈에 띄었다. 크리스티나는 아틀
란티스 스쿠버에서 심야 스쿠버다이빙을 예약했고, 바다로 나갔
다가 돌아오지 않았다. 알베르토 리바스는 경찰서로 연행되어 조
사받았으나 결국 풀려났다.

'심령술사'라는 단어를 추가해 다시 검색했더니 결과가 하나뿐
이었다. 라스 달리아스 시장의 노점상 목록. 그래서 다시 크리스티
나의 이름으로만 검색했다.

몇 개의 결과가 떴다. 주로 오래전 산타 에우랄리아의 부에나비

스타라는 호텔에서 노래했던 일과 연관이 있었다. 1986년 '쿠' 나이트클럽에서 찍은 사진도 있었고, 프레디 머큐리에게 홀딱 반한 표정으로 그와 함께 찍은 다른 사진도 있었다. 하지만 틀림없이 이 집 벽에 걸린 사진과 같은 날 찍은 사진이었다. 파이크스 호텔에서 열린 프레디 머큐리의 마흔한 번째 생일 파티라는데 크리스티나는 그날 밤 공연한 몇몇 현지 가수 중 한 명이었다. 이 사진에서 그녀는 영화 〈카바레〉의 샐리 보울스처럼 작은 중산모를 썼다. 나는 이 호텔이 팝 그룹 '웸!'이 〈클럽 트로피카나〉 뮤직비디오를 촬영했던 곳임을 알게 되었다. 이 모든 사실을 볼 때 크리스티나는 화려한 인생을 산 듯했다.

계속 검색할수록 그녀가 자랑스러워졌다. '이비사 노스탤지어'라는 인스타그램 계정에 그녀와 그녀의 친구가 1981년에 글로리나이트클럽에서 찍은 사진이 있었다.

사진 속 크리스티나는 내가 기억하는 모습과 매우 비슷했지만 화장이 살짝 더 진하고 머리를 더 부풀렸다. 그다음에는 《디아리오》에 실린 사진이 있었다. 머리카락이 희끗희끗해진 크리스티나는 영어로 'NO OIL(석유 반대)'이라고 적힌 현수막을 든 다른 두 명과 함께 서 있었다. 스페인어로 적힌 기사라서 구글 번역기에 돌려보았다. 2014년에 한 스코틀랜드 석유 회사가 이비사 해안에서 석유를 시추할 계획이었는데 이에 반대하는 시위가 이비사 타운에서 열렸다는 내용이었다. 좀 더 검색해보니 석유 시추 계획은 무산되었다고 했다. 시위가 워낙 거셌기 때문이었다. 당시 만 명의 사람이 이비사 타운을 행진했다. 그로부터 몇 년 전에도 역시 만 명이 칼라 도르트의 골프장 건설에 반대하는 시위를 벌였다. 칼라 욘가의 호텔 준공 반대 시위와 관련해서도 크리스티나가 언급되었다.

나는 또 다른 사람을 검색해보았다. 알베르토 리바스. '방랑하는 회의론자'라는 블로그에 올라온 '이성을 잃은 과학자들'이라는 글에 그가 언급되었다.

알베르토 리바스. 한때 존경받았던 이 해양 생물학자는 스페인 비고 대학에서 해양학을 전공한 후 미국 캘리포니아 대학에서 강의하다가 스페인과 남미의 여러 대학에서 학생들을 가르쳤다.

그는 해양 미세 플라스틱의 위험성에 최초로 주목한 사람 중 한 명으로 해조류부터 바다거북, 산호초 생태계에 이르기까지 다양한 주제로 여러 권의 책을 저술했다. 그러다 이비사와 포르멘테라의 '포시도니아 오세아니카' 해초대에 관한 논문을 발표한 후 학계에서 신임을 잃었다. 그의 논문에 따르면 이 해초가 10만 년 이상 단일 유기체로 살 수 있었던 이유는 '이 바닷속에 사는 독특하고 미묘한 존재 때문인데 이 존재는 때때로 부자연스러운 특성을 지닌 비정상적인 빛으로 발현되며, 해조류와 아무런 관련이 없고 지구에 기원을 둔 것으로 보이지 않는다'고 결론을 내렸다.

지중해에 외계 생명체가 산다는 믿음 때문에 리바스는 2016년 국제해양생물학회에서 퇴출당했고, 이후 독립적인 연구를 통해 그의 주장을 뒷받침할 증거가 발견되지 않자 마요르카 팔마에 위치한 발레아레스제도 대학에서도 교수직을 박탈당했다. 하지만 리바스 박사는 더욱 완강하게 나갔고 심지어 '불가능한 생명체'라는 제목인 《라 비다 임포시블레》라는 책까지 자비 출판했다. 그 책에서 리바스는 과학자들이 지구에 존재하는 게 '불가능'하다고 여기는 생명체가 주로 발레아레스제도에 존재한다는 증거가 있다고 주장했다.

'그래.' 나는 생각했다. 미친 사람이었다. 택시 기사가 말했던 미친 사람. 어쩌면 크리스티나도 미쳤을지 몰랐다. 어쩌면 그래서 크리스티나가 사실상 모르는 사람인 나에게 이 집을 물려줬을 수도 있다.

알베르토 리바스를 검색하다 보니 '아틀란티스 스쿠버' 웹사이트가 나왔다.

그 사이트로 들어갔더니 두 개의 국기가 있었다. 스페인 국기와 영국 국기. 나는 영국 국기를 클릭했다. 영어로 번역된 사이트에는 수정처럼 맑은 바닷속에서 수영하는 두 다이버의 아름다운 사진이 있었다.

"육지에서의 고민은 뒤로하고 다른 세상을 탐험하세요." 사진 밑에는 그렇게 적혀 있었다. "자연의 아름다움과 경이로움을 보여주는 또 다른 우주. 마음이 평온해지는 장소……."

나는 다른 사진을 몇 장 더 클릭했다. 스쿠버다이빙 장비를 착용하고 보트에 탄 사람들. 그중에는 크리스티나도 있었다.

그녀 옆에는 수염을 기른 나이 든 남자가 있었다. 난 그를 알아보았다. 저자 프로필 사진에서 봤던 해적처럼 생긴 남자였다. 알베르토 리바스. 여기서도 바다 사나이처럼 보였다. 그는 크리스티나처럼 환하게 웃었지만 그의 시선에서 악의가 느껴지는 듯도 했다. 이유는 모르겠지만 그를 보는 것만으로도 불안한 느낌이 들었다. 사이트에는 해양 보호의 중요성에 관한 글도 있었다. 나는 입이 바싹 마를 정도의 긴장감을 느끼며 다른 사진을 좀 더 훑어봤다.

형광색으로 빛나는 바다 생물, 동굴로 향하는 다이버, 문어, 곰치, 돈 페드로라는 난파선을 구경하는 또 다른 다이버. 그 아래에 이 난파선은 2007년 이비사 항구에서 몇 킬로미터 떨어진 곳에서 침몰한 배라는 설명이 달려 있었다. 산호초 사이를 헤엄치는 오렌지색 볼락 사진도 있었다.

그다음은 광대하게 펼쳐진 수생 식물 사진. 수중 해초대. 상상할 수 있는 가장 맑고 깨끗한 바닷속에서 산산이 부서져 일렁이는 햇살 사이로 작은 은빛 물고기 떼가 헤엄쳤다. 아마도 지금껏 내가 본 중에서 가장 아름다운 사진이리라. 순간적으로 어떤 느낌이 날 덮쳤다. 솟구치는 두려움과는 달랐다. 그 두려움에 동반되는 감정이었다. 아마 경이로움일 것이다. 자석처럼 사람을 끌어당기는 강렬한 경이로움.

나는 잠시 텔레비전을 보았다. 성배가 있는 신전이 숀 코너리와 해리슨 포드 주위로 무너져 내렸다. 다시 노트북으로 시선을 돌려 사진을 클릭했고 그때 새로운 뭔가를 보았다. 작고 지나치기 쉬운 무언가. 해초 사이로 보이는 콩알만 한 황금색 물체였다.

나는 사진을 확대했다.

그리고 그 순간부터 무서워졌다. 내가 아는 모든 것으로부터 멀어져 새로운 섬, 새로운 집에서 혼자 지내며 올리브 병에 저절로 물이 차고, 갑자기 식물이 자란다고 상상하는 이 상황이. 그러다 이걸 본 것이다. 틀림없이 아주 이상한 일이 벌어지고 있었다. 확률을 계산할 수는 없었지만 수백만 분의 1의 확률일 듯했다. 그런데도 저기 바다 밑바닥에 그것이 있었다. 예전에 내가 가지고 있었던 물건. 화질이 선명해서 목걸이가 색깔뿐 아니라 펜던트에 새겨진 성 크리스토퍼까지 또렷이 볼 수 있었다.

난 저 목걸이가 1979년, 그해 크리스마스에 내가 크리스티나에게 줬던 바로 그 목걸이, 잃어버린 희망처럼 빛났던 그 목걸이라는 사실을 한 치도 의심하지 않았다.

리바스 씨를 멀리하세요

잔주름 하나 없이 말끔하게 다린 카키색 반소매 군복 셔츠를 입고, 나이를 짐작할 수 없는 민방위대● 경관이 책상 앞에 앉아 껌을 씹으며 크리스티나가 내게 남긴 편지를 바라보고 있었다. 그의 찡그린 이마는 땀으로 은은하게 반짝거렸다.

그에게서는 감정을 억누르는 분위기가 물씬 풍겼다. 불끈 쥔 주먹 같은 남자였다.

"아직 크리스티나의 실종 수사가 진행 중이라는 걸 알고 혹시 이 편지가 도움이 되지 않을까 싶어서요. 별다른 내용은 없지만."

경관이 보일 듯 말 듯하게 고개를 끄덕이더니 못마땅한 투로 혼잣말했다. 그러고는 스페인어와 영어를 섞어 무뚝뚝하게 말했다. "에스 베르다드(맞네요). 편지에 별 내용은 없습니다."

"하지만 크리스티나가 알고 있었다는 거잖아요. 크리스티나는 자신이 죽을 걸 알았어요. 그건 중요한 사실 아닌가요? 게다가 바닷속에 목걸이가 있었어요. 인터넷에 올라온 사진에서 봤죠. 제가 준 목걸이였어요. 성 크리스토퍼 목걸이."

경관은 날 올려다보았다. 말과 몸짓이 거의 없는 남자였다. 둥근

● 스페인의 민방위대는 기본적으로 국가 헌병대이면서 시민 치안도 담당한다.

102

빡빡머리에 수염은 기르지 않았다. 그의 지친 눈에는 아무런 감정이 없었다. "콴도?"

"네?"

"언제냐고요."

"그게 무슨 말이죠?"

남자가 답답해하는 게 느껴졌다. 그는 스페인어로 혼잣말을 중얼거리더니 "그 목걸이를 준 게 언제냐고요?"라고 물었다. 마치 거지에게 적선하듯 마지못해 질문을 던지는 느낌이었다.

"1979년이요."

경관은 이해가 안 된다는 듯이 날 바라보았다.

"45년 전에요." 내가 좀 더 정확히 설명했다. "45년 전에 내가 그 목걸이를 줬어요. 사진을 보니까 크리스티나는 그 후로 그 목걸이를 계속 하고 다녔더라고요."

난 경찰서가 싫다. 거기 가면 늘 죄책감이 든다.

경관은 한숨을 쉬며 내가 자신의 시간을 낭비하고 있다고 눈치를 줬다. 어쩌면 경찰로서 크리스티나에게 무슨 일이 생겼는지 정확히 밝혀내지 못한 것이 부끄러웠을 수도 있다. 스페인어를 조금이라도 알았더라면 좋았을 텐데. 그러면 이렇게 어리숙하고 늙은 관광객처럼 보이지는 않았으리라.

"그 사진을 어디에서 보셨나요?"

"아틀란티스 스쿠버 웹사이트에서요."

내 말에 그의 눈에서 뭔가가 번쩍였다.

"아틀란티스 스쿠버요?"

"네. 네. 알베르토 리바스가 운영하는 가게요. 크리스티나는 그와 꽤 친한 사이였어요."

"음. 알베르토 리바스라." 경관이 길게 한숨을 쉬었다. "푸에스(음). 혹시…… 다른 것도 보셨나요?"

난 저절로 바닷물이 다시 채워지는 올리브 병이나 느닷없이 나타난 꽃에 대해서는 말할 생각이 없었다. "아뇨."

"알겠습니다."

오랫동안 정적이 흘렀다. 순간적으로 그는 무언가를 말하려는 듯했다. 그의 입이 부화하려는 알처럼 움찔거렸지만 결국 아무 말도 나오지 않았다.

"그걸로 끝인가요?" 내 속마음이 입 밖으로 튀어나왔다.

남자는 근엄한 표정으로 날 바라보았다. 난 좀 더 부드럽게 접근하기로 했다. 숲속에서 내 도시락을 빼앗아 간 회색곰을 대할 대처럼. "난 그냥 내 친구가 너무 걱정돼서요. 크리스티나의 죽음에 아직 의문이 남아 있고, 경찰이 진상을 파악하려고 노력 중이라는 건 알아요."

"부인은 이 섬을 방문한 손님입니다. 그러니까 꼭 기억하셔야 해요. 이 섬은……" 그는 적절한 표현을 찾다가 이렇게 말했다. "쉽게 볼 수 있는 곳이 아닙니다……. 그러니까 이 섬을 볼 수는 있어요. 해변도 보고, 야자수도 보고, 운전하면서 나이트클럽과 레스토랑을 지나칠 수도 있죠. 하지만 절대 현지인처럼 볼 수는 없을 겁니다. 자, 부인. 도와주셔서 감사합니다. 이제 수사는 저희에게 맡겨주시고, 가서 휴가를 즐기세요."

경관은 편지를 책상 한쪽에 내려놓고 컴퓨터를 바라보았다.

"아직도 그 편지가 필요하신가요?" 내가 물었다.

"네."

"그렇군요. 알겠습니다."

난 편지를 복사해달라고 부탁하려다가 내 질문 할당량이 다 찼다는 느낌이 들었다.

확실히 내게 할애된 시간은 다 끝났다. 하지만 내가 그 축축한 방에서 나가려고 문손잡이를 잡자 경관이 헛기침을 했다. "아, 그리고, 리바스 씨를 멀리하세요."

나는 몸을 돌려 고개를 끄덕였다.

그리고 그 순간에는 정말로 그 말에 따를 생각이었다.

안헤도니아

난 최선을 다해 이 탐정 놀이를 뒤로 미루고, 애거서 크리스티 소설에 나오는 미스 마플 흉내를 잠시 포기했다. 그래서 대다수 영국인이 지중해 섬에 갔을 때 하는 일을 했다.

밖으로 나가서 휴가를 즐긴 것이다.

겉으로 보기에는 꽤 멋진 휴가였다.

나는 포르티나츠에서 등대를 봤다.

세스 살리네스에서 소금 평원을 봤고, 에스 카바예트 해안을 걸으며 선베드에 나체로 누운 사람들을 보고도 놀라지 않으려고 노력했다.

크리스티나가 추천한 대로 칼라 산 비센테에서 옛 순례자의 길을 따라 타니트 동굴까지 가파른 언덕을 올라갔는데 힘들어서 죽을 뻔했다. 그러다 소규모 투어 그룹을 따라잡았고, 로즈메리 가지를 가져와 로세야의 팔에 새겨져 있던 여신에게 선물로 바쳤다. 동굴 안 작은 신전에 그 가지를 올려놓으면서 약간 바보가 된 기분이었다.

또 16세기에 만들어진 도개교를 건너 달트 빌라의 좁은 골목길 사이에서 길을 잃기도 했다.

스케이트보드를 타는 남자와 그 옆에서 총총 걸어가는 개를 봤다. 알록달록한 옷을 입고 나이트클럽에 가는 사람, 트랙을 따라

쏜살같이 고카트를 모는 사람, 언덕을 산책하는 사람, 노을 속에서 북을 치는 히피도 봤다.

나는 야자수를 올려다봤다.

빵과 올리브, 아이올리 소스를 먹었다.

치즈와 민트로 만든 플라오 타르트를 먹었다.

꽃처럼 조각된 아이스크림이 가득 든 콘을 사 먹었다.

비싼 요트와 작은 요트를 보았다.

차를 몰고 섬을 돌아다녔다.

언덕과 말, 해변, 과수원, 성당, 염습지, 모래 언덕, 동굴, 만, 절벽, 망루를 보았다.

1970년대에 지어져 지금은 식물과 낙서로 뒤덮인 채 버려진 나이트클럽도 보았다.

칼라 엔티아의 황량한 해변에서 거대한 해시계를 봤다.

사 탈라이아 정상에 있는 소나무들 사이에서 고요를 만끽했다.

물총새를 발견했다.

모든 곳이 아름다웠다. 전부는 아니더라도 대부분은.

하지만 내 마음은 공허했다.

내가 흔히 느끼는 감정, 혹은 흔히 느끼는 무감정이었다.

안헤도니아.

나는 막막했다.

문제는 이거였다. 난 행복을 누릴 자격이 있는 좋은 사람이 아니었다. 진심으로 그렇게 믿었다.

그리고 난 내가 믿었던 대로 형편없는 인간이 되었다. 자신을 나쁜 인간이라고 믿는 것은 종종 나쁜 일을 저지르는 서막이 된다. 대니얼이 죽은 후로 난 그렇게 믿어왔다. 대니얼은 토요일에 죽었고, 그날 나는 내가 있어야 할 곳에 있지 않았다. 대니얼은 텔레비전에서 방영한 〈슈퍼맨 2〉를 다 본 뒤에 비를 맞으며 외출했는데 내가 시내로 데려다주길 원했다. 남편은 당시 토요일 오후면 늘 그랬듯이 펍에 있었다. 하지만 난 대니얼을 시내로 데려다주지 않았다. 비가 와서 귀찮았기 때문이었다. 그래서 대니얼은 뿌루퉁한 상태로 혼자 자전거를 타고 나갔고, 나는 집에 남아 쇼핑 카탈로그를 보았다. 내 아들이 모퉁이를 돌아 래그비 로드에 들어서 곧장 트럭에 들이받혔을 때 나는 헤어드라이어를 살펴보고 있었다.

나 때문이었다. 내 탓이었다. 내가 "잠깐만 기다려, 대니얼. 엄마가 우산을 가져올 테니까 함께 시내에 가자"라고 했으면 일어나지 않았을 일이었다. 그 죄책감이 내 영혼에 스며들었고, 난 내가 근본적으로 결함 있는 인간이라고 믿게 되었다. 그리고 그렇게 믿으면 그렇게 행동하게 된다. 슈퍼맨이 나이아가라 폭포에서 떨어지는 이들을 구할 사람이 자신이라고 확신하며 선행을 계속했듯이, 나는 어느 누구보다 사랑했던 이를 죽게 내버려둔 사람이었다.

오해하지는 마라. 죄책감을 잘 느끼는 내 능력은 대니얼 이전으로 거슬러 올라간단다. 난 늘 죄책감을 쉽게 느꼈는데 심지어 성 크리스토퍼 목걸이를 하고 성 커스버트 가톨릭 학교에 다니던 어린 시절에도 그랬다. 성자들에게 둘러싸여 어린 시절을 보내다 보면 죄인이 된 기분을 느끼기 쉽다. 한 선생님은 "네 기도가 하느님께 닿지 않는다면 그것은 네 죄에 막혔기 때문"이라고 말했다. 거기다 아들을 원했던 우리 부모님은 늘 날 불량품처럼 대했다. 하지만 대니얼의 죽음을 겪으며 죄책감은 내 정체성의 중요한 부분으로 굳어졌다. 내가 평생 짊어져야 할 무언가로.

그래서 대니얼이 죽은 지 몇 년 후—하지만 여전히 수십 년 전에—나는 또 다른 일을 저질렀다. 바람을 피운 것이다. 이 일은 칼은 물론이고 어느 누구에게도 말한 적이 없었다. 하지만 칼이 죽은 뒤로 죄책감이 커져만 갔다.

에이든 젠킨스. 젠킨스 선생님. 네가 우리 학교에 입학하기 전에 있었던 역사 선생님이지. 젠킨스 선생은 이혼한 뒤로 교무실과 주차장, 복도에서 내게 추파를 던졌다. 내 안의 혼란을 감지한 것이다. 내가 감정적으로 계속 불안정하고, 적절한 자극만 받으면 어디로든 갈 수 있다는 사실을. 그래서 나도 그와 시시덕거렸다. 끔찍하면서도 짜릿했다. 내가 나 자신을 나쁜 사람이라고 꾸짖을수록 나는 점점 더 그런 인간이 되었다. 그러다 운명적 순간에 우리는 비품실에서 마주쳤다.

그게 시작이었다.

우리는 노트 더미와 줄지어 놓인 스테이플러, 여분의 《워터십 다운》과 《멋진 신세계》 틈에서 사회적으로 금기시된 짓을 하는 비밀스러운 괴물이 되었다. 그리고 그 일은 한 번에 그치지 않았다. 그는 영화 속 한 장면 같다며 좋아했다. 클리셰 같아서 좋다고. 비품실에서 선생끼리 섹스하는 판타지가 실현된 것이다.

(내게 종이 냄새는 영원히 죄악의 냄새로 남을 거야.)

순간적인 감정에 이끌렸다는 것 말고는 변명의 여지도 없었다.

스페인 시인 페데리코 가르시아 로르카는 자신이 가진 욕망을 소리내어 말하지 않는 것이야말로 가장 큰 벌이라고 믿었다. 그리고 긴 결혼 생활 동안 그 짧은 순간만큼은 나도 욕망으로 이글거렸다. 에이든 젠킨스를 향한 욕망이라기보다는 도피를 갈구하는 욕망이었다. 슬픔이 아닌 무언가를 갈구하는 욕망. 난 칼과 함께 있어도 그에게 버림받은 느낌이 들었다. 가끔씩 칼은 날 비난했다. 함께 같은 소파에 앉아 있어도 우리는 몇 킬로미터나 떨어져 있는 듯했다. 내게는 산소가 필요했다. 무언가가 필요했다. 이 외롭고 옴짝달싹 못 하는 느낌만 아니라면 무엇이든 좋았다.

에이든은 싱글에 잘생겼고, 말할 때면 그의 목소리가 내 안에서 울려 퍼지는 듯했다. 피부로 느껴졌다. 신나고 짜릿한 뭔가가 느껴졌다. 또한 그는 내게 아주 노골적으로 끼를 부렸다. 나는 이기적이었고 우울했으며 당시 상황의 무게를 감당할 수 없었다. 그래서 바보 같은 짓을 하고 말았다.

난 널 돕기 위해 이 이야기를 하는 거란다.

때로는 누군가를 도우려면 상대에게 호감을 잃을 각오를 해야 해.

그래서 네게 이 말을 하고 싶구나. 난 널 좋아한다, 모리스. 넌 훌륭한 학생이었고, 항상 같은 반 친구들과 내게 친절했어. 내가 기억하기로 넌 자신감이 넘치면서도 온순했지. 답을 알 때는 주저하지 않고 손을 들었어. 네가 파이의 서른 번째 숫자까지 외울 때 다들 네가 선생님에게 귀여움을 받으려고 그런다며 킥킥거렸지만 넌 주저하지 않았지. 하지만 겸손하기도 했어. 넌 고개를 숙일 줄 알았어. 미안하다고 할 필요가 없는데도 미안하다고 말했지. 네가 하지 않은 일까지도 미안하다고 했어. 난 사람들의 그런 행동이 늘 흥미롭더구나. 그럴 때면 마치 세상 모든 사람이 모든 일에 약간은 자신의 책임이 있다고 인정하는 듯해.

네 이메일에서는 진심이 느껴졌다. 내가 널 많이 좋아한다는 사실을 알아줬으면 좋겠구나. 너까지 날 좋아해줄 필요가 없을 정도로 말이야. 네가 너 자신을 용서할 수 있도록 내 실수를 솔직히 털어놓고 싶었어.

이메일에서 넌 네가 여자친구를 실망시켜서 헤어졌다고 썼어. 자세한 설명은 없었지만 그 말만으로도 네가 어떤 상황인지 알 수 있었지. 젊은 나이에 자신의 결함을 인정하기란 어려운 일이야. 특히 자신이나 남을 평가하는 경향이 강한 나이에는. (물론 나이에 상관없이 인간에게 그런 경향이 있는 해. 인간의 본성은 변하지 않으니까. 다만 우리가 방을 더 넓어 보이게 하려고 가구를 이리저리 옮기듯 상황에 따라 상대를 평가하는 기준만 바뀔 뿐이지.) 후회의 좋은 점은 더는 남을 가혹하게 평가하지 않는다는 거야. 이 지구에 사는 모든 인간은 하나의 맥락이고, 우린 그 맥락의 앞뒤 상황을 결코 완전히 알 수 없어. 우리는 모두 미스터리야. 심지어 우리 자신에게도. 이 세상은 겉으로 드러나는 것 말고도 눈에 보이지 않는 수많은 방법으로 우리를 괴롭힐 수 있단다. 넥타이를 매고 늘 웃는 얼굴에 부족함 없이 살면서 훌륭한 교육을 받아 똑똑하고 성공한 듯 보이는 사람도 매정한 아버지가 고래고래 퍼붓는 욕설이 아직 귓가에 울리고, 그 고통을 잊으려 술을 마시고, 도박을 하고, 섹스를 하지만 그 악순환을 끊을 수가 없지.

세상 모든 사람이―정말로 한 명의 예외도 없이―살다 보면 누군가를 실망시키기 마련이라고 말하고 싶구나. 나처럼 학교 비품실에서 막장 드라마에 나올 법한 짓을 하지는 않더라도 수백만 가지의 방법으로 말이야. 하지만 사실 난 유달리 더 죄책감을 느낀단다. 우리 아들의 죽음에 책임이 있을 뿐 아니라 내가 유일하게 사랑했던 남자를 배신했으니까.

어쨌든 난 바람을 피운 후로 더는 어떤 즐거움도 내게 허락하지 않았어. 심지어 바람을 피우는 동안에도. 내 몫의 즐거움은 다 써버렸다는 결론을 내렸지. 그 후로 비품실에서 눈을 감고 있으면 아스팔트 도로에 누운 대니얼의 피투성이 얼굴이 보였고, 내 영혼은 방정식을 풀듯이 한 변의 플러스를 마이너스로 바꿔 다른 변으로 이항했지. 그래서 그 후로 몇 년 동안 나는 마음 깊은 곳에서 내게 어떤 종류의 즐거움도 누리지 못하게 막았다. 심지어 순수한 즐거움마저도.

하지만 집 소파에 앉아 즐겁지 않은 것과, 쉽게 즐거울 수 있는 곳에서 뭔가를 하면서 즐겁지 않은 것은 전혀 다른 문제 같더구나. 그리고 난 스페인의 이 섬만큼 쉽게 즐거울 수 있는 곳에는 가본 적이 없었다.

6월의 이비사에서 행복은 대수방정식처럼 흔했지만 난 조금도 행복하지 않았다.

칼이 그리웠다. 대니얼이 그리웠다. 수십 년 전의 나, 예전의 내가 그리웠다. 크리스티나가 알았던 나. 불행 타령을 하지 않는 나.

그런 내가 아직 존재하긴 할까? 과연 그녀를 찾을 수 있을까?

히피 마켓

'라스 달리아스의 히피 마켓으로 가세요……. 가서 내 친구 자비네와 인사하세요.'

크리스티나의 편지에는 그렇게 적혀 있었다. 그래서 달리 할 일이 없던 나는 그렇게 했다.

마켓은 아주 붐볐다. 내가 상상했던 1967년 샌프란시스코의 모습이었다. 눈을 휘둥그렇게 뜬 채 돌아다니는 많은 사람. 허공에 감도는 향. 발리에서 가져온 주얼리(그중에는 '오팔로 만든 힐링 팔찌'도 있었다), 인도의 사롱, 흰색 튜닉, 빨간색과 검은색이 섞인 플라멩코 스커트를 파는 노점상들. 노점에서 타로를 봐주는 사람도 있었고, 조니 미첼 노래를 연주하며 마리화나를 피우는 사람도 있었다. 옷으로 가득한 가판대도 있었는데 주로 원색이었다. 크리스티나가 입었을 법한 옷. 나는 우두커니 서서 홀치기염색을 한 수영복을 바라보았다. 수영복을 미처 가져오지 못했기 때문이다. 잠시 저걸 입으면 어떻게 보일지 생각했다. '꼴불견이겠지.' 그런데도 난 수영복을 샀다. 어디에 가야 자비네를 만날 수 있는지 물어보기 위해서였다.

"저기 있어요." 가판대 뒤의 상냥한 청년이 말했다.

그는 이비사를 그린 풍경화가 가득 놓인 테이블 뒤에 앉은 여인을 가리켰다. 그녀는 가판대 위쪽에 걸어둔 어망을 거쳐 들어오는 햇살 때문에 얼굴이 얼룩덜룩한 그림자에 잠겼지만 그래도 여전히 눈에 띄었다. 헝클어진 백발에는 여기저기 꽃을 꽂았고, 길고 하늘하늘한 흰색 원피스를 입었으며 양 손목에 대략 70개 정도의 팔찌를 찼다.

자비네는 독일어 억양이 부드럽게 들어간 영어를 구사했는데 어찌나 깊이 생각하며 느릿느릿 말하는지 계속 명상 상태에 있는 사람 같았다. 가끔은 눈을 감기까지 했다. 난 어디라도 좋으니 앉고 싶었다. 내 두 다리는 하지정맥에서 벗어났을지 몰라도 이런 탐정 업무에는 단련되지 않았다.

"크리스티나는 특별했어요." 자비네가 말했다.

"네, 네, 내가 기억하기로도 그래요."

자비네는 살짝 슬픈 미소를 띤 채 한동안 날 바라보았다. 난 내가 뭔가를 놓치고 있다는 느낌이 들었다.

"빛나는 사람들이 있죠." 자비네가 이해할 수 없을 정도로 너무 진지하게 말했다.

"더구나 이런 더위에 말이죠."

다행히 자비네는 내 농담을 이해하지 못하는 듯했다. "그리고 크리스티나는 유달리 더 빛났어요. 여신처럼 빛났죠. 고대 그리스 여신이요. 그게 문제였어요."

"문제요?" 내가 물었다.

그러자 자비네가 눈을 크게 뜨더니 몸을 앞으로 내밀고 대답했다. "빛나는 건 위험해요. 까마귀를 끌어당기거든요. 게다가 크리스티나에게는 재능이 있었어요." 그러더니 천천히 오랫동안 숨을 들이쉬었다. "능력이 있었죠." 이번에는 내쉬었다가 다시 들이쉬었다. 마치 조금 전에 숨 쉬는 법을 발명해내서 그걸 과시하는 듯했다. "신이 내린 재능이요."

"신이 내린 재능?"

"사람들을 돕는 능력이요."

크리스티나의 집을 찾아왔던 남자가 떠올랐다. 내 집이라고 해야 하나? 아무튼. 탈색한 머리에 얼굴에는 문신을 하고 크리스티나에게 곰 젤리 한 봉지를 주고 싶어 했던 덩치 큰 남자.

"능력이라는 건 무슨 말이죠? 크리스티나에게 무슨 능력이 있었나요? 노래하는 능력 말인가요? 크리스티나가 노래를 아주 잘하기는 했죠. 지금도 기억해요."

자비네는 숨을 들이쉬었다가 내쉬고 다시 들이쉬었다. 그녀가 뜸을 들이는 게 짜증 났다. 아니면 더위 때문일 수도 있었다. 짜증 나는 건 더위인지도 몰랐다. 더위가 그 안에 있는 모든 걸 짜증 나게 하는 것이다. 나도 포함해서. "크리스티나는 말해주는 사람이었어요."

"말해주는 사람?"

자비네는 마켓의 다른 구석을 가리켰다. "저기 앉아 사람들의 미래를 말해줬죠."

"아, 네, 관광객을 상대로요." 로세야에게 들었던 말을 기억하며 내가 말했다.

"아뇨. 그건 관광객을 상대로 한 속임수가 아니었어요. 크리스티나는 정말로 미래를 봤어요."

나는 너무 놀란 반응을 보이지 않으려고 노력했다. 혹은 너무 회의적인 반응도 보이지 않으려고 했다. 지금 내가―조심스럽게 표현하자면―괴상한 신념을 가졌을 수도 있는 사람과 이야기하는 중이라는 사실을 알기 때문이었다. 하지만 난 뼛속까지 수학 선생이었다. 내게는 논리와 증거, 수학적 정당성이 필요했다. 크리스티나의 책꽂이에서 봤던 책이 기억났다. 《초능력을 얻기 위한 궁극의 가이드 8권》. 여기 도착한 첫날 택시 기사와 나눴던 이상한 대화도 떠올랐다. 그가 했던 말이 생각났다.

'이 섬에서는 이상한 일들이 일어나죠. 대부분의 사람들은 이해할 수 없는 일이요. 쉽게…… 설명되지 않는 일…….'

마치 시트로넬라 향을 맡고 도망치는 모기처럼 크리스티나의 집을 빠르게 벗어나던 택시가 기억났다. 또 바닷물이 들어 있던 올리브 병도.

'더위 때문이야, 그레이스.' 나는 속으로 생각했다. '그냥 더워서 그런 거라고. 더위 때문에 기분이 이상해지는 거야. 발목도 붓고 머리도 이상해지지.'

"불과 4년 정도 전부터 시작한 일이었지만 그 일은 곧 그녀의 삶에서 가장 중요해졌죠. 난 오래전에 크리스티나를 처음 만났어요. 칼라 도르트의 자연보호 구역에 짓는 골프장 반대 시위에 참가하면서요. 그다음에는 함께 호텔 준공 반대 시위를 했고……."

"무슨 호텔이요?"

"칼라 욘가에 지은 에잇스 원더 호텔이요. 크리스티나의 딸도 동참했죠."

"아, 네." 길 건너 광고판에서 그 호텔을 본 기억이 났다. "광고에서 봤어요."

"두 모녀의 의견이 일치하는 건 환경 문제뿐이었어요. 크리스티나는 늘 자연에 심취했죠. 정말이지 자연을 사랑했어요. 그러다가 상황이 바뀌었죠. 크리스티나가 바뀐 거예요."

"어떻게요?"

"얼굴 전체가 바뀌었어요. 크리스티나는 늘 이를 악물었죠. 또 늘 먼 곳을 바라봤고요. 처음에는 우울증인 줄 알았어요. 그러더니 예언을 하기 시작하더군요. 결국에는 일어날 일을요."

"그렇군요."

"이 섬에는 점쟁이며 심령술사며 타로 카드를 읽어주는 사람이 꽤 많지만 크리스티나 같은 사람은 없었어요. 그래서 적이 생긴 거죠. 하지만 입소문이 퍼졌고, 결국 크리스티나를 보러 온 사람들이 저기서 저기까지 줄을 섰죠."

자비네는 어딘가를 가리켰다. 크리스티나가 사람들의 미래를 봐 줬다는 곳에서 일렬로 늘어선 다른 노점을 따라 더 멀리 떨어진 곳이었다. 마리화나를 흡입하는 용도의 이상한 용기와 풍경을 파는 노점상이었다.

"크리스티나는 사람의 눈만 보고도 그들의 미래를 볼 수 있었어요. 내게 독일로 돌아가 아버지를 만나라고 했죠. 그래서 난 라이프치히로 돌아갔고, 아버지가 돌아가시기 전에 하루를 함께 보냈어요. 합리적으로 설명할 수 없는 일이었죠. 하지만 문제는 그것만이 아니었어요."

내가 받아들이기에는 너무 버거운 이야기였다. 난 방금 들은 이야기를 짐 보관소에 맡긴 캐리어처럼 머릿속 한쪽에 치워둔 채 자비네의 그림 하나를 바라보았다. 바다에 솟아 있는 거대한 바위. 비행기에서 봤던 바위였다. 그림 속 바위는 어두워 보였고 쉽사리 잊을 수 없는 강렬한 인상을 남겼다.

"에스 베드라." 자비네가 천천히 말했다.

"네." 로세야가 이 바위섬에 대해 했던 말이 기억났다.

"아름답지만 저주받았죠. 그들이 저 섬을 파괴하려고 해요."

"그들?"

"네. 저 바위섬을 개발해서 리조트를 세울 거예요. 저 섬에 살고 있는 야생동물도 모조리 말살하고요. 그래서 사람들이 반대하고 있죠."

자비네는 책상에 쌓인 전단지 더미에서 한 장을 집어 들어 내게 건넸다. 여백이 아주 많은 전단지로 초록색 종이에 스페인어만 인쇄되어 있었다.

"반대 시위예요. 개발을 허가해준 사람들에게 항의하는 시위죠. 목요일에 이비사 타운의 마르 이 솔 카페 앞에서 만날 거예요. 당신도 꼭 오세요. 크리스티나가 기획한 시위예요."

"아, 그게…… 아, 난…… 네, 아마……." 난 당황했다. 그러다 내가 여기 온 이유가 떠올랐다. "크리스티나에게 다른 문제는 없었나요?"

수학 문제를 풀 때 자주 경험하는 느낌이 있다. 답이 있고, 난 그 답을 알고 있으며 머릿속에서 답의 형태가 갖춰지고 있지만 아직 완전히 보이지는 않는 느낌. 지금이 딱 그랬다.

자비네는 더 세심히, 더 천천히 숨을 들이쉬었다. 그러고는 명상하듯 두 눈을 감았다. 난 혹시 그녀가 잠든 게 아닐까 싶었다.

"알베르토 리바스……." 세 번째로 숨을 내쉬며 자비네가 말했다. "그 사람에게 물어봐야 해요."

"그 남자가 크리스티나의 죽음에 책임이 있다고 생각하세요?"

"크리스티나는 자신의 죽음을 예견했어요. 그저 누가 자신을 죽일지 몰랐을 뿐이죠. 경찰은 알베르토를 조사했고 그를 풀어줬어요. 하지만……." 자비네는 저 '하지만' 뒤에 오랫동안 날 바라보더니 이렇게 말했다. "크리스티나에게 무슨 일이 생겼는지 정말로 아는 사람은 그 남자뿐인 것 같아요."

나는 고개를 끄덕이고 고맙다고 말했다. 자비네의 노점상을 떠나 걸어가는 동안 자꾸만 바다 밑바닥에 가라앉아 있던 목걸이가 떠올랐다. 이제 알베르토 리바스와 이야기하기 전에 이 섬을 떠나는 건 불가능했다. 그래서 난 차에 탄 다음 휴대전화에 '아틀란티스 스쿠버'를 입력했다. 하지만 내비게이션에 따르면 그런 장소는 존재하지 않았다. 그저 다른 다이빙 센터 목록만 나왔다. 디베스타르 이비사, 오르카서브 이비사 다이빙 센터, 센트로 데 부세오 스쿠버, 안피비오스 이비사…… 목록에 아틀란티스 스쿠버는 없었다.

그래서 대신 '칼라 도르트'를 입력하고 남쪽으로 차를 몰았다.

뱀과 염소

한 시간 뒤 나는 해변에 있었다. 사람들로 붐비는 해변이 짧은 호 모양으로 펼쳐졌다. 신선한 생선과 파에야를 파는 레스토랑이 있었고, 초가지붕으로 된 전원풍 옷 가게에서는 여름 원피스와 수영복을 팔았다. 해변은 사람과 파라솔과 선베드로 붐볐고, 바다에는 페달보트 두 대가 떠 있었다(오래전 우리 부부가 그리스 코르푸섬에서 페달보트를 타고 싸우는 동안 대니얼이 보트 뒤쪽에서 바다로 뛰어들었던 기억이 났다).

에스 베드라가 보이는 전망이 기가 막혔는데 그 바위섬은 바다에서 거의 수직에 가깝게 극적으로 솟아 있었다. 듬성듬성한 초록색이 점점이 박힌 석회암 덩어리. 자비네의 그림에서 봤던 바위섬. 비행기에서 날 불안하게 했던 섬. 자성을 띤다는 섬. 나는 해변을 거닐었고, 고관절이 약간 아팠다. 타는 듯이 무더웠다. 롱스커트에 블라우스를 입은 내가 반경 1.5킬로미터 내에서 옷을 가장 과하게 차려입은 사람이었다.

계속 걷다 보니 모래가 자갈로 바뀌었다. 막사가 여러 개 나왔는데 문 대신 나무판자가 달렸고, 대다수는 보트나 패들보드를 보관했다. 물결 모양으로 골이 진 강판을 임시 지붕으로 올리고 태양열 패널을 설치한 막사도 두어 개 있었다. 빨래를 말리려고 내놓은 막사도 있었다. 한 아이가 막사 지붕에 앉아 책을 읽고 있었다. 이 중 어느 것이 알베르토의 가게인지 궁금했다. 돌계단을 올라갔더니 어느 레스토랑의 테라스가 나왔고, 더 걸어갔더니 바닥에서 흙먼지가 일어나는 주차장이 나왔다. 내가 주차해둔 해변의 반대편이었고, 안쪽으로 한참 들어간 곳이었지만 난 소나무 향을 맡고 규칙적으로 맴맴 울어대는 매미 소리를 들으며 붉은 흙길과 그 너머의 나무들을 향해 계속 걸어갔다. 그러다 마침내 빛바랜 간판이 달린 작고 허름한 집을 발견했다. 간판에는 '아틀란티스 스쿠버-센트로 부세오(다이빙 센터)'라고 적혀 있었다. 콘크리트로 만든 정육면체 형태로 조잡한 나무문이 달려 있었다. 세상에서 가장 지나치기 쉬운 다이빙 센터였다.

나는 머뭇거렸다. 숨을 들이쉬었다가 내쉬었다.

공황 발작이 시작될 때처럼 불안감으로 온몸이 경계 태세에 들어갔다. 익숙한 느낌이었다. 내 존재가 섬세한 실로 변해 갑자기 바람이 불면 날아가버릴 듯한 느낌.

살갗이 따끔거렸다.

나는 문을 두드리고 귀를 기울였지만 매미 소리만 들릴 뿐이었다.

지금이야말로 뒤돌아 다시 차로 걸어간 다음 모든 것을 잊기에 딱 좋은 순간이었다. 난 대체 무슨 생각을 한 거지? 내가 해리슨 포드라도 된 줄 알았나? 웃기는 일이었다. 하지만 지금 틀림없이 무슨 소리가 났다. 벌레들이 웅웅거리는 소리를 뚫고 나는 소리였다. 그래서 난 문을 밀쳤다.

집 안에는 아무도 없었다. 아니, 사람이 없었다고 하는 편이 맞겠다. 공기는 열기로 후끈거렸다. 난 주위를 둘러봤다. 책상, 다이빙 장비, 선반에 수북이 쌓인 오래된 골판지 상자, 의자 두 개, 매트리스 대신 바닥에 깔아둔 두툼한 요와 시트, 빨래방에서 빨래를 마친 옷이 든 자루, 돌고래 사진 달력, '골프장, 노!'라고 항의하는 낡은 스티커와 '알파 센타우리 4.367광년'이라고 적힌, 하늘을 가리키는 나무 표지판이 있었다.

그리고 염소도.

몸통의 절반은 검은색, 절반은 흰색이고 양옆으로 길게 뻗은 뿔이 달린 진짜 염소였다. 이 더위에 맡기에는 너무 강한 사향 냄새가 풍겼다.

"어머, 안녕, 염소야." 내가 조용히 놀라며 말했다.

염소는 아무 말도 하지 않은 채 다시 그릇에 담긴 귀리를 먹었다.

책상에 놓인 지저분한 전단지가 눈에 들어왔다. 히피 마켓에서 자비네가 내게 건네준 것과 똑같은 전단지였다. 에스 베드라 개발에 반대하는 시위 광고.

택시 기사가 했던 말이 떠올랐다. 'A로 시작하는 이름이었는데⋯⋯.' 옷을 잘 차려입고 돈이 많은 크리스티나의 손님. 혹시 그 A가 알베르토의 A일까?

그때 발소리와 한 남자의 혼잣말이 들렸다.

데님 반바지를 입고, 희끗희끗한 수염을 덥수룩하게 기른 남자가 플립플롭을 끌며 집 안으로 들어왔다. 파우가 말했던 남자는 아니었다. 이 남자는 웃통을 벗었는데 가슴털이 사실상 옷이나 마찬가지일 정도로 풍성했다. 살갗은 코코넛 향이 나는 선탠로션을 발라 반짝거렸다. 처음에는 이 남자가 그 책의 저자 프로필 사진에서 봤던 남자와 동일인이라는 사실을 알아차리지 못했다. 나는 그에게 말 거는 걸 망설였는데 왜냐하면—돌려 말하지 않겠다—남자가 뱀을 들고 있다는 사실에 충격을 받았기 때문이었다. 노란 무늬의 검은 뱀이 그의 팔을 반쯤 감고 있었다. 이제 뱀은 머리를 똑바로 세운 채 날 바라보았다. 난 딱히 반려동물 혹은 동물을 무서워하지 않았다. 하지만 이렇게 좁아터진 장소에 염소와 뱀, 털북숭이 남자와 함께 있으려니 약간 겁이 났다.

"무슨 일이시죠?" 남자가 독특한 억양이 섞인 영어로 내게 묻더니 웃음으로 끝맺었다. "마치 뱀이라도 본 듯한 표정이네요!"

알베르토

그는 해적이라기보다 조난자 같았다. 헝클어진 머리와 사방으로 뻗은 수염, 젊은 눈동자는 고대 유적 사이로 떠오르는 태양처럼 빛났다. 그 눈을 제외하고는 전체적인 인상이 감당하기 힘들었다. 그는 도저히 무시할 수 없는 원초적 혐오감을 불러일으켰다.

"아무래도 잘못 온 것 같네요." 내가 왜 그렇게 말했는지 모르겠다. 아마 두려워서 그랬으리라.

"당신만 그런 게 아니야, 친구." 순간적으로 건들거리는 미국인 같은 말투로 알베르토가 말했다.

"네?"

알베르토가 뱀을 향해 고갯짓했다. 이제 뱀은 그의 다른 쪽 팔로 이동하는 중이었다. "뱀 말입니다! 뱀은 훌륭한 동반자죠. 파충류 중에서 가장 똑똑하거든. 뱀의 머릿속은 흥미로운 철학적 수수께끼로 가득하죠. 하지만 이 섬에는 뱀이 있어서는 안 돼요! 수천 년 동안 이비사에는 뱀이 없었어요."

"아."

알베르토는 내가 역사 수업을 들으러 왔다고 생각하는 게 틀림없었다.

"고대 페니키아인들이 이 섬에 처음 정착한 이유도 치명적인 위험이 없었기 때문입니다. 위험한 동물이 없었죠. 위험한 식물도 없고. 이비사는 축복받은 섬이었습니다. 20년 전만 해도 뱀은 구경도 못 했어요. 그런데 지금은 뱀 천지죠. 그건 좋지 않습니다. 전혀 좋지 않아요……. 뱀이 인간을 해치지는 않을 겁니다. 뱀에게는 맹도……."

"맹독?"

"맞아요." 알베르토는 마치 내가 방금 독일군의 에니그마 암호라도 해독했다는 듯이 손으로 날 가리켰다. 그는 영어가 나보다 유창했지만 최대한 짧은 스페인어를 섞어서 문장 꾸미는 것을 좋아했다. 그걸 듣고 있으니 지금 내가 어디 있는지 다시 떠올랐다. "뱀에게는 맹독이 없을지 몰라도 뱀은 생태계의 균형을 파괴하죠. 도마뱀을 멸종시키고 있어요. 전에는 사방에 도마뱀이 있었습니다. 지금도 있긴 하지만 이 녀석과 친구들에 의해 씨가 마르는 중이죠."

게걸스럽게 귀리를 먹어치운 염소가 천천히 문밖으로 향했다.

"아스타 루에고(또 보자), 노스트라다무스." 알베르토가 염소에게 유쾌하게 손을 흔들며 말했다. 그러더니 마치 염소가 그에게 '잘 있어'라고 답해줄 줄 알았다는 듯이 "인사 좀 해"라고 말하고는 날 보았다. "저 녀석은 사람을 싫어해요. 염소에겐 흔한 일이죠. 하지만 저녁 먹으러 또 올 겁니다. 원래 그래요."

"난 잘못 온 것 같네요." 내가 다시 말했다. 어서 여기를 뜨고 싶었다. 혹은 아예 오지 않았더라면 좋았으리라.

알베르토는 날 바라보았다. 그의 눈에는 힘이 있었다. "아뇨. 제대로 오셨어요. 내가 장담하죠. 그래서 내가 도마뱀 이야기를 마저 해야 하는 겁니다. 이제 도마뱀은 죽어가고 있어요. 사방에서요. 사람들은 그게 얼마나 중요한지 모릅니다. 특히 언덕에 사는 개자식들은요."

그의 말투에는 폭력성이 담겨 있었다. 그에게서 뚜렷한 적개심이 느껴졌다. 머릿속에서 자비네의 말이 울렸다. '크리스티나에게 무슨 일이 있었는지 정말로 아는 사람은 그 남자뿐인 것 같아요……'

"멋진 정원과 올리브 나무를 가진 사람들 말입니다. 요가 매트를 들고 다니면서 인피니티 풀에서 노는 백만장자와 억만장자. 당신은 누가 봐도 부자가 아니니까 이런 말을 하는 겁니다."

난 그 말을 듣기 전부터 그가 싫었지만 그 말이 결정적이었다.

"그렇겠죠." 내가 말했다. "괜찮으시면 난 이만……."

하지만 난 다른 데 정신이 팔렸다. 알베르토는 말하는 동안 엄지로 뱀의 목 아래쪽을 문질렀는데 이제 뱀의 움직임이 느려진 것 같았다.

"몽펠리에 뱀입니다. 이 녀석들은 수입된 나무를 통해 들어왔죠. 움푹 파인 나무 구멍에…… 숨어서요……. 알도 거기에 낳습니다……. 녀석들의 알은 나무 속에 있죠……. 그리고 이제 녀석들은 여기서 미친 듯이 번식합니다. 그래서 생태계 전체가 아주 지랄이 났죠. 정말로 엉망진창으로 맛이 가버린 거예요. 돌고래처럼요. 돌고래는 교미를 정말로 좋아합니다. 돌고래는 쾌락을 위해 창조됐어요. 쾌락 기계죠."

알베르토는 날 충격에 빠뜨리려 하는 듯했다. 그래서 난 불안했던 그 순간에도 이스터섬 조각상처럼 무표정하고 굳은 표정을 유지했으며, 그가 기대하고 있었을 충격 받은 요조숙녀의 표정은 전혀 내비치지 않았다.

"그래서 뱀을 잡는 사람들이 있기는 합니다. 돌로 뱀 머리를 내려쳐서 뱀을 잡죠. 하지만 이 녀석에게 그럴 수는 없었어요. 이 애를 좀 보세요. 이 녀석의 머릿속은 질문으로 가득 찼어요. 당신은 들을 수 없겠지만 내 말을 믿으세요. 이 녀석은 호기심이 아주 강한 뱀이랍니다. 아마 새로운 땅으로 이식됐기 때문이겠죠. 당신처럼. 이 녀석은 자기가 있어서는 안 될 곳에 있는 겁니다……. 걱정 마라, 뱀아. 아무 문제 없을 거야……. 그럼 녀석을 당분간 재워야겠네요. 보세요, 이 녀석은 잠들었어요. 뱀이니까 아직 눈은 뜨고 있지만 보세요." 알베르토가 팔을 들어 올리자 뱀이 그의 팔에서 스르륵 내려왔다. 알베르토는 책상으로 가 서랍을 연 다음 뱀이 들어가자 다시 닫았다. "친구에게 전화할 겁니다. 나이트클럽에서 경비원으로 일하는데 그 친구 딸이 뱀을 키우거든요."

난 요즘 대화를 많이 나누는 편은 아니었지만 나조차도 이게 비정상적 대화라는 건 알 수 있었다.

"뱀을 저렇게 둬도 괜찮은가요?"

"네, 네. 아르헨티나 출신의 군인에게 배운 방법입니다." 알베르토가 다가와 내게 손을 내밀었고, 나는 망설이다 손을 잡았다. 그는 스페인어와 미국 영어가 반반 섞인 억양의 영어로 말했다. 아마 캘리포니아 대학에서 가르치는 동안 생긴 억양이리라.

"알베르토 리바스라고 합니다. 동물과 바다의 친구죠." 그가 말했다.

"난 그레이스예요. 의문사를 당한 사람의 친구죠. 친구에게 무슨 일이 있었는지 알아내려는 중이에요."

"내 사무실에 오신 걸 환영합니다." 그가 바닥에 깔린 요를 가리키며 덧붙였다. "또 내 집이기도 하죠."

"여기 산다고요?"

"네. 왜 안 됩니까? 다른 선택지도 있긴 합니다. 우리 딸이 이 섬 북쪽에 멋진 집을 가지고 있거든요. 딸은 내가 거기서 함께 살길 바라지만 난 여기가 좋습니다. 아침에 일어나면 바다에서 목욕하고, 햇볕에 몸을 말리죠. 그보다 더 좋은 게 있을까요?"

"욕실 샤워?" 내가 제안했다.

알베르토는 내 말을 무시했다.

"제발 부탁이에요." 나는 다시 말을 꺼냈다. "내 친구에게 무슨 일이 있었는지 알고 싶어요."

"이름이 그레이스라고 했죠? 그레이스 켈리와 같은 그레이스인가요?"

정말 답답했다. 그는 계속 대화를 내가 원하지 않는 방향으로 끌고 갔지만 그래도 나는 그의 장단에 맞춰주었다.

"우리 엄마가 그레이스 켈리를 정말 좋아하셨죠. 난 〈하이 눈〉이 개봉한 해에 태어났답니다." 모두 사실이었다. 하지만 그 이야기를 하려고 여기 온 건 아니었다.

"그레이스 켈리가 신혼여행으로 이비사에 온 걸 아나요?

"아뇨. 하지만 난⋯⋯."

"그랬다니까요. 찾아보세요. 사람들은 최근에서야 유명인들이 여기 오기 시작했다고 생각하지만 사실은 원래부터 그랬습니다. 에롤 플린은 요트를 타고 여기 왔죠. 로런스 올리비에. 엘리자베스 테일러. 모두 이 섬에 공항이 생기기도 전에 왔죠. 그 후에는 조니 미첼이 영감을 받으려고 왔고요. 젊은 날의 코맥 매카시는 히피 시절에 글을 쓰려고 여기 왔습니다. 밥 말리는 춤을 추러 왔죠. 난 그를 만났는데 정말 대단한 사람이었어요."

나는 알베르토의 나이를 가늠하려고 했지만 수염과 마호가니 빛으로 그을린 살갗 때문에 쉽지 않았다. 60세에서 80세 사이 어디라도 해당될 터였다. 하지만 그는 살갗이 심하게 손상되었는데도 젊음을 간직하고 있었다. 어른이 되는 법을 배운 적이 없는 사람 같았다.

"저기요." 난 긴장한 사람치고는 놀랍도록 엄격하게 말했다. "난 옛 친구에 대해 물어보려고 여기 왔어요."

알베르토는 내 말을 완전히 무시했다. 못 들었을 수도 있었다. 아니다. 들었다. 그런데도 계속 떠들어댔다. 내게 말한다기보다는 내 너머로 말했다. 마치 이 옹색한 집에 어떻게든 비집고 들어온 상상 속, 그를 흠모하는 청중이라도 있다는 듯이. 아마 그들은 알베르토가 여전히 교수로 일하는 우주에서 대형 강의실에 앉아 그의 강의에 감탄하는 학생들일 것이다. "아시다시피 여긴 평범한 섬이 아닙니다. 사람들이 늘 그렇게 말하기는 하지만 사실이에요. 이 섬은 평범하지 않아요. 뭔가 특별한 기운이 있죠. 어딜 보든 그렇습니다. 자신이 뭘 찾는지만 안다면요. 이 염소를 예로 들자면…….”

나는 그의 말을 자르려고 했다. 하지만 이미 빈칸이 다 채워진 수열의 빈칸을 또 채우는 것처럼 도무지 끼어들 틈이 없었다.

“난 예언자 노스트라다무스를 따서 이 친구에게 노스트라다무스라는 이름을 지어줬죠. 왜냐하면 그 위대한 프랑스인은 이비사가 지상 생명체에게 마지막 안식처가 될 거라고 예언했으니까요. 알고 있었나요?”

난 빈 귀리 그릇을 내려다보며 저 이야기가 대체 크리스티나 혹은 스쿠버다이빙 혹은 그 외 다른 것과도 무슨 연관이 있는지 추측하려고 노력했다.

“에스 베드라에도 염소가 살아요. 사람들은 늘 염소를 없애고 싶어 하죠. 염소가 ‘말로스 파라 엘 아비타트’라는 겁니다! 인간들이란! 염소가 서식지에 좋지 않대요! 생각해보세요! 망할놈의 멍청한 인간들, 안 그렇습니까?”

그러더니 그가 이상한 소리를 냈다. 늑대가 울부짖는 듯한 소리였다. 왜 그런 짓을 하는지 누가 알겠는가.

솔직히 난 약간 겁이 났다. 알베르토는 미치광이일 뿐 아니라 덩치도 컸다. 덩치가 크고 제멋대로인 털북숭이였다. 그리고 몇 살인지는 몰라도 나이에 비해 꽤 체력이 좋을 것이다. 내가 다리를 수술했다고는 해도 저 남자보다 빨리 달릴 수는 없으리라. 그러니 난 해변은 물론 심지어 주차장에서도 꽤 멀리 떨어진 데다 주변에 아무도 없는 이 판잣집에 갇혀버린 것이다. 비명을 지른다 해도 짝짓기를 요청하는 매미의 가차 없는 울음소리에 묻혀버릴 터였다.

"해초 때문이죠?" 알베르토가 내게 물었다. 어린아이 같던 그의 눈빛이 갑자기 노인의 눈빛으로 바뀌었다. 그의 눈빛에는 힘이 있었다. 날 완전히 압도할 수도 있을 것 같았다.

"뭐라고요?"

"해초 사진 때문에 당신이 여기 온 거죠."

난 뭐라고 대답해야 할지 알 수 없었다.

내일 밤 12시

웹사이트에서 봤던 사진을 떠올렸다. 성 크리스토퍼 목걸이가 있는 사진. 기분이 이상했다. 현관문이나 대문을 열어놓고 왔을 때 드는 기분이었다. 하지만 이 경우에는 현관문이나 대문이 바로 나였다. "그 이유도 있긴 하죠."

"직접 보셔야 합니다." 갑자기 그의 목소리가 진지하고 나직해졌다. "부인의 인생이 바뀔 겁니다."

"왜 내가 인생을 바꾸고 싶을 거라고 생각하죠?" 내 목소리는 실망스럽게도 살짝 갈라졌다.

알베르토가 미소 지었다. 이 빠진 자리가 마치 작은 석회 동굴 같았다. 그의 표정은 곧 테이블에 로열 플러시를 펼쳐놓을 사람 같았다. "인생을 바꾸고 싶지 않았다면 이비사로 와서 번잡한 도로 옆 흉물스러운 집에서 살 이유가 없죠. 그것도 사실상 모르는 사람이나 다름없는 이에게 받은 집에서요."

이번에는 나도 머뭇거리지 않고 바로 받아쳤다. 놀란 내색은 전혀 하지 않았다. 아마 저 남자는 크리스티나에게 전부 들어서 아는 것이리라. 그게 합리적인 설명이었다. "호기심 때문이죠." 내가 말했다.

"아." 그가 미소 지었다. "라 쿠리오시다드 마토 알 가토. 이 표현

아시나요? 영어에도 있죠. 호기심이 고양이를 죽인다."

"난 고양이가 아니에요."

그 말에 알베르토가 웃음을 터뜨렸다. 정말로 웃긴다는 듯이 껄껄 웃는 웃음이었다. 해적의 웃음. 내 말을 듣고 웃기에는 너무 과도한 듯한 웃음. 2 더하기 2가 700이 되는 웃음이었다.

그러자 알베르토가 또다시 요청하지도 않은 강의를 시작했다. "이기 팝이 그에 관한 노래를 불렀죠. 예전에 내가 그 노래를 한 번 튼 적이 있습니다. 암네시아에서요. 나이트클럽 말입니다. 1980년에 여긴 아직 농장이었고, 우린 아무 노래나 틀어놓고 춤을 췄죠……."

대체 저 남자는 왜 내가 자신에 대해 그렇게 많이 알고 싶어 할 거라고 생각할까? 나는 저녁밥을 기다리는 얌전한 개처럼 말할 기회가 오기를 기다렸다.

"당신은 마음이 열린 편인가요?" 알베르토가 미소를 지으며 날 바라보았다.

그의 눈빛이 마음에 들지 않았다. 순간적으로 차라리 뱀이 있는 서랍 속에 들어가고 싶을 정도였다.

"난 수학 교사였어요." 내가 말했다. 이제는 가슴이 답답했다. "원래 문제를 푸는 걸 좋아하는 성향이죠. 그리고 내 친구, 크리스티나 판데르베르크에게 무슨 일이 생겼는지 정말로 알고 싶어요. 크리스티나가 어떻게 죽었는지 알고 싶어요. 당신이 그 답을 알고 있을 거 같아요."

이름과 성을 전부 말한 것이 효과가 있었다. 알베르토는 그 이름을 듣더니 움찔하는 듯했다. 그의 얼굴에 슬픔이 구름처럼 드리 웠다. 그는 고개를 끄덕였고 잠시 뜸을 들였다. "크리스티나는 자 신이 죽을 걸 알았습니다. 살해되리라는 것을요. 그래서 그 일에 대비해 무언가를 했죠."

"무슨 말이에요? 크리스티나가 뭘 했죠?"

"그때 난 여기 없었습니다. 내 딸 마르타와 함께 마드리드에 있 었어요. 마르타가 천체 물리학 학회에 참석해야 했고, 난 딸애를 응원하려고 함께 갔죠." 이유는 모르겠지만 난 알베르토에게 함께 학회에 참석하는 딸이 있다는 사실에 놀랐다. 오랑우탄이 그린 수 채화를 보는 느낌이었다. 왠지 모르게 내가 그에게 설정했던 한계 를 뛰어넘는 듯한 말이었다. "마르타와 크리스티나는 좋은 친구였 죠. 음, 둘은 함께 일했습니다. 내 딸은 천체 물리학자일 뿐 아니라 환경 운동가이기도 하죠. 난 딸애가 아주 자랑스러워요." 알베르 토는 책상 위에 놓인 전단지를 집어 들었다. "마르타는 지금 시위 를 준비하고 있죠. 목요일에 열립니다. 에스 베드라 개발에 반대하 는 시위예요."

나는 고개를 끄덕였다. "들었어요. 아주 훌륭하네요. 하지만 난 크리스티나에 대해 더 알고 싶어서 왔어요."

"크리스티나는 숙련된 다이버였어요. 가끔 혼자 바다에 나가기 도 했죠. 경찰도 다 아는 사실입니다. 이젠 당신도 알게 됐고요."

"그게 당신이 아는 전부인가요?"

"아뇨. 난 당신이 모르는 걸 많이 압니다. 당신이 이해하는 데 도 움이 될 만한 것들이요."

"그게 뭔데요?"

알베르토는 한동안 날 바라보았다. 나의 뭔가를 저울질하고 있었다. 나는 평가받는 기분이었다. 그는 마치 내 얼굴에 중요한 단서가 있다는 듯 내 얼굴을 뚫어지게 바라보았다. "네. 당신은 진실을 볼 준비가 된 것 같네요. 이제야 보여요……."

"정확히 뭐가 보인다는 거죠?"

"당신의 잠재력이요." 그가 날 가리켰다. 살면서 처음으로 누군가의 손가락을 확 분질러버리고 싶었다. 더위 때문에 이상해진 것 같았다. "크리스티나 말이 맞았어요. 당신은 이 일을 잘 해낼 겁니다."

그러자 내가 약간 퉁명스럽게 대꾸했다. "잘난 척 그만해요. 빙빙 돌려 말하는 것도 그만하고. 그냥 보통 사람처럼 말할 수 없어요?"

"빙빙 돌려 말하다, 참 재밌는 표현입니다. 안 그래요?"

"본론으로 들어가라는 말도 있죠. 그 표현도 알아요?"

"잘 들어요. 평범한 사람으로 남고 싶다면 지금 당장 떠나세요. 왜냐하면 이건 평범한 경험이 아닐 테니까……."

"뭐가요?"

"내일 밤에는 달이 뜨지 않습니다."

뜬금없이 무슨 소리지? 나는 의아했다.

알베르토는 마치 내가 무슨 생각을 하는지 정확히 안다는 듯 미소 짓더니 뒤를 가리켰다. "내일 밤, 여기와 포르멘테라 사이의 바다로 나가야 합니다. 그게 당신 친구에게 무슨 일이 생겼는지 알 수 있는 기회예요. 내가 모셔다드리죠. 다이빙해본 적 있어요?"

"아뇨. 그리고 내가 한밤중에 당신과 배를 탈 거라고 생각하면 큰 착각이에요."

이번에도 그는 내 말을 무시하는 듯했다. "수영할 줄 알아요?"

"네."

"그럼 다이빙도 할 수 있어, 친구. 다이빙은 그냥 수영하고 똑같아요. 바닷속에서 할 뿐이지. 뭐가 더 있긴 한데 내가 설명해줄게요. 자정에 해변에서 만납시다."

"난 일흔두 살이에요. 자정에는 잠을 자야죠. 웬 다이빙?"

"말도 안 돼요. 여긴 이비사예요. 뭘 하기에 너무 늦은 사람은 아무도 없습니다. 매일 밤 나이트클럽에서 춤추는 아흔 살 노인도 있다고요."

"거참 설득력 있네요." 난 긴장하면 빈정거리는 버릇이 있다.

알베르토가 자리를 뜨려 하자 내 몸이 그에게 끌려가는 듯했다. 난 답을 원했고, 알베르토는 답을 알고 있었다.

"어디 가는 거예요?"

그가 문간에서 걸음을 멈추더니 미소 띤 얼굴로 돌아섰다. 설사 빠진 이가 없었다고 해도 그의 이는 시선을 끌었으리라. 크기가 제각각인 데다 들쑥날쑥한 묘비처럼 비뚤어졌고 이 사이가 벌어졌다. 저자는 미치광이일까? 살인자일까? 저 얼굴에서 뭘 알아낼 수 있을까? 그를 따라가는 것이 나을까, 아니면 답은 없고 뱀만 있는 이 축축한 판잣집에 남는 게 나을까? 나는 자비네와 로세야가 그에 대해 해주었던 온갖 불길한 이야기를 생각했다. 민방위대 경관이 했던 말도 또렷이 기억했다.

'리바스 씨를 멀리하세요.'

"난 그저 내 친구에게 무슨 일이 있었는지 알고 싶을 뿐이에요."

"알게 될 겁니다." 알베르토가 부드럽게 말했다. "약속하죠. 하지만 말로는 전달되지 않는 것들이 있습니다. 보여줘야만 하죠. 내일 자정입니다."

내일.

자정.

알베르토는 그렇게 말하고 사라졌다. 나는 20분 만에 처음으로 숨을 내쉬었다.

그레이스 윈터스의 피할 수 없는 외로움

집까지 운전해서 돌아오는 데 30분이 걸렸고, 대부분 울퉁불퉁한 도로를 달렸다. 피곤했고 걱정스러웠으며, 양 발목은 배구공만 하게 부풀었다. 정맥 수술을 받은 지 얼마 안 됐는데 이런 스트레스를 받고 더위에 시달리는 건 좋지 않으리라.

칼이 함께 있었다면 좋으련만. 남편은 틀림없이 이비사를 좋아했으리라. 늙은 히피들을 좋아했을 테고, 원래 더위도 나보다 잘 견뎠다. 늘 이런저런 핑계를 대고 햇볕에 다리를 내놓았다. 반바지를 입으면 약간 더 행복해진다고 믿었다. 4월이 되면 수영복 반바지를 입고 정원을 가꾸는 전형적인 영국인 중 하나였다. 온실에서 토마토를 가꾸던 남편의 모습이 떠올랐다. 고혈압 때문에 얼굴은 토마토처럼 새빨갰지만 미소를 띠고 있었다. 늘 그랬다. 부드럽고 은은한 미소가 그의 기본 표정이었다. 꼭 행복하다는 뜻이라기보다 극기에 가까웠다. 그것이 그의 인생철학이기도 했다. 어떤 일이 있든 웃어라. 슬퍼도 웃고, 괴로워도 웃고, 사랑하는 이를 잃었어도 웃어라. 내 생각에 그것은 대니얼을 위한 미소였다. 남편은 대니얼이 우릴 지켜본다고 믿었고, 그래서 대니얼이 우리를 보며 속상해하거나, 불편해하거나, 우리의 슬픔에 죄책감을 느끼지 않기를 바랐던 것 같다.

칼과 대니얼을 생각하니 슬퍼졌다. 내 인생의 남자들. 하지만 슬픔에는 묘한 위안이 있었다. 이건 설명하기 힘들구나, 모리스. 너도 네 엄마의 죽음을 슬퍼하며 위안을 받는지 모르겠지만 난 가끔씩 슬픔을 탐닉한단다. 일부러 슬픔을 느끼려고 하지. 슬픔만이 그들과 가까워질 수 있는 유일한 길인 것 같아서 말이야. 그래서 내 마음은 일종의 동행을 찾아 슬프고 달곰쌉쌀한 생각으로 향했다. 심지어 36년 전 두 사람과 함께 숲속을 산책하며 민들레와 미나리아재비를 꺾던 일까지 떠올렸다.

나는 고카트 트랙을 지나쳤다. 이렇게 한적한 곳에 고카트 트랙이 있다는 게 신기했다. 하지만 인기가 많은 듯했다. 이비사에는 정말 다양한 면이 있다는 걸 깨달았다. 가족 여행자를 위한 고카트 트랙과 승마를 즐길 수 있는 이비사가 있는가 하면, 파티를 즐길 수 있는 이비사, 히피를 위한 이비사, 스파 호텔을 즐길 수 있는 이비사도 있었다. 스쿠버다이빙을 할 수 있고 해변이 있는 이비사. 요트와 미슐랭 스타를 받은 레스토랑이 있는 세련된 이비사. 레오나르도 디카프리오가 방문하는 이비사. 숲속에 난 산책로와 별을 볼 수 있는 이비사. 민속춤과 마을, 축제, 성당, 오래된 관습이 있는 전통적 이비사. 그리고 물론 현지인이 사는 섬으로서의 현대적인 이비사도 있었는데 슈퍼마켓과 카페, 길을 따라 개를 산책시키는 사람들 사이에서 잠깐씩 엿볼 수 있었다. 이비사에서는 누구든 즐거운 시간을 보낼 수 있는 듯했다. 외롭고 슬픔에 잠긴 과부만 제외하고.

관광객들이 고카트를 타려고 일렬로 줄을 서 있었다. 가족 단위의 관광객, 그리고 젊은이 무리였다. 칼도 고카트를 좋아했을 것이다. 대니얼도. 웃으며 휴가를 즐기는 사람들을 생각하니 이 모든 게 너무도 덧없이 느껴졌다. 이런 마음으로는 살아 있는 사람을 보면 그들이 떠난 후에 생길 빈자리만 상상하게 되었다. 지구상의 모든 사람이 누군가의 대기 중인 슬픔으로 보였다.

그리고 나는 거기에 있었다. 아직 집처럼 느껴지지 않는 집에. 아직 내 집 같지 않은 집에. 현관문을 열고 집으로 들어가 작은 갈색 부엌에서 간단한 저녁 식사를 준비했다. 오렌지주스를 마시고 빵과 치즈, 토마토를 먹었다. 모든 음식이 싱싱하고 신선했으나 난 아무 맛도 느낄 수 없었다. 내 감각은 평소보다 더 무뎌졌다. 신선한 주스조차도 내 주의를 끌지 못했다.

난 손에 낀 약혼반지를 바라봤다. 루비가 박힌 반지로 칼이 두 번째로 청혼하며 준 반지였다. 첫 번째 반지는 에메랄드였다.

재미있게도 내 나이가 되면 뭔가를 볼 때마다 늘 거기에 얽힌 옛 기억이 떠오른다. 이 인생이라는 책에는 순수한 현재라는 개념 자체가 없다. 늘 앞 페이지의 단어가 보이고, 그 잉크 빛 그림자가 눈앞의 글자를 칙칙하게 한다. 적어도 또렷이 볼 수 없게 한다.

몇 년 전에 양파를 썰다가 약지를 베인 적이 있었다. 출혈이 멈추지 않아 병원에 갔더니 손끝을 지져버렸다. 출혈을 멈추기 위해 혈관을 태운 것이다. 그 때문에 이제는 손끝에 아무런 감각이 없다. 나도 그렇게 된 게 아닐까 싶었다. 슬픔과 죄책감과 인생이 날 지져버렸고, 이제 난 뭘 해도 새롭게 느껴지지 않았다. 그저 상처만 남았는데 난 그걸 바라보며 뭐라도 느껴지는지 알아보려고 계속 찔러댔다.

마음이 약해지고 지치는 저녁이었다. 밖은 아직 환했지만 집 안은 어둡고 축축했다. 텔레비전을 켜고 한마디도 이해하지 못한 채 스페인어 토크쇼를 보았다. 우두커니 앉아 텔레비전을 바라보다가 크리스티나의 책과 낡은 음반 무더기, 벽에 걸린 사진으로 시선을 옮겼다. 사진 속에서 알베르토가 이가 빠진 미소를 지으며 날 바라보았다.

"원하는 게 뭐예요?" 내가 그의 사진에 대고 물었다.

답이 없었다.

시간이 흘러 나는 텔레비전을 끄고, 간간이 차량이 쉭쉭 지나가는 소리에 귀를 기울였다.

늦은 시간이었다. 관절이 쑥쑥 쑤시고, 귀가 울리는 상태로 무거운 슬픔을 안은 채 침대에 누웠다. 잠이 오지 않았다.

기분이 바닥으로 가라앉았다. 오늘 밤에 평온하게 세상을 떠나도 괜찮을 듯했다. 어리석게도 이비사에 오면 변화가 일어나고, 머릿속 거미줄이 걷히고, 마음의 짐이 줄어들 줄 알았다. 한마디로 비행기에 타는 사람들이 흔히 생각하듯 이제 곧 탈출이라고 생각한 것이다.

하지만 아니었다.

환경을 바꿔줄 때의 문제는 목적지에 도착했어도 여전히 기분이 똑같다면 그때는 정말로 진퇴양난이라는 것이다. 내가 바로 그랬다. 문제는 링컨이나 거기에 있는 집, 내 상황이 아니었다. 문제는 나였다. 난 슬픔과 외로움에서 벗어날 수 없었다. 응고된 기억을 간직한 채 늙어가는 몸에 그대로 머문다면 나로 사는 것이 곧 나만의 사형 선고였다.

이젠 크리스티나에게 무슨 일이 있었는지 알아내지 않을 것이다. 난 그저 날 바보로 만들 뿐이었다. 습한 날씨에 땀만 뻘뻘 흘리면서. 눈에 눈물이 맺혔다. 어느 정도는 진전이었다.

'여기서 뭘 하는 거지?'

그리고 난 생각보다 빨리 답을 얻게 되었다.

고장 난 라디오

내게 인생에 관한 이론이 하나 있는데 내가 조금 젠체하며 그이론을 너와 공유해보려고 한다. 오래된 이론이지만 난 최근에서야 그게 사실임을 알게 되었지.

절망했을 때가 진실이 드러나는 순간이다.

일이 틀어졌을 때 변화가 일어나려면 밑바닥까지 내려가야 한다. 탈출구를 찾기 위해서는 때때로 진퇴양난에 빠진 기분을 느껴야 한다. 빛과 공기 속에서는 우리 자신을 만날 수 없다. 라디오에서 노래가 흘러나오고 있을 때는 라디오를 파악할 수 없다. 가끔은 라디오를 부숴야만 라디오가 어떻게 만들어졌는지 알 수 있다.

이비사에서 보낸 처음 며칠간 그동안 내가 간신히 눌러왔던 모든 것이 위로 올라왔다. 슬픔, 절망, 고독. 나는 부서지고 있었고, 나 자신을 보게 되었다. 고장 난 라디오처럼 내 마음이 열린 것이다. 난 나만의 결함 있는 코일과 회로, 트랜지스터를 마주하게 됐다. 모든 결함과 불일치를. 아마 그 때문이었으리라. 아마 내가 부서지고, 역설적이게도 무감각한 동시에 고통스러워하며 누워 있었기 때문에 그 일이 일어났으리라. 아마 조용히 비명을 지르면, 도움도 조용히 다가오리라. 아마 우주가 듣고 있으리라. 아마 신호를 포착했으리라.

모르겠다.

하지만 무언가가 분명히 일어났다.

그리고 타이밍도 완벽했다.

불빛

  문틈으로 들어오는 은은한 불빛에 잠에서 깼을 때는 새벽 1시가 훌쩍 넘은 시간이었다. 어딘가에 불을 켜놓은 게 분명했다. 하지만 이상했다. 잠들기 전에 분명 집 안은 캄캄했기 때문이었다. 순간적으로 겁이 덜컥 났다. 무감각을 뚫고 공포심이 올라왔다. 내가 살아 있다는 사실을 상기시켜 주었다. '누가 들어왔으면 어떻게 하지? 만약 그게 알베르토라면?'

  어리석은 생각을 떨쳐버리고 침대에서 내려와 불빛 쪽으로 걸어갔다. 이내 불빛의 진원지를 찾아냈다. 현관 옆에 놓아둔 올리브 병이 벽에 걸린 사진을 비추고 있었다. 물은 손전등처럼 환히 빛났고, 빛은 위로 뻗어나가 공중에서 원뿔 모양을 이루었다. 눈이 시려서 병을 똑바로 쳐다볼 수 없었다. 그래서 빛을 바라보았다. 손전등의 빛과는 달리 살아 있는 듯했다. 약간 오르락내리락하고 조금씩 변하기도 하며 이리저리 움직였다. 마치 이해받기 위해 존재하는 무언가를 바라보는 기분이었다. 비록 난 이해할 수 없었지만. 이게 말이 되나? 저 빛은 일종의 메시지 같았다. 난 움직이는 부모의 입술을 넋 놓고 바라보는 아기가 된 심정이었다.

  "대체 무슨 일이지?" 그렇게 자문했던 기억이 난다.

  마침내 불빛이 희미해졌고, 난 침대로 돌아갔다. 이상하게 마음이 더 평온해졌다.

　또한 한 가지 확신이 들었다. 사람들의 경고에도 불구하고 난 내일 자정, 칼라 도르트 해변에서 답을 기다리고 있을 거라고.

'노(NO)'라는 이름의 보트

다이빙 보트는 금방이라도 부서질 듯 낡고 삐걱거리는 나무 보트였다. 보트에 부착된 엔진은 그보다 훨씬 더 낡았는데 시동이 꺼졌다가 장난꾸러기 다람쥐를 보며 으르렁거리는 개처럼 다시 시동이 걸렸다. 달도 뜨지 않은 깊은 어둠 속에서도 보트의 페인트가 비늘처럼 벗겨졌다는 걸 알 수 있었다. 얼마나 심하게 벗겨졌는지 배 이름인 '넵투노●'의 마지막 두 글자만 보였다. 만약 내가 우주의 징조를 믿는 사람이었다면 '노(No)'라고 적힌 배에는 더더욱 타지 않았으리라. 하지만 난 그 배를 타고 있었다.

바다는 잔잔했다. 바닷물은 부드럽게 배의 선체를 찰싹거렸다. 나직하면서도 이상하게 마음을 불안하게 하는 소리였다. 마치 지중해 전체가 무슨 일이 일어나길 기다리면서 고요해진 듯했다. 방금 우리가 떠난 섬에서 불빛이 빛났고, 수평선에 놓인 다른 섬 포르멘테라에서도 불빛 한두 개가 깜빡거렸다.

알베르토는 결연한 해적처럼 흔들림 없이 바다를 바라보며 키에서 손을 떼지 않았다. 나는 옷을 벗고 일전에 히피 마켓에서 구입했던 홀치기염색 수영복으로 갈아입었다. 랜턴의 희미한 불빛이

● Neptuno. 로마 신화에서 바다의 신.

내 살갗을 청록색으로 물들였다. 알베르토가 내게 등을 돌렸는데도 난 드러난 내 늙은 몸에 신경이 쓰였다. 수술한 다리는 튀어나왔던 정맥이 사라져 더 매끈해졌는데도. 게다가 알베르토도 결코 꽃미남은 아니었다. 사실 그것이 내가 알베르토에게 제일 먼저 분개했던 점이기도 했다. 자신의 몸매를 편안히 받아들이는 그의 태도 말이다. 그는 자신의 몸을 거리낌 없이 드러냈다. 불룩 튀어나온 배, 체모, 풀어 헤친 셔츠, 꼴불견인 데님 반바지. 남자라서 그런 건지, 아니면 알베르토가 그런 사람인지 모르겠지만 그는 외모에 손톱만큼도 신경 쓰지 않았다. 반면 난 신경을 너무 많이 썼다. 내 존재에 대한 끓어오르는 불안감은 늘 몸매에 초점을 두었다. 난 평생 현재의 내 모습을 싫어하다가 세월이 흐른 후에야 그때가 얼마나 예뻤는지 깨달았다. 틀림없이 아흔 살 그레이스는 왜 일흔두 살의 그레이스가 자신의 외모에 불만인지 의아해할 것이다. 늘 미래의 관점으로 현재를 살 수 있다면 좋을 텐데.

물론 지금 이 순간 우리는 나이가 제일 많지만 남은 삶에서는 가장 젊다. 난 평생 내 몸을 별로 좋아하지 않았고, 울퉁불퉁한 다리 정맥이 제거된 지금도 여전히 내 몸이 부끄럽다. 잉글랜드인, 특히나 이스트미들랜즈 출신의 잉글랜드인이라는 응축된 형태로서 난 자의식을 미덕으로 여기며 자랐다. 하지만 또 한편으로는 나이가 많고, 여자이고, 사회적으로 그런 가르침을 받기도 했다. 정말 어리석지 않은가? 우리가 우리 몸을 평가하는 방식 말이다. 나이가 들수록 다른 사람들은 우리의 외모에 점점 더 무관심해지는데도 우린 그 자의식을 여전히 꽉 붙잡고 있다. 지금까지 우리를 계속 살아 있게 해준 그 몸을 저주한다. 자기 날개를 보며 화내는 참새가 있을까? 설사 날개의 깃털이 마르고 쪼그라들었다고 해도.

나는 종종 새가 되고 싶었다. 파랑새. 오래전 대니얼이 그려준 새처럼. 하지만 지금 난 그 어느 때보다 인간이었다. 이미 잠수복을 입은 알베르토가 언제 몸을 돌려 날 볼지 모른다고 생각하니 더욱 다급해져서 난 잠수복과 서툴게 씨름했다.

그건 그렇고, 잠수복을 입는 일은 늘 인생에서 가장 어려운 일 중 하나다. 황소 같은 힘과 곡예사처럼 유연한 팔다리가 필요하다. 고대에도 잠수복이 있었다면 잠수복을 입는 일이 헤라클레스의 열두 가지 과업에 포함됐으리라. 마침내 몸이 대부분 다 가려졌을 때 난 알베르토에게 도움을 요청해야 했다.

"네, 네, 물론이죠……. 포르 수푸에스토(당연히)……."

그러더니 그가 엔진을 껐고, 내 등에 공기통을 고정해준 다음 머리에 쓰는 헤드랜턴을 포함해 다른 장비에 대해 설명해주었다. 잠시 알베르토는 꽤 평범한 다이빙 강사로 보였다. 앞으로 내가 사용할 호흡기에 대해서도 설명해주었다. 또 다른 장비는 일종의 조끼였는데 수중에서 부력을 조절해 내가 계속 다리를 찰 필요가 없게 해준다고 했다. 그다음은 웨이트벨트와 마스크였다. 알베르토는 특히 마스크가 아주 중요하다고 했다. 가능한 한 물속에서 눈을 뜨고 있어야 하기 때문이었다. 마지막으로 오리발이 있었다. 나는 바보가 된 기분이어야 할지, 무서워해야 할지 알 수 없어서 그냥 둘 다 느끼기로 했다. 설명이 끝나자 알베르토는 다시 보트의 키를 잡고 계속 앞으로 나아갔다.

내가 여기서 뭘 하고 있는지 알 수 없었다. 그렇다, 난 크리스티나에게 무슨 일이 있었는지 간절히 알고 싶었다. 하지만 내가 그 배에 탄 데는 또 다른 이유가 있는 듯했고, 그건 분명 알베르토의 동물적 카리스마와는 아무 연관이 없었다. 아마 무의식적으로 죽었으면 하는 마음이 있었으리라. 이 아름다운 섬에서 아무것도 느낄 수 없다는 사실을 알게 된 후로 잃을 게 없음을 깨달았으리라.

혹은 어쩌면, 정말로 어쩌면 그 반대였을 수도 있다. 어쩌면 패턴을 깨야 한다는 느낌이 들었을 수도 있다. 그렇게 하면 지금 내가 갇힌 이 어중간한 상태에서 벗어날 수 있으리라. 죽거나 아니면 진정으로 살 수 있는 방법을 찾으리라. 다시 말해, 무언가가 날 부르고 있었는지 모른다. 크리스티나 혹은 다른 무언가가. 올리브 병 속에서 이상하게 빛나던 물과 관련된 무언가가.

"사람들 말이 크리스티나는 미래를 볼 수 있었다더군요." 엔진 소리가 잦아들자 어느 순간 내가 말했다.

"그랬죠." 알베르토가 우리 앞에 있는 포르멘테라섬의 검고 나직한 윤곽선을 바라보며 말했다. "크리스티나는 자신의 목숨이 위험하다는 걸 알았어요. 하지만 난 그게 누구인지 몰랐습니다. 누가 그녀를 죽이고 싶어 했는지. 크리스티나도 몰랐고요."

"미래를 보는 사람은 없어요."

"그럴 리가요. 사람들은 늘 미래를 봅니다. 기상학자, 경제학자……. 뭐, 보려고 노력하죠."

알베르토가 웃었다. 자신이 한 말이 재미있다고 생각하는 모양이었다. 크리스티나의 죽음을 이야기하는 이 상황에서 저렇게 가벼운 농담을 던져도 된다고 생각하다니. 그는 꼴사나울 정도로 자기애가 넘쳤다.

"내 말이 무슨 뜻인지 알잖아요. 당신은 과학자예요. 지금 당신이 말도 안 되는 소리를 한다는 걸 분명 본인도 알 거예요. 미래를 본다는 건 환상이라고요. 마술이죠. 뒷받침할 증거가 없어요." 내가 말했다.

"사람들이 사실이 아니라고 생각했던 많은 것이 훗날 사실로 밝혀졌죠. 19세기 말까지만 해도 지구의 모든 해양 과학자는 해수면 아래 500미터 이하에는 생명체가 존재할 수 없다고 확신했습니다. 그러다 한참 더 깊은 곳에도 생명체가 존재한다는 사실을 알고 충격을 받았죠. 굉장한 충격이었어요."

"그건 달라요."

"그런가요? 역사가 길들인 후에는 모든 것이 당연해 보이죠. 하지만 당시에는 외계 생명체의 증거를 발견한 것이나 마찬가지였어요. 지금은 결코 역사의 끝자락이 아닙니다. 과학의 끝자락도 아니고요."

"당신은 외계 생명체를 믿죠? 그에 관한 책도 썼잖아요."

"네. 만약 당신이 지구에 가본 적이 없다면 지구라는 행성이 존재한다는 걸 믿을 수 있었을까요? 코끼리는요? 거북이, 흰동가리, 얼룩말상어를 믿었을까요? 아마 단단히 미친 짓이었을 겁니다."

"난 확인된 사실을 믿으려고 노력해요."

"그럼 올리브 병 속에 든 빛나는 바닷물은요?"

내 몸이 굳었다. 난 알베르토에게 그 일을 이야기한 적이 없었다. 그는 주머니를 뒤져 미니어처 럼주 한 병을 꺼냈다. 다만 그 안에 든 것은 럼이 아니었다. 아주 희미하게 빛나는 바닷물이었다. "난 어딜 가든 이 병을 가지고 다닙니다. 술을 끊은 뒤로요. 이걸 가까이 두는 게 좋더군요."

"그게 뭔데요?"

"곧 알게 될 겁니다. 현실은 환상에 불과해요. 아주 끈질긴 환상이죠. 아인슈타인이 그렇게 말했을 겁니다. 때때로 환상은 우리가 아직 이해하지 못한 현실이에요."

"만약 크리스티나가 미래를 볼 수 있었다면 왜 죽은 거죠?"

알베르토는 미간을 찌푸리며 웃었다. "크리스티나가 죽었다고 누가 그래요?"

"다들 그러던데요. 그래서 내가 여기 온 거잖아요. 크리스티나는 죽었어요."

"죽지 않았습니다. 그저 죽을 거란 걸 알았을 뿐이죠. 여기 계속 있다가는 누군가가 자신을 해치리라는 걸 알았어요. 그래서 떠난 겁니다."

"어디로요?"

"곧 보여드리죠."

난 뭐라고 말해야 할지 몰랐다. "난 일흔두 살이에요. 바다에 들어가기 전에 건강검진을 해야 하지 않나요?"

"건강은 어떠세요?"

"딱히 좋지는 않아요." 난 그에게 내 병을 줄줄이 읊고 싶지는 않았다. 정맥 질환, 고관절 통증, 발목 부종, 이명, 관절염, 들쑥날

쑥한 혈압, 가끔씩 찾아오는 우울증, 안헤도니아……《전쟁과 평화》오디오북이 더 짧으리라.

"그렇군요. 완벽하네요."

"완벽하다고요? 어디에 완벽하다는 거죠?"

'내가 죽었을 때 자연사로 보이기에?'

"알게 될 겁니다." 그가 말했다. 딱히 안심이 되는 말은 아니었다.

놀레티아 크리소코모이데스

난 갑판에 설치된 벤치에 앉아 기다렸다.

엔진이 꺼지자 알베르토는 선미로 가더니 계속 스페인어로 욕을 퍼부었고 마침내 엔진이 다시 작동했다.

우리는 에스 베드라를 지나 남쪽으로 향했다. 어둠 속에서 가까이 본 에스 베드라는 꽤나 위협적이었다. 밤에 녹아든 바위는 하늘로 끝없이 뻗은 듯했고, 가장자리는 초목으로 뒤덮여 술이 달린 듯했다. 저기에서 사람이 살 수 있을 것 같지 않았다. 심지어 염소도 살기 힘들어 보였다. 저 바위는 꽤 적절한 크기인 듯해 뒤에 숨어서 몰래 뭔가를 하기에 안성맞춤이었다. 그렇게 생각하자 신경이 더 예민해졌다.

난 마우스피스를 낀 채 숨 쉬는 연습을 했다.

그때 휴대전화 진동 소리가 울리자 안심이 됐다. 옷더미를 뒤적거렸더니 휴대전화에 칼의 여동생 소피가 보낸 왓츠앱 메시지가 와 있었다. 지난번에 내가 보낸 노란 꽃 사진의 답장이었다.

긴 메시지였다. 혹은 연달아 보낸 여러 개의 메시지였다. 흔치 않은 일이었다. 소피는 그 꽃을 전혀 알아볼 수 없었고, 그래서 식물학자인 여자친구 사리카에게 보여줬다고 말했다. 사리카는 그 사진을 보고 격한 반응을 보였다고 했다.

사리카는 아주아주 혼란스러워했어요.

틀림없이 언니가 인터넷에 올라온 사진을 복사해서 보냈을 거라고 하더군요. AI가 만든 사진 같은 거 말이에요.

언니가 보낸 사진 속 꽃에는 거창한 라틴어 이름이 있어요. '놀레티아 크리소코모이데스'(복사해서 붙여 넣기 했어요!)라고 하는데 공식적으로 유럽에서 멸종된 식물이래요!!! 10년 동안 스페인 근처에서는 전혀 볼 수 없었고요. 사리카는 이런 쪽으로 빠삭해요. 식물 마니아라서 멸종되었거나 멸종 위기에 처한 식물과 꽃 전문가거든요. 그래서, 네, 정말 이상하대요!!

사리카는 이 사진을 (괜찮다면) UWA(여기 퍼스에 있는 대학)의 친구에게 보내서 어떻게 생각하는지 물어보려고 해요. 어쨌든 언니가 이비사에서 건강하고 즐겁게 지내길 바라요. 언니가 때때로 사람들과 어울리고, 뭔가에 몰두하길 어려워한다는 거 알아요. 하지만 오빠도 언니가 그러길 바랄 거예요. 곧 통화해요. xxxx●

난 왓츠앱을 껐고, 알베르토가 계속 말하는데도 듣는 둥 마는 둥 했다. 심장은 내가 생각지도 못했던 속도로 빠르게 뛰었고, 머릿속은 예전에 차단봉을 쳐두었던 영역, 다시 말해 한때 기이하다고 치부했던 관념과 생각으로 가득 찬 영역에 뛰어들었다. 내 머릿속에 떠오른 생각 중 하나는 이것이었다. 저 꽃은 우연히 우리 집 현관에 핀 것이 아니다. 내가 물을 버린 곳에 피었다. 올리브 병에

● 편지나 메시지 말미에 쓰는 'X'는 키스를 보낸다는 의미.

들어 있던 물. 마법의 물. 빛나는 물.

나는 알베르토를 올려다보았다. 그의 말에 집중해야 했다.

"바다는 여전히 미지의 영역입니다." 알베르토가 내게 말하고 있었다. "사람들은 우주가 미지의 영역이라고 하지만 지구도 마찬가지예요. 지구에서 가장 깊은 해구에 가본 사람보다 달에 가본 사람이 더 많습니다. 마리아나해구 말입니다. 들어봤죠? 접근하기 매우 어려운 곳입니다. 대부분의 바다는 지도에 표기되기는커녕 인간이 본 적도 없습니다. 정말이지 화성 표면에 대해 아는 게 더 많을 겁니다. 여기처럼 얕은 바다조차도 많은 부분이 미스터리죠. 그 사실을 염두에 두는 게 도움이 될 겁니다……."

나는 이쪽이 그의 전문 분야라는 걸 알 수 있었다. 이 이야기를 하는 동안 알베르토는 꽤 활기가 넘쳤고, 꽉 끼는 잠수복이 허락하는 한 양팔을 이리저리 움직였다. 그는 그동안 바다에서 발견된 지형물과 그것이 얼마나 신비로운지 이야기했다. 수중 산, 그랜드캐니언보다 큰 계곡, 흑해에서 발견된 수중 강, 심지어 그 강은 템스강보다 컸고 양옆으로 나무까지 있었다. 만약 그가 날 죽이려 한다면 이렇게까지 열심히 해양 생물에 대해 가르치는 수고를 할 필요가 있을까?

"그다음에는 해초가 나옵니다." 알베르토가 말했다. "가장 놀라운 생명체죠. 포시도니아 오세아니카. 이 해초는 이비사에서 포르멘테라까지 이어집니다. 자기 복제가 가능한 단일 유기체인데 기적적으로 아주, 아주, 아주 오랜 세기에 걸쳐 보존됐죠. 사실상 수천 년 동안요."

"그런데 왜 낮에 보면 안 되나요? 바닷속도 어둡지 않아요? 아무리 헤드랜턴이 있다고 해도."

알베르토가 웃더니 내 질문을 반복했다. "바닷속도 어둡지 않냐고요? 아, 그 반대죠, 친구. 곧 알게 될 겁니다."

"이 해초대가 어디에나 있다면 왜 굳이 이렇게 멀리까지 가야 하는 거죠?"

알베르토가 키를 잡은 채 몸을 돌리더니 모터 소리를 뚫고 크게 외쳤다. "그거야 당신이 답을 알고 싶어 하니까요. 그렇죠? 정확히 그 사진이 찍힌 곳에 가고 싶은 거 아닌가요? 크리스티나에게 준 목걸이가 보고 싶은 거잖아요."

'크리스티나에게 준 목걸이.'

이 짧은 구절에 많은 의미가 담겨 있었다. "그게 내가 준 목걸이라는 걸 알아요?"

"네, 네. 포르 수푸에스토! 물론이죠, 물론. 크리스티나에게 들었습니다. 크리스티나는 지금까지 만난 사람 중에서 당신이 가장 친절했다고 했어요. 친절할 뿐만 아니라 강인하다고. 그 두 가지가 필수적인 자질이에요, 그레이스. 필요한 자질이죠. 정신적 강인함과 감정적 공감. 내가 친절에 관한 이야기를 해드리죠. 난 여기 산타 아그네스 데 코로나 마을에서 할머니 손에 자랐어요. 할머니는 예술가였죠. 하지만 모든 사람에게 친절했어요. 내가 태어나기전에 할머니는 많은 예술가 독일을 떠나 이비사에서 안전한 피난처를 찾도록 도왔어요. 우리 집은 작았지만 창밖에 아몬드 나무 한 그루가 있었는데, 그 나무에 꽃이 활짝 필 때면 세상은 아름다움으로 가득하다는 기분이 들었죠. 우린 가난했지만 이비사는 다른 면에서 풍요로웠어요. 그 시절 우린 자연과 아주 가까웠어요. 포장도로는 두 개뿐이었고 전등도 거의 없었지만 늘 음악과 재미있는 대화, 바다가 있었죠. 할머니는 어딜 가든 날 데려가셨고, 내가 인생을 즐기길 바라셨어요. 어릴 때 세스 피게레테스 해변에서 재즈에 맞춰 춤췄던 기억이 납니다. 내가 인생에서 이룬 모든 것은 할머니의 친절 덕분이에요. 누가 내게 친절을 베풀면 보답하고 싶어지죠. 할머니 덕분에 난 세 가지 자질을 얻었습니다. 자연을 사랑하는 마음, 강인함, 연민. 할머니에게는 그런 자질이 있었죠. 당신도 그렇고요."

"할머님이 좋은 분이셨던 것 같네요."

"네. 크리스티나도 좋은 사람이었어요. 그리고 크리스티나는 당신에게서도 그런 자질을 봤습니다."

"하지만 크리스티나는 날 잘 몰랐어요. 우린 연락하고 지내지도 않았는걸요."

"아, 하지만 크리스티나는 다 알았어요."

알베르토는 시동을 끄더니 고개를 절레절레 흔들며 뱃머리까지 걸어가 닻을 내렸다. 나는 바다를 바라보았다. 서늘하고 짭조름한 공기를 들이마셨다. 그때 무언가를 보았다. 어두운 심해에서 무언가가 빛났다. 아주 잠깐. 그러더니 바다는 다시 어두워졌다.

"이 바다에는 다른 어떤 바다와도 다른 아름다움이 있죠." 알베르토가 실눈을 뜬 채 미소 지으며 말했다. "하지만 지금까지 소수의 사람만이 그걸 볼 수 있었습니다. 바닷속 빛이요. 특별하지만 넋을 잃을 수 있으니 조심하세요. 그쪽으로 헤엄치지 마세요. 그게 당신에게 올 겁니다."

나는 호흡기를 입에 물고 작은 플랫폼에 서서 알베르토를 따라 바다에 들어갈 준비를 했다.

'내가 지금 뭘 하는 거지? 앞으로 무슨 일이 벌어질까?'

인생의 대부분은 미스터리였다. 수학조차도 미스터리로 가득하다. 2 이상의 모든 짝수는 두 소수의 합이라는 사실을 알지만 그 이유는 모른다. 도처에 미스터리가 있다. 지각 있는 모든 생명체의 마음속과 모든 바다의 수면 아래에도. 때로는 직접 뛰어들어 알아내는 것만이 우리가 해야 할 일이다.

나도 절반은 두려웠다. 하지만 그때 링컨에 있는 빈집과 그 집에 가득한 슬픈 기억이 떠오르자 나는 다리를 들어 바닷속으로 들어갔다. 눈을 크게 뜨고 지켜보자고 다짐하면서.

갑작스러운 어둠

알베르토가 내 앞에서 헤엄치는 덕분에 난 안심이 되었다. 헤드
랜턴 불빛으로 그를 볼 수 있기 때문이었다. 또한 그가 내 산소통
을 몰래 조작하지는 않는지 감시할 수도 있었다. 우린 해초를 향
해 완만한 각도로 내려갔다.

그가 오른쪽을 가리키자 나는 그쪽으로 몸을 돌렸고 순간적으
로 숨이 멎었다. 내 헤드랜턴이 보라색 몸통에 노란 반점이 있는
장어를 비췄기 때문이었다. 장어는 매혹적으로 몸통을 꿈틀거리
며 앞으로 나아갔다. 그 후로 난 호흡을 조절하느라 약간 고생했
고, 다리가 따끔거렸다. 어떤 의사도 수술 후 이런 활동은 권하지
않으리라. 하지만 이왕 여기까지 왔으니 계속 헤엄쳤다.

해저에 가까워질수록 어둠 속에서 수많은 해양 생물이 보였다.
작은 은빛 물고기 떼가 대형을 이루며 빠르게 헤엄쳤고, 그 그림
자가 해초와 모래에 드리웠다. 식물의 초록색 이파리 사이로 장어
두어 마리가 헤엄쳤고, 그 외에도 해마, 총천연색 바다 민달팽이가
있었다. 농어로 보이는 다친 물고기 한 마리는 바닷속에서 피를
흘렸다.

헤드랜턴의 인공 불빛 속에서 해초가 선명하게 보였다. 아름답
고도 기이한 광경이었다. 가늘고 기다란 에메랄드 녹색 잎이 사방

으로 끝없이 펼쳐진 듯했다. 이들에게는 단순함이 아주 중요한 듯했다. 마치 그것이 생존의 열쇠라도 된다는 듯이. 결코 꽃을 피우지 않고, 결코 진화하지 않으며, 결코 복잡해지지도 않는다. 영원히 같은 형태를 유지한다.

그때 알베르토가 무언가를 가리켰다. 사진에서 본 것처럼 작고 반짝이는 물건. 난 그쪽으로 헤엄쳐 그걸 집어 들었다. 45년간 내가 하고 다니지 않았던 목걸이. 아기 그리스도를 안고 강을 건너는 성 크리스토퍼가 양각으로 새겨졌다. 난 잃어버린 보물을 찾은 듯 목걸이를 꽉 쥐었고, 어쩌다 목걸이가 여기 떨어졌는지 알려줄 단서를 찾았다. 싸움이 있었던 흔적을 찾았다. 하지만 목걸이 외에는 아무것도 없었고, 해초는 몸싸움으로 인해 흐트러지거나 짓밟히거나 비뚤어진 흔적이 없었다.

그러자 신기하게도 각기 다른 방향으로 이동하던 물고기와 다른 바다 생물이 갑자기 일제히 한 방향으로 향했다. 그들은 마치 패닉에 빠진 듯 눈에 보이지 않는 개체로부터 빠르게 도망쳤다. 난 지금 어떤 상황인지 알아내려고 했으나 그때 다른 일이 벌어졌다.

내 이마에 달린 헤드랜턴이 깜빡거린 것이다.

난 깜빡이는 불빛 속에서 알베르토를 돌아보았다. 그의 헤드랜턴도 마찬가지였다. 그는 웃는 듯했으나 다이빙 장비 때문에 표정을 제대로 알아보기 힘들었다. 그러자 잠시 후에 헤드랜턴이 완전히 꺼졌다. 칠흑 같은 어둠이 내려앉고 아무것도 보이지 않았다. 난 주위를 둘러보았다.

그의 손이 내 팔에 닿았다.

'리바스 씨를 멀리하세요.'

내 팔을 꽉 잡았다.

'미치광이.'

점점 더 세게.

'크리스티나에게 무슨 일이 있었는지 유일하게 아는 사람.'

그러더니 그가 내 팔을 놓았다.

그러자 모든 것이 바뀌었다.

빛

갑자기 빛이 나타났다.

구름과 구

지금 내가 보는 빛은 헤드랜턴에서 나오는 빛이 아니었다. 헤드랜턴은 여전히 꺼져 있었다.

이 빛은 우리 앞쪽 약 100미터 전방에서 나왔다. 인광이었다. 아까 무언가로부터 빠르게 도망쳤다고 했던 물고기들이 사실은 그 반대였다. 그들은 그걸 향해 빠르게 다가갔다.

해초 위로 보이는 발광체는 밝은 동시에 창백한 색을 띠었고, 처음에는 구름 모양이었다가 나중에는 구의 형태였다. 기하학적으로 완벽한 구. 유클리드와 아르키메데스가 수천 년 전에 설명했으나 지구에서는 추상적 관념으로만 존재할 뿐 자연에는 존재하지 않는 그런 형태. 흐릿한 구름과 완벽한 구의 형태를 거듭 오가는 모습은 즉시 이질적이고 초자연적인 느낌을 주었다. 딱히 크지는 않았다. 테니스공보다는 크지만 축구공보다는 작았다. 적어도 처음에는 그랬다. 하지만 숨 쉬는 폐처럼 크기가 커졌다가 줄어들기를 반복했다. 그리고 색을 보자면 지금까지 내가 본 적이 없는 푸른색이었다. 바다의 푸른색은 아니었다. 그 색과는 달랐다. 하지만 색 역시 규모와 형태만큼이나 계속 변했다. 물고기 한 마리가 그 속으로, 빛 속으로 들어갔다.

애매하게 표현해서 정말로 미안하지만 지구에 실제로 참고할 만한 대상이 없는 무언가를 설명하기란 힘들구나. 그것을 무언가와 비교하자마자 전혀 다르다는 걸 깨닫게 되거든. 그걸 묘사하기란 마치 어려운 감정, 모순된 감정을 표현하는 것과 비슷해. 너도 나이 들수록 그런 감정을 많이 느끼게 될 거다. 고통 속에서도 때로는 슬픔이나 눈물에서 비롯된 작고 묘한 만족감이 있듯이. 아니면 '이 또한 지나가리라'와 같은 씁쓸하면서도 기쁜 깨달음처럼.

그래도 황홀했다는 사실만은 확실히 말할 수 있다. 한마디로 지금껏 살면서 본 중에 가장 놀라운 것이었다. 나는 알베르토를 돌아보았고, 마스크와 마우스피스 뒤에서 미소 짓는 그의 얼굴을 보았다. 그의 헤드랜턴에 다시 불이 들어왔다. 내 것에도. 알베르토의 미소는 익히 안다는 미소, 자부심의 미소였다. 마치 자신이 좋아하는 영화를 보여주는 친척 아저씨처럼. 그리고 그것의 놀라운 점은 단지 그것의 형태가 아니라 존재였다. 왜냐하면 그것은 마치 느낌을 바라보는 듯했기 때문이었다.

그랬다. 그거였다. 느낌을 바라보는 듯했다.

말도 안 되는 소리로 들린다는 거 안다만 그렇게밖에 설명할 수가 없구나. 그건 왠지 모르게 사랑이나 희망을 바라보는 듯했다. 더 정확하게는, 말로 표현할 순 없지만 우리가 무의식 깊은 곳에서 느끼는 감정, 계속 묻어두었으나 우리를 연결해주는 감정을 바라보는 듯했다. 분명 난 외부의 무언가를 바라보고 있었으나 이상하게도 동시에 내 내면을 보고 있었다.

아마도 꽤 오랫동안 그렇게 바라보고 있었을 것이다. 그러다 알베르토가 빛 구름을 가리키더니 내게 연달아 빠르게 수신호를 보내는 걸 알아차렸다. 처음에는 양 엄지를 들어 보였다가 오케이 신호를 보냈고, 그다음에는 한 손을 들어 손바닥을 내보였다. 마지막 신호는 말 안 듣는 래브라도에게 "가만히 있어"라고 말하고 싶을 때 보내는 신호 같았다. 그래서 난 그렇게 했다. 거기 가만히 서서 발광체를 계속 바라보았다. 발광 구는 한 번 더 발광 구름이 되었다가 다시 천천히 모양을 바꾸더니 팔을 뻗듯 길게 늘어나 정확히 어떤 방향으로 나아갔다. 마치 아무렇게나 뻗는 것이 아니라 의도가 있는 것처럼. 그러더니 긴 선처럼 늘어난 빛이 다친 물고기, 농어에게 다가가 상처를 '만졌다.' 그러고는 순식간에 뒤로 물러나 다시 구름과 구의 형태를 오갔다. 농어는 제자리에 남아 있었지만 이젠 의심할 여지 없이 치유되었다. 그래서 몸통을 똑바로 세우고, 반점 있는 비늘도 온전해진 채 멀리 헤엄쳐 갔다.

난 알베르토를 돌아보았다. 그는 나보다 훨씬 덜 놀란 듯했다. 마치 카페에서 노을을 감상하듯 여전히 태평하게 미소 지었다. 내가 다시 몸을 돌렸을 때는 벌써 그것이 변하고 있었다. 구는 구름이 되었고, 구름으로 남아 있다가 일부는 다시 길고 가는 빛의 팔이 되었다. 다만 이번에는 그 팔이 다친 물고기에게 향하지 않았다.

내게 향했다.

자유

전부 다 기억나지는 않는다.

그러니까 지금까지 말한 내용은 기억이 난다. 하지만 바닷속 그 순간부터 병원에서 깨어날 때까지의 많은 부분이 너무 이상하다. 그리고 앞으로 내가 쓸 글의 특성상, 다시 말해 이쪽 분야는 예전부터 사람들로 하여금 허황된 상상의 나래를 펼치게 하거나 뿌리 깊게 자리 잡은 회의론을 불러 일으키기 때문에 내가 실제로 경험한 사실만 엄격하게 서술해야 한다고 생각한다.

따라서 푸른 빛이 내게 닿았다는 사실은 확실하게 말할 수 있다. 팔처럼 뻗은 빛. 그것은 가장자리가 아주 들쭉날쭉하고, 기다랗고, 흐릿한 원뿔 모양의 빛이었다. 그것이 내게 닿는 순간 바다 전체가 사라진 듯했다.

주위에 어떤 생물이나 식물도 없었다. 알베르토도 없었다. 아무 것도 없었다. 그저 바닷물뿐이었으나 이상한 바닷물이었다. 그 환하게 빛나던 부자연스러운 푸른색 바닷물. 그리고 아주 느긋한 기분이 들었다. 아니, 그 이상이었다. 다른 감정이었다. 해방감. 난 자유를 느꼈다. 어느 순간에 목걸이를 떨어뜨렸을 텐데 언제인지 기억나지 않았다.

그러더니 눈 깜짝할 사이에 난 육지에 있는 듯했다. 자연 속에 있었다. 하지만 지금까지 봤던 어떤 자연과도 달랐다. 나무 아닌 나무가 있었다. 키가 크고 가늘었으며 하얀 이파리가 달렸다. 해변 아닌 해변이 있었다. 바다 아닌 바다가 있었다. 공기는 평생 마셔 온 공기와 달랐다. 어찌나 맑고 달착지근한지 호흡이 단순한 삶의 전제 조건이 아니라 목적처럼 느껴졌다.

그때 나무들 사이에 똑바로 서 있는 생명체가 보였다. 이 정도 거리에서 보면 인간으로 착각할 수 있었다. 그들은 옷 비슷한 것을 입었다. 하지만 수채화 속 형체처럼 번져 보였고, 거기 서 있는 동안 몸에서 증기가 나왔다. 그들의 존재는 내 마음을 편안하게 해주었다. 마치 수호신처럼.

해변에 모래가 있기는 했지만 그을린 오렌지색 비슷했다. 바다는 푸른색이었으나 지구의 푸른색은 아니었다. 내가 아까 바닷속에서 봤던 도저히 설명할 수 없는, 빛나는 푸른색이었다.

네가 무슨 생각을 할지 안다. "아, 재미있는 꿈을 꾸셨네"라고 생각하겠지. 나도 꿈이 아니었다고 단정할 순 없어. 하지만 만약 그게 꿈이었다면 지난 70년간 경험했던 것과는 완전히 다른 꿈이었어. 모든 것이 너무 선명했다. 사실 모든 감각이 훨씬 더 예민해져서 지금까지의 삶이 꿈이고, 이것이 현실이라 믿는 편이 더 쉬울 정도였다. 그랬다. 그런 느낌이었다. 나는 잠에서 깨어난 듯했다.

"어디?" 나는 속마음을 소리내어 말했다.

그 한 단어뿐이었다.

어디?

오렌지색 모래 위에 뭔가가 보였다. 반짝이는 물건이었다. 목걸이가 아니라 반지였다. 우리가 학생이었을 때 칼이 인도 식당에서 내게 청혼하며 내밀었던 에메랄드 반지. 당시에 내가 거절했던 반지.

바로 그 순간 바다가 포효하더니 나무 사이로 파도가 세차게 범람하는 소리가 났다. 이번에도 그 빛나는 바닷물이었다. 그 형언할 수 없는 푸른색.

모든 것이 사라졌다

모든 것이 사라졌다.

몸이 떠올랐다가 소용돌이에 빨려들어 뱅그르르 돌다

나는 그 빛나는 바다에 떠밀려 숨 쉬려고 안간힘을 썼고, 몸이 떠올랐다가 소용돌이에 빨려들어 빙글빙글 돌다가 마침내 병원 침대의 깨끗한 시트 사이에 가만히 누운 채 눈을 깜빡이며 깨어났다.

처음 보는 사람의 이름을 알다

나는 깨어났다.

여전히 잠수복 차림이었지만 이제는 깨끗한 하얀 방에 있었고, 왼손 검지에 맥박 산소 측정기를 낀 채 침대에 누워 있었다.

방금 무슨 일이 일어났는지 몰라도 이젠 현실로 돌아왔다. 소독약 냄새가 풍기는 병실이었고, 삑삑 소리 나는 기계에 둘러싸였다. 벽에는 가느다란 오렌지색 선이 그어져 있었다. 그리고 오렌지색 의자도 하나 있었다. 나라마다 좋아하는 색이 있다는 사실은 언제 봐도 흥미롭다. 스페인은 오렌지색을 대단히 좋아한다. 오렌지색 가구, 오렌지색 나무. 심지어 이비사는 흙도 오렌지색이다. 땅에 떨어진 솔잎에서 흘러나온 타닌산 때문이다.

병실에는 간호사 한 명과 의사 한 명, 알베르토 리바스가 있었다. 다들 내가 깨어난 걸 보고 기뻐했다. 아직 잠수복 차림인 알베르토는 우스꽝스러워 보였다. 나는 그의 뺨을 너무도 갈기고 싶었다. 내게 무슨 일이 있었는지 정확히 모르지만 지금 나는 병원에 있었고, 아까 있었던 일은 그의 탓일 가능성이 컸다. 따라서 반짝이는 그의 눈이 영 달갑지 않았다. 덤불 속에 떨어진 불붙은 성냥이나 마찬가지였다. 위험했다.

그들은 여기가 이비사 타운 외곽에 있는 칸 미세스 병원이며 내

172

가 세 시간 동안 의식을 잃었다고 알려주었다. 이미 내 폐를 검사했으나 놀랍게도 바닷물로 인한 폐 손상은 없었다고 했다.

"몸은 좀 어떠세요?" 의사가 아주 유창한 영어로 물었다.

"놀라울 정도로 괜찮아요." 내가 말했다. 사실 누워 있는 동안 그 어느 때보다 건강해진 느낌이었다. 오래전 대니얼을 데리고 딱 한 번 외국으로, 코르푸섬으로 여행을 떠난 적이 있었는데 수영하고 페달보트를 타고, 올리브 농장을 구경하며 어찌나 활동적이고 행복한 시간을 보냈는지 평생 그렇게 숙면을 취한 적이 없었다. 매일 아침 다시 어린아이가 된 기분으로 잠에서 깼다. 그 후로는 그렇게 자본 적이 없었다. 대니얼이 떠난 뒤로는 더더욱. 하지만 이제 다시 1980년대에 떠났던 그 여행에서처럼 상쾌한 기분이었다.

"의식을 잃기 전에 기억나는 일이 있나요?"

"빛을 봤어요." 나는 그렇게 말해놓고 이 말이 얼마나 한심하게 들리는지 깨달았다. '빛을 봤어요.' 심지어 알베르토도 그 말에 움찔하는 듯했다. 알베르토가 유달리 더 그랬다.

"어떤 빛이요?"

나는 생각해내려 했다. "미안해요, 파울라. 설명하기가 힘드네요. 움직이는 빛이었어요. 구름이었다가 다시 구로……."

마치 내가 말실수라도 한 것처럼 의사가 미동도 하지 않았다. "죄송합니다만 제 이름이 파울라라는 걸 어떻게 아셨죠?"

"명찰이요."

의사는 의심스러운 표정을 지으며 빠져나온 머리카락 한 가닥을 귀 뒤로 넘겼다. "전 명찰을 달지 않았는데요."

난 당황했다. "아, 모르겠네요." 틀림없이 자는 동안에 그들의 대화를 들었으리라. 라디오에서 그런 이야기를 들은 적이 있었다. 자는 동안 우리가 무의식적으로 많은 것을 받아들인다고.

알베르토가 날 바라보고 있었다.

"혹시 간질 병력이 있나요?"

"아뇨. 음, 할아버지가 발작을 일으키긴 했어요."

의사가 고개를 끄덕였다. "편두통은요?"

"있어요. 몇 번 겪었죠."

의사가 다시 고개를 끄덕였다. "이 신사분에게 들었던 설명과 일치하네요." 그녀는 알베르토를 향해 고갯짓했다. "이분 말로는 부인이 발작 비슷한 걸 일으켜서 바다에서 데리고 나와야만 했대요. 혈중 산소 수치는 매우 좋지만 몇 가지 검사를 더 해봐야 할 것 같네요……."

스파이크

　그들은 알베르토에게 대기실에서 기다리라고 했다. 알베르토가 병원으로 내 옷을 가져온 덕분에 난 그걸로 갈아입었다. 그다음에는 혈액 검사를 했고, 혈압도 쟀는데 아무 이상이 없었다. 뇌에서 비정상적인 전기 활동을 찾아내는 뇌전도 검사도 했다. 의사는 풀처럼 끈적한 액체로 내 머리에 작은 센서를 붙이고, 모니터에서 구불구불하게 움직이는 여러 개의 선을 응시했다. 선은 분명히 정상치보다 더 정신없이 움직였다.

　의사가 모니터를 가리켰다. "여기 이 스파이크●들이 아주아주 가파르고 서로 가까이 붙어 있어요……."

　"그래서 그게 무슨 뜻일까요?"

　의사는 날 보았다. 그녀와 눈이 마주치자 난 그녀에 관해 전부 아는 듯한 기분이 들었다. 마치 그녀가 열린 창문이고 내가 방 안의 모든 것을 볼 수 있는 듯이. 흉터처럼 선명한 기억들이 보였다. 아픈 오빠가 최근 편집증이 심해졌을 때 조심스럽게 말을 거는 그녀의 모습. 그녀가 세비야의 에스파냐 광장에서 지금은 혐오하는 남편과 손을 잡고 미소 짓는 모습. 겨울에 샌안토니오의 일몰 명

　● 급격히 치솟았다가 떨어지는 부분.

소인 산책로, 인적 없는 세스 바리아데스를 따라 개를 산책시키고, 문 닫은 카페 델 마르를 지나다가 돌아가신 엄마를 생각하며 우는 모습. 변기에 앉아 팔뚝에 새로 생긴 사마귀를 걱정하는 모습. 주차한 차 안에서 운전대 위로 몸을 수그린 채 오늘 하루를 병원에서 어떻게 버텨야 할지 고민하는 모습. 모든 기억이 순식간에 다 보였다. 난 그걸 전부 이해할 수 있었지만 어떻게 그럴 수 있었는지는 모르겠다. 예전에 루브르 박물관에서 그리스 조각품이 가득하고, 맨 끝에 밀로의 비너스가 전시된 고대 유물 갤러리로 걸어들어갔을 때와 비슷한 감정이었다. 난 갑자기 엄청나게 많은 정보를 흡수하게 되었다. 너무 버거웠지만 동시에, 왠지 모르게 완전히 자연스러웠다. 칼은 예술과 음악, 그리고 지금까지 존재했던 모든 것은 어떻게든 우리 안에 있다고 믿었다. 훌륭한 노래나 훌륭한 조각품은 우리 안에 이미 존재하는 무언가에 말을 걸기 때문에 훌륭하다는 것이다. 나도 그와 비슷한 기분이었다. 의사의 얼굴을 바라보는 것은 생각의 갤러리로 걸어 들어가는 것과 같았다. 그리고 난 그 생각들을 마치 내 것인 양 하나도 빠짐없이 다 알고 있었다.

라 프레센시아

의사는 내게 MRI 스캔을 받고 오라고 했다.

병원에는 뭔가 묘한 특징이 있었다. 사람으로 하여금 미래와 과거를 한꺼번에 생각하게 했다. 학교 냄새가 나긴 했지만 그 이상의 뭔가가 있었다. 복도는 미로 같았고, 사방에 화살표 표지판이 있었다.

트리아지,● 방사선과, 신경학과, 초음파검사, 응급실.

난 잠수복 차림의 알베르토와 함께 대기실에 앉아 있었다. 그는 방금 전 자판기에서 구입한 감자칩을 먹었다. '알베르토는 좋은 사람이야.' 왜 갑자기 그런 생각이 떠올랐는지 모르겠지만 난 무시하려고 했다. 대기실에는 또 다른 남자가 앉아 있었다. 노쇠한 노인이었는데 반소매 셔츠를 벨트를 맨 바지 안쪽에 넣어 말쑥하게 차려입었다. 노인은 품위 있는 미소, 차분해지려고 애쓰는 미소를 지었다. 나도 그에게 미소를 지었다. 병원 대기실에서 흔히 볼 수 있는 불안한 미소였다.

"내가 실수했습니다." 알베르토가 나직하면서도 진지하게 말했다.

"뭐라고요?"

● 응급 상황시 환자의 중증도에 따라 치료의 우선순위를 정하는 곳.

"당신은 여기서 나가야 해요." 그는 폭탄이라도 처리하는 사람처럼 내게 다급히 속삭였다. "빨리요. 우리 둘 다 여기서 나가야 합니다."

"왜요?"

그는 감자칩을 하나 더 먹었다. "그냥 날 믿으세요."

"지난번에 당신을 믿었다가 하마터면 익사할 뻔했어요."

"당신은 익사할 뻔하지 않았어요. 의사도 그렇게 말했잖습니까. 바닷물로 인한 폐 손상은 없었다고. 무슨 일이 있었던 건 맞지만 익사는 아닙니다."

"어쨌든 하마터면 죽을 뻔했다고요. 크리스티나가 죽은 것처럼. 그리고 아마 크리스티나의 죽음 역시 당신 탓일 거예요."

알베르토는 수염을 긁적였다. 흥분하고 긴장된 모습이었다. "크리스티나는 자신에게 무슨 일이 벌어질지 알았어요. 그녀에게 일어난 일은 모두 그녀의 선택이었다고요."

"그게 무슨 뜻이죠?"

"내 말 들어보세요. 이번 일은 미안하게 됐어요. 신세라멘테(진심으로요). 난 최대한 분명하게 말하려고 했습니다. 당신의 옛 친구에게 무슨 일이 있었는지 알고 싶다면 나와 함께 가야 한다고……."

"크리스티나에게 무슨 일이 있었는지 난 아직 몰라요."

이번에도 알베르토는 내 말을 무시하고 계속 이야기했다. "미에르다(젠장). 당신이 병원에 입원하게 될 줄은 몰랐어요. 전에는 그런 일이 없었습니다. 정말이에요. 당신이 유달리 좋았나 봐요. 아니면 당신에게…… 할 일이 더 많았거나."

나는 그의 장단에 맞춰주었다. "뭐가요?"

"라 프레센시아요."

"네?"

"우린 그걸 그렇게 부르죠."

"그거요?"

"영어로는 프레즌스, 존재라고 하죠. 하지만 라 프레센시아가 더 나아요."

"그러니까 그게 뭐냐고요."

"당신이 본 빛이요."

"그건 오라였어요. 의사가 그랬잖아요. 편두통이 있거나 발작하기 전에 오라가 보이기도 한다고."

"당신은 발작을 일으키지 않았어요. 내가 현장에 있었으니까 알죠. 하지만 의사에게는 그렇게 말하지 않을 겁니다. 그들은 자세히 모를수록 좋아요. 게다가 두 사람이 동시에 같은 오라를 봤다는 얘기를 들어본 적 있어요? 아뇨, 당연히 없을 겁니다. 그렇다고 해서 모든 사람이 그걸 볼 수 있다는 뜻은 아닙니다. 그건 아주 쉽게 숨어버리거든요. 꼭 봐야 할 사람에게만 보이죠."

"지저스."

"아뇨, 주님이 아닙니다."

"그게 아니라 감탄사예요." 난 짜증을 냈다. "잠수복을 입은 이상한 남자가 옆에 앉아 정말로 터무니없는 말을 할 때 나오는 감탄사."

알베르토는 짧게 휘파람을 불었다. 그러더니 갑자기 여행 가이드처럼 과장된 어조로 말했다. "이비사에 지저스라는 마을이 있습니다. 하지만 우린 지저스가 아니라 헤수스라고 발음하죠."

말쑥하게 차려입은 노신사가 우리를 바라보았다. 나는 다시 미소 지었으나 이번에는 노인이 내 미소에 답하지 않았다. 우린 확실히 소란을 일으키기 일보직전이었다.

"당신은 까다로운 사람이에요. 그런 말 들은 적 있나요?" 알베르토가 말했다.

'네. 수없이요.' 나는 대답하지 않았다. 대신 이렇게 말했다.

"난 가능한 한 대화를 피하는 편이죠. 당신이 그 이유를 상기시켜주네요."

그는 내게 감자칩 하나를 권했다. 난 배가 고팠지만 고개를 저었다. 바람처럼 고집스럽기는. 예전에 엄마는 그렇게 말하곤 했다.

알베르토는 어깨를 으쓱이더니 입안 가득 과자를 넣은 채 말했다. "파프리카 맛입니다. 아주 맛있어요. 당신은 즐거움을 누릴 기회가 생겼을 때 순순히 받아들이지 않죠?"

잠시 침묵이 흘렀다. 그러더니 그가 참지 못하고 말했다. "이건 정상이에요. 지금 이 단계는 부정기죠. 크리스티나도 그랬어요. 그것이 당신에게 다가갔을 때 놀라운 일이 벌어졌고, 당신은 그걸 꿈으로 치부해버리죠. 왜 안 그러겠어요? 설사 마음 한구석으로는 꿈이 아니라는 걸 알면서도 말입니다. 그건 그렇고 보통은 물 밖으로 데리고 나올 필요가 없어요. 보통은 아주 짧은 시간에 벌어지거든요. 순식간에 끝나죠. 하지만 당신의 경우에는 더 강한 상호작용이 일어났어요. 그러니까 여길 나가서 집으로 가야 하는

겁니다. 만약 저들이 당신 뇌를 스캔한다면 비정상적인 걸 찾아낼
수도 있어요."

"원래 그러려고 뇌 스캔을 하는 거예요."

"전에는 본 적이 없을 무언가를 말하는 겁니다. 이건 아까 검사
보다 더 철저해요. 의료진을 놀라게 할 만한 뭔가가 나올 겁니다.
또 누가 알아요? 저들이 당신을 어딘가로 데려갈지."

나는 알베르토를 바라보았다. 현관문 앞 메마른 보도의 틈새
에 피어난 멸종된 꽃이 생각났다. 저절로 바닷물이 채워지던 유리
병도 생각났다. 어떻게 받아들여야 할지 모를 온갖 비논리적인 일
들이 생각났다. 그런데 왠지 모르게 내 입에서는 이 말만 나왔다.
"당신은 뱀이 잘 있는지 확인해야 하지 않나요?"

운 좋게 맞히기

"들어보세요. 현재 이 섬에는 또 다른 세력이 있습니다." 알베르토가 말했다. "라 프레센시아 말고 우리가 아직 이해하지 못하는 세력이요. 크리스티나도 살짝 봤을 뿐입니다. 그 누군가 혹은 무언가가 우리에게 맞서고 있어요." 알베르토는 복도를 걸어오는 여자를 바라보았다. 의사였다. 큰 키에 진지하고 잔뜩 지친 얼굴이었는데 나비 모양의 집게 핀에서 머리카락 몇 가닥이 흘러 나와 있었다. 갑자기 알베르토는 정신이 팔린 듯했다. "우린 지금 여기에서 나가야 합니다. 사람들의 주의를 끈 것이 실수였어요. 어떤 상황에서건 그건 피해야 합니다. 이 일은 비밀로 했어야……."

"난 황당무계한 이야기는 믿지 않아요."

"나가야 합니다. 지금 당장." 알베르토는 고개를 숙인 채 지나가는 의사의 발을 바라보았다.

"싫어요."

알베르토는 고개를 끄덕이며 "알겠어요"라고 말하더니 접수 창구의 직원을 가리켰다. "15초 뒤에 저 여자가 안경을 위로 올릴 겁니다. 20초 뒤에는 전화기를 들고 전화할 거고요."

말도 안 되는 소리였다. '말이 안 되지 않아.'

그리하여 내 눈은 벽시계의 부드럽게 움직이는 초침과 안경을 쓰고 꼼지락거리는 접수원 사이를 오갔다. 그녀가 안경을 코 위로 밀어 올리더니 5초 뒤에 책상 위로 팔을 뻗었다. 그와 동시에 자리에서 살짝 일어나 유선 전화기를 가까이 끌어당긴 다음 다이얼을 돌렸다.

'운 좋게 맞혔네.' 내가 속으로 생각했다. 나도 늘 돋보기를 위로 올린다. 아마 사람들이 특정한 상황에 안경을 올린다는 연구 결과가 있을 것이다. 그리고 전화에 관해서라면, 원래 접수원은 하루에 전화를 500통은 하지 않을까?

"좋은 지적이네요." 알베르토가 한숨을 쉬었다.

"난 아무 말도 안 했어요."

"네. 클라로(맞아요)."

"좋아요. 당신이 미래를 예측했다고 치죠. 만약 당신에게 그런 능력이 있다면 왜 날 병원에 데려가면 안 된다는 건 예측하지 못한 거죠?"

알베르토가 고개를 끄덕였다. "네. 그 역시 좋은 지적입니다. 그 답은 내가 무서웠기 때문이죠. 난 정말로 당신이 죽을지도 모른다고 생각했어요." 그는 진심으로 걱정스러워 보였다. "대부분의 경우에는 백 퍼센트 확신하는 게 불가능하더군요. 맞아요, 나도 누군가를 면밀히 관찰하면 몇 가지 잔재주를 부릴 순 있습니다. 하지만 요즘 내 재능은 아주 미미합니다. 옛날에는 나도 못 할 게 없었으나 이젠 상황이 변했어요. 가끔씩 상대의 생각을 알아차리긴 합니다. 몇 분 앞을 내다볼 때도 있고요. 하지만 그게 다예요. 설사 라 프레센시아가 누군가를 선택한다 해도 딱 한 번만 손을 내

밀죠. 난 매일 포르멘테라와 이비사 중간에 닻을 내리고, 매일 정확히 그 지점으로 다이빙하지만 라 프레센시아는 절대 날 건드리지 않아요. 나와는 볼일이 끝난 거죠. 게다가 난 아주 살짝 스쳤을 뿐입니다. 당신과 달라요. 당신의 재능은 개발되면 아주 굉장해질 겁니다. 크리스티나를 뛰어넘을 거예요. 당신은 바닷속에 아주 오래 있었으니까요."

"정말 황당하네요." 난 그렇게 투덜거리며 진심으로 그렇게 믿으려 했다.

"만약 내 말이 황당하다면 의사 이름이 파울라라는 건 어떻게 알았죠? 그건 어떻게 설명할 건가요?"

"당연히 마법의 힘이죠." 난 잔뜩 비꼬는 말투로 말했다. 하지만 머릿속으로는 계산하고 있었다. 벽시계에 따르면 지금은 아침 7시 25분이었다. 25에 7을 곱하면 175가 된다.

"왜 그런 계산을 하는 겁니까?"

"그걸 어떻게……?"

난 새로운 현실로 미끄러지고 있었고, 붙잡을 것이 아무것도 없었다.

알베르토는 어깨를 으쓱였다. "마법의 힘이 아닙니다. 마법이 아니에요. 하지만 힘이긴 하죠. 우리 둘 다 외계에서 온 무언가에게 받은 힘이 있어요. 라 프레센시아. 존재. 살라키아에서 왔죠."

"살라키아?"

"그 존재가 온 행성에 우리가 붙인 이름이에요. 좋은 이름이죠? 로마 신화에 나오는 바다의 여신입니다."

"난 그런 거 안 믿어요."

"이 시점에서 당신이 믿어야 할 유일한 사실은 우리가 우주에 존재하는 생명체에 대해 전부 다 알지 못할 수도 있다는 것, 역사적으로 지금 이 시점에 우리가 알아야 할 것을 모두 안다고 착각할 정도로 오만하지 않다는 것뿐입니다. 그게 가능하기나 한가요? 자, 그러니 너무 늦기 전에 어서 나갑시다. 날 따라 여기서 나가든가 아니면 그냥 남으세요."

알베르토는 그렇게 말하고 자리에서 일어났다. 그리고 난 그를 따라가지 않았다 그저 맞은편에 앉은 노인을 다시 힐끗 보았다. 그는 아내를 기다리고 있었다. 아내는 종양이 의심되어 MRI를 받는 중이었다. 지난 며칠간 그는 걱정으로 잠을 이루지 못했다. 내가 그런 사실을 알 수 없다는 걸 알면서도 나는 그걸 알고 있었다.

알베르토는 자동문을 통과해 밖으로 나갔다. 크리스티나에게 무슨 일이 있었을까? 어쩌면 그녀는 어딘가의 군사 기지에 갇혔을지도 몰랐다.

나는 손을 내려다봤다. 뭔가가 이상했는데 몇 초 후에야 그게 뭔지 깨달았다. 반지에 루비 대신 에메랄드가 박혀 있었다. 도서관에서 칼에게 청혼받은 후로 매일 끼고 다녔던 약혼반지 자리에 다른 반지가 있었다. 오래전 헐 대학 근처 인도 식당 라지 파빌리온에서 처음으로 청혼받았을 때 거절했던 반지. 그 불가능한 해변에서 봤던 반지.

그러자 아드레날린이 솟구쳤고, 난 정신이 번쩍 들며 겁이 났다.

갑자기 알베르토를 따라가고 싶은 충동이 들었다.

그래서 접수원이 계속 통화 중인 상태에서 난 자리에서 일어나 출구를 향해 빠르게 걸어갔다. 그때 초록색 군복을 입은 남자가 자동문으로 걸어 들어왔다. 지난번에 내가 만났던 민방위대 경관이었다. 찡그린 얼굴에 말수가 적은 남자. 나는 그의 시선을 피했지만 그의 옆으로 지나칠 때 그의 이름이 카를로스 게레로라는 사실을 알았다. 그가 병원에 온 이유는 다이빙 사고가 나서 알베르토 리바스가 어떤 여자를 데려왔다는 전화를 받았기 때문이었다. 난 그가 매일 저녁 맥주를 마시며 퀴즈쇼를 즐겨 본다는 걸 알았다. 또한 그의 아파트 소파에는 먼지가 묻지 않도록 아직 비닐 커버가 씌워져 있고, 그가 레알 마드리드를 싫어하는 만큼 FC 바르셀로나를 좋아하지만 마음 깊은 곳에서는 두 팀이 어떻게 되든지 전혀 관심이 없다는 사실도. 그는 더위 때문에 허벅지 안쪽이 가려웠고, 좌골 신경통으로 인한 허리 통증이 있었다. 그에게는 반복적으로 꾸는 꿈이 있었는데 그 꿈에서 사자가 그의 몸에 오줌을 쌌고, 그는 너무 무서워서 꼼짝하지 않은 채 누워 있었다. 때때로 그 꿈은 오싹할 정도의 성적 차원으로 확장돼 그는 식은 땀을 흘리며 잠에서 깨곤 했다. 또한 그는 경찰서에서 알베르토를 신문했고, 그를 조사 대상에서 제외했다. 하지만 난 그가 누군가에게 뇌물을 받았다는 사실 또한 알았다. 그의 집이 아닌 고급 저택에서 얼굴 없는 누군가에게 돈을 받는 장면이 보였다. 돈을 준 사람은 당연히 얼굴이 있었지만 나에게는 보이지 않았다.

"실례합니다, 부인." 내가 그를 지나쳐 계속 걸어가자 그가 내게 말했다.

'난 당신이 생각하는 그 여자가 아니야.' 나는 그렇게 생각했다. 그런 내 생각이 어찌나 강력했는지 그것은 그의 생각이 된 듯했다. 왜냐하면 그가 고개를 흔들더니 계속 껌을 씹으며 접수 창구로 걸어갔기 때문이다.

지시 사항

"잘 들어요." 알베르토가 날 집 앞에 내려주며 자식을 걱정하는 부모처럼 말했다. "앞으로 며칠 동안 몇 가지 변화가 있을 겁니다."

"난 일흔두 살이에요. 변화라면 겪을 만큼 겪었다고요."

"이 변화는 놀랄 만한 변화일 겁니다. 강력한 변화일 수도 있고요."

"내 머리에서 뿔이라도 자라나요?" 내가 반쯤 진지하게 물었다.

알베르토는 고개를 저었지만 웃지 않았다. 그는 이 일을 진지하게 받아들이고 있었다. "아뇨. 뿔은 자라지 않습니다. 외적으로는 변화가 없어요. 하지만 당신은 변할 겁니다. 그것에 닿았던 사람은 전부 변해요."

이 남자는 과장해서 말하는 데 소질이 있었다. 난 결국 그에게 마음이 늘 다른 곳에 있고, 남의 집 불구경하듯 방관하는 면이 있다는 사실을 발견하게 될 것이다. 마치 영원히 더 큰 그림만 보는 데 갇힌 사람처럼.

"그러니까 어떻게요? 내가 어떻게 변하죠?"

알베르토는 어깨를 으쓱였다. "키엔 사베(누가 알겠어요)! 정확히 말하기는 어려워요. 사람마다 다르거든요. 하지만 이제 당신의 일부는 살라키아인이에요. 그것이 당신에게 살라키아인의 재능을 줬어요. 그리고 그것이 당신과 접촉한 방식으로 볼 때 당신에게 일어날 변화는 아주 의미심장할 거예요. 하지만 중요한 점은 이겁니다. 절대 이 사실을 다른 사람에게 알려서는 안 돼요. 지금 당장은. 이 재능을 완전히 통제하기 전까지는요. 누구에게도 말하지 말고, 보여주지 말고, 들키지도 마세요. 이건 아주 중요합니다."

그때 내가 느낀 감정은 책 한 권이라도 쓸 수 있을 정도였다.

한마디로 내가 받은 외계인이고, 일종의 초자연적 능력을 가졌다는 말을 들은 것이다. 충격이었다. 당황스러웠다. 하지만 무엇보다 난 부인했다. 그 말을 믿고 싶지 않았다.

내가 어린아이 취급을 받은 건 오랜만이었다. 분노가 용암처럼 솟구쳤다. "난 당신 때문에 죽을 뻔했어요. 그런데 왜 내가 당신 말을 들어야 하죠?"

"그래야만 하니까요. 오케이? 당신이 날 믿지 않았다면 날 따라 병원에서 나오지 않았을 겁니다. 이제 난 갈 거고 우린 내일 만나도록 하죠. 집에 음식과 마실 것이 있나요?"

나는 고개를 끄덕이며 더위에 실눈을 떴다. 정말로 더웠다. 피부가 실시간으로 익어가는 걸 느낄 수 있는 날이었다.

"잘됐네요. 집에서 나오지 마세요. 안전을 위해서요."

"무엇으로부터 안전하다는 거죠?"

난 그가 설명해줄 줄 알았다. 하지만 알베르토는 그러지 않았다. 그냥 이렇게만 말했다. "당신 자신으로부터요."

"왜요? 내가 나한테 무슨 짓을 하는데요?"

"당신에게는 아직 적응하지 못한 능력이 주어졌어요. 지금은 당신에게 위험한 시기입니다. 어떤 일이든 일어날 수 있어요. 내일 다시 올게요."

"오지 마세요."

내가 정말로 하고 싶었던 말은 '난 모든 게 정상이었으면 좋겠어요'였다. 내 삶에 새로 더해진 것을 전부 빼고 싶었다. 알베르토도 포함해서. 한마디로 난 약간 겁에 질린 정도가 아니라 그 이상이었다. 그리고 두려움에 휩싸인 내 반응은 부정이었다.

알베르토는 내게 숫자를 휘갈겨 쓴 쪽지를 건넸다. "마음이 바뀔 때 보세요." '바뀌면'도 아니고 '바뀔 때'였다.

그러더니 알베르토는 차를 몰고 떠났고, 나는 에잇스 원더 리조트 광고판과 거기 실린 작은 사진 속 티끌 한 점 없는 호텔 객실을 올려보았다. 완벽해 보이는 객실이었지만 이제는 그 완벽함이 거슬렸다. 신경 써야 할 다른 일도 많은데 왜 그게 거슬리는지 모르겠지만 어쨌든 그랬다. 마침내 난 몸을 돌려 집으로 들어갔다.

무한 호텔

예전에 수학 선생님이 무한대보다 더 큰 무언가가 있다고 말했을 때 난 웃었다. 그러자 선생님은 집합 이론을 설명해주는 사고 실험을 제안했다. 아마 내가 수업 시간에 말한 적 있을 거야, 모리스. 오래전에 세상을 떠난 독일의 천재 수학자 다비트 힐베르트가 칸토어의 초한수*를 설명하기 위해 고안해낸 방법이지. 많은 사람을 충격에 빠뜨린 설명이었다. 이 실험은 유치할 정도로 단순하면서 동시에 사악할 정도로 복잡하다. 한마디로 진정한 무한이란 도저히 이해할 수 없는 개념임을 증명한다. 이 실험은 다음과 같이 진행된다.

무한개의 객실이 있는 호텔을 상상해보자. 보통 호텔이 그렇듯이 이 호텔의 객실에도 각각 번호가 있다. 1번 객실, 2번 객실, 3번 객실, 4번 객실…… 이렇게 끝없이 계속 이어진다. 이제 이 호텔의 객실이 다 찼다고 상상해보자. 그렇다. 무한 호텔은 인기가 많다. 무한한 수의 사람이 무한한 수의 객실을 다 채웠다. 이제 새로운 손님이 호텔에 도착했다. 그녀 이름을 마조리라고 하자. 마조리는 피곤하다. 장시간 비행을 한 터라 다리가 아프다. 정맥이 부풀

---

* 칸토어가 절대적 무한과 비교하기 위해 상대적 무한에 붙인 용어로 유한한 수보다 크지만 절대적 무한은 아니다.

어 오른다. 그녀에게는 객실이 필요하다.

자, 호텔 접수원은 그녀에게 뭐라고 말할까? 무한 호텔에 방이 없다고는 말할 수는 없다. 안 그런가? 마조리는 트립어드바이저에 로그인해서 이 호텔의 명성에 먹칠할 수 있다. '꼴에 무한 호텔이라고???? 유한 호텔이 더 낫겠다!!! 웃기고 있네!! (별 하나.)'

그럴 수는 없다. 그래서 접수원은 모든 손님에게 옆 객실로 옮겨 달라고 했다. 그래서 1번 객실의 남자는 2번 객실로 가고, 2번 객실에 투숙한 신혼부부는 3번 객실로 옮겼다. 최고의 해결책은 아니지만 그냥 그렇게 한다고 치자. 어쨌든 결과적으로 마조리는 객실을 얻었고, 나머지 손님도 여전히 객실에 머문다. 따라서 이제 이 호텔은 '무한 더하기 1'이 되었다.

$$\infty + 1 = 호텔$$

원래 이 호텔은 크지 않기 때문에 그 무한대에 한계가 있다. 하지만 더 많은 손님이 온다면 어떻게 될까? 또 다른 무한대의 사람이 무한대의 비행기를 타고 공항에 도착해 무한대의 택시가 그들을 태워 호텔로 나른다면? 그렇다면 다음과 같이 된다.

$$\infty + \infty + 1 = 호텔$$

결론: 무한대는 집합으로 나뉜다. 더 큰 무한대가 존재할 수 있다. 무한대는 두 배, 세 배, 네 배, 다섯 배 등으로 늘어날 수 있다.

무한대의 무한대가 존재할 수 있다. 새로운 손님이 없어도 무한 호텔에는 다양한 크기의 무한대가 존재한다. 무한 호텔에는 분명 무한대의 홀수가 있지만 무한대의 짝수도 있으며, 어떤 호텔이든 객실을 전부 합한 수는 홀수(혹은 짝수) 객실의 수보다 많다. 정말로 무한 그 너머로 갈 수 있다. 〈토이 스토리〉의 주인공 버즈 라이트이어는 숨은 천재였다.•

왜 내가 이 이야기를 계속하냐고? 신념 체계는 무서울 정도로 빨리 변할 수 있기 때문이다. 그리고 지구에 외계 생명체가 존재한다고 믿는 것은 내게 무한 그 너머에 해당했다. 내 나이가 되면 더는 배울 게 없다는 느낌이 들기 마련이다. 내게 도움이 되는 지식은 이미 모두 쌓았기 때문이다. 내 호텔은 만실이다. 난 한계에 도달했고, 방을 하나 더 마련할 준비가 되지 않았다. 따라서 외계 생명체를 믿게 되었다는 것은 내 안에 지진이 일어난 것과 다름없었다. 오로지 슬픔에만 비견될 수 있을 정도로 강력한 지진. 하지만 슬픔이 한 사람의 죽음인 반면 이것은 내가 현실이라고 생각했던 모든 것의 죽음이었다. 네가 이메일에 썼듯이 나이가 들면 패턴을 깨기 어려워진단다. 그래서 난 잔해 속에 있었다. 내가 누구인지 혹은 어떤 세상에서 살고 있는지 알 수 없었다. 다시 태어난 기분이었다. 그리고 갓난아기가 모두 그렇듯이 울고 싶었다. 혹은 악을 쓰고 싶었다.

• 애니메이션 〈토이 스토리〉에 등장하는 우주 비행사 장난감 버즈 라이트이어는 늘 "무한한 공간, 저 너머로!"라고 말한다.

이상한 일

난 그 작은 집 안을 돌아다녔다.

평소와 달리 2분마다 앉지 않아도 되었다. 기운이 넘쳤다. 마음은 다시 태어난 기분이었지만 사실은 아니었다. 아직 남아 있는 묵직한 통증과 조용히 삐걱거리는 몸은 내가 아직 70대라는 사실을 일깨워주었다. 하지만 최근 그 어느 때보다 정신이 맑고 살아 있는 기분이었다.

'지금은 당신에게 위험한 시기예요.'

나는 머릿속에서 알베르토를 떨쳐내려고 텔레비전을 틀었다. 영어로 방송하는 뉴스 채널을 찾아냈다. 기자는 처음 보는 사람이었지만 난 왠지 그가 한창 이혼 절차를 밟는 중이라는 사실을 알았다. 그는 수천 킬로미터 떨어진 곳에서 발생한 산불을 보도했다.

당연히 속상한 소식이었지만 전에도 이와 비슷한 장면을 숱하게 봤다. 평소였다면 암울한 21세기의 움직이는 바탕화면이나 다름없는 산불 현장을 멍하니 바라봤을 것이다. 하지만 이번에는 노란 굴착기와 가지를 제거해버린 통나무를 보면서 전례 없이 속이 메슥거려 구역질을 하고 말았다. 이상하게 메스꺼운 허기가 느껴졌고, 갑자기 입에 침이 고였다. 마치 누군가 내게 억지로 비누를 먹으라고 강요한 듯했다. 나는 텔레비전을 끄고, 곰팡이가 핀 작은 욕실로 달려가 세면대에 토했다.

정말로 속이 울렁거렸다.

그날 먹은 음식 때문이 아니라 단지 뉴스를 봤기 때문이었다. 마치 방금 텔레비전에서 본 황폐한 풍경이 내게 직접적인 내부 반응을 일으킨 듯했다. 링컨의 집과 달리 여기에는 토사물의 맛을 씻어낼 구강청결제가 없어서 대신 이를 닦았다.

미안하구나. 이런 지저분한 이야기를 하기 전에 미리 경고했어야 했는데. 하지만 토한 후로는 다시 속이 좋아지고 아무렇지 않았다.

그런 다음에 또 다른 이상한 일이 일어났다. 집 밖 도로에서 자동차가 각기 다른 소리를 내며 지나가고 있었다. 난 평생 차에 관심이 없었다. 우리 아들 대니얼은 다섯 살쯤 됐을 때 각기 다른 자동차의 헤드라이트를 구분할 수 있었다. 할머니 집에 갔다가 차를 타고 돌아올 때면 어둠 속에서도 지나가는 자동차의 차종을 알았다. 대니얼은 뒷좌석에서 무아지경에 빠진 사람처럼 "포드 코르티나"라고 중얼거렸다. "복스홀 카발리어…… 메트로…… 포드 시에라……."

난 대니얼처럼 모든 차종을 구분할 수는 없었지만 차의 모습이 떠올랐다. 소리만 듣고 곧바로 차의 형태와 색깔을 알 수 있었다.

정말 소리로 아는 것인지조차 확실하지 않았다. 기시감이라고 설명하는 편이 가장 좋으리라. 다만 이 경우는 순서가 반대였다.

그래서 난 창밖을 내다보며 노란색 차라고 생각했고, 그러자 당연히 노란색 차가 창밖으로 지나갔다. '이번에는 푸른색 차로군.'

푸른색 차가 지나갔다. '흰 택시.' 흰 택시가 지나갔다. '붉은색과 노란색이 섞인 반짝이는 대형 버스.' 붉은색과 노란색이 섞인 반짝이는 대형 버스가 지나갔다. 정말 정말 이상했고, 내가 설명할 수 있는 한도를 아주아주 넘어서는 일이었다. 그러다 약간 목이 말라 냉장고로 가 오렌지주스 한 병을 꺼내 마셨다. 평범한 일로 들릴 것이다. 하지만 그렇지 않았다. 아주 이례적인 일이었다. 사실 너무도 이례적인 일이어서 다음 장에서 따로 설명할 생각이다.

오렌지주스가 주는 무한의 즐거움

난 오렌지주스를 몇 모금 마시고 눈을 감았다. 달을 향해 울부짖는 늑대처럼 집중해서. 지금까지 일흔두 해를 살면서 오렌지주스를 자주 마셨지만—심지어 대부분 백 퍼센트 오렌지 착즙 주스였다—솔직히 그 맛을 제대로 느낀 적이 없었다. 오렌지주스는 그저 과일주스 중에서도 물처럼 심심한 맛이라고 생각하곤 했다. 그냥 일상적인 음료라고. 바닐라 아이스크림 그리고 토스트와 차처럼 무난하고 익숙하지만 완벽하게 만족스러운 카테고리에 속하는 음식이라고 생각했다.

하지만 이 주스는 달랐다. 지금껏 내가 맛본 주스 중에서 가장 훌륭했다. 서로 경쟁하면서도 완벽하게 균형 잡힌 단맛과 쓴맛은 최고급 진판델 와인처럼 복합적이었다. 나는 한 모금 한 모금을 음미했고, 결국 한 병을 다 마셨다.

이상한 점은 지난번에 이 주스를 마셨을 때는 맛있었지만 금방 잊어버릴 만한 맛이었다는 점이다. 하지만 이건 신이 내려준 암브로시아*였다. 그저 신성한 감귤류의 알갱이에서 짜낸 즙을 입에 들이붓는 것만이 삶의 목적처럼 느껴졌다. 엄청난 안도감과 해방

● 그리스 신화에 나오는 신들의 음식.

감이 밀려왔다. 어릴 때 7월의 무더위 속에서 옛 친구 새러와 테니스를 치고 물을 가득 따라 꿀꺽꿀꺽 마셨을 때보다 훨씬 더 갈증이 풀렸다.

한마디로 그 오렌지주스는 지금껏 내가 맛본 주스 중에서 단연 최고였다.

"정말 맛있었어." 나는 큰 소리로 혼잣말했다. 너무 중요한 사건이라 소리 내어 말해야 할 것 같았기 때문이었다.

그러고 나서 한 가지 사실을 인정했다. 내가 무언가를 즐긴 것은, 그것도 제대로 즐긴 것은 몇 달 만에, 심지어 몇 년 만에 처음이라는 사실. 물론 그동안 이런저런 것에 정신이 팔리기는 했다. 고전 영화, 십자말풀이, 낱말 맞히기, 온라인 체스, 퍼즐 책, 가끔씩 보는 다큐멘터리. 그리고 확실히 이비사에 도착한 후에 새로운 일을 많이 해보기도 했다. 하지만 즐긴다는 것은 완전히 별개였다. 이 오렌지주스 한 잔 덕분에 내 안헤도니아는 사라진 듯했다. 이번에는 비스킷 하나를 집어 먹었다. 솔직히 오렌지주스만큼 맛있지는 않았지만 그래도 꽤 훌륭했다.

책

리처드 파인먼은 미국의 박식한 물리학자로 수학에 관한 저서도 많이 남겼다. 난 예전에 그의 책을 많이 읽었다. 그의 책은 양자역학처럼 아주 난해한 주제도 비교적 쉽게 설명했다. 어쨌든 그가 했던 말 중에서 최근에 내가 많이 생각했던 말이 있다. "세상 거의 모든 일은 깊이 파고들면 정말로 재미있다."

'세상 거의 모든 일은 깊이 파고들면 정말로 재미있다.'

이 말은 사실이다. 그리고 요컨대 이것이 내게 일어난 일이었다. 노력조차 하지 않았는데 난 매사에 깊이 파고들고 있었다. 오렌지주스, 자동차 소리, 멀리서 들리는 개 짖는 소리. 모든 것이 갑자기 한없이 풍부하고 복잡해졌다. 혹은 원래 풍부하고 복잡했는데 내가 갑자기 그걸 알아보게 됐거나. 개 짖는 소리는 아마도 세상에서 가장 흥미로운 것이리라. 난 그 소리를 들으며 눈을 감았다. 머릿속에서 개가 보였다. 키가 크고, 품종을 알 수 없는 갈색 사냥개였는데 어떤 마구간 옆에 묶인 채 짖고 있었다. 심지어 그 개가 짖어대는 대상인 말까지 보였다.

난 다른 데 초점을 돌리려고 했다.

알베르토의 책《불가능한 생명체》를 펼쳤더니 거기 적힌 단어가 외국어 같지 않았다. 난 그걸 읽을 수 있었다. 영어를 읽을 때만큼 능숙하진 않았지만 대부분의 단어를 이해했다. 라디오에서 들었던 다큐멘터리가 기억났다. 단어를 보기만 해도 익힐 수 있는 한 남자에 관한 다큐멘터리였다. 이젠 나도 그런 능력이 생긴 듯했다. 그 책에는 지구보다 더 발전한 세상의 생명체들이 이비사섬 주변의 바다를 지구의 기지로 선택했다고 적혀 있었다. 나는 밖으로 나가 그 꽃을 다시 보았다. 멸종됐어야 할 꽃. 난 그 꽃에 관해 전부 다 알고 있었다. 마지막으로 남아 있던 이 꽃들이 호텔 준공을 위해 불도저에 밀리면서 이 종은 지구에서 사라져버렸다. 난 한동안 넋을 잃고 꽃을 바라보았다. 이제 주위는 어두웠지만 그렇다고 달라질 것은 없는 듯했다. 난 그저 꽃을 바라보았고, 아무런 노력 없이도 그 꽃을 이해했다. 그 꽃의 조용한 목적을 이해했다. 오로지 존재하기 위해 존재하는 목적을.

그러다 지금 몇 시인지 깨달았다. 새벽 1시였다. 정말 이상하게도 갑자기 너무 많은 것을 예민하게 인식하면서 평소에는 신경 쓰던 것들, 이를테면 지금 몇 시인지, 심지어 오늘 무슨 요일인지, 혹은 며칠인지(17일? 18일? 19일? 토요일? 일요일? 월요일?)는 그냥 지나쳐버렸다. 나는 숨을 들이쉬었다. 이제 내게 꽃향기는 단순한 향기가 아니었다. 생명의 존재를 알리는 하나의 완전한 언어였다.

난 잘 준비를 했다. 하지만 침대에 누워서도 그저 천장을 바라보며 차 소리를 들었다.

흰 택시.

야간 버스.

말다툼을 벌이는 커플이 탄 은색 렌터카.

전혀 피곤하지 않았다. 나로서는 흔치 않은 일이었다. 평생 불면증에 시달린 적이 없었다. 젊었을 때도 잠은 내 기본 상태였다. 잠이 쉽게 들지 않을 때도 있었지만 그래도 늘 잠을 잤다. 하지만 지금은 정신이 아주 말똥말똥했다.

난 침대에서 일어났다.

젊은 크리스티나와 장발 남자가 함께 찍은 사진을 보았다. 모래사장에서 모는 소형 자동차가 찍힌 사진. 난 사진 속 크리스티나를 보는 것만으로 그녀의 결혼 생활을 전부 이해할 수 있음을 깨달았다. 크리스티나는 저 남자와 결혼했다. 요한. 요한은 히피이자 실패한 뮤지션으로 저때가 1987년이었는데도 여전히 히피 문화가 강했던 1967년인 것처럼 행동했다. 요한이 크리스티나와 사랑에 빠진 것은 어느 날 밤, 산타 에우랄리아의 부에나비스타 호텔에서 술에 취한 비수기 관중을 상대로 카펜터스와 캐럴 킹의 옛 노래를 부르던 그녀의 모습을 보면서였다. 크리스티나는 요한과 갈라선 지 한 달 후에 지금 이 집으로 이사했다. 예전에 살던 동네인 이비사 타운에 집을 구할 돈이 없었기 때문이다. 요한은 결코 부자는 아니었지만 수영장 관리인으로 일하며 그럭저럭 돈을 벌었다.

요한은 네덜란드인답게 언어에 능통해 영어, 스페인어, 프랑스어, 독일어, 약간의 포르투갈어까지 구사했다. 심지어 카탈루냐어까지 배워 현지인처럼 스페인어와 섞어 사용했다. 두 사람은 함께 음악을 연주했고, 아이도 낳았다. 리케. 그녀 역시 여러 언어에 능통하며 언젠가 음악계에서 부모가 이루지 못한 큰 성공을 이룰 것이다. 사진 속에서 곰 인형을 안은 채 어색하게 미소 짓는 소녀는 광고판의 강하고 사나운 슈퍼스타와는 영 딴판이었다.

음악과 춤, 인생을 사랑하는 요한과 크리스티나는 나름대로 함께 즐거운 시간을 보냈지만 말다툼이 잦았고, 둘 다 충동적이었다. 둘 중 하나라도 책임감이 있어야 했는데 둘 다 그렇지 못했다. 둘 다 바람을 피웠고, 심지어 사이좋게 지낼 때도 종종 마리화나의 뿌연 연기나 술독에 빠져 있었다. 두 사람은 진작 이혼했어야 했다. 돌이켜서 생각해보면 그렇다. 특히 리케를 생각하면 더더욱. 두 사람이 헤어졌을 때 예민한 열세 살이었던 리케는 아빠와 함께 암스테르담에서 살았다. 요한은 두 번 다시 크리스티나를 만나지 않았다. 리케는 엄마를 만나기는 했지만 자주 보지는 않았다. 엄마가 리케의 입장에서는 민망하기 짝이 없는 이상한 믿음에 빠졌기 때문이었다.

사랑이 귀하다고들 하지만 난 잘 모르겠다. 그보다 훨씬 더 가치 있는 것이 있다고 생각하기 때문이다. 바로 상대를 이해하는 마음이다. 상대가 날 이해해주지 않는다면 사랑받는 의미가 없다. 그런 상대는 그저 자신의 마음속에 있는 당신의 이미지를 사랑할 뿐이다. 사랑과 사랑에 빠진 것이다. 자신의 사랑과 사랑에 빠졌다. 이해받는 것. 단지 그뿐만이 아니라 이해받은 후에는 그 이해를 바탕으로 인정받는 것. 그것이 중요하다. 불행히도 크리스티나와 요한은 그러지 못했다. 그들은 각자 마음속에 있는 상대의 이미지와 사랑에 빠졌고, 자신들이 바라는 이상적인 가족상은 있었으나 실제로 부모가 되자 둘 다 현실을 감당하지 못했다.

플리트우드 맥

음악이 듣고 싶었다.

1980년대의 오래된 스테레오에는 카세트덱이 있었다. 난 크리스티나가 소장한 카세트테이프를 살펴봤다. (당연히) 블론디. 카펜터스. 밥 말리. 플리트우드 맥. 난 플리트우드 맥을 틀었다.

〈에브리웨어〉를 들었다.

지금껏 내가 들어본 중에서 가장 아름답고 풍부하며 복잡한 소리였다. 왠지 모르게 나는 충동적으로 누워버렸다. 내가 거실 바닥에 눕자 올리브 병의 물이 다시 빛났다. 내가 지금까지 느꼈던 모든 긍정적 감정의 결집이자 내 감정의 교향곡에 맞춰 물이 움직이고 빛을 내뿜었다. 내게 음악은 색채와 촉각으로 다가왔다. 들을 수 있을 뿐 아니라 눈으로 보고 만질 수 있는 대상으로.

난 책꽂이에 꽂힌 책을 바라봤다. 애거서 크리스티가 쓴《푸른 열차의 죽음》이었다. 파란색 책등에 하얀 글씨. 저 책을 움직일 수 있겠다는 강력한 느낌이 들었다. 그러니까 실제로 움직이지 않고서도 움직일 수 있겠다고. 더 정확히 말하면, 내 상상으로 현실을 조종할 수 있다고. 반쯤 열린 커튼 너머로 길 건너편의 에잇 원더 호텔 광고판이 보였다. '당신의 꿈을 상상하고 현실로 만드세요.' 그래서 난 그렇게 했다. 책꽂이에서 책이 조금씩 앞으로 밀려 나오더니 바닥으로 떨어졌다. 하지만 바닥에 닿지 않고 그냥 허공에 떠 있었다. 아니, '붙들려' 있었다. 왜냐하면 내 마음이 그 책의 무게를 느낄 수 있었기 때문이다. 실언했음을 깨달았을 때의 보이지 않는 무게감처럼. 책은 허공에서 한 바퀴 돌았고, 내가 머리가 아파서 그냥 놓아버렸더니 타일 바닥에 떨어졌다. 그러는 동안 크리스틴 맥비가 계속 노래했다. 그녀의 목소리에서는 완벽할 정도로 절묘한 아픔이 느껴졌다. 복잡한 동시에 따뜻하고 또한 천상의 목소리였다.

두통이 가라앉았고 다른 노래가 흘러나오자 난 자리에서 일어나 앉아 바닥에 떨어진 책을 바라보았다. 방금 있었던 일에 웃어야 할지 울어야 할지 몰라서 그냥 둘 다 했다. 그러자 유리병 속 빛이 옅어졌고, 나는 다시 침대로 가서 아침이 될 때까지 깨어 있었다.

비록 지금은 민방위대 경관이 가지고 있지만 난 크리스티나가 남긴 편지의 단어 하나하나와 문장부호까지 다 기억했고, 이제는 거기에 담긴 새로운 의미를 찾을 수 있었다. 특히 이 부분.

아, 그리고 꼭 해야 할 일이 있어요. 칼라 도르트에 있는 아틀란티스 스쿠버에 가세요. 알베르토에게 내가 보냈다고 말하면 돈을 받지 않을 거예요. 가서 해초대를 보세요. 지구상에 사는 가장 오래된 유기체예요.

그리고 거기 가면 제발 마음을 열어요. 어떤 변화가 일어나든 더 나은 방향으로 가기 위해서예요. 날 믿어요.

이 부분을 열 번 곱씹은 다음 난 눈을 감았다. 그러자 머릿속에 모래사장을 가로질러 달리는 랍스터 한 마리가 보였다.

햇볕 아래 수박

이튿날 아침, 난 산타 게르트루디스의 비건 카페 야외 테이블에 앉아 계속 랍스터의 환영과 그게 무슨 의미일지 생각했다.

알베르토는 내게 집에 있으라고 했지만 난 밖에 나가야 할 필요성을 느꼈다. 만약 내게 위험이 되는 존재가 나라면 당연히 내가 어디에 있든 상관없었다. 왜냐하면 난 위험한 나 자신과 항상 함께 있을 테니까.

게다가 아직 알베르토가 한 말을 믿어도 될지 알 수 없었다. 내가 아는 사실은 탐험에 나서고 싶다는 강렬하고도 다급한 충동이 들었다는 것뿐이었다. 그리고 내게 일어난 일과 크리스티나에게 일어난 일을 완전히 이해하고 싶었다. 그 답은 밖에서 찾을 수 있다는 직감적인 느낌이 들었다. 게다가 이건 보통 일이 아니었다. 칼이 죽은 뒤로 난 밖에 나가거나 뭔가를 하고 싶은 마음이 전혀 없었다. 하지만 지금은 호기심으로 가득 찼고, 이 호기심은 어찌나 강렬한지 내 마음 깊은 곳에서 부드럽게 작동하는 모터처럼 가르랑거렸다.

그리고 햇볕을 받으며 카페 야외 테이블에 앉아 있는 지금, 난 내가 옳은 선택을 했다고 확신했다. 주문한 과일샐러드가 도착하자 난 마티스의 그림을 바라보듯 과일이 담긴 접시를 뚫어지게 바라보았다. 과일 각각의 형태와 색에 매료되었다. 유혹적인 초승달 모양의 오렌지. 선명한 초록색 키위. 패션프루트와 그 주위로 마치 궤도를 도는 태양계 행성처럼 흩어진 작은 구체 모양의 블루베리. 큐브 모양의 파파야. 검은 씨가 점점이 박힌, 삼각형 다홍색 수박 조각은 특히 아름다워 보였다. 햇볕 아래서 수박을 먹으니 너무 기분이 좋아서 왜 이런 시간을 더 많이 보내지 않았는지 의아했다. 왜 세상 모든 사람이 이런 열망을 품지 않는 걸까? 지구상의 모든 성공한 사업가는 일을 그만두고 햇볕 아래서 영원히 수박을 먹을 수 있는데 왜 계속 일하고, 사무실에 나가서 컴퓨터를 노려보는 걸까?

하지만 여러 생각이 내 머릿속으로 들어왔다. 내 생각만이 아니었다. 고향인 무르시아에 있는 친구들을 그리워하는, 향수병에 걸린 웨이터의 생각도 있었다. 다른 손님의 생각도 있었다. 전 세계가 기록적인 폭염에 시달린다는 내용의 신문 기사를 읽는 현지인이었다. 난 그녀의 걱정을 느낄 수 있었다. 그녀는 단지 기후 변화뿐 아니라 엄마의 건강 악화도 걱정했다. 그녀의 걱정이 내 것처럼 느껴졌다. 구름처럼 날 통과했다. 하지만 막 버스 정류장에 내려 근처 국제학교로 가는 소년 세 명의 일시적 행복도 함께 느껴졌다.

이 모든 현상이 정말 이상했다. 알베르토의 말이 맞았다. 그는 "아주 의미심장한 변화가 일어날 것"이라고 했는데 정말로 그랬다. 가슴이 두근거렸고, 몸이 떨렸다. 신나면서도 무서웠고, 이러다 죽는 게 아닐까 하는 생각까지 들었다.

이걸 말로 표현하기가 어렵구나. 왜냐하면 말은 일반적으로 오감을 위해 만들어졌지 육감, 칠감, 서른여덟 번째 감 혹은 뭐라고 부르든지 간에 그걸 위해 만들어지지 않았기 때문이다. 아마 강렬하면서도 설명할 수 없는 친숙함 같은 것이리라. 마치 가까운 친척을 알듯이 온 세상과 그 안의 모든 존재를 아는 듯했다. 모든 사람과 모든 사물을 알았고, 그저 보기만 하면 상대에 대해 알 수 있는 듯했다. 모든 것의 상호연결성이 보였다. 보는 법을 알기만 한다면 모든 것이 다 드러나 있었다.

모든 사실 중에서 가장 흥미롭고 감성적이자 내가 늘 사랑했던 사실은 우리 모두가 별먼지라는 것이다. 온 우주가 우리 안에 있다. 우리는 별에서 생성된 원소로 이뤄졌다. 질소, 칼슘, 수소, 산소, 인 그리고 그 외 다른 물질들. 우리는 심오한 우주 공간과 기나긴 시간으로 이뤄졌으며 초신성들로 빚어졌다. 너도 잘 알다시피 원소는 더 이상 분해할 수 없는 물질의 최소 단위이며 우주의 근본 요소다.

우리는 원소로 이뤄졌다.

우리 안에는 원소처럼 분해되지 않는 강인함과 영원이 있다.

우리의 피와 뼈에는 우주가 있다.

라 프레센시아와 접촉한 후로 난 잠에서 깨어난 듯했다. 고치를 벗어나 갑자기 새로운 지각으로 진입했는데 그 상태에서는 내가 단지 모든 것의 일부로 존재할 뿐 아니라 모든 것을 보고 이해할 수 있었다. 그리고 그런 상태가 너무나 어처구니없는 동시에 논리적으로 완벽하게 느껴졌다. 아마 이 세상에 태어나는 것보다는 아주 조금 덜 어처구니없으리라. 무에서 유가 되는 일은 더 큰 기적이지만, 모든 사람이 똑같은 기적을 경험하다 보면 그 기적은 평가 절하되기 마련이다. 간단한 수요와 공급의 법칙이다.

　나는 마지막 블루베리를 먹어치우고, 테이블에 음식값을 놓아 둔 다음 차로 향했다. 이 섬을 속속들이 알게 되면 내가 이곳에 온 이유도 깨닫게 될 터였다. 왜냐하면 내가 이 섬에 온 데는 틀림 없이 이유가 있기 때문이었다. 난 확신했다. 차에 타자 다시 머릿 속에 랍스터가 보였고, 나는 시동을 걸며 그 장면을 떨쳐버렸다.

나는 삶이었다

난 완전히 새로운 행성에 있었다.

물론 엄밀히 따지면 같은 행성이었다. 지구에 있는 똑같은 스페인 섬이었다. 하지만 또한 완전히 새로운 섬이었다.

모든 사물에 갑자기 경이로움이나 강렬함이 주입된 듯했다. 과거에는 찌르레기 떼의 군무나 여우를 봤을 때처럼 아주 가끔만 느껴졌던 감정이 이제는 매사에 느껴졌다. 단지 오렌지주스와 수박만이 아니었다(비록 유달리 과일이 전에는 결코 몰랐던 면에서 갑자기 숭고하게 느껴지기는 했지만). 자연의 모든 카테고리, 심지어 인간의 본성까지도 그랬다.

그것도 그 어느 때보다 훨씬 더 강렬하게. 외적으로는 아무것도 변하지 않았다. 세상은 작년, 재작년과 똑같았고, 이 섬은 내가 어제 있었던 섬과 똑같았다.

새로운 세상에 가고 싶다면 우주선은 필요 없다. 마음만 바꿔 먹으면 된다.

그리고 내 마음은 완전히 바뀌었다.

모든 것이 가슴 저리도록 아름다웠다.

강렬한 푸른색 하늘. 소나무 향. 매미 소리. 길이 하늘과 만나는 지점에서 피어오르는 아지랑이. 이 모두가 아주 현실적이면서 동시에 아주 마법 같았다.

나는 라디오를 켰다. 이번에도 일렉트로닉 음악이 흘러나왔다. 내가 전혀 모르는 신나는 음악이었는데 브라질 출신의 알록이라는 DJ의 음악이었다. 당연히 처음 들어보는 이름이었다. 하지만 신호가 자꾸 끊겨서 다시 스페인 팝 음악 채널로 돌렸다. 거기서는 한 번도 들어본 적 없는 노래가 나왔으나 왠지 모르게 난 그 노래에 관해 전부 알고 있었다. 노래 제목이 〈데스페차〉이고, 이 노래를 부른 사람이 스페인의 가수 로살리아이며, 2022년에 발표되었다는 사실을. 이런 앎은 그저 퍼즐 빈칸에 뭐가 들어가는지 아는 것과 비슷했다. 퍼즐 조각이 다 없어도 어떤 그림인지 맞힐 수 있는 것처럼. 하지만 이제는 퍼즐 한 조각만 봐도 전체를 파악할 수 있는 듯했다. 대중가요 몇 곡만 들어도 대중가요 전체를 다 알 수 있었다. 난 이 스페인 노래의 가사를 이해했다. 상심한 마음을 춤으로 날려버리겠다는 가수의 결연한 의지가 들렸고, 그녀의 즐거움도 느껴졌다. 그녀의 아픔에서 기쁨이 흘러나오는 점도 마음에 들었다. 난 그 노래에 곧바로 빠져들었다. 들어본 적이 없는 스타일의 음악이었는데도 어깨가 살짝 들썩거렸다. 그 노래가 끝나자 이번에는 래퍼 21 새비지의 노래가 나왔는데 역시 마음에 들었다. 난 음량을 높였고, 박자에 맞춰 고개를 끄덕였다. 마치 지금 내가 나이와 삶, 심리 상태가 완전히 다른 누군가가 된 것처럼.

도처에 패턴이 있었다. 과거에 관찰한 것, 예를 들어 비행기에서 들었던 대화가 살짝 왜곡된 형태로 현재에 도달하기도 한다. 낯선 여자의 티셔츠에 있던 가수가 멜로디가 되어서 들리기도 한다. 그래서 테일러 스위프트의 옛 노래인 〈미러볼〉이 흘러나왔고, 나는 다양한 관점에서 그 노래를 즐겼던 모든 사람과 하나가 된 기분이 었다. 그러자 나 역시 미러볼임을 깨달았다. 다만 반대였다. 내 미러볼의 거울은 안쪽으로 향했다. 세상이 모든 반사각에서 날 보는 것이 아니라 세상은 그 자체로 미러볼이었고, 나는 중심에 있었다. 세상은 사방에서 날 향해 은은히 빛났다. 세상 모든 것이 동시에. 무섭게 들리지만 그 순간에는 짜릿했다. 노래가 끝나자 광고가 나왔다. 광고 역시 뉴스와 마찬가지로 이제는 들으면 속이 약간 울렁거려서 클래식 록 채널로 돌렸다. AC/DC의 〈유 슈크 미 올 나잇 롱〉이 흘러나왔다. 예전에 칼 때문에 저 노래를 들어본 적이 있었다. 그때는 들으면 머리가 아파서 칼에게 소리를 줄여달라고 했다. 하지만 이제는 음량을 키웠다. 최대한 크게. 그리고 창문을 내린 채 노래를 불렀는데 지금까지 내가 차에서 노래를 부른 적이 없다는 사실이 어이없으면서 동시에 슬프기도 했다. 이 노래에는 아주 단순한 힘이 있었다. 옆에 칼이 있어서 이 노래에 대해 함께 이야기할 수 있으면 좋으련만. 이 노래는 생명력 그 자체였다. AC/DC는 생명력이었다. 난 생명력이었다.

올바른 눈과 귀만 있다면 모든 것이 아름다울 수 있단다, 모리스. 모든 장르의 음악이, 모든 슬픔과 모든 즐거움이, 모든 들숨과 날숨이, 모든 기타 솔로가, 모든 목소리가, 아스팔트 도로 옆에서 자라는 모든 식물이.

난 《프랑켄슈타인》에 나오는 메리 셸리의 글귀를 떠올렸다. 내가 《몬테크리스토 백작》 다음으로 좋아하는 책이었다. 이런 문장이었다. "내 영혼에 내가 이해하지 못하는 변화가 일어나고 있다."

휜색으로 칠한 성당이 있는 광장에 도착했을 때 난 다시 음량을 낮췄다. 부유하고 나이 든 히피족 둘이 카페 앞 고리버들 의자에 느긋하게 앉아 푸른색 스무디를 마시며 웃고 있었다. 햇볕을 많이 쬔 탓에 피부는 거칠었고, 허리 아래는 바틱 기법으로 화려하게 염색한 천을 둘렀다. 차를 몰고 옆으로 지나가자 그들의 느긋한 만족감이 내 것인 양 생생히 느껴졌다. 날숨처럼 내 마음에 도달했다. 한 노인이 문간에 서서 쪼글쪼글하고 당황한 눈빛으로 세상을 내다보았다. 그가 어린아이였을 때—아마도 1950년대—이 거리에서 놀던 모습이 보였다. 판석 포장길을 따라 사이드카가 달린 장난감 양철 오토바이를 밀며 놀고 있었는데 군인 복장을 한 민방위대 소속의 한 남자가 근엄한 표정으로 그를 지켜보았다. 비건 카페는 보이지 않았다.

산타 게르트루디스를 빠져나오는 동안 난 클래식 음악 채널로 돌렸다. 엘가의 첼로 협주곡 E단조 1악장이 흘러나왔다. 예전에도 들어본 적이 있었다. 집에서 종종 클래식 음악을 듣기는 했지만 지금은 온몸 구석구석으로 그 음악을 느꼈다. 현악기 소리가 밀물처럼 밀려왔고, 난 둥둥 떠 있었다. 아주 높이, 비현실적으로, 어디에도 매여 있지 않았고 내 밑에는 아무것도 없었다. 살아 있다는 앎 외에는 아무것도 붙잡을 수 없는 감정의 흐름에 휩쓸려 다녔다.

작은 차고에서 두 일꾼이 작은 밴 뒤에 너무 큰 매트리스를 밀어 넣고 있었다. 둘은 낄낄거렸고, 내가 차로 지나가는 동안 그들의 행복이 내 안에서 잔잔히 퍼져 나갔다.

고양이

길에 야생 고양이 한 마리가 잔뜩 거드름 피우며 천천히 걷고 있었다. 고양이의 마음은 놀랍도록 차분했고, 도로가 얼마나 위험한 곳인지 전혀 인식하지 못했다. 아름답고 위풍당당하며 늠름한 생명체였고, 난 고양이가 지나갈 수 있도록 차를 멈췄다.

트럭

그러다 내 기분이 바뀌었다.

어떻게 된 일인지 모르겠지만 운전대를 잡고 앉아 고양이가 지나가기를 기다리는 동안 내 기억이 아닌 다른 기억들이 떠올랐다. 기억이 한꺼번에 휘몰아쳤다.

능력인지 '재능'인지 뭐든 간에 그것이 점점 강해지고 있었다. 어지러울 정도로. 난 크리스티나가 느껴졌다. 차 안이 아니라 해변에 있는 크리스티나. 남편과 말다툼을 벌이던 그녀의 분노가 느껴졌다. 또한 모래성을 쌓던 어린 딸이 울며 성을 후려치고, 모래성이 허무하게 부서지는 모습을 보며 느꼈던 죄책감도.

그러다 훨씬 최근의 기억도 보였는데 크리스티나는 헝클어진 진갈색 머리카락에 안경을 쓴 여자와 함께 있었다. 그들은 바로 이 차에 타고 있었고, 에스 베드라에 지을 예정이라는 호텔에 대해 이야기했다.

"배후가 누구죠?" 여자가 물었다.

크리스티나는 알지 못했다. "안 보여요. 그들은 거기에 없어요."

"하지만 당신은 모든 걸 볼 수 있잖아요."

"이건 볼 수 없어요."

이 기억은 다른 기억으로 이어졌다. 한 남자와 대화 중인 크리스티나가 보였다. 난 그의 얼굴을 볼 수 없었다. 민방위대 경관에게 뇌물을 준 남자의 얼굴을 볼 수 없었듯이. 하지만 동일인이었다. 그건 확실했다.

그 기억에 너무 심취한 나머지 뒤에서 트럭이 불만을 품은 거위처럼 경적을 빵빵 울리는 걸 몰랐다.

나는 계속 차를 몰았다. 크리스티나 생각을 떨쳐내고 운전에 집중하려 했지만 쉽지 않았다. 크리스티나만이 아니었다. 내 주위로 앎이 넘쳤다. 난 자동차만 지나치는 게 아니라 생각과 감정도 지나쳤다. 사랑과 미움과 무관심. 난 삶의 바다에 잠겼다. 차량에 마약이 있는지 수색하는 민방위대 경관들과 송풍구 뒤를 보지 않기를 바라는 불안한 운전자를 지나쳤다. 개를 지나치며 그 개의 외로움도 느낄 수 있었다. 나무를 지나칠 때는 왠지 모르게 저 나무의 이파리가 8만 6427개라는 걸 알았다. 내 머리에 12만 3210개의 머리카락이 있고 대부분 백발이라는 걸 알듯이.

하지만 서서히 내가 느꼈던 공포가 가라앉았다.

그러다 지붕 없는 지프차를 지나칠 때 운전자가 누구인지 알았다. 그 앎이 내 새로운 재능에서 비롯되었는지 아니면 그저 예전에 광고판에서 그녀를 봤기 때문인지는 알 수 없었다. 하지만 틀림없이 그녀였다. 리케. 크리스티나의 딸. 리케가 큰 화훼 농원인 에이비스 가든 앞에 차를 세웠고, 난 내가 무슨 짓을 하는지 미처 생각할 겨를도 없이 유턴해 차를 세웠다.

리케

리케는 다육식물 화분을 바라보고 있었다.

"안녕하세요." 내가 말을 걸었다. "방해해서 미안해요. 근데 리케, 맞죠?"

그녀는 엄마보다 큰 키에 선글라스를 썼고 긴 조끼를 입었다. 날씨와 어울리지 않는 베레모 아래로 탈색한 머리카락이 보였다. 그제야 코걸이가 눈에 들어왔다. 목에는 '침묵'이라고 적힌 문신도 있었는데 DJ가 살갗에 새기기에는 이상한 단어였다. 리케의 눈은 엄마를 닮았지만 그녀는 더 단단해 보였다. 거칠고 강해 보였다. 하지만 겉보기에만 그렇다는 사실도 감지했다. 모든 사람이 그렇듯이 리케 역시 연약했다. 그렇기는 해도 그녀의 마음은 진실을 말했고, 달콤하면서 씁쓸한 반항과 슬픔의 분위기를 내뿜었다.

리케는 고개를 끄덕였다. 아무 말 없이.

그녀는 사람들이 자신을 알아보는 데 익숙했지만 아마 나 같은 노인이 아는 척하는 경우는 흔치 않았으리라.

"내 이름은 그레이스예요. 그레이스 윈터스. 어머니와 잠깐 알고 지냈죠. 오래전에."

이제 그녀의 슬픔에 가시가 돋아났다. 나와 이야기하고 싶지 않은 게 분명했다. 리케에게 말을 걸지 않았더라면 좋았을 텐데. 하지만 난 지금 여기 있었다. 그래서 내가 해야 할 말을 했다. 최대한 빠르게.

"어머니가 내게 집을 물려줬는데 받아도 될지 모르겠어요. 알잖아요. 뭔가 잘못된 것 같아요. 가족이 있는데 그 집을 내게 물려줬다는 게. 그래서 내가 하고 싶은 말은, 혹시 당신에게 그 집이 필요하다거나 거기 머물고 싶다면 그렇게 하라고요. 이 일에 대해 이야기하고 싶으면……."

"우린 사이가 안 좋았어요." 리케가 크라슐라의 두껍고, 단단하며, 완벽한 이파리를 만지며 내 말을 잘랐다. "그리고 이젠 저만의 집이 있어요. 언덕에. 그러니까 괜찮아요. 죄책감 느끼실 필요 없어요."

신기한 억양이었다. 벤다이어그램에서 미국식 영어와 영국식 영어, 네덜란드어, 스페인어가 겹친 어딘가에 있으면서도 동시에 그어디에도 속하지 않는 억양이었다.

언덕에 있는 리케의 집이 보였다. 리케가 말하는 동안 그녀의 생각에 접근할 수 있었다. 수영장에서 수영하는 리케와 해먹에서 그녀를 지켜보는 남자친구가 보였다.

거기서 대화를 그만뒀어야 했다. 예전의 나라면 분명 그랬으리라. 하지만 새로운 나는 갑자기 모든 것에 관심이 아주 많았다. 새로운 탐구 정신으로 난 이렇게 물었다. "왜 사이가 안 좋았죠?"

무례하고 개인적인 질문이었지만 난 알아야 했고, 리케의 마음은 잡다한 생각이 너무 많아서 접근하기 어려웠다. 어딘가를 가고 싶다면 때로는 직진해야 한다.

"엄마는 곁에 있기 힘든 사람이었어요."

"신념이 강해서요?"

"단지 신념 때문만이 아니었어요. 엄마가 피운 마리화나 때문도 아니었고요. 정말이에요. 엄마는 홀렸다고요."

"홀려요?"

리케는 한숨을 쉬었다. 마치 박자처럼 뚝뚝 끊어지는 한숨이었다. 그러더니 폭포수처럼 말을 쏟아냈다.

"엄마는 특별한 경험을 했어요. 바다에서요. 그 이후로 완전히 변해버렸죠. 더는 정상인처럼 행동하지 않았어요. 나와 이야기할 때면 늘 내 미래에 대해 말했죠. 게다가 엄마의 예언은 늘 맞았어요. 그게 상황을 악화시켰어요. 그러니까, 젠장, 앞으로 일어날 일을 다 알고서 어떻게 사나요? 난 알고 싶지 않았다고요. 그래서 엄마에게 그만하라고 했죠. 그냥 빌어먹을 평범한 인간처럼 살라고 했어요."

"평범한 인간은 드물어요. 아무튼 안타깝네요. 힘들었겠어요." 내가 말했다.

"우리 모녀 관계는 늘 어려웠어요. 우리 엄마는 엿 같았죠. 상담사에게 염병할 1만 유로나 쓴 후에야 그런 결론에 도달했어요. 하지만 엄마의 그런 엿 같은 면은 감당할 수 있었어요. 내가 감당할 수 없었던 건 엄마가 미래를 본다는 이유로 늘 내게 이래라저래라 했다는 거예요. 마치 신을 엄마로 둔 것 같았죠. 신을 엄마로 두고 싶은 사람은 아무도 없어요. 안 그래요? 신이 엄마라면 자식은 타락한 천사가 될 수밖에 없어요. 단지 엄마가 내 음악이나 내 직업,

내 남자친구가 마음에 들지 않는다고 말했기 때문이 아니에요. 엄마가 삶을 삶답게 만들어주는 걸 훔쳐 갔기 때문이라고요. 예측 불가능성 말이에요. 엄마가 집을 부인에게 준다고 했을 때 난 그러라고 했어요. 그 좁아터지고 거지 같은 집은 필요 없다고 했죠. 엄마는 그런 날 매우 못마땅해했어요. 엄마는 에스 베드라의 무슨 개발에 반대하는 시위를 주최하는 중이라고 했어요. 그리고 그런 시위에 관심 없는 내게 약간 화가 나 있었죠……." 리케의 목소리는 안정적이었으나 그녀 안에서는 후회가 부풀어 올랐다. "결국은 안 좋게 끝났어요……."

그녀의 얼굴은 무덤덤했지만 생각은 빨갛게 달아올랐다. 나는 잠시 내 멋대로 이런 생각을 했다. 혹시 리케가 엄마를 해치고 싶었던 건 아닐까? 리케의 머릿속으로 들어가보니 말다툼 끝에 크리스티나가 그녀의 뺨을 때리는 장면만 보였다. 믿기 힘든 장면이었다. 크리스티나가 저런 짓을 하다니. 평화와 음악을 사랑하는 크리스티나가.

"힘들었겠어요. 둘이 대화한 게 그때가 마지막이었나요?"

"아뇨."

"엄마가 살해당했을 거라고 생각해요?"

"엄마가 그걸 예언하긴 했어요. 하지만 계획이 있다고 했죠. 엄마에게는 늘 빌어먹을 계획이 있었어요. 그게 엄마가 마지막으로 한 말이었어요. 자신은 더 나은 세상으로 사라질 거라고. 여기 두고 가는 사람은 신경도 쓰지 않았죠. 원래 엄만 내 걱정은 한 적이 없어요. 그래서 저도 그러려고 노력했죠."

"천국을 말한 건가요? 엄마가 말했다는 더 나은 세상 말이에요."

리케는 고개를 저었다. "아뇨. 다른 행성을 말하는 거였어요. 엄마는 자신이 다른 행성에 접근할 수 있다고 생각했거든요." 리케는 눈을 크게 떴고, 난 그 표정 뒤에 숨은 생각을 느낄 수 있었다. 단순한 생각이었다. '다 개소리죠.'

리케는 돌아서더니 카트에 화분 하나를 담았다. 그녀는 내가 그만 가주기를 바랐다.

"방해해서 미안해요."

그러자 리케의 태도가 부드러워졌다. 나뭇잎 사이로 비치는 햇살처럼. "괜찮아요."

내 마음속에는 조약돌처럼 단단하고 확실한 앎 한 조각이 있었다. 나는 그게 사실이라고 확신했고, 그걸 리케와 공유해야 했다. "크리스티나는 당신을 사랑했어요."

"네. 알아요. 그리고 엄마는 부인도 사랑했어요."

난 그 말에 어이가 없어서 웃음을 터뜨렸다. "크리스티나는 날 잘 몰랐어요."

"엄마는 부인 얘기를 많이 했어요. 제가 어렸을 때요. 부인이 엄마 목숨을 구해줬다고 했죠."

난 고개를 흔들었다. "난 그냥 잠시 말동무가 되어줬을 뿐이에요."

리케는 한없이 복잡한 미소를 지었다. "때로는 그걸로 충분하죠."

"그래요. 맞아요. 잘 있어요."

내가 걸어가자 리케가 다시 말했다. "엄마가 부인에게 그 집을 괜히 준 게 아니에요. 엄마는 부인을 채용한 거예요. 함정이죠. 부인이 엄마를 대신하는 거라고요. 엄마처럼 되지 마세요, 네?"

"최선을 다할게요."

"그리고 테크노 음악을 좋아하시는지 모르겠지만, 혹시 원하시면 내일 암네시아의 초대 손님 명단에 올려드릴 수 있어요." 난 나이와 외모로 날 규정하지 않는 듯한 리케의 태도가 마음에 들었다. 리케는 정말 희귀한 부류였다. 편견이 없는 인간. "칼 콕스, 아멜리에 렌즈, 애덤 베이어, 파코 오수나……. 다 훌륭한 DJ예요. 잊지 못할 여름밤이 될 거예요. 일행들 표도 두 장 드릴게요. 그레이스 윈터스 외 2인."

난 내가 춤추는 모습을 생각했다. 아주 불쾌하지만은 않았다. 사람들이 암네시아에 갈 때 어떤 옷을 입는지 알 수 없었다. 막스앤스펜서에서 구입한 바지에 자수 블라우스를 입어도 될까?

도무지 알 수 없는 이유로, 너의 은퇴한 수학 선생인 나는 이렇게 말했다. "아, 고마워요. 그거 좋죠."

생각을 뛰어넘는

난 칼라 도르트로 차를 몰았다. 흙먼지가 이는 주차장에 차를 세운 뒤 식당 옆에 세워진 푯말을 지났다. '차 안에 귀중품을 두지 마세요. 도난당할 수 있습니다'라고 적힌 푯말이었다.

아틀란티스 스쿠버에 도착해 알베르토를 찾았으나 그는 보이지 않았다. 양옆으로 길게 뻗은 뿔이 달리고 몸통이 흑백으로 나뉜 염소 노스트라다무스만 있었다.

노스트라다무스는 아틀란티스 스쿠버 오두막 앞 황토색 흙길에서 그릇에 가득 담긴 귀리를 먹고 있었다. 노스트라다무스가 사람을 싫어하는 영혼이라는 알베르토의 말이 맞았다. 노스트라다무스의 인간 혐오증이 사향 냄새와 함께 내 쪽으로 풍겼다.

내가 염소를 이해할 수 있다는 사실이 놀라웠다. 염소의 생각은 어떤 인간의 언어로도 옮기기 어렵다. 하지만 염소에게서 풍기는 인간 혐오의 분위기는 단순히 심술이라기보다는 어느 정도 유머러스한 심술이었다. 염소는 매사를 자기들만의 독특한 시각으로 본다. 마치 이 세상에 잘 적응하지는 못하지만 그래도 계속 살아가겠다는 듯이. 알베르토가 이 염소에게 노스트라다무스라는 이름을 지어준 것도 아이러니한 의도였음을 깨달았다. 염소는 미래를 신경 쓰지 않는다. 염소에게 미래와 과거는 아무 상관이 없었다. 난 노스트라다무스가 귀리를 먹게 내버려두고 해변으로 나가 옷을 잔뜩 입은 채 레스토랑 근처 모래밭에 앉았다.

어디를 보든 사람이 있었고, 그들의 생각과 감정이 느껴졌다. 곁에 칼이 있었더라면 이 모든 걸 이야기해줄 수 있었을 텐데. 누군가 곁에 있을 때 좋은 점이 바로 그것이다. 동행은 광란의 경험에서 비롯되는 충격을 완화해준다. 그리고 지금 내가 겪는 일보다 더한 광란의 경험은 없었다.

모래사장에서 노는 한 소년은 만약 작은 고양이 500마리와 호랑이 한 마리가 싸우면 어느 쪽이 이길지 궁금해했다. 소년의 엄마는 모래사장을 가로질러 걸어가는 젊은 남자를 보며 상상에 잠겼고, 그녀의 남편은 읽고 있는 스릴러 소설에 집중하려 했다. 불량한 CIA 요원이 대통령을 암살하려는 계획을 세우고 있었다.

난 저 멀리 보이는 바위섬 에스 베드라와 그 옆의 더 작고 평평한 자매 섬인 에스 베드라넬을 바라봤다. 더 큰 바위섬이 작은 섬 옆에 우뚝 솟아 있었다. 마치 작은 섬을 보호하는 부모처럼. 나는 두 섬 주위의 바다를 바라보았다.

이제 거의 모든 것을 아는 듯한 내 마음이 단번에 파악할 수 없는 유일한 대상은 바다뿐이었다. 바다는 여전히 미스터리를 간직했고, 바라보기만 해도 마음이 차분해졌다. 유일하게 내 생각을 뛰어넘는 존재인 듯했다.

불가능한 삶

난 모래사장에 앉아 내 삶이 얼마나 어처구니없을 정도로 거짓말처럼 변했는지 생각하며 나직이 낄낄거렸다. 아니면 원래 우리 삶은 거짓말 같았는지도 모른다. 어쩌면 이것이 진정으로 어처구니없는 일인지도 모른다. 우주를 가로지르며 빙빙 돌아가는 이 행성 위에서 우리가 정말로 믿을 수 없는 삶을 살면서도 그 사실에 눈 하나 깜짝하지 않는 것. 우리가 무로부터 존재하고, 우주 전체가 무로부터 존재하며, 공허로부터 존재하게 된 불가능한 무언가인 우리가 여기 존재한다는 사실. 불가능한 삶. 소중히 간직해야 할 행운.

염소 사건

    난 해변의 한 식당 옆에 앉아 있었는데 이내 손님들의 다양한 대화에 정신이 팔렸다. 각기 다른 언어가 거품을 일으키며 서로 섞여 졸졸 흐르는 시냇물이 되었다. 그때 두 노인의 목소리가 들렸고, 나는 비행기에서 들었던 목소리임을 곧바로 알아차렸다. 이비사 산책 가이드북을 열심히 보던 노부부였다. 그들은 랍스터 수조 옆에 앉아 생선 스튜를 먹으며 오후에는 근처의 고대 로마 유적지로 도보 여행을 다녀올 계획을 세웠다.

    여자가 가이드북의 몇 구절을 소리 내어 읽었다. 비록 이름을 말하지 않았어도 이제 난 그들의 이름을 알았다. 그들은 마이클과 올리브로 영국 코츠월드의 한 마을에서 왔다. 둘은 평생 함께 살았고, 올리브는 영국으로 돌아가면 나와 있을 마이클의 조직검사 결과를 생각하지 않으려 했다. 마이클 역시 그 생각은 하지 않으려 했지만 예감이 좋지 않았다. 마이클은 침착하려 애썼고, 난 그러느라 지친 그의 마음을 느낄 수 있었다. 그리고 그들의 사랑을 보았다. 그 사랑은 석양처럼 그을린 오렌지색이었고 따뜻했으며 수평선 아래로 저무는 탓에 더 아름다워 보였다. '어쩌면 내 상상인지도 몰라.' 나는 마음속으로 생각했다. 그렇다. 어쩌면 이 모든 게 내 상상일 수도 있다. 하지만 만약 내 상상이라면 왜 예측도 가능한 걸까? 지난번에 어떤 차인지 맞혔듯이 난 다음에 무슨 말이 나올지, 언제 웨이터가 올지 알았다. 몸을 돌려 웨이터를 보기 전에도 그가 오는 게 보였다. 만약 이것이 상상이라면 세상 전부가 상상일 것이다.

이런 새로운 감각을 갖는다는 건 정말 무서운 일이었다. 난 다시 바다에 집중하려고 했으나 그때 총소리가 들렸다. 아주 희미했고 멀리서 들렸으며, 다른 사람은 전혀 그 소리에 신경 쓰지 않는 듯했다. 난 아랫배가 뒤틀렸다. 페달보트 너머로 보트 한 대가 보였다. 내 눈에는 에스 베드라 바위 너머, 멀리 찍힌 흰 점에 불과했다. 하지만 내 마음속에서는 좀 더 또렷이 떠올랐다. 마치 내가 그 보트 바로 옆에 떠 있는 듯 선명하게 보였다. 그 보트에는 작은 선실이 있었고, 측면에 '에잇스 원더'라고 적혀 있었다. 집에서 길 건너편에 있던 광고판도 기억났다. 여기서 멀리 떨어진 칼라 욘가에 있는 에잇스 원더 리조트.

보트 갑판에 한 남자가 있었다. 육안으로는 그를 보는 것은 거의 불가능했다. 마치 멀리 떨어진 사람의 머리에서 머리카락 한 올만 분리해서 보는 것처럼.

하지만 난 그를 보지 않고도 볼 수 있었다. 우리가 기억을 볼 때 실제로 보지 않고도 보듯이. 그렇게 따지면 이것은 현재 일어나는 기억이었고, 내 기억은 아니었다. 남자는 강렬한 태양 아래 실눈을 뜬 채 라이플의 조준경 너머로 바다를 가로질러 염소를 보고 있었다. 염소는 그 신비로운 바위섬, 에스 베드라의 가파른 석회암 사이에 서 있었는데 노스트라다무스와는 다른 색이었다. 흑과 백이 아닌 갈색과 흰색이었고, 뿔은 더 작았다. 조준경 너머로 보이는 염소는 그들을 똑바로 바라보고 있었다. 염소는 방금 전 다른 염소가 죽는 걸 목격했고, 무슨 일이 벌어지는지 깨달았다.

남자의 이름은 니콜라우였다. 그는 무척 심란했다. 여자친구가 이 일을 알면 뭐라고 할까? 하지만 여자친구가 알 리는 없었다. 어쨌든 그는 이 일을 아무에게도 말해서는 안 된다는 엄중한 명령을 받았기 때문이다.

니콜라우는 인터넷에서 염소가 아주 똑똑한 동물이며, 사람의 얼굴과 표정을 알아볼 수 있다는 글을 읽은 적이 있었다. 그는 염소가 그의 얼굴을 볼 수 없을 정도로 멀리 떨어져 있기를 바랐다. 이 일을 하고 싶지 않았지만 보수를 많이 받았고, 지역 정부에서도 허가한 일이었다. 그들은 이 바위섬 전체에서 동물들을 소탕할 예정이었다. 상사가 말해주지 않았기 때문에 그 이유는 확실하지 않았다. 하지만 호텔 때문인 건 확실했다. 저렇게 험난한 바위에 어떻게 호텔을 짓겠다는 건지 그로서는 알 수 없었지만. 따라서 동료 우고가 그의 어깨에 손을 얹었을 때 니콜라우는 이제 행동을 해야 한다는 걸 알았다.

그리고 사람들로 붐비는 그 해변에서 역설적이게도 고립감을 느꼈던 나 역시 그가 무슨 일을 하려는지 알았다. 왠지 모르게 난 니콜라우가 그렇게 하도록 내버려둘 수 없었다. 그가 어떤 기분인지 아는 것만큼이나 염소의 기분 또한 알았기 때문이었다. 친구의 죽음을 목격한 염소의 슬픔이 느껴졌다. 쿵쿵 울리는 어둠 같았다. 난 마치 소원을 빌듯이 눈을 감았다.

그러자 이내 니콜라우의 마음속에 있었다. 니콜라우의 마음을 볼 수 있을 뿐 아니라 조종할 수도 있었다.

니콜라우는 숨을 죽인 채 방아쇠로 손가락을 뻗었다. 방아쇠를 당기려고 했으나 그럴 수 없었다. 니콜라우는 총에 문제가 있는지 의아해했다. 안전장치가 풀렸는지 확인했지만 아니었다. 그는 다시 시도했고, 이번에는 총이 문제가 아님을 깨달았다.

또 다른 남자 우고가 그를 보며 낄낄거렸다. 니콜라우는 문제가 뭔지 알고 싶었다.

우고는 고개를 절레절레 흔들며 총을 가져갔다. 하지만 내게 우고는 다루기가 더 힘들었다. 난 우고의 마음속에 들어갈 수 없었다. 그의 마음은 문이 닫혀 있었다.

'하지 마.' 난 우고에게 말했다. 그의 양심의 소리였다. '방아쇠를 당기지 마. 염소를 살려줘.'

우고는 눈을 깜빡이고 또 깜빡이더니 날 떨쳐냈다. 자신의 머릿속에서 날 쫓아냈다. 갑자기 왜 이러는지 혼란스러워하면서. 그때 난 순간적으로 집중이 깨졌다. 옆에 있던 소년의 누나가 모래성을 걷어차는 바람에 소년이 울었기 때문이다.

그러자 총성이 울렸다. 내가 세상에서 시력이 가장 좋다고 해도 그 장면을 보지는 못했을 것이다. 왜냐하면 그 일은 에스 베드라 반대편에서 벌어졌기 때문이다. 그런데도 나는 그 장면을 보았다. 내 옆의 해변과 무너진 모래성보다 더 생생하게 머릿속에 떠올랐다. 염소는 절벽 옆으로 빠르고 무겁게 떨어지면서 바위에 두 번 더 부딪힌 후 마지막으로 바다에 첨벙 빠졌다.

나는 다시 속이 뒤틀렸다.

우고는 깊은 후회에 잠긴 채 잠시 바다를 응시했다.

랍스터

난 나 자신에게 화가 난 채 모래사장에 앉아 있었다. 염소의 죽음을 막으려 했지만 실패했다. 무너진 모래성을 바라보고 있으니 레스토랑의 여러 목소리가 다시 내게 흘러들어왔다. 스페인어, 카탈루냐어, 영어, 네덜란드어, 또한 그 목소리 주위로 혹은 그 목소리 안에 담긴 생각과 기억도 느껴졌다. 마치 한 단어 한 단어가 생각의 소포이고 난 그 포장을 순식간에 풀어버릴 수 있는 듯이. 하지만 그중에서 한 목소리, 한 마음이 두드러졌다. 그 목소리는 거칠고 날카로우며 영국식 영어를 구사했다. 생각 또한 거칠었다. 그 생각은 연기처럼 내게 다가왔다.

"실례합니다." 코츠월드 커플과 같은 줄에서 두 테이블 떨어져 앉은 남자가 말했다. "우리 파에야에서 이게 나왔어요."

웨이터는 어리둥절한 표정으로 그를 바라보았다. 남자는 웨이터를 뚫어지게 바라보았다.

"머리카락이요." 남자가―내가 직감한 그의 이름은 브라이언이었다―그렇게 설명하더니 마치 클레오파트라의 무덤에서 방금 뽑아낸 역사적 유물인 양 머리카락을 들어 올렸다. "보세요, 이건 우리 머리카락이 아닙니다."

브라이언은 물러서지 않았다. 그가 사는 런던에서 근무했던 보험 회사에서 정리 해고 대상이 됐을 때 물러서지 않았던 것처럼.

"아, 손님, 정말 죄송합니다. 주방에 전하겠습니다."

브라이언과 이야기하는 웨이터는 비센테라는 남자였다. 그에게는 슬픔이 보였다. 에콰도르에서 스페인으로 이주하기 전부터 그의 일부였던 일종의 향수병이었다. 어디에서도 안정감과 소속감을 느끼지 못하는 성향. 눈을 감았더니 비센테의 최근 기억, 어제의 기억이 떠올랐다. 그는 이 섬의 서쪽, 칼라 바사에 있는 자신의 집 부엌에 있었다. 창문 너머로 멀리서 소음이 들리는 가운데 비센테는 집주인의 편지를 바라보고 있었다. 이 작은 다세대 주택을 여행사에 팔 예정이니 새집을 구하라는 내용이었다. 내가 몸을 돌려 키가 크고 마른 체격의 그가 폭군을 대하는 시종처럼 허리를 숙인 모습을 보기 전에도 난 이 모든 사실을 알았다.

"이건 못 먹겠어요. 우린 돈을 내지 않을 겁니다."

"당연히 그러셔야죠. 정말 죄송합니다."

"정말 별로네요, 유감이지만."

비센테는 잠시 멍한 표정을 지었는데 그게 브라이언을 화나게 했다. 브라이언은 이를 악물었고 화가 나 있었는데 이상한 종류의 분노였다. 그 분노는 내 마음속에서 보라색 구름으로 보였다. 오만과 우월함, 상처를 주고 싶은 욕망으로 이뤄진 구름이었다.

"내 말 듣고 있어요?"

브라이언이 포크를 휘두르자 그의 아내가 그의 팔에 손을 올렸다. 나는 그녀의 마음에 접근해보려 했으나 마치 짙은 어둠 속에 서 있는 사람처럼 잘 보이지 않았다.

"네, 물론이죠. 이 일을 주방에 보고하고……."

"보고하고 뭐?"

내 안에서 분노가 느껴졌다. 분노는 내 마음속에서 소용돌이쳤고, 보통 그런 감정은 갈 곳이 없기 마련이다. 분노는 마음속에 머물고, 빙글빙글 돌고, 바닥에 떨어진 낙엽을 일으킨다. 하지만 당연히 지금 나는 보통 때와 달랐다. 이제 내 마음은 몸과 같았고, 몸이 물리적 공간에서 움직일 수 있듯이 갑자기 내 마음도 다른 사람 마음으로 들어가 활발히 돌아다니고, 어떤 장벽이든 무시하는 듯했다. 바람이 신호등을 무시하듯이. 다시 말해, 내가 얻은 정보는 단순히 받기만 하는 것이 아니었다. 난 그 정보를 가지고 놀 수 있었다. 영향력을 미칠 수 있었다. 이제 내 소원의 에너지에 힘이 생긴 듯했다.

브라이언이 그 가여운 웨이터에게 포크를 흔들어대며 계속 이야기하는 동안—매니저를 불러와라, 이 식당은 보건 및 위생 규정이 엉망이다, 이 요리뿐 아니라 식사비 전체를 내지 않겠다, 트립어드바이저에 별 한 개짜리 리뷰를 남길 거다, 당신은 이런 식당에서 일하는 걸 부끄러워해야 한다—내 마음에서 소원 하나가 떠올랐다.

바로 이거였다. '입 닥쳐, 브라이언.'

아주 일관된 소원이었다. '닥쳐 닥쳐 닥쳐 닥쳐 닥쳐, 브라이언, 그냥 좀 닥쳐.'

"그러니까 내 말은," 내 머릿속에 보라색만 보이는 동안 브라이언이 말했다. "이건 용납할 수 없다는 말이야. 도저히 용납할 수가 없어. 이런 거지 같은 음식을 내놓고 사람들이 염병할 17유로나 지불할 거라고 기대하는……."

그걸로 끝이었다. 보라색이 바다색으로 바뀌었다. 브라이언은 말을 멈췄다. 얼마나 놀라운 일인지 이루 말할 수가 없었다. 내 생각이 현실이 된 것이다. 내면이 이렇게 쉽게 외부에 영향을 주다니.

브라이언의 입술은 굳게 다물려 있었다. 그는 말하려 했지만 할 수가 없었다. 마치 변비가 심한 사람처럼 이상하게 끙끙거리는 소리를 냈다.

"브라이언?" 그의 아내가 말했다. "브라이언, 당신 괜찮아? 브라이언?"

샬럿. 그녀의 이름은 샬럿이었다. 내가 만들어낸 이 소동 속에서 그 이름이 번뜩 떠올랐다.

하지만 브라이언은 괜찮지 않았다. 그가 손에 쥔 포크가 살아 있는 듯했기 때문이었다. 그는 말하려고 기를 쓰듯이 포크를 통제하려고 기를 쓰는 듯했다. 마치 포크가 생명체라는 듯이. 왠지 모르게 포크가 자신에게 대항한다는 듯이.

그때는 염력에 대해 전혀 몰랐다. 특히 철이 염력을 잘 받아들이는 물질이라는 사실도 몰랐고, 스테인리스스틸은 주로 철로 만든 합금이라서 포크 같은 간단하고 가벼운 물건은 조작하기 쉽다는 사실도 몰랐다. 놀라운 일이었다. 아까 브라이언이 웨이터에게 흔들어댔던 포크가 이제는 그의 손에 의해 그의 허벅지를 찌르고 있었다. '아이고, 불쌍한 브라이언.'

레스토랑에서 와인을 마시고, 아이올리 소스에 빵을 찍어 먹던 손님들은 동작을 멈추고 그를 바라봤다.

샬럿은 충격과 걱정, 분노가 묘하게 뒤섞인 표정이었다. "브라이언, 지금 뭐 하는 거야?"

그제야 나는 브라이언을 놓아주었다. 그리고 브라이언도 자신을 놓아버렸다. 꾹 다물었던 그의 입에서 힘이 빠지더니 허벅지에 꽂힌 포크를 내려다보며 입을 크게 벌리고 울부짖었다. "씨이이이이이이이바아아아아아알."

브라이언이 고통스럽게 비명을 지르는 동안 내 눈에 그가 어린아이로 보이며 내 내면이 비명을 질렀다. 어린 브라이언은 쐐기풀 더미로 뛰어들었다. 아니다. 아니야, 누군가가 그를 밀었다. 브라이언이 일어나려고 애쓰는 동안 다른 아이들이 브라이언을 보며 웃고 조롱하는 모습이 보였다. 포크가 그의 다리에서 튀어나와 반대편으로 날아가는 동안 브라이언의 아내와 웨이터는 그를 진정시키려고 애썼다. 난 죄책감을 느꼈다. 하지만 다른 감정도 들었다. 극도의 공포와 폐소 공포증, 괴로움이었다. 그리고 이 감정은 내게서 비롯된 것이 아님을 깨달았다. 심지어 브라이언이나 웨이터에게서 오는 것도 아니었다.

그 근원지는 랍스터 수조였다.

내 안에 공포가 쌓였고, 심장이 두근거렸으며, 갑자기 숨을 쉬기가 너무 힘들어졌다. 예전에 라디오에서 랍스터를 포함한 갑각류는 스트레스를 받으면 고통을 느끼고 안전한 공간을 찾는다는 얘기를 들었다.

내 몸이 이 정도로 강렬한 감정을 느낀 적은 래그비 로드의 아스팔트 위에서 무릎을 꿇고 대니얼이 아직 살아 있기를 기도하며 울부짖었을 때뿐이었다.

나는 자리에서 일어나 모래사장을 가로질러 차 쪽으로 걸어갔지만 수조 안 랍스터에게서 느껴지는 감정이 점점 더 버거웠다. 수조에 든 랍스터의 기분은 비극적인 단절감이 뒤섞인 패닉이었다. 랍스터에게는 DNA를 보호해주는 효소가 있다. 텔로머레이스라는 효소다. 내가 이걸 왜 아는지 모르겠지만 아무튼 알고 있었다. 하지만 그보다 더 중요한 사실은 내가 그들의 비극을 느꼈다는 점이다. 랍스터는 나이를 먹지 않는 생명체다. 우리가 내버려둔다면 불멸의 존재가 될 수도 있다. 자연적으로는 약해지지 않기 때문이다. 그러나 그들은 인간에게 무한성을 도둑맞았고, 무한성을 도둑맞고 싶은 생명체는 없다. 그들은 자유로워지고 싶어 했다. 그리고 나도 그들이 자유로워지길 바랐다. 난 랍스터의 갈망과 무력감을 느꼈다. 이제 그 감정이 날 압도했고 그래서 난 다시 몸을 돌려 레스토랑으로 향했다. 식사 구역과 해변 사이의 데크길에 서서 무아지경에 빠진 채 수조 속 랍스터를 바라보았다. 틀림없이 미친 여자로 보였으리라.

감정은 점점 더 커지고, 점점 더 쌓였다. 그러다가 수조에 빠지직 금이 가더니 수조가 터져버렸다. 갑자기 활발하게 움직이는, 딱딱한 껍질의 갑각류 십여 마리와 유리 파편이 섞인 물줄기가 폭포수처럼 쏟아져 타일 바닥 위로 퍼져 나갔다.

이미 브라이언과 포크 사건으로 약간 흥분한 손님들은 이제 확연히 충격에 빠졌다. 그들은 자리에서 일어났고, 심지어 랍스터를 피하려고 의자에 올라간 사람도 있었다.

갑각류는 이 소동 속에서도 가느다란 막대기 같은 다리로 해변을 향해 기어가기 시작했다. 집게발은 갑자기 고무 밴드에서 풀려났고, 더듬이는 격렬하게 꿈틀거렸다. 여기저기서 이런저런 일을 하고 있던 웨이터들은 브라이언과 여기저기서 울어대는 아이들을 달래는 한편 바닥을 쓸고 닦으며 이 그림 같은 바닷가 레스토랑을 다시 정돈된 상태로 만드느라 정신없었다. 그동안 갑각류는 그들을 지나 거침없이 도망쳤다. 그 중 한 마리가 지난번 내가 머릿속에서 보았던 장면과 똑같이 모래사장을 가로질러 달려갔다.

'내가 무슨 짓을 한 거지?' 무아지경에서 빠져나오며 난 생각했다.

"너무 과했어요"라는 말소리가 내 뒤에서 들렸다. 돌아보니 그가 서 있었다. 어울리지 않는 데님 반바지를 입고 늙은 악마 같은 미소를 띤 채.

"이제," 그가 해변을 가로질러 종종걸음 치는 랍스터를 바라보며 말했다. "제발 날 따라오세요. 이번엔 아무것도 묻지 말고요."

난 물어보려고 했지만 그는 이미 걸어가고 있었다.

알베르토 리바스의 냄새

"이건 말도 안 돼요." 난 그렇게 말했다. 우린 내 차에 타고 있었고, 난 알베르토가 길을 안내한답시며 정신없이 퍼덕거리는 그의 손이 가리키는 대로 갔다. 그런데도 난 모든 걸 이해하는 듯했고, 한눈에 주변 환경을 다 파악할 수 있었다. 어디를 봐도 자연이 아름다움을 노래했다. 그리고 난 완전히 겁에 질려 있었다. "말도 안 되는 일이라고요."

"하지만 말도 안 되는 일이 아니죠." 열린 셔츠 안쪽의 털이 수북한 가슴을 토닥이며 알베르토가 말했다.

"난 이걸 원치 않아요. 이런 능력은 필요 없어요. 왜 이런 기분이 드는 거죠? 이틀 전만 해도 난 내면이 죽어 있었어요. 공허했죠. 아무것도 느낄 수 없었어요. 그런데 지금은 반대예요. 모든 걸 다 느낀다고요. 그리고 어젯밤에 한숨도 못 잤어요."

"네, 그게 일반적인 부작용입니다. 나도 15년간 밤에 한 시간 이상을 못 잤어요. 한숨도 못 자는 날도 많았고요. 크리스티나는 밤에 10분만 자곤 했죠. 이제 우리는 돌고래가 된 것과 비슷해요."

"돌고래요?"

"네. 돌고래. 예전에 돌고래를 연구했는데 돌고래의 특징은 뇌가 두 개로 나뉜다는 점이에요. 따라서 뇌의 한쪽이 자는 동안 다른 한쪽은 깨어 있죠. 이를 단일 반구 서파 수면이라고 합니다. 사실 대부분의 바다 포유류는 다 그래요. 인간은 포유류 중에서 잠이 많은 편에 속하죠. 코끼리와 기린은 잠을 거의 자지 않습니다. 하지만 걱정할 것 없어요. 실제로는 깨어 있는 시간이 3분의 1정도만 연장됐을 뿐이니까요. 그건 좋은 소식 아닌가요?"

"나한테 이 모든 걸 미리 말했어야 하지 않나요? 이런 일이 있기 전에요."

"분명히 말했는데요. 경고까지 했잖아요. 난 기억납니다."

나도 기억났다. 당연히 기억했다. 지금 난 모든 걸 기억했다. 머릿속에서 그의 목소리가 울려 퍼졌다.

'평범한 사람으로 남고 싶다면 지금 당장 떠나세요. 왜냐하면 이건 평범한 경험이 아닐 테니까.'

난 얼굴을 찡그렸다. "그 말은 좀 애매모호하잖아요. 광고 문구 같았다고요. 좀 더 구체적으로 말했어야죠."

"아, 그랬으면 당신이 순순히 믿었고요?"

난 가장자리가 해진 그의 데님 반바지를 바라봤다. 저 바지는 세탁기를 본 적이나 있을까? 그의 냄새가 풍겼다. 알베르토 리바스는 냄새로 다가왔다. 사향과 소금물, 입냄새, 염소, 체취가 섞이고 부수적으로 하와이안트로픽 선탠로션 향이(그의 전반적인 외모가 문명화되지 않은 원시인과 해적의 중간쯤으로 보인다는 점을 고려하면 역시나 그에게 어울리는 향이 아니었다) 감도는 그다지 은은하지 않은 냄새였다. 난 그 냄새를 무시하려고 애썼는데 내 감각이 말 그대로 인간의 수준을 넘어선 상태에서는 꽤 어려운 일이었다. 게

다가 우린 에어컨이 약하고, 좁아터진 피아트 판다 안에 있었다.

"그거야 모르죠." 난 그렇게 말했지만 그의 말이 맞았다. 난 하나도 믿지 않았으리라.

"이유가 있었습니다. 다 이유가 있었어요. 라 프레센시아는 이유가 있을 때만 찾아옵니다. 내가 그걸 처음 만났을 때 난 늙은 술주정뱅이였죠. 아내 줄리아가 죽은 뒤 온갖 정신적 문제에 시달렸는데 라 프레센시아가 날 도와줬어요. 술을 끊는 데 필요한 걸 줬습니다. 그래서 내가 늘 이걸 지니고 다니는 겁니다." 알베르토는 반바지 주머니에 손을 넣어 바닷물이 든 미니어처 럼주 병을 꺼냈다. 저 바닷물은 단순한 바닷물이 아니었다. 은은하게 빛나고 있었다. "라 프레센시아에서 가져온 거죠. 그래서 크리스티나 집에도 올리브 병이 있었고요. 크리스티나도 그 옆에 있고 싶었던 겁니다. 언제나. 나도 그 옆에 있고 싶어요. 라 프레센시아 옆에. 그 신비한 광자 옆에. 그건 내가 약해지는 걸 알아차립니다. 그러면 빛을 내며 내게 힘을 주죠. 보세요, 이 모든 게 우연이 아닙니다. 당신이 여기 오고, 날 만나러 오고, 바다에 들어가고. 라 프레센시아가 당신을 원했어요. 크리스티나가 당신을 원했어요. 변화가 당신을 도울 겁니다. 능력이요. 그게 점점 강해지고 있죠? 앞으로 며칠간 더 강해질 테지만 결국은 당신이 통제하게 될 겁니다. 내가 말했잖아요. 당신이 그걸 개발할 거라고. 기억납니까? 병원에서요. 자, 라 프레센시아에 닿았던 사람은 각자 나타나는 능력과 방식이 다르기 때문에 내가 알아야 해요……. 지금까지 어떤 능력이 나왔나요? 어떤 초감각적 능력이 나왔죠? 텔레파시? 염력? 투시? 예지력?"

어이없는 말이었다. 하지만 진실은 한층 더 어이없었다. 난 랍스터를 생각했다. 내가 미리 봤던 랍스터. "네, 네, 네, 그리고 아마도 네."

"그건 그렇고 이 능력은 특별한 게 아닙니다." 알베르토가 말했다. "지구상의 모든 사람이 그런 능력을 가지고 있어요. 길을 가다가 우연히 누군가를 마주치면 우린 '방금 네 생각을 했어'라고 말합니다. 예지력이죠. 그런 일이 늘 일어납니다. 혹은 직접 보지 않아도 창문 너머에서 누군가 우릴 지켜보고 있다는 느낌이 들죠. 텔레파시예요. 그 일 역시 늘 일어납니다. 우린 기시감을 느끼기도 하고, 어떤 단어를 생각하고 있을 때 라디오에서 누군가 그 단어를 말하기도 해요. 이런 일은 우연이라기에는 너무 자주 일어나죠. 융을 압니까?"

"정신과 의사요? 네."

"융은 '의미 있는 우연'에 대해 말했습니다. 당시 정신의학계는 그 말을 들을 준비가 되지 않았지만 그 현상은 존재했고, 융은 자신의 환자들에게 그 현상이 반복적으로 나타나는 걸 목격했습니다. 라 악티비다드 파라노르말 에스 노르말(초자연적 현상은 정상입니다). 초자연적(paranormal)이라는 말에 '초(超)'가 붙은 이유는 우리가 우리 자신에 대해 이해하지 못하는 부분을 부끄러워하기 때문이죠. 따라서 라 프레센시아와 접촉하면 우리가 가진 이런 모든 능력이 풀려나면서 힘을 얻는 겁니다. 우리가 우리답게 되는 거죠."

"흠." 나는 의심스럽다는 듯이 콧소리를 냈다. "그렇다면 염력은요? 대다수 사람이 마음으로 물건을 움직인단 말인가요?"

"아뇨. 에스 베르다드. 당신 말이 맞아요. 염력은 그렇게 흔한 능력은 아니죠. 하지만 그럼에도 불구하고 가끔씩 그런 일이 일어납니다. 소원이 강력하고, 물건이 작을 때요. 몸이 약한 아이가 생일 케이크의 촛불을 불 때 그 촛불이 꺼지길 바라는 아빠의 마음이 강렬하다면 실제로 힘을 보낼 수 있습니다……. 염력은 존재합니다." 알베르토는 머리 옆쪽을 톡톡 쳤다. "누구에게나 있죠. 그리고 당신의 경우에는 이제 그 힘이 발현됐어요. 인간의 마음은 어두운 바다입니다. 마리아나해구죠. 라 프레센시아는 거길 비춰주고요."

빛의 입자

'말도 안 돼.' 난 마음속으로 생각했다. 물론 나만의 생각이 될 수는 없었지만.

"네, 나도 동의합니다." 알베르토가 말했다. "정말로 동의해요. 말도 안 되는 일입니다. 과거에도 말도 안 되는 헛소리로 치부된 사실이 아주 많았죠. 지구가 태양 주위를 돈다든가, 동물에게 지능이 있다든가. 하지만 모두 과학적 사실로 밝혀졌습니다."

알베르토는 과학적 세부 사항을 깊이 있게 파고들기 시작했다.

2011년 코넬 대학교에서 발표한 연구 결과에 따르면 예지력과 텔레파시는 실험실 안에서 측정이 가능하다고 했다. 그는 인간이 본질적으로 텔레파시 능력이 있는 생명체이며, 빛이 전구 밖으로 퍼지듯 인간의 숨겨진 생각도 마음 밖으로 퍼진다고 했다. 또한 과학계가 여전히 아리스토텔레스 시대에 멈춰 있고, 특히 시간과 관련한 인과관계의 구시대적 개념에 의문을 제기하면 여전히 불경스럽게 여긴다고 했다. 또 양자 물리학 및 양자 얽힘에 대해서도 이야기했다. 과거가 미래에 영향을 미치듯 미래도 과거와 상호 작용하는 방식을 다루는 역인과관계에 대해서도 말했다. 빛의 입자인 광자가 기존의 공간과 시간의 개념을 따르지 않는 것으로 유명하다고도 했다. 또 빛이 근본적으로 시간을 초월한다는 사실도.

그리고 우리 몸 안에 그런 입자가 있다는 사실도. 우리의 몸은 내면의 빛을 만들어내는데 이를 생체 광자라 한다. 라 프레센시아의 생체 발광 광자는 우리 안의 생체 발광 광자와 상호작용한다. 왜냐하면 빛은 모든 것을 통과하고 내부로 침투하기 때문이다. 또한 놀랍도록 복잡한 호르몬 반응과 일종의 생물학적 정보 전달 방식을 통해 이 새로운 광자는 우리의 잠재력을 일깨운다. 그것은 사람에 따라 다른 방식으로 나타나지만 숨겨졌던 것을 드러내는 경향이 있다. 한때 가려졌거나 막혔던 마음, 미래, 즐거움, 감각.

"일단 그렇게 되면, 친구, 멋진 신세계가 기다리는 거지."

알베르토의 거들먹거리는 말투가 짜증스러웠다. 아니면 더위와 차 안의 숨 막힐 듯한 공기, 그리고 현실에 대한 내 관점에 이의를 제기하는 게 싫어서 그랬을 수도 있고. 아니. 아무래도 그냥 알베르토가 짜증 나는 것 같았다.

"'멋진 신세계'라는 말이 어디에서 유래했는지 알아요?" 내가 물었다.

"네, 물론이죠. 올더스 헉슬리요. 히피의 신."

나는 고개를 저었다. "윌리엄 셰익스피어의 《템페스트》예요. 마법의 섬에 살면서 남을 조종하기 좋아하는 미치광이 남자에 관한 희곡이죠. 말하는 걸 좋아하고, 별거 아닌 일에도 발끈하는 성격 때문에 장난을 많이 치고요."

"무이 비엔(아주 좋네요)." 그가 가슴에서 흰 털을 뽑으며 말했다. "무이 비엔(아주 좋아). 그거 나잖아요. 미치광이에…… 남을 조종하기 좋아하는……. 난 더 심하죠." 그러더니 앞에 보이는 갈림길을 가리켰다. "저쪽이요. 아 라 데레차(저기서 오른쪽). 에스 쿠벨스 방면으로요."

"지금 어디 가는 건가요?" 내가 물었다.

"성당이요." 그가 미소 지으며 말했다. "지금까지 착하게 살았기를 바라요."

살면서 누군가의 따귀를 때리고 싶은 충동을 딱 두 번 느꼈는데 두 번 다 알베르토 리바스였다.

알베르토를 때릴 수 없다면 아마 약점은 찾을 수 있으리라. 난 그의 마음에 계속 접근하려 했지만 좀처럼 진전이 없었다. 사실 알베르토는 처음 만났을 때와 마찬가지로 거의 읽을 수가 없었다. 그의 나이, 사랑, 두려움, 기억은 여전히 판독 불가였다. 그때와 유일하게 다른 점이라면—그리고 그를 좀 더 믿게 된 계기이기도 했다—겉으로 드러나지 않은 부드러운 슬픔을 포착할 수 있었다는 것이다. 죄책감이 섞인 슬픔이 아니라 실존적인 슬픔이었다. 그에게서는 일종의 지속적인 애도감이 새어 나왔는데 내 마음의 눈에는 채도가 낮은 회색과 초록색을 처덕처덕 발라놓은 듯했다. 삶은 양배추처럼. 이 슬픔은 햇볕에 타 거칠지만 늘 웃는 그의 얼굴, 제우스 같은 수염과 너무도 대조적이었다.

따라서 초능력으로 그를 이해할 수 없으니 직접 물어봐야만 했다. 제일 먼저 물어야 할 질문은 이거였다. "왜 성당에 가는 거죠?"

길은 구불구불하고 좁고 조용했다. 우리는 덩그러니 서 있는 타파스 바를 지났다. 바 앞에 나와 있는 사람이 아무도 없었다.

"아주 중요한 연구를 하러요. 우리의 이해를 넓힐 수 있을 겁니다."

"뭘 이해하는데요?"

"라 프레센시아요."

"난 라 프레센시아를 이해하고 싶지 않아요. 사람들에게 포크를 꽂고 싶지 않다고요." 난 살라키아 해변에서 봤던 생명체를 떠올렸다. 수채화처럼 번져 보이는 반고체 형태에 증기를 뿜는 생명체. "난 반 인간 반 살라키아인이 되고 싶지 않아요. 랍스터들의 영웅도 되고 싶지 않고요. 그저 내 친구에게 무슨 일이 있었는지 알고 싶어요."

"같은 겁니다. 라 프레센시아를 이해하는 게 곧 당신 친구에게 무슨 일이 있었는지 아는 거예요."

"그러니까 그게 크리스티나를 죽였다고요? 바닷속 그 생명체가 크리스티나를 죽였어요? 그런데도 당신은 나도 죽으라고 날 그 아래로 보냈고요?"

알베르토는 삐걱거리는 문처럼 한숨을 내쉬었다. "당신을 죽이고 싶어서 그런 게 아니에요, 그레이스. 당신이 엄청 짜증 나는 사람이기는 해요, 네. 하지만 당신을 죽이고 싶진 않아요. 라 프레센시아도 당신을 해치려고 거기 있던 게 아니고요. 당신을 돕고 싶어 하고, 도움을 받고 싶어 해요. 라 프레센시아는 당신을 채용한 겁니다. 크리스티나가 미리 알았듯이요."

"라 프레센시아와 접촉한 사람이 몇 명이나 되죠?"

"난 연구를 많이 했습니다. 《불가능한 생명체》를 쓰기 위해서요. 많은 사람에게 도와달라고 부탁했죠. 글도 많이 읽고요. 하지만 라 프레센시아와 접촉한 사람은 극소수일 겁니다. 나와 당신, 크리스티나를 제외하면 우리가 아는 사람은 몇 명 안 돼요. 1930년대에 조안 보나노바라는 어부가 있었어요. 그리고 당신도 알게 되겠지만 19세기에도 라 프레센시아와 접촉한 사람이 있었어요. 그리고 더 최근에는 아직도 사람들 기억에 남아 있는 사건이 있죠. 40년 전 사건인데 경우가 다르긴 합니다⋯⋯."

"뭐가 다른데요?"

"음, 우선 그 사건은 낮에 발생했어요. 라 프레센시아가 대낮에 모습을 드러낸 건 그때가 처음이었죠. 그리고 어른이 아니라 소년이었습니다. 영국 소년. 여기로 가족 여행을 왔죠. 소년은 하마터면 익사할 뻔했어요. 해변에서 너무 멀리까지 헤엄친 터라 아무도 그 애에게 갈 수가 없었죠. 아이의 아버지가 그 애를 봤지만 너무 늦었어요. 소년은 가라앉아버렸죠. 7분이나 물속에 있었어요. 사실상 죽은 거죠⋯⋯."

난 대니얼을 생각했다. 아스팔트 도로에 가만히 누워 있던 대니얼. 자전거와 피의 빨간색이 떠올랐다.

"그래서 어떻게 됐나요?"

"빛." 알베르토가 대답했다. "목격자들은 빛을 봤다고 했어요. 아이의 아버지도. 수면 아래 은은하게 빛나던 푸른색 원을 봤죠. 그러다 7분 후 아이가 수면으로 올라왔습니다. 아이는 살아 있었어요."

"그 애는 어떻게 됐나요?"

알베르토는 어깨를 으쓱였다. "영국으로 돌아갔습니다. 그리고 어떤 능력이 생겼는지 몰라도 그 애는 말하지 않았어요. 하지만 그건 완전히 다른 상황입니다. 당신은 선택받았어요, 그레이스. 위험에 처했던 게 아닙니다."

나는 한숨을 쉬었다. "그러니까 왜 성당에 가는 거죠?"

"성당에 필사본이 있어요. 아주 중요한 필사본이죠. 프란시스코 팔라우가 쓴 겁니다. 아주 중요한 사람이에요. 신부이자……." 그는 후드를 쓰는 흉내를 내며 이렇게 말했다. "수도사였어요……. 이 섬에 와서 종종 에스 베드라의 동굴에서 지냈죠."

길이 더 험해지자 나는 속도를 늦췄다. 붉은 흙과 돌 위에서 타이어가 으르렁거렸다. 슈퍼에서 만났던 로세야가 신앙심 깊은 은둔자에 대해 말해준 기억이 났다. '오래전에 그 섬에 한 은둔자가 살았대요. 동굴에서요. 신앙심이 깊은 사람이었죠. 신부였어요. 그가 쓴 글에는 바닷속에서 빛을 봤다고 나와요. 바다 전체를 환히 밝히는 빛이었대요.'

알베르토는 미소 지었다. 내가 연관 관계를 찾아냈다는 걸 아는 것이다. 그의 이 빠진 자리는 신비한 동굴로 들어가는 입구처럼 보였다. 우리는 서서히 속도를 늦춰 정차했고, 알베르토는 앞에 보이는 멋진 흰색 정육면체 성당을 가리켰다. "미라(봐요), 그레이스. 도착했어요. 아름답죠?"

성당

사실이었다.

에스 쿠벨스의 성당은 깔끔한 기하학적 아름다움이 돋보이는 건물이었다. 정육면체 벽체 양측에 벽체를 지지해주는 부벽이 있었고, 눈부실 정도로 새하얗게 칠해졌다. 극도로 단순한 디자인에 바다를 내려다보는 위치에 있어 마음이 지극히 차분해졌고, 난 오후 햇살 아래서 이 성당을 몇 시간이고 바라볼 수 있었다.

내가 차에서 내리자 알베르토는 수풀 쪽으로 향했다. "내가 지금…… 이걸 영어로 뭐라고 하죠? 내 몸에서 아나콘다를 빼내야 해요."

난 그를 외면했다. "그런 표현은 아무도 안 써요. 정말이지 단 한 명도."

"그럼 족제비에게 물을 준다고 하죠. 무슨 뜻인지 알죠?" 알베르토가 부끄러운 줄도 모르고 말했다.

그는 지금껏 내가 본 사람 중에서 제일 짐승에 가까웠다. 소변을 다 보고 난 그가 흙길에 서 있던 내 옆으로 왔다.

성당 문까지 가기 전에 내 발치의 도마뱀이 눈에 들어왔다. 도마뱀은 오로지 도마뱀만 가능한 방식으로 꼼짝도 하지 않았고, 난 도마뱀의 역설적인 마음 상태를 느꼈다. 어떤 언어에는 다른 언어에 없는 단어가 있듯이, 어떤 종에게는 인간이 결코 알 수 없는 감정이 있다. 예를 들어 도마뱀은 늘 끊임없는 경계와 깊은 이완이라는 두 상태를 동시에 유지하는 듯하다. 주변 환경과 완전히 조화를 이루며 환경의 모든 요소를 두려워하는 동시에 또한 조용히 사랑한다.

'잘하고 있어요. 거의 다 왔어요.' 도마뱀이 내게 수수께끼 같은 말을 했다.

"봤죠? 당신은 이제 동물의 생각을 이해해요. 그건 재능입니다, 알겠죠?" 알베르토가 말했다.

"그렇기는 해도, 리바스 씨, 난 여전히 당신 속을 모르겠어요. 재미있지 않아요? 당신은 파충류보다 숨길 게 더 많나요?"

"참 나, 파충류와 비교되는 게 모욕인 것처럼 말하네. 파충류는 모든 생명체 중에서 가장 진실하고 가장 고귀하며 순수해요. 고대의 지혜가 가득하죠. 파충류는 존재하는 법을 압니다. 파충류가 당신에게 뭔가를 말한다면 아주, 아주, 아주 많은 것을 말하는 셈이에요. 그들의 생각은 하이쿠보다 더 정교하죠. 파충류는……."

알베르토는 그늘 하나 없는 땡볕 아래 뜨거운 흙길에 서서 한참 동안 도마뱀에 대해 강의했다. 그의 억양은 스페인어에서 미국 영어, 약간의 영국 영어, 그러다 그만의 독특한 억양으로 바뀌었다. 내가 초감각적 지각을 아무리 동원한다 해도 그의 말에 집중하기란 불가능했다. 그래서 그저 우두커니 먼 곳을 바라보았다. 절벽 너머, 노간주나무 덤불 너머 바다와 바다가 품은 미스터리를. 마침내 알베르토의 연설이 끝났고 그가 다시 걷기 시작했다.

만져보지 않아도 난 성당 문이 잠겼다는 걸 알 수 있었다. 그래서 알베르토에게 그렇게 말했다. "문이 잠겼어요." 아마 알베르토도 알았으리라. 그는 문을 보며 얼굴을 찡그렸다. 사실 째려보는 쪽에 더 가까웠다. 그제야 난 알베르토가 정신력으로 문을 열려고 애쓴다는 사실, 정말 정말 애쓴다는 사실을 깨닫고 내심 무척 즐거웠다.

"저기요." 그가 우물거렸다. "나도 예전에는 자물쇠를 꽤 쉽게 열 수 있었어요. 하지만 최근 들어 능력이 약해졌죠." 알베르토는 그 사실을 멋쩍어하는 듯했다. 마치 내게 미처 하지 못한 말이 있다는 듯이. "이 능력은 우릴 더 강하게 해주지만 언젠가는 사라져요. 우리가 불멸의 존재가 되는 것도 아니고요." 그의 방어막에 아주 작은 금이 갔다. 난 그의 정신세계에 거의 들어갈 수 있었지만 완전히 들어갈 수는 없었다. 알베르토가 한숨을 쉬더니 다시 정신을 차렸다. "하지만 날 믿어요. 이건 앞으로 할 연구에서 가장 중요한 부분이고, 당신만이 할 수 있어요. 그러니까 우린 이 문을 열어야 합니다……."

"그럼 내가 당신 연구를 위해 여기 온 건가요?"

"네." 알베르토는 그렇게 대답했다가 다시 생각하고는 눈살을 찌푸렸다. 자신에게 화가 난 것이다. 그러더니 단순히 햇빛에 눈이 부신 것만이 아니라 뭔가를 고민하듯 얼굴을 찡그렸다. "아뇨. 물론 연구는 중요합니다. 왜냐하면 라 프레센시아가 중요하니까요. 하지만 내가 아는 걸 당신에게 말해봐야 소용없습니다. 왜냐하면 나조차도 내가 뭘 아는지 모르니까."

"하지만 지금쯤이면 내가 알게 될 거라고 했잖아요. 크리스티나에게 무슨 일이 있었는지 전부 알게 될 거라고. 내가 자정에 당신을 만나러 해변에 간 이유도 그거였다고요."

알베르토는 아랫입술을 삐죽 내밀었다. "아, 그래요? 난 내 마성적인 매력에 끌린 줄 알았는데."

"놀랍게도 아니에요."

"이런." 그가 어찌나 낙담하는지 하마터면 안쓰러울 뻔했다. 하마터면.

"난 답을 알고 싶었기 때문에 바다로 들어간 거예요. 당신도 약속했잖아요. 그런데 내가 아는 사실은 '크리스티나가 바다에서 실종됐다'는 것뿐이에요."

"그게 당신에게 말해줄 줄 알았어요. 라 프레센시아요."

알베르토는 시계를 봤다. "서둘러야 해요. 누가 성당을 열러 오기 전에 거기에서 나와야 합니다." 그는 끈질기게 달려드는 모기를 손으로 쫓아냈다. "내 말 들어봐요. 맞아요, 난 당신을 이용하고 있어요, 그레이스. 인정할게요. 당신에게는 엄청난 재능이 있고, 날도울 수 있어요. 크리스티나는 죽은 자의 마음, 프란시스코 팔라우의 마음에는 접근할 수 없었어요. 하지만 어쩌면 당신은……."

"그래서 크리스티나가 죽었나요? 더는 당신에게 쓸모가 없어서? 당신의 연구에 도움이 안 돼서?"

알베르토는 격노한 표정이었다. 예전에 우리가 키우던 포메라니안 버나드가 목줄을 채우려고 할 때마다 그랬듯이 얼굴을 찡그렸다.

"당신은 정말 멍청한 사람이에요." 그가 투덜거렸다.

"네. 나도 잘 알아요. 난 세상에서 가장 멍청한 사람이죠. 멍청하지 않았다면 답을 찾아 당신에게 가는 일은 절대 없었을 테니까."

난 너무 화가 나서 자리를 떠버렸다. 너도 그런 적 있니? 너무 화가 나서 막 어딘가로 걸어갔던 적 말이야. 일단 걷기 시작했으면 정말로 어딘가에 가려는 사람처럼 계속 걸어야 한다. 설령 그냥 제자리에서 심호흡이나 할걸 그랬다고 진심으로 후회되더라도. 왜냐하면 지금 내가 갈 수 있는 곳은 다시 들어가고 싶지 않은 찜통 같은 차와 절벽 가장자리뿐이기 때문이었다.

"당신은 수학을 공부한 여자잖아요. 답을 알고 싶지 않나요?"

"알고 싶어요. 진짜 답을."

알베르토가 답을 알려주는 것보다 돌이 피를 흘리는 게 더 쉬울 것 같았다. 하지만 그가 답을 알려주려 한다는 느낌이 들었다. 그래서 그를 등진 채 바다와 덤불을 보며 가만히 서 있었다.

"크리스티나는 달이 뜨지 않은 밤에 바다에서 사라졌어요. 또 누가 그렇게 사라졌는지 알아요? 프란시스코 팔라우요. 그리고 이 성당에 그가 직접 쓴 300페이지짜리 필사본이 있어요. 맞아요, 난 라 프레센시아에 대해 알고 싶습니다. 당연하죠. 하지만 라 프레센시아를 연구하는 것이 곧 크리스티나에게 무슨 일이 있었는지 연구하는 일이기도 해요. 자, 그러니 부탁할게요. 당신이 수조에서 랍스터를 해방시켰다면 자물쇠도 열 수 있어요. 안으로 들어갑시다."

더 많은 것에 대한 믿음

성당 안은 공기가 시원했다. 바닥은 반짝이는 타일로 되어 있었다. 사각형이 45도 기울어진 다이아몬드 모양이었다. 널찍한 중앙 통로가 있는 본당에는 깔끔한 신도석이 적절히 간격으로 배치되었다. 성당에 더 자주 다닐걸 그랬다는 아쉬움마저 들게 하는 평온함이 감돌았다.

생각해보면 그동안 난 밀당을 했던 것 같다. 하느님과 말이다. 난 하느님이 내게 오길 바랐다. 하느님이 있다는 걸 증명해주길 바랐다. 하지만 그런 식으로는 안 된다는 걸 이제야 깨달았다. 우리는 우리만의 이야기를 만들 듯이 우리만의 믿음을 만든다. 우리는 믿고 싶은 것을 믿지만 거기에는 노력이 필요하다.

"어릴 때 여기 온 적이 있어요." 알베르토가 말했다. "어머니가 신앙심이 깊었거든요. 섬에 있는 모든 성당을 돌아다니며 예배를 드렸죠. 하지만 주로 산타 아그네스 데 코로나의 성당에 다녔어요. 거기가 우리가 살았던 마을이죠. 우린 성당 건너편에 살았어요. 난 애완용 두꺼비를 키웠는데 얼룩덜룩한 발레아레스 녹색 두꺼비였죠. 그 녀석을 카피탄이라고 불렀어요. 주머니에 넣어 데리고 다녔죠."

"가여운 두꺼비."

"시, 에스 베르다드(네, 맞아요). 그 후로 두꺼비들과 이야기를 나눴는데 두꺼비들은 설교에 관심이 없더군요. 주머니에 들어가고 싶어 하지도 않았고요."

"당신은 신을 믿나요?"

"그런 것 같습니다. 하지만 만약 신이 있다면 성당에서는 그분께 닿을 수 없다고 믿어요. 바다나 숲에 가야 닿을 수 있죠. 난 두꺼비에게서 더 많이 배웠는걸요."

어릴 때 가톨릭 교육을 받은 사람으로서 난 그 말에 혀를 찼다. "난 성당이 좋아요. 고요하고 조용하고 진지하잖아요. 거기서 뭔가를 배울 수 있죠."

제단 위에 정교하게 그린 예수 그리스도 초상화를 제외하면 성당은 소박했고, 최소한의 물건만 있어 필사본을 찾는 데 오래 걸리지 않았다. 입구에서 멀지 않은 성수대 옆 유리 캐비닛 안에 있었다. 캐비닛에 전시된 물건은 그것뿐이었다. 두말할 나위 없이 캐비닛은 잠겨 있었지만 성당 문도 그랬듯이 난 놀랄 정도로 쉽게 열었다. 마음속에서 걸쇠가 느껴졌고, 걸쇠를 움직이려면 그저 걸쇠가 움직인다고 자신 있게 상상하면 그만이었다. 그러자 캐비닛이 열렸다. 난 누렇게 변색된 필사본을 꺼냈다. 책장 옆면을 따라 바늘로 뚫은 구멍에 끈을 넣어 장정한 필사본은 프란시스코 팔라우가 (첫 장 맨 위에 적힌 날짜에 따르면) 1855년 10월에 썼다.

"글자에 손끝을 대보세요." 알베르토가 말했다. "글을 읽으면서 동시에 손끝을 대세요. 그렇게 하는 겁니다. 그걸 사이코메트리라고 하죠. 누군가가 만졌던 물건을 만지는 것만으로 그 사람의 마

255

음을 이해하는 능력입니다. 아주 심오하고 강렬한 일종의 독심술로 산 자와 죽은 자 사이의 경계마저 넘을 수 있죠. 단지 그 사람의 마음을 읽는 게 아닙니다. 여러 감각이 동원되어 거의 그 사람이 되는 겁니다. 당시 그 장소에서요. 사실상 시간 여행이죠……."

"좀 조용히 할 수 없어요?" 내가 말했다.

"글자를 바라보세요." 알베르토가 속삭였다.

"쉬이이."

그래서 어쨌든 난 글자를 응시했다. 본토에서 이비사에 도착한 노신부의 이야기였는데 고대 카탈루냐어로 쓰였다. 이곳은 그의 유배지였다.

그의 글은 격조가 있었고, 서체는 바람과 싸우며 힘겹게 속도를 낸 듯 뒤로 살짝 기울어졌다. 마치 자신에게 시간이 얼마 남지 않았음을 안다는 듯이.

"아뇨." 알베르토가 말했다. "이 부분은 아니에요. 끝으로 넘겨보세요. 에스 베드라로 떠난 마지막 여행으로."

난 손끝으로 단어를 훑으며 사이코메트리가 시작되기를 기다렸다. 혹은 좀 더 과학적으로 말하면 내 생체 광자 유도 능력이 활성화되기를.

눈을 감자 희미하게 파도 소리가 들렸다. 실제 바다, 성당 바로 옆에 있는 바다가 절벽 아래 해변에서 철썩이는 소리인지, 아니면 바다의 기억에서 비롯된 소리인지 분간하기 어려웠다. 바다는 늘 바다 같은 소리가 나기 마련이니까.

"지금 파도 소리 들려요?" 내가 알베르토에게 물었다.

"아뇨. 전혀 안 들려요. 지금 바다는 아주 조용해서 아무 소리도 안 들립니다. 그러니까 지금 당신은 다른 소리를 듣는 거예요. 여기가 아닌 다른 곳의 소리를. 내가 당신 바로 옆에 있지만 당신은 잠시 내 곁을 떠날 거예요. 다른 시간 속에서 다른 사람을 만날 겁니다. 아주 잠깐 동안요. 부엔 비아헤(잘 다녀와요)!"

그의 목소리가 희미해지더니 완전히 사라졌다.

바다가 거칠어졌다. 바위를 때리는 파도 소리가 들렸고, 난 내가 시간과 정체성이라는 고정값을 놓아버리고 순수하면서도 모든 것을 아우르는 생명의 유동성 속으로 들어가는 걸 깨달았다. 머리에 꽉 끼던 헬멧을 벗어버렸을 때처럼 순간적으로 해방감이 느껴졌고, 난 어딘가에서 완전히 다른 사람이 되어 있었다.

대저택

그러니까, 모리스, 지금까지 내게 일어난 일 중에서 이게 가장 특이했단다. 그래서 이 일을 네게 전하기도 가장 힘들구나. 내가 가진 모든 재능이 그렇듯이 이 일 또한 내가 평소에 이미 경험했던 일이 극도로 과장되어 나타난 듯했단다. 예를 들어서 누군가의 자서전을 읽을 때마다―마이아 앤절로든 안네 프랑크든 리처드 파인먼이든 누구든 간에―난 그 사람에게 어느 정도 공감한다. 나의 아주 작은 일부가 잠시 내가 읽는 이야기 속 인물이 되는 거지.

그게 독서의 목적이 아닐까 싶구나. 독서는 내가 살고 있는 삶 이상을 살도록 도와주지. 단칸방 판잣집이었던 정신세계를 대저택으로 바꿔줘.

요컨대 모든 독서는 텔레파시이고, 모든 독서는 시간 여행이야. 우리를 모든 사람, 모든 장소, 모든 시간, 모든 상상 속 꿈과 연결해준단다.

이제 다이얼을 상상해보렴. 음량을 조절하는 것과 똑같은데 이건 공감을 조절하는 다이얼이야. 평범한 책을 읽는 경험이 공감 다이얼을 1에서 2 혹은 3으로 올린다고 치면, 내가 프란시스코 팔라우의 필사본을 보고 만지는 경험은 이 다이얼을 10으로 돌린 거야. 완벽하고 절대적인 몰입감이었지.

　단지 거기 적힌 글만 경험하는 게 아니었어. 글 주위의 삶도 경험하고 있었지. 글은 그저 씨앗이었고, 이 씨앗은 갑자기 오감을 자극하는 체험으로 자라났어. 내가 서 있던 성당은 완전히 사라져버렸고, 난 1855년으로 돌아갔다. '돌아갔다'라는 표현이 맞는지 모르겠지만. 얼굴에 뜨거운 바람이 닿았고 바닷소리가 들렸다.

삼인칭

난 사라졌다.
난 그가 되었다.
난 그였다.
난 제삼자가 되었다.

낙하하는 달

난 프란시스코 팔라우였다. 물론 엄밀히 말해 난 여전히 그레이스 윈터스였고, 성당 안에 서 있었지만 사이코메트리를 통한 무아지경 상태에서는 그가 느끼는 걸 모두 느낄 수 있었다. 내게는 어떤 영향력도 없었고, 내가 바라보는 이 과거의 경험을 바꿀 순 없었지만 동시에 내가 단순한 목격자 이상이라는 느낌이 들었다. 그의 마음과 시간 속에 완전히 녹아들었고, 칼라 도르트를 떠나 에스 베드라를 향해 노를 저어가는 보트에 앉아 있었다. 하지만 여기가 21세기의 칼라 도르트가 아니라는 사실은 쉽게 알 수 있었다. 해안선엔 건물이 없었다. 해변을 따라 늘어선 오두막도 없었다. 레스토랑도, 다른 보트도, 아틀란티스 스쿠버도 없었다. 그저 해변과 바위, 자연뿐이었다.

프란시스코가 마주한 뱃사공은 꺼칠한 얼굴에 술 냄새를 풍겼고, 신을 믿지 않는 미켈이라는 남자였다. 그는 이렇게 늦은 시간에 바다로 나가는 건 싫다고 했지만 프란시스코가 3헤알을 주겠다고 했기 때문에 이 일은 할 만한 가치가 있었다.

"전 신부님과 달라요." 미켈이 카탈루냐어로 신부에게 말했다. "전 죄인입니다. 하느님은 절 보호해주지 않으세요. 저 바위섬에 하룻밤이라도 머물렀다가는 아침을 볼 수 없을 겁니다."

"그게 무슨 뜻인가?"

"이비사와 에스 베드라 부근에는 자연 현상에서 벗어나는 일들이 일어납니다. 하느님의 영역에서 벗어난 일들이요."

"하느님의 영역에서 벗어난 것은 없다네."

"음, 만약 그 일들이 하느님의 영역에 속한다면 그분을 두려워해야겠네요."

"두려워해야 하는 건 맞네. 하지만 두려움은 그저 그분께 가는 또 다른 길일 뿐이야. 그분의 사랑으로 가는 또 다른 길이지. 마태복음에 나와 있네. '그러니 너희는 그들을 두려워하지 마라. 숨겨진 것은 드러나기 마련이고, 감추어진 것은 알려지기 마련이다……. 육신은 죽여도 영혼은 죽이지 못하는 자들을 두려워하지 마라. 오히려 영혼도 육신도 지옥에서 멸망시킬 수 있는 분을 두려워하라.'"

미켈은 그 말을 마음 깊이 새기며 부드럽게 물결치는 검은 바다에 다시 노를 넣었다. "이제 원래 두려움 말고도 또 다른 두려움이 생겼네요, 신부님."

프란시스코는 짧게 웃었고 더는 말하지 않았다. 미켈의 말이 맞았다. 그는 프란시스코와 달랐다. 다른 많은 이들처럼 길을 잃었다고 신부는 생각했다. 두려움을 비롯한 다른 모든 충동의 노예이자 페니키아 시대부터 내려오는 다양한 미신과 민간 신앙이 뒤섞인 불경스러운 혼돈의 상태였다.

프란시스코는 이 섬에서 유독 뱃사공들의 미신적 신념이 강하다고 생각했다. 어쩌면 그들이 이상하게 제조된 허브 리큐어를 마시기 때문일지도 몰랐다. 지금 미켈의 발치에도 술통이 있었다. 어쩌면 알코올과 회향, 노간주나무, 그 밖의 다른 뭔가가 합쳐진 그 술이 환각에 의한 환영과 열에 들뜬 상상을 불러일으켰는지도 몰랐다.

발레아레스제도 사람들은(프란시스코는 마요르카에도 간 적이 있었다. 그곳의 수도승들과 함께 작업하기 위해서였다) 비현실적인 이야기일수록 더 잘 믿는, 뒤집힌 세상에 사는 듯했다. 하지만 이비사 원주민은 유독 그런 망상에 잘 빠지는 경향이 있었고, 심지어 다양한 미신을 열렬히 기념하고 기리는 축제도 많았다. 그런 축제는 우물을 돌며 추는 춤이 특징인데 빨간 베레모를 쓴 남자들이 북, 피리, 캐스터네츠의 불협화음에 맞춰 보석으로 치장한 여자들 주위를 펄쩍펄쩍 뛰어다녔다. 프란시스코는 그런 불경한 풍습을 매우 혐오했으나 현지인 앞에서는 그런 감정을 숨기려고 최선을 다했다.

바로 그때 무언가가 나타났다.

뱃사공은 바다에서 무언가를 보았다. 뒤이어 프란시스코도 보았다. 은은한 빛이었다. 일종의 반사된 빛.

"오늘 밤에는 달이 안 뜨는 줄 알았는데." 신부가 약간 긴장한 목소리로 말했다.

그는 고개를 들었고 하늘에서 그것을 보았다. 어떤 빛나는 물체가 그들을 향해 오고 있었다. 처음에는 그저 한 줄기 빛이었으나 지구에 가까워지면서 밝은 구체로 변했다.

"하늘에서 떨어지는 것 같네요." 놀란 미켈이 간신히 입을 열었다. "달인가 봐요. 하늘에서 달이 떨어지나 봐요."

"저건 달이 아니네. 달이라기에는 너무 푸른색이야. 다른 거야. 형체가 변하고 있어."

빛은 점점 더 가까워졌다. 푸르스름한 흰색으로 빛나던 구체가 갑자기 가늘고 엄청나게 기다란 빛의 막대가 되더니 거의 아무런 충격 없이 바다와 충돌했다. 그러고는 갑자기 사라져버렸다. 바닷속으로 들어가버린 것이다. 하지만 잠시 뒤 바다 깊은 곳에서 다시 빛이 나타났다. 빛의 구름이 되었다가 구체가 되었다가 다시 구름이 되었다.

미켈은 술통에서 술을 따라 마신 다음 신부에게도 권했고, 신부는 망설임 없이 그 술을 꿀떡꿀떡 마셨다.

1855

"당신이 느끼는 걸 나도 느꼈어요." 알베르토의 목소리가 날 무아지경에서 흔들어 깨웠다.

나는 갑자기 다시 성당으로 돌아왔다.

"그게 도착한 순간입니다." 그가 성당에서 말하기에는 너무 큰 목소리로 불쑥 내뱉었다. "라 프레센시아가 여기 도착한 순간이에요. 프란시스코는 그걸 봤어요. 하늘에 있던 그걸 봤다고요. 라 프레센시아가 도착하는 걸 봤다고 쓰지는 않았어요. 그저 바닷속 빛을 봤다고만 썼죠. 라 프레센시아가 도착한 장면이 아니라." 알베르토는 극도로 흥분한 상태였다. "하지만 라 프레센시아가 도착하는 현장에 그가 있었어요. 그가 있었다고요. 라 프레센시아는 1855년에 지구에 도착했습니다. 이건 놀라운 정보예요. 획기적인 발견이라고요. 난 그 전에 도착했을 거라고 생각했거든요. 페니키아 시대 이후로 계속 지구에 머물렀을 거라고 생각했어요. 하지만 아니었어요. 1855년에 온 겁니다. 천. 팔백. 오십. 오 년. 그게 무슨 뜻인지 알아요?"

"내가 당신의 짜증 난 연구 조수라는 뜻인가요?"

"아뇨. 아뇨. 아뇨. 라 프레센시아가 지구에 온 이유가 있다는 뜻입니다. 우리가 생각했던 대로요. 라 프레센시아는 우리 행성이 존나 맛이 가고 있을 때 여기 왔어요. 전쟁, 제국, 철도, 그리고 그것의 진정한 시작. 바로 환경 파괴 말입니다." 알베르토는 흥분하면 스페인어 억양과 문법이 더 강해졌다. 거의 매력적일 정도로. "1850년대가 됐을 때 멸종된 종의 수가……." 그의 손은 로켓이 되어 치솟았고, 입으로는 소리를 냈다. "10년 전보다 네 배나 많은 종이 멸종했습니다. 종말의 시작이었죠. 도시의 대기는 연기로 가득했고, 다들 기침을 했어요. 인류는 위기에 처했죠. 그 결과 위대한 작가들이 위대한 작품을 썼습니다. 왜냐하면 모든 게 엉망이 되어가니까요. 디킨스와 플로베르 그리고 곧이어 우리의 갈도스● 까지 등장했죠. 그때 환경보호 운동이 시작됐어요. 그런데 라 프레센시아가 온 겁니다. 치유의 힘……. 왜 하필 그때였을까요? 우리를 도우러 온 건 아닐까요? 생명이 위험에 처한 걸 보고 그걸 보존하고 싶어서 살라키아에서 온 게 아닐까요? 살라키아인이 보낸 게 아닐까요? 어서 계속 읽어봐요. 프란시스코가 또 에스 베드라로 여행을 떠난 기록이 있을 겁니다."

그래서 난 다시 필사본에 손끝을 댔고, 한 번 더 과거로 흘러 들어갔다. 프란시스코 팔라우는 다시 에스 베드라로 갔고, 날이 저무는 가운데 예전에 자신이 지냈던 동굴을 향해 올라가고 있었다.

● 베니토 페레스 갈도스. 스페인 근대 문학의 거장으로 불린다.

구원

프란시스코는 한 시간 넘게 이 가파른 길을 올라온 게 틀림없었다. 하지만 동굴이 멀지 않았음을 알고 있었다. 그래서 잠시 멈춰서서 경치를 감상하며 물병을 꺼내 몇 모금 마셨다.

하늘은 온갖 색으로 가득했다.

분홍색, 보라색, 오렌지색, 황금색이 천상의 들판에 고랑과 이랑처럼 새겨진 가느다란 평행선 같은 구름을 물들였다. 프란시스코는 묵주 구슬을 움켜쥔 채 조용히 감사의 기도를 드렸다. 그는 고향인 카탈루냐를 벗어나 스페인 전역을 돌아다녔다. 전쟁이나 굶주림, 박해 때문에 여기저기로 옮겨 다녔다. 평생 많은 하늘을 봤고, 그 하늘을 향해 많은 기도를 올렸지만 이것과 비견될 하늘은 없었다.

농장에서 자란 그는 본토에서 추방되기 몇 년 전, 아이토나의 작고 네모난 교회 옆 석양을 경이롭게 바라보며 유일하신 하느님과 가까워진 기분을 느끼곤 했다. 하지만 여기 하늘은 차원이 달랐다. 압도적으로 아름다웠다. 가슴속에서 하느님과의 친밀감까지 싹텄다. 어떤 대성당에서도 이런 느낌을 받은 적은 없었다. 덕분에 프란시스코는 숨을 쉴 수 있었고, 힘을 얻었으며, 이 여정에 나설 수 있었다. 앞으로 사흘 동안 동굴에서 명상하고 성찰하고 글을 쓰도록 지탱해줄 터였다. 지난번에 목격한 공포를 잊기에 거의 충분했다.

바다를 가로질러 에스 베드라넬의 더 낮은 바위 너머, 방금 자신이 떠나온 만을 바라보던 프란시스코는 낮게 날아가는 가마우지 한 마리를 발견했다. 그는 가마우지를 아주 좋아하는 터라 더 잘 보고 싶었다. 눈에 띄며, 웅장하고, 경이롭게 검은색으로 빛나는 새를. 거의 희미해진 햇빛 속에서 갈색 점으로 보이는 뱃사공의 나룻배는 칼라 도르트 바위 옆 모래사장에 안전하게 정박되어 있었다.

그때 신부의 발치에서 무언가가 움직였다.

도마뱀이었다.

특이한 점은 없었다. 이비사에서 자주 봤던 검은색과 녹색 얼룩무늬 도마뱀이었다. 도마뱀은 잠시 멈칫하더니 바위에 매달린 희귀하고 튼튼한 관목을 향해 허둥지둥 도망쳤다.

그러더니 또 한 마리가 나타났다. 아까와 똑같은 도마뱀이었다. 그리고 하나 더, 또 하나 더 나타났다. 프란시스코는 수를 세보았지만 여덟 마리까지 세다가 놓쳐버렸다. 다들 한 방향으로 향했다. 아래로. 신부가 향하는 방향과 반대로.

지난번에 여기 왔을 때는 염소 두 마리를 보았다. 어쩌면 도마뱀은 염소에게 놀라 달아나는 건지도 몰랐다. 하지만 지금은 염소가 보이지 않았다.

순간적으로 비이성적인 두려움이 가슴에 찌르르 퍼졌다.

이비사섬—그리고 아마 인접한 작은 섬도 그렇겠지만—의 좋은 점 중 하나는 무시무시하거나 치명적인 동물이 없다는 것이기 때문에 이는 더더욱 비이성적인 두려움이었다. 이 섬에는 독초도 없었고, 뱀도 없었다. 하느님은 이곳을 평화로운 안식처로 만드셨다. 보호받는 장소로.

신부는 마음속으로 근심을 떨쳐내고 물통을 다시 옆구리에 건 채 동굴로 출발했다. 또 도마뱀이 보이는지 찾아보았으나 어디에도 보이지 않았다. 하지만 저무는 햇살 속에서 그의 머리 위로 원을 그리며 나는 매 한 마리를 보았다.

동굴에 거의 도달했을 무렵, 그러니까 바다와 섬 꼭대기 중간을 지날 때 하늘에는 달이 뜨지 않아 칠흑처럼 어두웠고, 길은 좁았으며, 오른쪽에는 깎아지른 낭떠러지가 있었다.

신부는 동굴 입구에 서서 다시 한번 바다를 내다보았다. 여기부터는 에스 베드라가 어떤 감각도 자극하지 않고 고요해진 듯했다. 바다는 너무 아래에 있어서 소리가 들리지 않았다. 아무것도 없었다. 그저 하느님의 평화뿐이었다.

하지만 그때 한참 아래에서 무언가가 보였다.

이번에도 빛이었다. 지난번에 바다에 떨어진 것과 같은 빛. 이 빛은 바다 깊은 곳에서 발산하는 듯했다. 칼라 도르트의 해변보다 에스 베드라에 더 가까운 곳에서.

찬란하게 빛나는 투명한 인광과 비슷했다. 오늘 밤에는 성모 마리아가 두른 숄의 울트라마린 블루•에 가까운 색이었다. 하지만

• 청금석을 갈아 만든 진한 파란색 색소로 과거에는 금만큼 비쌌다.

은은하게 빛났고 움직였으며 쿵쿵 울렸다. 마치 이루 말할 수 없이 아름답고, 계속 형체가 변하는 거대한 해파리처럼.

신부는 경외감에 휩싸여 넋을 잃고 바라보았다. 석양도 아름다웠지만 이 빛은 차원이 완전히 달랐다. 그는 요한복음 1장 5절을 떠올리며 무심코 속삭였다.

"그 빛이 어둠 속에서 비치고 있지만 어둠은 그를 깨닫지 못하였다."

그리고 그는 도마뱀들이 그 빛으로 향하고 있음을 깨달았다.

프란시스코는 자신이 해체되는 듯한 이상하면서도 황홀한 감정을 느꼈다. 마치 그가 더는 프란시스코 팔라우가 아니며, 더는 신부이자 전직 수사, 때로는 은둔자도 아니고, 더는 바르셀로나 미덕 학교 설립자도 아니고, 더는 사람이나 유배자, 시간 속 자아도 아니며, 동료 수사들이 스페인군에 의해 수도원에서 불타 죽은 기억을 가진 정체성도 사라진 듯했다. 그 황홀한 순간에 프란시스코는 자신을 초월했다. 인간과 우주, 육신과 무한 사이에 아무런 경계가 없었다.

그는 과거이자, 현재, 미래였다.

한마디로 생명 그 자체였다.

그때 일이 생겼다. 그가 좁은 길에서 발을 헛디딘 것이다. 프란시스코는 추락했고, 도중에 석회암 위를 거칠게 굴렀다. 너무 세게 그리고 아프게 구른 터라 그는 의식을 잃었고 이내 바다에 첨벙 빠졌다. 바다는 이비사섬에서 에스 베드라까지 빛으로 가득했다. 의식이 돌아왔을 때 그는 빛으로 가득한 바닷속에 있었다. 숨이 차고 충격을 받았으나 살아 있었다. 이상하게도 통증이 사라졌다. 그의 앞에는 구 형태의 구름이 있었다. 그는 그것이 하느님이나 구원일 거라고 생각하며 곧장 그쪽으로 헤엄쳤다. 그가 그 앞에 이르자 구체는 형태를 유지한 채 팽창하기 시작했고 그 안에 구멍이 나타났다. 그가 그 구멍을 통과하자 별안간 그는 완전히 다른 곳에 있었다. 오렌지색 모래가 깔리고, 흰 이파리의 나무가 가득한 숲이 있는 해변이었다. 옆에 있는 바다는 지구와 달리 스스로 빛을 내뿜었는데 그 빛은 결코 약해지지 않았다. 그는 달착지근한 공기를 들이마셨고, 육체에서 증기가 나오는 생명체를 보았다. 지금까지 본 적이 없는 생명체였는데 그중 하나가 그에게 다가와 메시지를 전했다.

'여기 있으면 안전해요. 영원히 보호받을 겁니다.'

그의 존재를 구성하는 원자와 섬유 조직 하나하나까지 그 말이 사실임을 확신했고, 프란시스코는 감사와 따뜻한 환대에 눈물을 터뜨렸다. 그러고는 구원받을 준비를 하며 그 생명체에게—그는 그들이 천사라고 확신했다—다가갔다.

성당 바닥에서 본 풍경

난 성당 타일 바닥에서 깨어났다. 기운이 없었다. 약간 정신이 혼미했고 머리가 아팠다. 알베르토의 얼굴을 올려다보았더니 그는 격한 감정이 북받쳐 얼굴을 찡그린 채 울고 있었다.

"괜찮아요." 내가 말했다. "난 아무렇지도 않아요. 머리를 다쳤을 순 있지만 죽기야 하겠어요?"

"아, 걱정 말아요. 당신 때문에 우는 거 아닙니다."

"당연히 그렇겠죠. 고맙네요. 그럼 왜 우는 건데요?"

이제 눈물에 그의 셔츠만큼이나 활짝 벌어진 미소가 동반됐다. "크리스티나 말이 맞았으니까요. 라 프레센시아는 단순한 존재가 아니었어요. 포털이죠."

"포털?"

그는 열성적인 어린 수탉처럼 고개를 끄덕였다. "네. 라 프레센시아는 자신이 있던 곳으로 돌아가는 포털입니다. 살라키아로요. 그게 무슨 뜻인지 알죠?"

"사실 전혀 모르겠는데요."

"크리스티나가 성공했다는 뜻이죠!"

"성공?"

그러더니 알베르토가 웃다가 다시 또 울었다. 십자가에서 내려지는 예수 그림과 제단 바로 앞에서.

"크리스티나는 죽지 않았어요!" 그의 감탄사가 종소리처럼 성당 안에 울려 퍼졌다. "크리스티나는 가고 싶어 했던 곳에 간 겁니다! 무사히 살라키아에 갔어요!"

답 없는 방정식

자, 틀림없이 너도 이 모든 일에 나만큼이나 혼란스러울 거다. 걱정 마라. 혼란에도 좋은 점이 있단다.

정말이지, 기꺼이 혼란스러워하는 마음은 좋은 삶의 전제 조건이라는 걸 난 이제야 깨닫는다. 매사가 단순하길 바라는 건 일종의 감옥이란다. 정말이야. 왜냐하면 상황이 어떻게 달라질 수 있는지 받아들이기보다 자신이 원하는 방식에 갇혀버리기 때문이지. 결국 넌 폐쇄적인 사람이 되는 거야. 많은 가능성에 문을 닫아버리게 돼. 내가 수학에 끌렸던 이유는 그 확실성 때문이었어. 닫힌 문과 단순함을 원했기 때문이었지만 인생은 그렇지가 않아. 사실은 수학도 마찬가지고. 우린 결코 무지개를 완전히 분석할 수 없단다.• 수학과 과학, 그리고 본질적 진리는 마법과 미스터리를 빼앗아 가지 않기 때문이야. 그 자체로 마법이고 미스터리이지. 그러니 내가 수학을 벗어나 신비로운 영역으로 향하는 여정에 올랐다고 생각하지 말아다오. 왜냐하면 내 여정은 그게 아니었으니까. 난 수학적 진리를 버리는 게 아니라 더 깊은 차원에서 발견하는 중이었어.

너도 알다시피 기존 수학은 단순화하려는 경향이 있지. 우린 다

• 시인 존 키츠는 뉴턴이 분광학으로 무지개를 분석하여 시적 감성을 파괴했다고 비난했다.

른 모든 것이 고정된 상태로 유지된다는 전제하에 알고리즘과 패턴, 공식을 만들어내. 반면 더 정교한 수학에선 끊임없이 변화하는 우주에서 고정되거나 단순한 것은 거의 없다는 사실을 이해하지.

너도 '복잡계 과학'이란 말을 알 거야. 까다로운 문제를 해결하려는 과학과 수학이 융합된 학문이지. 로켓 과학은 아니야. 로켓 과학은 꽤 간단해서 대부분의 공학 문제는 기존 수학으로도 충분해. 복잡계 과학은 이를테면 자연, 유기체의 성장에 따른 복잡성, 기후 변화의 과정 예측, 원자의 상호작용 방식, 이 모든 것의 수학을 이해하는 거지. 복잡계 과학에는 말 그대로 '보편성'이라는 개념이 있는데 이는 심지어 삶의 복잡성 안에서도 서로 다른 시스템 간에 보편적 유사성과 패턴이 존재한다는 걸 알려준단다. 따라서 수학적 마술이야말로 진정한 마술이야. 단순함과 복잡성을 서로 대립시키는 게 아니라 복잡성 안에서, 난장판 속에서 더 진정한 질서를 찾아내는 마술이지. 우리가 삶이라 부르는 아름답고 나선형이며 엔트로피가 특징인 난장판.

삶을 시험지로 생각하며 정답을 찾으려는 태도, 그리고 지나친 깔끔함, 질서, 청결, 통제를 원하는 것이야말로 정신적 절망의 근간이야. 왜냐하면 그건 망상일 뿐이니까. 우린 이 세상에 있고, 우리가 바로 시험지야. 끊임없이 확장하는 우주의 고정되지 않은 세상에서 움직이는 행위자. 진실을 알고 싶다면, 충만하고 깨어 있는 삶을 살고 싶다면, 가능성을 향해 나아가야 해. 미스터리와 움직임을 향해, 여행이나 변화를 향해. 왜냐하면 그 안에서 보편성을 발견하면 너 자신을, 끊임없이 움직이는 너의 자아를 발견할 수 있으니까. 넌 떠나야 도달할 수 있어. 우리가 우리 자신에게 말해주는 단순한 진리가 전부 틀릴 수도 있다는 가능성에 마음을 열어둬야 해!

그래서 난 지금 네게 다른 종류의 답을 주려고 한다. 답인 동시에 질문인 답. 그 차가운 성당 타일 바닥에서 몸을 일으킨 후로 내가 알게 된 것을 네게 전부 말해줄 거란다. 그리고 한 번 더 말하지만 네가 믿지 않기로 한다면 안 믿어도 돼. 가능성에 마음을 연다는 것은 고통, 실패, 실망에 열려 있다는 뜻이기도 하니까. 따라서 우린 아르마딜로처럼 몸을 동그랗게 말아 방어 자세를 취하고 싶은 유혹에 빠지지. 얼마든지 이해할 수 있어. 때로는 우주를 내다보는 것보다는 아르마딜로처럼 코를 엉덩이에 처박고 자신을 방어하는 게 훨씬 쉽지. 인간이 된다는 것은 우리의 타고난 우스꽝스러움을 두려워하는 것이고, 따라서 우린 그 우스꽝스러운 면을 줄이기 위해 무슨 짓이든 하지. 몸에 옷을 입히고, 닫힌 문 뒤에서 아이를 낳고, 생리 현상을 전부 숨기고, 우체국에서 울지 않고, 혹은 길에서 노래하지 않고, 외부에서 주입된 틀에 맞춰 생각하려고 노력해.

하지만 삶은 난장판이고 혼란스러우며 어색하고 수치스러운 현실로 가득하지.

물론 우리 모두는 이 세상에서 자신만의 신념을 만들고 때로는 그걸 바꾸기란 무서운 일이야. 착한 아르마딜로라면 다 알고 있듯이, 정말로 멋진 발견을 하고 싶다면 결국에는 엉덩이에서 머리를 뗀 다음 밝고 혼란스러운 세상을 바라봐야 해. 숨겨진 영광 속으로, 더 깊은 차원의 수학으로, 궁극적 현실로 들어가야 해. 삶 속으로.

웜홀

　우린 다시 차에 탔다. 차창은 열어둔 채 차에 그냥 앉아 있었다.
"내가 생각하는 가설은," 알베르토가 마치 일곱 살짜리에게 말
하듯 천천히 말했다. "라 프레센시아가 강력한 광자로 가득한 매
우 현실적인 존재이지만 동시에 웜홀이기도 하다는 겁니다. 웜홀
은 시공간 구조에서 두 장소를 연결하는 통로죠. 라 프레센시아를
연구하면서 조안 보나노바의 친척에게 들은 이야기가 있어요. 라
프레센시아가 구해준 어부 말입니다. 조안이 딸에게 말하길 자신
은 다른 세상으로 떠날 거라고 했대요. 돌아오지 못할 거라고. 살
라키아에서 사는 자신의 미래를 본 겁니다. 그러던 어느 날 늙고
병든 노인이 되자 조안은 사라져버렸어요. 라 프레센시아로 갔고,
다시는 돌아오지 않은 거죠. 그러니까 우리가 아는 한 라 프레센
시아를 통과할 수는 있지만 돌아오진 못해요. 만약 크리스티나가
살라키아로 갔다면 그건 편도 티켓일 겁니다."

　솔직히 말해서 받아들이기 쉽지 않았다. 내 마음은 고급 미적
분을 처음 접했을 때보다 더 충격이었다. 하지만 중요한 점은 아마
크리스티나가 다른 행성에 살아 있으리라는 것이었다. 적어도 그
럴 가능성이 아주 높다는 것.

　물론 알베르토 리바스를 믿어도 될지 알 수 없었다. 하지만 난

그가 필요했다. 그는 이 세상에서 내가 어떤 능력을 갖게 되었는지 유일하게 아는 사람이었다.

"보여줄 게 있어요." 그가 말했다.

알베르토는 데님 반바지에서 휴대전화를 꺼내 동영상을 보여주었다. 보트에 한 여자가 타고 있었다. 잠시 후에야 나는 그게 알베르토의 보트고, 내가 바라보는 여자, 희끗희끗한 머리에 우아하고 살짝 마성적인 매력까지 풍기는 여자가 바로 크리스티나라는 걸 깨달았다.

바람에 머리카락을 부드럽게 날리며
크리스티나가 보트에서 한 말

안녕, 그레이스. 오랜만이에요. 난 당신의 옛 친구 크리스티나예요. 당신이 기억하는 내 모습과 조금 다르겠죠? 심지어 문신도 새겼어요. 보세요! 태양 문신이에요. 태양보다 더 좋은 게 어디 있겠어요?

당신이 이걸 볼 때쯤, 그러니까 지금부터 한 달 뒤겠네요. 당신은 6월 26일에 알베르토와 차 안에서 이걸 볼 테고, 그때쯤에는 난 여기 없을 거예요. 아뇨. 내가 죽을 거라는 뜻은 아니에요. 비록 내 죽음을 볼 수는 있지만 난 그 일을 피하고 싶어요. 누군가 날 죽이려고 하는데 그게 누구인지 모르겠어요. 너무 드라마틱하게 들린다는 거 알아요. 하지만 최근의 내 삶도 그랬어요. 난 바라건대 살라키아에 있을 거예요. 난 미래를 꽤 많이 볼 수 있는데 이것만큼은 확실하지 않아요. 그래서 믿음이 필요해요. 당신처럼 나도 라 프레센시아와 처음 닿았을 때 살짝 엿봤어요. 해변, 나무, 달짝지근한 공기. 그곳은 풍요로운 낙원이라고 들었어요. 거기서는 아주 오래 살 수 있을 거예요. 건강하고 평화롭게. 어쩌면 죽지도 않고 영원히요. 살라키아인들은 지구를 걱정하고 있어요. 그래서 지구로 라 프레센시아를 보냈죠. 난 가끔씩 올리브 병을 침대 옆에 둬요. 머리맡에요. 그렇게 하면 라 프레센시아가 꿈에서 당신에게 이런저런 것을 말해줘요. 당신이 알아야 할 것을요. 꿈은 어느 때보다도 생생하죠. 그리고 우릴 치유해주는 진실로 가득해요.

우리가 생각하기에 바다로 들어가 곧장 라 프레센시아로 헤엄치면, 그러니까 라 프레센시아가 다가오기를 기다리지 않고 화살처럼 곧장 라 프레센시아에게 다가가면 그건 라 프레센시아에게 당신이 도망치고 싶다고 말하는 것이나 다름없어요. 그리고 난 도망치고 싶은 게 아니라 도망쳐야만 해요. 안 그랬다가는 살해될 테니까.

그리고 앞에서도 말했듯이 누가 날 죽이는지는 확실하지 않아요. 당신처럼 나도 모든 사람의 마음을 볼 수는 없어요. 마음에 접근하기 더 힘든 사람들이 있죠. 당신이 무슨 생각하는지 알아요. 아마 범인이 알베르토일지도 모른다고 생각하겠죠. 날 죽이고 싶어 하는 사람이 알베르토일 수도 있다고요. 어쨌든 당신은 그의 마음속에 들어가려고 고군분투할 테니까요. 하지만 아니에요. 알베르토가 고립되어 살기 전부터 그를 알고 지냈던 내 말을 믿으세요. 범인은 알베르토가 아니에요. 알베르토에게는 아주, 아주, 아주 많은 특징이 있고 적어도 그중 절반은 분노를 일으키지만 그래도 살인자는 아니에요.

내가 당신에게 편지를 남기긴 했지만 그 편지에 모든 걸 다 적을 수는 없었어요. 그랬다가는 당신이 위험해질 테니까요. 당신은 신중해야 해요. 정말이지 만약 내가 그렇게 사람들 앞에 나서지 않았다면, 마켓에서 노점을 차리지 않았다면 난 표적이 되지 않았을 거예요. 그러니까 편지에 다 적지 못한 말을 여기서 할게요.

당신은 특별한 사람이에요. 난 늘 당신이 특별하다는 걸 알았어요. 내가 가장 외로울 때 친구가 되어준 당신을 보면서요. 하지만 당신이 정확히 얼마나 특별한지는 몰랐어요. 라 프레센시아가 처음 바다에서 내게 왔을 때 나도 능력을 얻기는 했어도 당신에게는 못 미쳐요. 난 평생 영국과 스페인에서 많은 사람을 알고 지냈지만 라 프레센시아가 그토록 많은 능력을 줄 사람은 당신뿐이었어요. 내 말 믿어요. 난 알아요. 라 프레센시아가 원했던 사람은 당신이었어요. 날 통해 당신을 불렀죠. 당신이 마주하게 될 유일한 장애물은 당신이에요. 라 프레센시아가 당신을 치유하게 두세요.

라 프레센시아가 당신에게 준 진정한 능력은 삶을 음미하는 거예요. 이게 정말로 무슨 의미인지 설명하기 힘드네요. 적어도 영어로는요. 하지만 스페인어에 '두엔데(duende)'라는 단어가 있어요. 이 단어에 함축된 한 가지 의미는 스페인 시인 로르카에서 유래했죠. 이 단어는 우리가 삶의 숭고한 본질, 그 비극과 아름다움에 진정으로 공감할 때의 느낌을 묘사한 거예요. 예술 작품에서든 플라멩코에서든 자연에서든. 미술관에서 당신을 겁에 질리게 하거나 환희에 빠뜨리는 그림을 봤을 때처럼요. 하지만 이젠 예술 작품이나 노을만 그런 감정을 일으키진 않을 거예요. 무엇이든 그럴 거예요. 따뜻한 미풍일 수도 있고, 소나무 섬의 순수한 소나무 향일 수도 있어요.

당신이 공허함을 느낀다는 거 알아요. 하지만 이젠 충만함을 느낄 거예요. 어쩌면 어렸을 때 이후 처음으로. 이제 당신은 제대로 살 수 있는 기회를 얻었어요. 모든 경험을 온전히 맛보게 될 거예요. 현존하게 될 거예요. 이런 현존은 지구상의 어떤 마약보다 나아요. 내가 젊었을 때 몇 가지 마약을 해봐서 알아요. 현존은 당신을 최고로 생생하게 살아 있게 해줘요.

현재를 아주 깊이 이해하면 미래도 이해할 수 있게 돼요. 상어가 수압 변화를 감지해 허리케인이 올 것을 예측할 수 있듯이요.

지금은 당신 능력이 선물처럼 느껴지지 않겠지만 그건 분명 선물이에요. 내가 약속해요. 당신의 능력은 선물이에요. 알베르토도 그런 능력을 가졌지만 그의 능력은 점점 사라지고 있어요. 내게도 그 재능이 있지만 난 떠날 거고요. 라 프레센시아와 접촉한 사람들이 또 있기는 해요. 하지만 당신에게 가장 극적인 변화가 일어날 거예요.

당신이 천성적으로 회의적인 사람이라는 걸 알아요. 그래서 당신을 여기까지 오게 하려고 동화에서처럼 빵 부스러기를 연달아 남겨둬야 했어요. 그래서 당신에게 집을 남긴 거예요. 편지도요. 그래서 산타 게르트루디스의 슈퍼에서 일하는 로세야에게 당신 이야기도 했고요. 그래서 당신에게 히피 마켓에 가서 자비네와 이야기하라고도 했죠. 자비네는 가여운 알베르토를 끔찍하게 싫어하거든요. 자비네와 이야기하고 나면 당신이 알베르토를 의심하리라는 걸 알았어요. 그리고 물론 이것도 있죠. 지금 내가 손에 들고 있는 것. 당신이 내게 준 선물이요. 성 크리스토퍼 펜던트가 달린 목걸이.

이게 열쇠였어요, 그레이스. 그래서 내가 알게 됐죠. 사이코메트리를 통해서요. 이 목걸이가 당신에 대해 알려줬어요. 이 목걸이를 손에 쥐고 당신을 떠올리면 당신이 얼마나 강해질 수 있는지 알수 있었죠. 어떻게 해야 당신이 어느 누구 못지않게 강한 능력을 가질 수 있는지. 어떻게 해야 당신이 이 섬과 동물, 바다, 심지어 사람들까지 파멸로부터 구할 수 있는지. 어떻게 해야 당신이 자연에 선물이 될 것인지.

난 지금 바로 이 목걸이를 바다로 떨어뜨릴 거예요. 그리고 몇 분 후에 알베르토의 딸 마르타가 다이빙해서 그 목걸이를 찍은 다음 아틀란티스 스쿠버 웹사이트에 올릴 거예요. 그 사진을 봤을 때 당신은 그게 당신 목걸이일 확률이 수백만 분의 1이라고 생각할 테지만 사실은 그렇지 않아요. 왜냐하면 당신이 봤으면 하는 마음에 우리가 일부러 올린 거거든요. 그리고 당신이 로세야를 만난 뒤에 일단 의심이 싹트면 그 웹사이트를 방문할 거라고 예상했어요. 그렇게 되면 당신이 알베르토를 찾아 나서기에 충분할 거라고요. 그리고 나머지는…… 음, 당신도 알 거예요.

당신도 알다시피 이젠 당신이 보호자예요. 왜냐하면 살아 있음을 이토록 강렬하게 느끼고 나면 다른 생명도 보호하고 싶은 마음이 생기지 않을 수가 없거든요. 앞으로는 다른 사람을 돕고 싶어질 거예요. 동물도요.

나 역시도 보호자였어요. 난 동물을 보호하려고 노력했죠. 환경 보호에도 앞장섰고, 히피 마켓에서 타로를 봐주면서 사람들을 미래로부터 보호하려고 했어요. 이 과학을 점술이라는 신비주의로 포장했고, 당국에서도 그런 날 내버려뒀죠. 하지만 분명 어딘가에서 누군가의 심기를 거슬렀나 봐요. 난 내가 사람들을 도왔다고 생각해요. 도우려고 노력했거나. 내 딸은 동의하지 않을 수도 있어요. 하지만 당신은 나보다 훨씬 더 많이 도울 수 있을 거예요.

물론 이런 재능은 종종 저주이기도 해요. 그리고 이런 능력에는 위험이 따른다는 사실을 유념해야 해요. 이젠 당신도 잘 알 테지만. 그래도 난 당신을 선택할 수밖에 없었어요, 그레이스. 내 일을 계속할 사람을 선택해야 했어요. 나처럼 사람들에게 미래를 알려줄 필요는 없어요. 하지만 당신은 어느새 생명을 보호하고, 자연을 지키고, 이 아름다운 섬을 지키게 될 거예요.

1930년대에 라 프레센시아가 구해준 조안 보나노바라는 어부가 있어요. 지금쯤이면 알베르토에게 그 사람 이야기를 들었을 거예요. 조안은 지은 죄도 없고 죄책감도 없는 순수한 영혼이었기에 그가 발달시킨 능력은 아주 강력했죠. 어느 날 밤, 프란시스코 프랑코의 파시스트 군대가 침공하자 조안은 섬의 모든 동물에게 도와달라는 신호를 보냈고 이내 염소와 다른 동물들이 국민당 군인을 공격한다는 보고가 들어왔어요. 만약 당신이 정말로 원한다면 조안 보나노바처럼 될 수 있다고 난 진심으로 믿어요. 당신은 수십 년 동안 누구도 들어본 적 없는 능력을 갖게 될 거예요.

그리고 날 살해하려고 했던 사람을 당신이 꼭 찾아줬으면 좋겠어요. 날 위해서가 아니에요. 난 안전할 테니까. 그건 확실해요. 날 위해서가 아니라 다른 사람을 위해서요. 살인자는 아직 존재해요. 당신이 그를 막아주면 좋겠어요. 다른 사람들이 위험하니까요. 하지만 무엇보다 내가 당신을 여기로 부른 이유는 다른 사람이 아닌 당신을 구하기 위해서였어요. 난 당신이 살기를 바라요, 그레이스. 과거를 흘려보내고 살아요. 꼭 그래야 해요. 모두를 위해서요. 알겠죠?

잘 있어요, 내 친구.

아무짝에도 쓸모없는 그레이스

동영상이 끝나자 난 "맙소사"라고 말했다. 마음에 들지 않았다. 또 사기를 당한 기분이었다. 누군가 내 손목에 내가 원하지도 않는 시계를 채워놓더니 이제 시계 값을 내놓으라고 하는 듯했다.

공황 발작이 온 것 같았고, 예전에도 종종 그랬듯이 난 강박적으로 계산하고 패턴을 보면서 위안을 얻으려고 했다.

동영상 길이는 3분 22초였다. '22 나누기 3은 7.33. 3의 제곱근은 1.73……'

알베르토가 휴대전화를 치웠다. 차 안의 열기도 상황을 악화시켰다. 난 차창 너머로 바다를 바라보았다. 방금 내가 들은 이상한 이야기, 그 터무니없는 말 중에서 아직도 내 귓가에 울리는 말은 '내 친구'라는 구절이었다. 만약 내가 그런 친구였다면 왜 지난 40년간 내게 한 번도 연락하지 않았을까? 대니얼이 죽었을 때, 칼이 세상을 떠났을 때, 내게 친구가 필요했을 때 크리스티나는 어디에 있었을까? 난 화훼 농원에서 만났던 리케를 계속 생각했다.

'엄마가 부인에게 그 집을 괜히 준 게 아니에요. 엄마는 부인을 채용한 거예요. 함정이죠. 부인이 엄마를 대신하는 거라고요.'

"아, 도저히 감당이 안 되네요." 내가 말했다. "난 이걸 선택하지 않았어요. 왜 나한테 이 능력이 필요하죠?"

"내가 아는 사실은 선택을 받는 사람은 아주 드물다는 것뿐입니다. 그리고 당신이 선택되었다는 건 행운이에요……. 크리스티나는 당신이어야만 한다는 걸 알았어요. 미래를 봤으니까요."

바로 그거였다. 그 순간이었다. 그 순간에 저울이 기울었다. 난 오렌지주스의 강렬해진 맛이나 주변에서 새롭게 발견한 경이로운 것들을 깡그리 잊어버렸다. 크리스티나가 단순히 이타적이고 너그러워서 내게 집을 준 것이 아님을 깨달았다.

"사이비 종교 집단 같네요. 사악한 사이비 종교 집단." 내가 말했다.

"음, 들어보세요. 내가 크리스티나의 방법에 꼭 찬성한 건 아니……."

"그건 당신 방법이기도 했어요. 나한테 설명해줄 수도 있었잖아요."

"당신을 돌려보내는 건 세상에서 가장 쉬운 일이었을 겁니다. 난 경고했어요. 하지만 당신은 진실을 알고 싶어 했죠. 이 일로 당신이 바뀔 거라고 말했잖아요. 사실 당신을 선택한 건 크리스티나나 내가 아니라 라 프레센시아예요. 크리스티나는 그걸 봤을 뿐이죠. 크리스티나가 평생 알고 지낸 수천 명의 사람 중에서 라 프레센시아가 원했던 건 당신뿐이었어요. 내 능력은 당신에 비하면 약해요. 크리스티나와 비교해도 약하죠. 한때는 강력했지만 점점 약해졌어요. 썰물처럼 뒤로 물러나고 있죠. 하지만 당신은 특별해요. 저 성당에서 당신이 해낸 일을 봐요……."

"난 특별하지 않아요." 내가 말했다. 지금까지 했던 말 중에서 가장 쉬운 세 단어였다. 지난 72년간 느꼈던 감정의 목소리였다.

내가 평범하다는 깊은 자각. "왜 내가 특별하다는 거죠? 난 심술 궂은 영국 노인네일 뿐이에요. 외딴곳에 사는 은퇴한 수학 선생이 고요. 먼지 같은 사람이죠. 그게 나예요. 빵점짜리 인간. 아뇨, 그 정도도 못 돼요. 난 0도 아니라 마이너스예요. 세상에 아무런 영 향도 미치지 못한 평범한 사람. 가끔씩 더 나쁜 영향을 끼쳤으면 모를까. 내 사랑스러운 아들 대니얼은 나 때문에 죽었어요. 비가 퍼붓던 날, 난 빌어먹을 쇼핑 카탈로그를 읽느라 그 애가 자전거 를 타고 나가게 내버려뒀거든요. 그게 아들과 함께 시내에 나가는 것보다 더 재밌을 거라고 생각했으니까요. 대니얼은 우체국 트럭 바퀴에 깔려 죽었어요. 난 성공과 거리가 먼 사람이에요. 마지막 고비에서 실망시키는 사람이죠. 나쁜 일이 일어나도록 내버려두는 사람. 그저 그런 것에 만족하는 사람. 왜냐하면 난 더 나은 걸 받 을 자격이 없으니까요. 대학에서 끝내 원하던 일자리를 얻지 못한 사람. 평범한 선생이 되어 아마도 많은 학생에게 수학에 대한 흥미 를 잃게 만든 사람. 남편 몰래 바람을 피운 사람. 난 거듭해서 쓸모 없는 인간이었어요. 그러니까 이 일은 할 수 없어요. 이건 실수예 요. 난 빌어먹을 조안 보나노바처럼 지은 죄가 없고 죄책감도 없는 사람이 아니에요. 난 나쁜 사람이라고요. 절대 이 일을 잘 해내지 못할 거예요. 동물에게 마법의 신호를 보낼 수도 없을 거예요. 그 러고 싶지도 않고요." 내 심장이 빠르게 뛰었다. "난, 특별하지, 않 아요."

"정반대예요." 알베르토가 여느 때처럼 거들먹거리며 말했다. "크리스티나는 자신이 아는 사람을 전부 생각해봤어요. 잠깐이라도 알았던 사람은 전부요. 그리고 크리스티나는 아는 사람이 아주 많았죠. 그녀는 모든 시나리오, 모든 가능성을 예상할 수 있었어요. 라 프레센시아가 접근했을 만한 사람들이 있기는 했지만 그 중 누구도 당신처럼 강렬한 반응은 보이지 않았을 겁니다. 그래서 당신이 바닷속에서 의식을 잃은 거예요. 당신이 1855년으로 돌아갈 수 있고, 랍스터의 수조를 깰 수 있고, 생각만으로 한 남자에게 포크로 자신의 다리를 찌르게 할 수 있다는 사실은 그걸 증명하죠. 이 모두가 이례적인 일이에요. 무이 무이 라로(아주아주 드물어요)……."

"난 그 남자의 다리를 포크로 찌르지 말았어야 했어요." 내가 후회하며 말했다. "그렇게 나쁜 사람은 아니었는데."

"맞아요. 아마 그럴 겁니다. 하지만 상대가 정말로 나쁜 사람이라면요? 살인자라면요? 그가 당신 친구를 죽이려 한다면요? 당신이 그걸 막을 수 있다면……."

"난 크리스티나를 잘 알지도 못해요." 내가 퉁명스럽게 그의 말을 잘랐다. "크리스티나는 친구도 아니었다고요!"

그러자 알베르토가 고개를 끄덕였다. 마치 내게 정말로 뺨이라도 맞은 듯했다. "그렇겠죠. 하지만 내 친구였습니다. 그리고 좋은 사람이었고요. 복잡한 사람이었냐고요? 맞아요. 부족한 엄마였냐고요? 아마도 그럴 겁니다. 하지만 좋은 사람이었어요. 보기 드문 사람이었죠."

난 순간적으로 알베르토가 울지도 모른다고 생각했고, 부끄럽게도 그 사실은 내 화를 덜어주기보다는 더욱 부추기는 듯했다.

"난 특별하지 않아요." 난 미친 사람처럼 그 말을 반복했다. "난 이기적인 인간이에요. 엄마라면 해내야 할 가장 중요한 일에 실패 했다고요. 난 아무짝에도 쓸모없는 그레이스예요. 사람을 구하기 는커녕 죽게 내버려두죠. 사랑하는 대니얼이 죽게 내버려둔 것처 럼요. 평생 용감한 일은 한 번도 해본 적이 없어요. 이비사로 이사 온 것만 빼고요. 지금 생각해보니 그게 내가 저지른 실수 중에 가 장 큰 실수네요."

"당신은 선생님이었잖아요. 선생님이 되는 것만큼 좋은 일이 또 있나요?" 알베르토는 포기하지 않았다. 뺨을 때리고 싶은 그의 얼 굴이 이야기를 계속했다. "라 프레센시아는 당신에게서 뭔가를 봤 어요. 당신이 과거에 어떤 사람이었는지가 아니라 앞으로 어떤 사 람이 될 수 있는지를요. 라 프레센시아는 껍데기에 관심이 없어요. 알맹이에 관심이 있죠."

"난 70대예요. 냉장고 자석에 적힌 감상적인 글귀를 믿기에는 너무 늙었고, 앞으로 내가 어떤 사람이 될 수 있는지를 생각하기 에는 더더욱 늙었죠."

알베르토는 의심스럽다는 듯이 혀를 찼다. "글쎄요. 난 일흔아 홉입니다. 그리고 냉장고는 없어요. 감상적인 글귀는 아주 좋아합 니다. 난 감상적인 남자예요. 그리고 다음 주 화요일에 내 생애 첫 삼바 수업을 예약했죠. 코바 산타에 가서 동굴에서 춤추고 레모네 이드를 마실 겁니다. 여긴 이비사예요. 나이는 아무 의미도 없죠."

"여긴 이비사가 맞지만 지금의 나는 진짜 내가 아니에요. 난 여 기와 맞지도 않고요."

"감상적인 걸 싫어하는 사람은 사실 뭔가 느끼는 것 자체를 싫어하는 게 아닐까 싶더군요. 그런 사람들은 냉소적인 태도로 세상을 보는 걸 더 선호하죠."

"글쎄요, 당신이 어떻게 생각하든 상관없어요. 난 아무 감정을 느끼지 못해도 아주 괜찮아요. 사실 아무 감정도 느끼고 싶지 않아요. 그리고 당신에겐 날 바꿔놓을 권리가 없고요."

이 모두가 덫이었다. 집. 목걸이 사진. 알베르토의 입에서 나온 모든 말.

게다가 난 아무도 구하지 못할 것이다. 상황만 더 악화시킬 뿐이다. 난 원래 그런 사람이었다.

"더는 못 참겠네요." 내가 시동을 걸며 말했다. "집으로 갈래요. 영국에서도 이 능력을 사용해 다른 사람을 도울 수 있어요. 지금 공항으로 가서……."

"내가 연구한 바에 따르면 라 프레센시아에서 멀어질수록 그 능력은 더 약해……."

"상관없어요."

"내일까지 충분히 생각해보고 결정하면 어때요?"

내일까지 이러고 싶지 않았다. 돌아가고 싶었다. 이런 일을 겪으니 차라리 오렌지주스의 무한하고 새로운 기쁨을 맛보지 않았더라면 좋았으리라. 동굴에서 춤추고 싶지 않았다. 우리 집 소파에 앉아 퀴즈쇼를 보며 아무런 감정도 느끼지 않고 싶었다. 무한한 기쁨을 느끼게 되면 결국 무한한 고통을 느끼기 마련이다. 난 이미 그런 고통을 느꼈고, 다시 느끼고 싶지 않았다. 불현듯 아무 일도 일어나지 않는 익숙한 공허함을 갈망하게 되었다. 사실상 안혜도니아를 그리워하고 있었다.

"아뇨. 난 집으로 갈 거예요. 집으로. 집으로."

'집으로'라는 말이 위로가 되었다. 바닷속 바위처럼 단단하게 느껴졌다.

"하지만 이 섬은 당신이 필요해요. 이 섬의 사람과 동물에게는 당신이 필요하다고요. 당신은 좋은 일을 할 수 있을 겁니다. 단지…… 랍스터만 위해서가 아니라 전반적으로요. 그리고 여기에는 아직 잠재적 살인자가 있습니다. 그게 인간이든 다른 무엇이든지 간에요. 당신은 그걸 막을 수 있어요. 영국에서는 할 수 없을 겁니다. 멀리 갈수록 당신의 능력은 줄어들어요."

난 그의 말을 무시했다. 이명을 차단하듯이 그의 말을 차단하려고 애썼다. 그러고는 오직 한 가지 감정만으로 운전했다.

'어서 빨리 이 섬을 떠나고 싶어.'

말

공항까지 차로 20분 거리였지만 난 10분으로 단축하려고 노력했다. 알베르토도 나와 함께 가는 중이었다. 알베르토가 함께 가는 유일한 이유는 에스 쿠벨스의 외딴곳에 그를 남겨두고 갈 수 없었기 때문이다. 음, 그리고 알베르토가 나와 함께 가고 싶어 하기도 했다. 또 크리스티나의 차를 가져갈 사람도 필요했고.

우리는 내륙으로 차를 몰았고, 전기 자전거를 타고 도로를 쌩 달리는 남자를 지나쳤다. 그는 땡볕 아래서도 미소 지었다. 자전거는 빨간색이었다. 난 머릿속으로 피보나치수열의 숫자를 읊었다.

0, 1, 1, 2, 3, 5, 8, 13, 21, 34……

문득 이 섬에서 보낸 내 시간도 이 수열 같다는 생각이 들었다. 앞서 있었던 일들이 계속 쌓여서 눈덩이처럼 불어나고, 사건에 사건이 더해지며 상황은 하늘로 치솟아 미쳐 돌아갔다.

운전하는 동안 우리는 리케의 얼굴이 있는 대형 광고판도 지나쳤다. 마치 환영을 보는 듯했다. 난 리케의 아픔, 내면의 연약함과 외면의 분노를 기억했다. 그런 그녀가 감정을 초월한 존재처럼 스카이라인을 장악했다.

리케의 얼굴을 보니 크리스티나의 눈이 떠올랐다.

나는 운전을 계속했다. 알베르토는 무시했다. 구름 한 점 없는 파란 하늘 아래서 앞으로 나아갔고, 운전대를 어찌나 꽉 잡았는지 크리스티나의 또 다른 기억이 떠올랐다.

그녀는 호텔 앞에 있었다. 공사 현장에 한 무리의 시위대가 있었다. 머릿속에 표지판이 보였다. '칼라 은가에 선보이는 에잇스 원더, 곧 오픈.' 크리스티나는 헝클어진 갈색 머리에 안경을 쓴 여자와 함께 있었다. 내가 아는 여자였다. 예전에 환영에서 봤다. 바로 이 차에서 크리스티나와 함께 앉아 있었다. 그제야 내가 그녀를 실제로 만난 적이 있음을 깨달았다. 공항에서. 내가 이 섬에 도착해 처음 본 사람이었다. 아인슈타인 티셔츠를 입고 내게 미소 지었던 여자. 하지만 그걸 깨닫자마자 환영이 바뀌었다.

낮은 밤이 되었고, 공기는 물살이 되었다.

그녀는 바닷속에 있었다.

크리스티나 말이다.

크리스티나는 어두운 바다를 가르며 아래로, 아래로 헤엄쳤다. 빛나는 구체를 향해 나아갔다. 구체는 구름으로 변하지 않았다. 이번에는 그 형태를 유지했고 심지어 확장하더니 구를 관통하는 구멍이 생겼다. 구멍은 점점 넓어져 구를 관통하는 터널이 되었다. 구보다 훨씬 더 환했고, 은빛에 믿기 힘들 정도로 밝았다. 크리스티나는 딸을 생각했고, 니케가 무사하길 바라며 그 구멍을, 포털을 통과했다.

내가 이 짧은 무아지경에서 빠져나왔을 때 알베르토의 손이 내 팔을 흔들고 있었다. 그는 어릴 때 우리 아버지가 그랬던 것처럼 큰 소리로 내 이름을 불러댔다. 앞에 커다란 밤색 말과 기수가 있었다. 난 하마터면 그들을 칠 뻔했으나 때맞춰 방향을 틀었다. 암말은 앞발을 든 채 몸을 일으켰지만 기수는 안장에 그대로 앉아 발로 등자를 세게 밟았다. 말의 공포가 내 안에서 북소리처럼 쿵쿵거렸다.

"괜찮아요." 알베르토가 말했고, 내가 도로에 집중하는 동안 그의 목소리는 파도처럼 희미해졌다. "괜찮아, 괜찮아, 괜찮아……."

공항

"어디든 상관없으니까 영국으로 가는 다음 항공편 주세요." 난 항공사 카운터 뒤에서 어색한 미소를 지은 여자에게 말했다. 명찰에는 가브리엘라라는 이름만 적혀 있을 뿐 그녀가 지금 속이 약간 더부룩하고 경련이 있어서 위장을 달래줄 영양제를 더 먹고 싶어 한다는 사실은 적혀 있지 않았다. 혹은 그녀가 교대 근무를 시작한 지 여섯 시간 30분이나 되었다는 사실도. 난 정말로 그녀의 이름 이상은 더 알고 싶지 않았다.

"오늘 저녁 개트윅행 비행기가 있네요. 저녁 7시 50분에 출발하는데 자리가 있는지 확인해볼게요."

"딱 좋네요. 네. 그거면 좋겠어요."

난 별다른 계획이 없었다. 그저 링컨의 집으로 돌아갈 것이다. 거기서 크리스티나의 집을 팔고, 그 돈은 자선단체에 기부할 것이다. 그걸로 끝이었다. 변호사가 보낸 편지에 그와 관련된 조항은 없었다. 이 '능력'은 사실 능력이 아니었다. 그저 해를 더 많이 끼칠 뿐이었다. 가브리엘라가 열심히 컴퓨터를 들여다보는 동안 나는 아까 하마터면 칠 뻔했던 가여운 말과 기수를 생각했다. 남자의 다리에 꽂혔던 포크를 생각했다. 크리스티나는 실수를 저질렀다. 난 여기서 도움이 되는 게 아니라 해만 끼칠 뿐이었다. 늘 그랬듯이.

알베르토가 아직 안 떠났는지 궁금해서 주위를 둘러보았다. 그는 '혹시 모르니' 주차장에서 잠시 기다릴 거라고 했다. 난 약간 슬퍼졌다. 손톱만큼의 슬픔. 이상하게 계속 그의 옆에 앉아 있고 싶었다. '정신 차려, 그레이스. 이게 옳은 일이야.'

지친 갓난아이를 품에 안은 채 기내용 캐리어를 든 엄마가 보였다. 엄마는 아이의 이마에 키스했다. 쪽빛으로 물든 둘의 사랑이 보였다. 난 얼른 시선을 옮겼다. 그들에 대해 너무 많이 알고 싶지 않았고, 무엇보다 그들이 느끼는 감정을 느끼고 싶지 않았기 때문이었다. 난 아무것도 느끼고 싶지 않았다. 크리스티나와 그녀가 준 이 충만함을 저주했다. 이 두엔데를. 어떤 것에도 애착을 느끼고 싶지 않았다.

사방에 사람들의 마음이 있었고, 그들의 생각이 꽃가루처럼 공기 중에 흩어져 있었다. 혼자 여행길에 나선 여자가 보였는데 그녀는 어서 빨리 가족을 만나고 싶어 했다. 그녀를 보니 나도 집에 돌아갔을 때 칼이 있었으면 좋겠다는 생각이 들었다. 개트윅 공항에서 날 안아주면서 보고 싶었다고, 다 잘될 거라고 말해주면 좋을 텐데.

내 시선이 눈에 익은 디지털 광고판으로 향했다. 집 건너편에 있는 광고판과 거의 똑같았기 때문이었다. 호화스러운 침실 사진이 들어간 호텔 광고였다.

'이비사 칼라 욘가에 있는 최신 에잇스 원더 스파 리조트 호텔. 현재 영업 중. 당신의 꿈을 상상하고 현실로 만드세요.'

저 문구를 보니 어떤 생각이 떠올랐다. 내가 들었던 말의 기억. 택시 운전사. 자비네. 이제 모든 것이 앞뒤가 맞아떨어졌다. 나란히 앉은 크리스티나와 마르타가 떠올랐다. 시위. 저 광고는 경고처럼 보일 지경이었다.

'다른 사람들이 위험하니까요……'

한 남자가 광고를 보고 있었다. 그에게서 자부심이 느껴졌다. 남자는 리넨 정장을 입고, 캐리어 옆에 서 있었다. 머리는 기름을 발라서 뒤로 넘겼다. 꽤 젊어서 마흔도 안 돼 보였다. 하지만 다시 생각해보면 다들 꽤 젊었다(70대가 되면 한마디로 이 세상은 거대한 놀이방이고, 그 안에 있는 사람은 모두 방치된 아기로 보인다). 내 관심을 끈 것은 그의 옷이나 머리, 얼굴, 혹은 젊음이 아니었다. 심지어 공항에 관련해 뒤죽박죽 얽힌 생각과 외부의 방해 요소로 가득한, 그의 지치고 어수선한 마음도 아니었다. 내 눈은 그가 들고 있던 잡지로 향했다. DJ 잡지. 표지에는 리케의 사진이 실려 있었다. '이비사의 새 여왕이 왕좌에 오르다.'

"지금 좌석 상황을 확인하고 있어요." 가브리엘라는 효율적으로 일하면서도 다정하게 말했다.

컴퓨터에 집중한 채 실눈을 뜬 가브리엘라의 얼굴을 보고 있으니 그녀가 산타 에우랄리아에 있는 집에서 아이들을 껴안는 모습이 보였다. 희끗희끗한 머리카락 한두 개를 제외하면 지금보다 별로 나이 들어 보이지 않았다. 그녀는 아이들에게 괜찮을 거라고 안심시키는 중이었다.

"그만해." 난 내게 말했다.

"괜찮으세요?" 가브리엘라가 물었다. 그녀의 얼굴과 마음은 근심으로 가득했다.

"네. 미안해요. 네. 그냥 비행기를 타려니까 긴장이 돼서요."

"아. 안타깝네요. 하지만 사실 비행기는 가장 안전한 교통수단이랍니다. 자, 개트윅행 비행기에 자리가 좀 남아 있어요. 통로 쪽이 좋으세요, 아니면 창가 쪽이 좋으세요?"

난 그녀의 말을 듣고 있지 않았다. "그 남자와 결혼하면 안 돼요."

"네?"

"두 달 뒤면 당신은 아버지에게 아이들을 맡기고 런던으로 떠날 텐데 거기서 한 남자와 사랑에 빠질 거예요. 마흔두 살에 은퇴할 예정인 은행가죠. 그 남자는 당신과 함께 이비사에 올 거고 당신은 그와 결혼하게 될 거예요. 이 남자와는 결혼하면 안 돼요. 제발 날 믿어요. 당신은 그 남자가 좋은 남편이 될 거라고 생각하겠지만 아니에요……."

가브리엘라는 어리둥절한 미소를 지으며 날 바라보았다. "제가 런던에 갈 예정인 걸 어떻게 아세요?"

"제발요. 그냥 날 믿어요."

이제 다른 미래를 사는 그녀가 보였다. 그녀는 행복한 얼굴로 아이들과 고카트 트랙에 있었다. 그제야 난 크리스티나가 왜 점술로 사람들을 돕고 싶어 했는지 이해했다. 만약 내게 사람을 도울 수 있는 능력이 있다면 도와야 할 의무도 함께 있을 것이다. 내가 요청한 능력이 아니라고 해서 그 능력을 외면해도 된다는 뜻은 아니었다.

그때 어렴풋이 눈에 익은 여자가 입국장으로 향하는 모습을 보았다. 큰 키에 근엄한 얼굴, 바람에 일부 홀씨가 날아간 민들레처럼 머리가 부스스한 여자였다. 일전에 병원에서 봤던 의사였다. 그때 알베르토는 그녀를 보더니 안절부절못했고 갑자기 병원에서 나가자고 했다. 그녀는 커피를 홀짝였는데 빌바오에서 비행기를 타고 오는 엄마를 마중 나온 참이었다. 그러자 알베르토가 그녀와 함께 있는 모습이 보였다. 한 달 전, 병원 종양학과의 작은 방이었다. 그녀는 알베르토에게 "엘 칸세르 에스 아그레시보(암의 진행 속도가 매우 빨라요)"라고 말하며 치료법에 어떤 것이 있는지 설명했고, 알베르토는 말문이 막힌 표정으로 그저 그녀를 바라보았다. 그러더니 의사가 내 시야에서 사라졌다.

"저, 부인?" 내가 무아지경에 빠진 걸 알고 가브리엘라가 말했다. "부인? 항공권을 결제해드릴까요?"

나는 가브리엘라를 보며 미소 지었다. 그러고는 캐리어 손잡이를 잡았다. "난…… 난 가야 해요."

소용없었다. 난 여기 남을 터였다.

보호

크리스티나가 했던 말이 계속 떠올랐다. '살아 있음을 이토록 강렬하게 느끼고 나면 다른 생명도 보호하고 싶은 마음이 생기지 않을 수가 없거든요……' 내 안의 변화를 부인해봐야 소용없었다. 전에는 감춰졌던 것들, 이를테면 타인의 생각이나 미래를 알게 되면서 이제 세상이 날 필요로 하지 않는다는 슬프지만 위안이 되는 착각에 빠질 수 없었다. 내가 뒤로 물러나서 영영 사라져도 세상은 달라지는 게 없을 거라는 착각에도.

움직이는 우주에서 아무런 행동도 하지 않고 가만히 있는 건 불가능하다. 이미 변화는 일어났다. 슬픔과 자기 연민이라는 은신처는 사라져버렸다. 아무것도 안 하면서 날 보호할 수는 없다. 진정한 보호는 항상 타인에게 기대는 것이 아니라 우리가 먼저 능동적으로 베푸는 것이다. 그리고 난 도움이 필요한 사람을 돕기 위해 내가 할 수 있는 일을 할 것이다.

닫힌 문

난 차에 올라탔다. 차는 공항에서 조금만 걸어가면 나오는 자리
에 주차되어 있었다.

알베르토는 라디오를 틀어두었고, 스페인 래퍼가 흥겨운 박자
에 맞춰 랩을 하는 동안 고개를 까딱거렸다.

"레게톤•이죠." 마치 내가 음악 장르 수업을 들으려고 돌아왔다
는 듯이 알베르토가 말했다. "오래전부터 내려온 음악인데도 사람
들은 전례 없이 레게톤에 열광하고 있어요. 관능적인 에너지가 느
껴지지 않나요?"

"그 관능적 에너지를 당신 혼자만 간직한다면 그렇다고 치죠."
내가 쌀쌀맞게 말했다.

알베르토는 손목시계를 보더니 어깨를 으쓱였다.

"왜요?" 내가 물었다.

"그냥 재미있어서요." 공항에서 발걸음을 돌린 내 결정을 두고
그가 말했다. "난 당신이 20분 전에 돌아올 줄 알았거든요."

"난 정말로 떠날 작정이었어요."

"그럼 왜 돌아왔죠?"

• 1980년대 푸에르토리코에서 발달한 레게 음악의 일종.

그러더니 그가 힐끗 들여다보았다. 내 생각을. 그래서 내가 그를 도와주었다. "병원에서 봤던 사람이 공항에 있더라고요. 의사요. 종양학과."

알베르토는 한 대 맞은 듯했다. 숨이 막힌 듯했다. 그는 음악을 껐다. 다른 차들이 우리 주위를 돌며 주차할 자리를 찾는 동안에도 우린 계속 주차된 차에 앉아 있었다.

"미안해요. 당신 사생활을 침해할 생각은 아니었어요." 내가 말했다.

알베르토가 입술을 깨물었다. 불안하고, 머릿속이 뒤죽박죽인 듯했다.

"다만 난 초감각적인 힘을 가졌는데 당신에게는 전혀 접근할 수 없었어요. 당신은 닫힌 문이었어요. 아무것도 볼 수 없었다고요. 당신보다 랍스터나 말, 도마뱀을 더 잘 이해할 수 있을 정도였으니까요. 왜 날 들여보내지 않는 거예요? 난 돕고 싶어요. 만약 당신에게 무슨 일이 생기면 곁에 있어주고 싶어요. 그러니까……음…… 음…… 친구로서요. 그리고 앞으로 더 위험한 일이 생길 거라는 것도 알아요. 다른 사람들을 보호해야 해요. 그래서 난 여기 남을 거예요. 하지만 누굴 믿어야 할지 모른다면 난 도울 수 없을 거예요. 그러니까 난 당신을 믿어야 해요."

알베르토는 잠시 그대로 앉아 있었다. 무언가 고민하는 듯했다. 차 한 대가 우릴 향해 경적을 울렸다. 알베르토는 차창 밖으로 몸을 내밀고 운전자에게 욕을 퍼부었다.

"알았어요." 그가 진정하며 말했다. "마르타를 만나러 가기 전에 당신에게 할 말이 있습니다. 가는 길에 길가에 작은 카페가 있어요. 조용한 곳이죠. 거기서 아주 훌륭한 오렌지주스를 팝니다. 갓 짠 오렌지주스요."

마시지 않은 주스

우리는 고장 난 핀볼 기계가 있는 소박한 길가 카페에 앉았다.
벽에는 나이트클럽 행사를 홍보하는 20세기 포스터가 줄지어
붙어 있었는데 영어와 스페인어가 혼용되어 적혀 있었다.

쿠가 판타지를 선사합니다. 1980년 7월 17일 일요일
파차에서 열리는 플라워 파워.● 피에스타 데 시에레(마무리
파티). 1988년
스페이스에서 열리는 문 댄스. 매주 수요일, 1992년

난 칼과 내가 우리만의 작고 끈끈하고 폐쇄된 세상에서 대니얼
을 키우는 동안 열렸던 이 모든 광란의 파티를 생각했다. 아이를
키우다 보면 한동안 세상과 멀어진다. 우린 우리 자신의 위성이
되고, 보려고 애써 노력하지 않는 한 다른 행성이 존재한다는 사
실을 잊어버리게 된다. 우리 삶만큼이나 중요한 타인의 삶이 도처
에서 진행 중이라는 사실을 잊어버린다. 그중 일부는 이비사 나이
트클럽에서 화려하게 진행되었다.

● 히피 문화를 기념하는 파티로, 1960~1970년대 음악과 패션을 즐길 수 있다.

304

알베르토도 포스터를 바라보았다.

"좋은 시절이었죠." 주문한 오렌지주스를 기다리는 동안 그가 말했다. "그 시절에 당연히 파차도 있었어요. 파차는 한마디로 농가 디스코클럽이었죠. 지금도 여전히 카사 파예사(시골 별장)이긴 하지만. 제트족이 처음에 몰려갔던 곳이기도 합니다. 그저 디스코클럽이 있는 대농원에 불과했던 1970년대에도요. 그리고 쿠가 있었죠. 거긴 파격적인 곳이었어요. 프레디 머큐리와 몽세라 카바예●가 함께 부른 〈바르셀로나〉의 뮤직비디오도 쿠에서 촬영했습니다. 왜냐하면 쿠에는 오페라 극장 같은 분위기가 있거든요. 쿠는 꼭 가야 하는 장소였어요. 다양한 성적 취향을 아우르고 화려하면서 독특했죠. 데이비드 보위, 그레이스 존스, 믹 재거…… 이름만 대보세요. 다 거기 갔으니까. 쿠는 이 세상의 모든 자유분방한 영혼, 창의성이 넘치는 괴짜에게 등대와 같았죠. 섬 한가운데 언덕에 있는 이 거대하고 전위적인 디스코클럽이 말입니다. 이런 클럽이 예전에는 그냥 노천이었다는 거 알아요? 쿠는 말하자면 뉴욕의 스튜디오 54를 옥외로 옮겨놓은 거였죠. 암네시아는 약간 더 거칠고요. 약간…… 더 느슨했죠. 거기 가면 밤새 별빛 아래서 춤을 췄습니다. 히피, 영화배우, 인도의 구루, 아티스트, 게으름뱅이, 뮤지션, 작가, 우아한 사람, 지저분한 사람, 파티족 1세대, 게이와 이성애자, 그리고 그 중간에 해당하는 모든 사람이 모여들었죠. 나이트클럽이 지금처럼 상업화되기 전에요. 우리는 가서 술을 마시고, 마리화나를

● 스페인의 오페라 가수.

피우고, 환각 버섯을 먹고, 야자수 옆에서 춤을 추곤……."

"당신은 잘 모르겠지만," 난 그의 말을 잘랐고 내 조급함에 나도 놀랐다. "그리고 당신의 기분을 상하게 하려는 건 아닌데 난 이비사 나이트클럽의 세세한 역사에는 딱히 관심이 없어요."

그때 우리가 주문한 오렌지주스가 도착했다.

이 주스의 맛은 환상적일 테니 난 알베르토에게 우리가 여기 온 이유를 제대로 듣기 전까지는 마시지 않기로 마음먹었다. 어쩌면 너무 오랫동안 그렇게 살아왔는지도 모르겠다. 즐거운 삶을 부정하며 즐기지 않는 쪽을 선택하기.

"그렇다면 고래는 어때요?" 그가 물었다.

내가 공항에서 봤던 환영, 알베르토와 의사가 함께 있던 환영에 대해 과연 알베르토가 설명해줄까? 날 여기 남게 한 환영 말이다. "뭐라고요?"

"맞아요. 당신은 광란의 파티에는 관심이 없죠. 그러니까 고래는 어떠냐고요. 고래에 관심 있어요?"

난 알베르토와 대화 중에 누구나 한 번쯤은 했을 법한 질문을 던졌다. "대체 무슨 말을 하는 거예요, 알베르토?"

52헤르츠 고래

"바다에는 고래가 있어요." 주스를 벌컥벌컥 마신 뒤에 알베르토가 말했다.

"바다에 있는 고래가 한둘인가요."

그가 고개를 끄덕였다. "이 고래는 다릅니다. 아주 외로운 고래거든요."

"저런, 가여워라."

"왜 외로운지 알아요?"

나는 어깨를 으쓱였다. "인터넷이 안 되나요?"

그는 한쪽 입꼬리만 올리며 활짝 미소 지었다. "비슷합니다. 독특한 노랫소리 때문이에요. 원래 고래는 커뮤니케이션에 능해요. 늘 노래하지만 주파수가 맞아야 하죠. 하지만 이 고래는 아주 특이한 고주파로 노래합니다. 52헤르츠로. 이 고래가 세상에서 가장 외로운 이유는 다른 고래는 그 주파수의 노래를 알아듣지 못하기 때문이에요. 이 고래는 대왕고래인데 다른 대왕고래는 주파수가 훨씬 낮아요. 한마디로 해양 포유류의 배리 화이트•죠. 아주, 아주, 아주 저음이에요. 그래서 이 가여운 고음의 생명체는 친구도

• 저음의 베이스 음역으로 유명한 미국의 R&B 가수.

307

사귀지 못하고, 자신의 노래를 들어줄 고래도 없이 홀로 바다를 헤엄쳐야만 하죠."

알베르토는 웃었지만 눈은 슬픔에 젖어 있었다. "내가 그 고래예요. 난 놀라운 현상에 대해 글을 쓰지만 아무도 나와 주파수가 맞지 않아요. 아무도 날 이해하지 못합니다. 사람들은 날 조롱거리로 생각해요. 고주파로 노래하는 고래처럼요. 내 딸 마르타조차도 한동안 날 이해하지 못했어요. 하지만 난 내가 믿는 일을 계속했죠. 심지어 라 프레센시아를 만나기도 전이었어요. 난 내가 옳다고 확신했습니다. 난 오픈 마인드라서……."

난 고개를 저었다. "그런데 왜 이렇게 된 거예요?"

"네?"

"오픈 마인드였던 사람이 왜 마음을 닫게 됐냐고요."

알베르토는 이 말에 모욕감을 느끼고는 움찔했다. 그러더니 이젠 내가 외국어를 이해한다는 사실을 잊어버리고 카탈루냐어로 욕을 중얼거렸다. "내 마음은 열려 있어요. 나는 다른 사람들보다 더 많은 종의 존재를 받아들이……."

"그 이야기를 하는 게 아니에요. 종을 말하는 게 아니라고요. 생각 말이에요. 당신이 당신 주위에 쌓아 올린 벽. 왜 자신을 고립시켰죠?"

알베르토는 내가 무슨 말을 하는지 알고 있었다. 내가 그에게서 볼 수 있는 것이라고는 회녹색 슬픔과 내 말을 부정하며 활짝 웃는 미소뿐이라는 사실을.

난 렌트한 오토바이를 타고 길 건너 주유소에서 내리는 젊은 커플을 가리켰다. 그들은 주유소 옆 은행 현금지급기로 걸어갔다.

"난 저들의 마음을 쉽게 읽을 수 있어요. 두 사람은 에스 카바예트 해변의 연갈색 모래사장에 마련된 고급스러운 선베드에서 하루 종일 뒹굴다가 엘 치링기토 레스토랑에서 구운 오징어와 소금에 절인 농어 요리를 먹었죠. 식사하는 동안 둘 다 몰래 매력적인 다른 손님들과 눈을 마주쳤고요. 둘의 관계는 베를린으로 돌아가서 2주 후면 깨질 거예요. 게다가 저들은 내게서 족히 100미터는 떨어졌어요. 하지만 당신은, 당신은 바로 내 앞에 있는데도 난 당신에 대해 아무것도 몰라요."

알베르토에게 내 말은 허공을 맴도는 하루살이가 앵앵거리는 소리였고, 그의 마음은 다른 곳에 있었다.

희미하게 음악이 흘러나왔다. "이 노래 좋아해요?" 알베르토는 자신이 좋아하는 주제인 음악으로 다시 돌아갔다. "들어봐요. 〈더 라스트 데이 오브 서머〉라는 곡입니다. 더 큐어가 불렀죠. 난 고딕 록 세대는 아니에요. 롤링 스톤스 세대죠. 저항 음악을 들으며 자랐어요. 소울, 밥 딜런, 조안 바에즈, 샘 쿡, 길 스콧 헤론. 아이라 이너를 그린 날 상상해봐요! 하지만 난 늘 저 후기 음악에도 마음을 열어두려고 노력했죠. 이건 정말 아름다운 노래예요. 내 아내 줄리아도 더 큐어를 아주 좋아했죠. 우린 바르셀로나의 팔라우 산 조르디에서 공연도 봤어요. 아내는 이 노래도 아주 좋아했습니다. 너무 과소평가된 곡이죠. 조금 슬프고, 내가 평소에 좋아하는 스타일은 아니에요. 하지만 들어봐요. 저 기타 연주를 들어보라고요. 형상을 만들어내잖아요. 숲과 같은 형상. 그러다 그의 목소리

가 들어오는데 그림자처럼 아주 자연스럽게 드리우죠." 알베르토
가 잠시 말을 멈췄다. "절묘한 노래예요."

그 순간 알베르토는 칼을 연상시켰다. 칼도 음악 이야기를 일종
의 방패로 사용했다. 자신의 감정을 말하지 않고도 감정에 대해
이야기할 수 있도록. 난 알베르토를 다시 원래 주제로 돌아가게 하
려다가 이것이 주제임을 깨달았다. 음악을 느끼고, 그 음악에 얽힌
추억과 우울감을 느끼며 그는 자신의 마음이 열리도록 내버려두
었다.

알베르토가 마음을 열자 나는 그가 상처받고 있다는 걸 느꼈
다. "미안해요." 내가 말했다. "난 그저 당신을 좀 더 알면 좋을 거
라고 생각했어요." 난 그에게 혹시 몸이 아프냐고 단도직입적으로
물어보려다가 너무 무례한 것 같아서 대신 이렇게 말했다. "예를
들어서 당신이 크리스티나를 어떻게 생각했는지 안다면 좋을 것
같아요."

알베르토는 한숨을 쉬었다. 느리고 슬픔에 잠긴 한숨이었다.
"크리스티나는 특별했어요. 내가 52헤르츠 고래라는 기분이 안 들
게 해줬죠. 나와 주파수가 같았어요."

나는 한쪽 눈썹을 치켜세웠다. "재미있네요."

"아뇨. 절대 그런 사이는 아니었어요." 알베르토는 잠시 주스를
바라보며 곰곰이 생각했다. "음, 맞아요. 약간은 그랬습니다. 우린
즐거운 시간을 보냈죠. 처음에는 서로에게 설레는 감정이 있었어
요. 크리스티나는 막 이혼했었고, 나도 아내를 잃은 지 얼마 되지
않았으니까요. 크리스티나는 내게 아주 잘해줬고, 마르타도 그녀

를 좋아했어요. 몇 주 동안 특별한 감정이었죠. 그런데 왜 이런 걸 묻는 겁니까?" 알베르토는 한쪽 눈썹을 치켜세우며 건방진 표정을 지었다. "내가 에스 베드라보다 더 강력한 마력을 가진 남자라서?"

난 자외선에 피부가 거칠어지고 수염을 기른 그의 얼굴을 장식하는 미소를 바라보았다. 알베르토에게는 무언가 특별한 점이 있는 듯했다. 어딘가 거칠고 순수하면서 엇박자 같은 면이 있었다. 짜증 나면서도 매력적인 고집 비슷한 것이었는데 이는 그가 단지 비유적으로 외로운 고래일 뿐 아니라 그렇게 되고 싶어 한다는 것을 암시했다.

알베르토는 내 마음을 읽고 있었다. "주류에 동화되면 내 정체성은 사라지는 겁니다. 안 그래요?"

"모르겠어요. 난 언제나 주류에 속하려고 노력했어요. 대세를 거스르고 싶지 않아요. 튀어봐야 나만 힘드니까."

"음, 이제 당신은 보통 사람과 달라요, 그레이스. 그리고 내 말 믿어요. 독특해지는 게 그렇게 나쁘지만은 않아요. 내 정체성을 확고히 할 수 있죠. 내가 누구인지도 알 수 있고요."

난 잠시 그와 눈이 마주쳤고, 알베르토 안의 무언가가 변하는 걸 느꼈다. 마치 갑자기 그가 자기 마음의 책을 펼치는 듯했다. 내가 읽을 수 있도록. 알베르토는 작은 테이블 위에 놓인 내 손을 잡았다. 거부감이 들지는 않았다. 순수한 친구 사이에 할 만한 행동이었다.

난 지금이 적당한 때라고 판단했다. "그날 병원에서 말이에요. 내 능력을 비밀로 해야 하니 나가야 한다고 당신이 그랬잖아요."

"네……."

"네, 하지만 당신은 갑자기 나가고 싶어 했어요. 근데 말이 안 되잖아요. 당신은 자신의 신념을 숨긴 적이 없어요. 그 신념에 관한 책까지 썼죠. 히피 마켓이나 슈퍼마켓 직원들도 당신과 당신이 주장하는 '황당한 이론'을 알고 있어요. 그런데 왜 우리가 병원에서 도망쳐야 했죠?"

알베르토가 머뭇거렸다. "누굴 봤습니다. 내가 아는 사람."

"의사죠? 내가 공항에서 봤던 의사."

오랫동안 침묵이 흘렀다. "네. 닥터 페레즈. 종양학과 의사. 난 그 자리를 피해야 했어요. 미안해요. 당신이 아는 걸 원치 않았습니다. 당신이든 누구든. 특히 마르타는. 미안해요. 솔직히 말했어야 했는데……."

"괜찮은 거예요?"

"췌장 검사는 전부 다 받았어요. 혈액검사, 초음파검사, 전부다……. 의사는 항암 치료를 권하지만 그녀는 몰라요. 내가 그 결과를 볼 수 있다는 사실을. 난 내 미래를 볼 수 있어요. 무슨 치료를 받든 내가 살날은 고작 일주일 정도 늘어날 뿐이에요. 길어야 3주. 앞으로 우리가 어떻게 행동하느냐에 따라 미래가 바뀔 순 있어요. 그건 사실이에요. 하지만 때로는 할 수 있는 일이 없기도 해요. 지금 당장은 난 괜찮아요. 하지만 결국은……."

난 뭐라고 말해야 할지 몰라서 다시 그의 손을 잡고 힘을 꽉 주었다. 마음의 벽이 무너졌고, 이젠 모든 걸 볼 수 있었다. 그에게는 기껏 두 달이 남았다. 그것도 길어야 두 달. 막판에는 병세가 빠르게 악화될 것이다. 그는 크리스티나를 따라 다른 세상으로 갈지 말지 아직 결정하지 않았다. 그의 슬픔이 내게로 흘러들었다. 하지만 이젠 단순히 슬픔만이 아니었다. 사실 슬픔은 점점 옅어졌고 감사와 안도감, 차분한 관조로 바뀌었다.

"난 누구도 속상하게 하고 싶지 않았어요."

"하지만 라 프레센시아가 있잖아요. 라 프레센시아는 치유 능력이 있어요. 그 능력으로 당신을 치유할 순 없나요?"

알베르토는 고개를 저었다. "라 프레센시아는 딱 한 번만 옵니다. 살라키아에 가면 다를 수도 있죠. 만약 내가 살라키아로 가는 편도 티켓을 받기로 한다면 병이 나을지도 몰라요. 누가 알겠어요? 가능할 겁니다. 몇 년은 더 살 수 있을 수도 있어요. 하지만 그렇다고 해서 나든 누구든 불멸의 존재가 될 수는 없어요. 지구인은 언젠가 죽어야 해요, 그레이스."

난 프란시스코가 살라키아에 갔다는 사실을 알게 됐을 때 알베르토가 보였던 반응이 기억났다. 그래서 그걸 알아내는 일이 알베르토에게는 그토록 중요했던 것이다. 탈출구가 될 수도 있기 때문이다.

나는 눈물을 참고 말했다.

"살라키아는 공기가 달콤해요. 바다는 경이롭고요. 거기에 어떤 생명체가 살지 상상해봐요."

이제 알베르토는 미소를 지었다. 진심으로 웃는 미소 같았다. "하지만 지금 난 여기 있어요. 여기도 공기가 좋고 바다는 아름답죠. 그래서 여기 남는 겁니다. 그리고 난 지금보다 더 살아 있다고 느낀 적이 없어요."

난 이제 알베르토의 마음속으로 완전히 들어갔다.

그의 마음은 활짝 열려 있었다.

탁 트인 초원처럼.

난 그에게로, 그의 마음속으로 들어갔고, 그와 함께 있었다. 우리는 그저 그렇게 앉아 있었고, 아무 말도 할 필요가 없었다. 우린 그저 함께 있었다.

서로를 이해하는 상태로.

같은 주파수로.

정말 좋았다.

우린 함께 오렌지주스를 한 모금 마셨다.

마르타와 열역학 제2법칙

마르타는 섬 북쪽의 대농원에 살았다. 조용하지만 살짝 정신없는 곳으로 정원에 무화과나무들이 있고, 고양이 여러 마리가 집 안팎을 돌아다녔다. 만약 내가 알베르토라면 이 집의 빈방에서 지내라는 딸의 제안을 당연히 받아들였으리라. 아틀란티스 스쿠버 사무실 바닥에서 염소가 뜯어 먹은 요에서 자는 것보다 확실히 한 단계 업그레이드된 숙소였다.

"마르타에게는 초감각 능력이 없어요." 알베르토가 비밀스럽고 민감한 문제라는 듯이 조용히 말했다. "라 프레센시아는 마르타에게 접근하지 않았어요. 하지만 마르타는 굉장히 똑똑한 아이죠." 마르타는 나바라 대학교에서 공부했고, 그곳에서 파트 타임으로 원격 강의를 했다. 나바라 대학이 '최고의 명문대'라고 자랑스럽게 말하는 알베르토의 모습은 평소 그가 학계 전반에 강한 불만을 품고 있었던 걸 생각하면 나조차도 귀엽다고 인정하지 않을 수 없었다. "나바라 대학은 천재, 스페인 총리, 극지 탐험가, 영화감독, 그리고 최고의 과학자를 배출하죠. 다들 마르타를 좋아합니다. 그리고 마르타에게는 탐구심이 있어요. 뛰어난 천체 물리학자이고, 다른 사람은 찾아낼 수 없는 논리를 찾아내죠. 누가 크리스티나를 죽이려 했는지 알고 싶다면, 마르타가 필요해요. 나보다 더 나을 겁니다."

"하지만 마르타는 모르죠?"

"네. 내가 말할 겁니다. 내 병에 대해서. 약속해요. 하지만 오늘은 아닙니다."

나는 한숨을 쉬었다. 이건 알베르토가 결정할 문제였다. 난 차에서 내렸다. 초저녁 태양은 오히려 여기서 더 뜨겁게 타올랐고, 소나무로 뒤덮인 계곡 주변 언덕에서 빛을 뿜어내는 듯했다.

"올라, 그레이스, 어서 오세요. 만나서 반가워요."

마르타는 자신의 아버지와 상당히 달랐다. 덜 특이했고, 덜 사교적이었으며, 더 내향적이었다. 아니다. 내향적이지는 않다. 이비사 역사상 가장 성공한 환경 운동가를 내향적이라고 하는 건 옳지 않다. 내가 곧 알게 되겠지만, 마르타는 수천 명 앞에 서서 생태 파괴의 위험성을 주장하고 사람들로 하여금 이를 막고자 행동하게 만들 수 있는 사람이었다(환경에 대한 마르타의 열정은 천체 물리학자로서 우주를 향한 호기심에서 비롯되었다). 내가 하고 싶은 말은 마르타에게는 고요한 분위기가 감돌았다는 것이다. 그녀는 불필요한 말을 할 필요가 없었다. 입을 열 때는—마르타는 말을 꽤 많이 했다—그럴 만한 이유가 있었다. 그녀는 한창 그림을 그리던 큼직한 마분지로 만든 피켓에서 고개를 든 채 우리를 보며 알베르토처럼 활짝 웃었다.

난 전에 마르타를 본 적이 있었다. 내가 공항에서 봤던 여자, 안경에 헝클어진 머리를 하고 아인슈타인 티셔츠를 입은 그 여자였다. 그리고 환영 속에서 크리스티나와 함께 있던 여자이기도 했다.

마르타는 그녀의 아버지처럼 청바지를 잘라서 만든 반바지에 '스페이스'라고 적힌 빛바랜 티셔츠를 입었다. 스페이스는 예전에 있었던 나이트클럽 이름이지만 또한 천체 물리학자에게 어울리는 로고이기도 했다. 나중에 알게 된 사실인데 마르타에게는 멋진 티셔츠가 아주 많았다. 또 스위스 출신의 건축가인 리나라는 여자친구가 있었지만 지금은 떨어져 지냈다. 내가 마르타를 처음 봤을 때 작별 인사를 하던 여자였다.

"당신을 본 적이 있는 것 같아요. 공항에서……." 내가 말했다.

마르타가 호기심 어린 미소를 지었다. "정말이요?"

아마 운전대를 잡았을 때 본 환영에도 그녀가 등장했다고 말하기에는 너무 이를 것이다.

다리가 세 개뿐인 고양이가 있었는데 녀석은 날 좋아하는 듯했다. 내 종아리에 머리를 비비며 따뜻하고 고양이다운 생각을 했다.

마르타는 알베르토보다 마음을 읽기가 더 쉬웠다. 미소를 지을 때마다 마음의 문이 열렸다. 그녀의 마음은 매우 복잡했다. 생각이 무성하게 자란 정신적 정원으로 황금빛 온기가 가득했으나 긴장감과 자신이 불완전한 존재라는 느낌이 있었다. 아니다. 그것과는 조금 다르다. 사람은 한 곡의 음악과 같다. 우리가 타인의 노래를 듣지 못하는 이유는 큰 소리로 연주하는 사람이 거의 없기 때문이다. 하지만 우리 마음은 자신만의 가락을 연주하고, 마르타의 경우에는 그 가락이 단조에 갇힌 듯했다. 모든 사람에게 주제가 있듯 마르타에게도 주제가 있었다. 내 주제는 늘 죄책감이었다. 마르타의 주제는 무시되는 것, 선택받지 못하는 것이었다. 마르타가 그토록 자주 라 프레센시아 근처에서 다이빙하고, 많은 시간을 연구했음에도 라 프레센시아가 그녀에게 접근한 적이 없다는 사실로 인해 그 주제는 더욱 강조되었다. 하지만 알베르토는 마르타가 말할 때마다 자랑스러운 표정으로 바라보았고, 자신의 딸을 그저 마법 같은 존재로 보았다.

우린 작은 정원의 무화과나무 그늘에 앉았다. 마르타가 유리 물병에 담긴 레드 와인을 가져왔다. 라디오에서 흘러나오는 음악이 부엌 창문을 통해 우리에게 전해졌다. 밥 딜런의 〈미스터 탬버린 맨〉. 난 마르타가 그리는 피켓에 적힌 글씨를 바라보았다. NOS ALZAMOS COMO EL OCÉANO. 우리는 파도처럼 일어선다. 그 위에는 지구를 꼼꼼하게 그려 넣었다.

"밥 딜런이 포르멘테라에서 몇 년 살았죠." 알베르토가 내게 말했다. "등대에서 살았는데……."

"파파, 그레이스는 밥 딜런 이야기를 하고 싶지 않을 거예요." 마르타의 목소리는 부드럽지만 단호했다. "말해봐요, 그레이스. 기분이 어때요? 그동안 무슨 일이 있었는지 아빠에게 다 들었어요. 정말 힘드셨겠어요."

"모르겠어요." 난 솔직히 말했다. "감당하기 힘들어요, 아무래도. 피켓이 멋지네요."

"아, 무차스 그라시아스(고맙습니다). 제 마음 가는 대로 그리고 있어요. 곧 시위가 있을 거예요."

"네, 들었어요."

마르타의 마음은 어둠 속으로 빠져들었다. "크리스티나도 시위에 참석하고 싶어 했죠. 크리스티나가 없어서 쓸쓸할 거예요. 하지만 그녀는 이제 살라키아에 있죠. 전 정말로 그렇게 믿어요. 그리고 지금은 그레이스가 여기 있고요."

"네."

나는 와인을 한 모금 마셨다. 입안에 태양과 대지의 맛이 감돌았다.

"받아들이기가 약간 힘들더라고요." 내가 마르타에게 말했다. "'외계 존재에게 초능력을 받는 거' 말이에요. 집에 갈 뻔했어요. 잉글랜드로."

"왜 마음이 바뀌었나요?"

내가 대답할 틈도 없이 고양이가 내 무릎으로 뛰어올랐다.

"그 녀석은 산초예요." 마르타가 말했다. "원래 낯선 사람을 좋아하지 않아요. 영광으로 생각하셔야 해요."

난 고양이에게서 발산되는 사랑을 느꼈다. 일반적으로 고양이는 왠지 개보다 덜 사랑스럽다는 오해가 있는데 이건 완전히 잘못된 생각이다. 고양이가 주는 사랑은 갑작스럽고 따뜻하다. 다만 도덕적이거나 윤리적인 원칙에서 완전히 벗어난다. 그야말로 이유 없는 사랑이다. 순전히 재미로 하는 사랑. 현재에만 존재하는 사랑. 하지만 그래도 어쨌든 사랑이다.

"에스 베드라에 지으려는 호텔을 반대하는 시위죠?"

"네."

마르타는 다시 피켓에 그림을 그렸다. 두 번째 지구를 그리는 중이었다. "외계인 이야기가 나왔으니 말인데……. '소산 추동 적응'의 개념을 아세요?" 마르타의 영어는 오히려 아버지보다도 훨씬 더 유창했다.

난 고개를 저었다. 내 머릿속 어딘가에 이 개념이 있을 가능성이 매우 높기는 했다. 요즘에는 모든 것이 그랬다. 하지만 찾아내려면 여전히 노력해야 하는 것들이 있었다. 게다가 마르타에게는 천체 물리학이 안식처인 듯했다. 내게 수학이 그렇듯이. 난 마르타가 직접 해주는 설명을 듣고 싶었다.

"음, 기본적으로 그 개념은 생명의 발생이 얼마나 필연적인지 설명해주죠. 전통적으로 사람들은 생명의 발생이 불가능하며 지구만 그 법칙의 예외라고 믿었어요. 인간의 탄생은 예상치 못한 우연이었죠. 열역학 제2법칙은 모든 시스템에서 무질서가 증가한다는 법칙이에요."

"난 예전에 학생들을 가르쳤어요." 무화과나무에 매달린 싱싱한 무화과를 바라보며 내가 말했다. "그 법칙이 실현되는 걸 봤죠."

난 다시 마르타를 돌아봤다. 그녀는 미소를 지으며 안경을 코 위로 밀어 올렸다. 그녀의 턱에 초록색 페인트가 살짝 묻어 있었다. "생명이 발생하려면 무질서의 반대가 필요하기 때문에 불가능하다고 본 거예요. 생명은 무질서 속의 질서거든요. 온기로 변하는 냉기죠. 그래서 외계 생명체가 존재할 가능성은 과학적으로 희박하다고 봤어요. 그러다 새로운 가설이 등장했어요. 사실은 원자 그룹에 열이 가해지면 원자들이 그 에너지를 받아들이기 위해 스스로 조직화된다는 가설이었죠. 무질서가 아닌 질서가 발생한다는 거예요. 따라서 그 가설에 따르면 생명은 우주의 질서 속에서 필연적으로 발생하죠. 이제 생명은 우주의 법칙에 따른 논리적인 결과로 간주돼요. 예전에는 바보들만 외계인을 믿었고, 지식인들은 무시했죠. 지금은 그 반대예요. 아시겠죠? 이 과정이 수백만 번 반복된다면 생명의 발생은 피할 수 없어요. 그리고 라 프레센시아는 기본적으로 은하계 활동가예요. 그것은 생명체를 보호하려고 여기에 왔어요. 또한 스스로 조직화했죠. 우리도 그래야 해요. 그 거지 같은 호텔에 반대하는 우리 시위도 그렇게 될 거예요. 생명을 지키기 위해 원자처럼 스스로 조직화하는 사람들."

"원자처럼." 알베르토가 중얼거렸다.

마르타는 아버지를 바라보았다. 그녀의 얼굴에 약간의 걱정이 떠다녔다. "내가 준 선크림은 바르고 있죠?"

"응. 응. 매일 바른다. 난 원래 로션을 바르는 사람이 아니에요, 그레이스. 피부 미용에 신경을 쓴 적이 없죠. 바다가 내 욕조예요. 하지만 마르타가 날 걱정하더라고요. 그리고 코코넛 냄새가 좋아서 매일 바르죠."

마르타는 그 말에 만족스러워했다.

"우린 대략 천억 개의 별이 있는 은하계에 살고 있고, 각 별에는 적어도 하나의 행성이 궤도를 돌기 때문에 은하계에는 수많은 행성이 있죠." 마르타가 말했다. 이제 그녀는 활기가 넘쳤다. 그녀의 감정이 느껴졌다. 마르타의 얼굴에 초점을 맞추자 그녀의 기억이 보였다. 학교에서 UFO에 관한 책을 읽다가 놀림당한 기억이었다.

"그리고 그 별 중 100억 개는 우리 태양과 같고, 20억 개는 생명체가 살 수 있는 조건이 우리와 비슷한 태양계외 행성을 가지고 있어요. 무려 20억 개요." 이제 알베르토는 단지 자부심만이 아니라 다른 감정으로 딸을 바라보았다. 그의 눈에 슬픔이 어렸다. "파파." 마르타가 말했다. "에스타 비엔(괜찮아요)?"

"응. 응. 난 괜찮다. 아무 일도 아니야."

감정에 북받쳐 갈라진 목소리였다. 그는 자리에서 일어나 무화과를 비틀어 땄다. 내가 바라보던 무화과였다. "불가능한 생명체라는 게 사실은 그렇게 불가능하지 않아요. 외계인은 어디에나 있습니다. 그리고 많은 사람이 지구에서 두 눈으로 그들을 봤어요. 하지만 다들 믿지 않죠."

알베르토는 내게 무화과를 건넸다. 난 그걸 바라보았다.

"한번 먹어봐요." 그가 말했다.

그래서 난 그렇게 했다.

무화과

햇살을 받아 따뜻하고 부드러운 무화과를 나무에서 따서 바로 먹는 것만큼 특별한 경험은 없단다. 통째로 먹어보렴. 전부 다. 껍질, 보라색 과육, 씨. 신성한 맛이야. 무화과를 통째로 먹어봐라. 그게 내 충고야. 기회가 있을 때 나무에서 따서 바로 먹어라.

엘비스 프레슬리와 깨진 유리잔

무화과를 음미하고 나니 라디오에서 들었던 말이 생각났다.

"골디락스 영역●이죠."

"네." 마르타는 재빨리 고개를 끄덕이며 붓을 내려놓고 와인 잔을 집어 들었다.

난 불길한 예감이 들었다.

나쁜 느낌이라는 사실 외에는 전혀 이해할 수 없는 감정이었다.

그것은 경계심이었다. 갑자기 무언가 잘못되었다는 경계심. 알베르토의 눈이 휘둥그레졌다. 그도 나와 같은 걸 느꼈는지, 아니면 그걸 느끼는 날 느낀 건지 확실하지 않았다.

"너무 뜨겁지도 않고, 너무 차갑지도 않고……." 이 상황을 전혀 모른 채 마르타가 말을 이었다. "골디락스가 좋아했던 죽이랑 똑같죠. 그리고 골디락스 영역에 있는 20억 개의 행성은 많은 숫자예요. 20억 개 중에 지구에만 생명체가 있다고 믿는 게 이성적으로 훨씬 더 어렵죠. 그리고……."

● 《골디락스와 곰 세 마리》라는 동화에 나오는 소녀 골디락스는 숲에서 길을 잃고 헤매다가 오두막 하나를 발견한다. 안에 들어가자 죽 세 그릇이 놓여 있었는데, 첫 번째 죽은 너무 뜨겁고 두 번째 죽은 너무 차가웠으나 마지막 세 번째 죽은 너무 뜨겁지도 차갑지도 않은 딱 적당한 온도였다. 골디락스 영역은 여기서 비롯된 용어로 생명체가 거주하기에 적당한 온도와 환경을 갖춘 영역을 뜻한다.

그때 마르타가 손에 쥔 유리잔에 이상한 일이 생겼다. 마치 거미가 거미줄을 치듯 유리에 금이 갔다. 처음에는 마르타가 잔을 너무 꽉 쥐어서 그럴 거라고 생각했다.

"조심해요. 유리잔."

하지만 그게 아니었다.

만약 마르타가 잔을 너무 꽉 쥐었다면 그 즉시 깨졌으리라. 이건 뭔가 달랐다. 금이 간 유리잔을 의도적으로 보여주었다. 연출이었다. 부자연스러운 현상으로 주목받기를 바라는 듯했다. 마르타는 그 광경에 너무 넋이 나가고 혼란스러워 잔을 계속 손에 든 채 그저 바라보기만 했다. 그러다 마르타가 정신을 차린 순간 잔이 완전히 깨지면서 레드 와인이 피처럼 피켓에 뚝뚝 떨어졌고 마분지에 스며들었다.

마르타는 깜짝 놀랐다. "케 미에르다(이게 뭐야)?"

피켓은 망가졌다. 이제 피켓에 그린 지구는 화성처럼 붉게 물들었다.

"괜찮니?" 알베르토와 내가 서로 다른 언어로 동시에 물었다.

"뭐가 어떻게 된 거죠?" 마르타가 물었다.

알베르토는 덤불이나 무화과나무 사이에 누가 있는지 보려고 주위를 둘러보았다.

그러자 또 다른 일이 일어났다.

라디오.

라디오에서 흘러나오던 밥 딜런 노래가 멈추더니 시끄러운 치지직 소리가 났다.

그 잡음은 서서히 음악으로 변했다. 다른 노래였다. 엘비스 프레슬리의 〈하트브레이크 호텔〉. 하지만 처음이 아니라 곧바로 중간부터 나왔다. 윗입술을 들어 올린 엘비스의 목소리가 불길한 위협과 함께 따뜻한 공기를 타고 떠돌았다.

내가 유리 조각을 줍기 시작하자 마르타가 부엌으로 가서 라디오를 끄더니 행주와 쓰레받기, 빗자루를 들고 돌아왔다.

알베르토는 와인이 스며든 마분지를 바라보았다.

"이건 경고야. 크리스티나를 죽이려고 했던 자의 소행이야." 그는 인상을 쓴 채 걱정스러운 표정으로 딸을 바라봤다. "네가 그만두기를 바라는 거다. 시위는 그만둬라, 마르타."

"파파, 바보 같은 소리 마세요." 마르타가 그에게 말했다. 저 말을 한 것이 이번이 처음이 아닌 듯했다.

'다른 사람들이 위험하니까……'

크리스티나는 그렇게 말했다.

난 무섭지 않았다. 비행기를 타지 않아서 다행이라는 생각이 들었다. 이 섬에 내가 필요한 것 같았다.

내가 산초를 쓰다듬는 동안 생각 하나가 머릿속을 맴돌았다. "크리스티나가 그 시위에 참여하고 싶어 했다고 했죠?"

마르타는 유리 파편을 쓸어 모았다. "그랬어요. 시위를 어떻게 해야 할지 아이디어를 내줬죠."

"전에도 함께 시위했나요?"

"여러 번이요."

"그런데 이번에는 누구에게 항의하는지 정확히 모르죠? 어떤

326

호텔인지?"

"네. 모든 게 철저히 비밀에 부쳐졌어요. 그저 지방 정부에서 개발 계획을 승인했다는 사실만 알아요."

"에잇스 원더." 내가 말했다.

"그 호텔이 왜요?"

"예전에 그 호텔을 지을 때도 시위했죠? 칼라 욘가에 있는 호텔."

마르타는 날 보았다. 알베르토도 날 보았다. 집단적 깨달음이었다.

"염소 사건 알죠?" 내가 두 사람 모두에게 물었다. "호텔 개발을 위해 에스 베드라에서 총에 맞아 죽은 염소들 말이에요."

알베르토는 고개를 끄덕였다. 그의 얼굴에 얼룩덜룩한 그림자가 드리워져 있었다. "네. 당신을 본 순간에 알았죠. 랍스터 사건 후에요."

마르타는 깨진 유리잔보다 그 사건에 더 심난해했다. "왜 염소를 다른 곳으로 옮기지 않았을까요?"

"명령을 내린 사람에게는 염소가 어떻게 되든 상관없었으니까요." 내가 말했다. 추측이었다. 나도 확실히 알 수는 없었지만 점점 더 그런 듯했다. "사실 꽤 즐겼을걸요."

"앞으로 어떻게 될까요?" 알베르토가 궁금해했다.

"글쎄요. 사실 그때 총을 쏜 사람들은 보트에 타고 있었어요. 보트에 작은 로고가 있었는데 난 머릿속에서 볼 수 있었죠."

마르타는 고개를 저었다. "지방 정부가 어리석긴 해도 그 정도는 아닐 거예요. 칼라 욘가 호텔 건으로 그 난리를 겪었는데 설마요. 에잇스 원더는 이 섬에 발을 들인 회사 중에 아주 최악이에요. 정부에서 절대 에잇스 원더에 허가하지는 않았을⋯⋯."

마르타가 말끝을 흐렸다. 그녀는 유리 파편이 가득 담긴 쓰레받기를 들고 있었다. 무화과나무 가지가 드리운 그늘이 그녀의 얼굴을 장식했다.

　"크리스티나를 찾아간 남자가 있었어요." 내가 말했다. "크리스티나의 손님이 한둘이 아니긴 했지만 이 남자는 부유한 호텔 경영자였죠. 내가 이 섬에 온 첫날 택시 운전사에게 들었어요. 이름이 A로 시작하는 남자라고 하더군요. 처음에는 그 A가 알베르토를 의미하는 줄 알았어요. 하지만 운전사 말로는 남자가 옷을 잘 차려입었다더군요."

　"내 옷이 어때서." 알베르토가 자신의 낡은 반바지를 내려다보며 투덜거렸다.

　"그 남자는 세상에서 가장 비싼 레스토랑에 다녀오는 길이라고 했대요. 그 남자와 관련된 크리스티나의 기억에 접근하려고 했지만 할 수가 없었어요. 막혀 있어요."

　거품이 부글부글 일어나는 가마솥처럼 마르타의 머릿속에서도 여러 생각이 일어났다. "세상에서 가장 비싼 레스토랑. 하드록 호텔에서 운영하는 곳이에요. 가상현실 체험을 할 수 있죠. 사기예요. 돈 많은 관광객과 멋지게 차려입은 DJ를 위한 곳…… 돈을 헤프게 쓰는 사람을 위한 곳이죠."

　난 칼을 생각했다. 칼이 이 이야기를 들었으면 혀를 찼으리라. 한 피자 체인점에서 피자 한가운데 커다란 구멍을 뚫고 그걸 다이어트용 피자라고 판매하는 걸 보고 칼이 코웃음을 쳤던 기억이 떠올랐다("대중을 얼마나 멍청하게 봤으면 저런 짓을 하는 거야?"). 레스토랑에 대해 불평하는 일이 그의 취미 중 하나였다. 취미 삼아 투덜대기.

"서브머린. 그게 그 레스토랑 이름이죠." 알베르토가 말했다.

"아뇨." 마르타가 정정했다. "이비사에 서브머린이라는 레스토랑은 없어요. 서블리모션이에요."

"서브머린으로 바꾸라고 해. 무슨 레스토랑 이름이 서블리모션이야?"

마르타의 마음은 짜증난다는 듯이 눈을 굴렸다. "파파, 포르 파보르(부탁이에요). 집중하세요."

알베르토는 한숨을 쉬었다. "자, 너무 성급하게 결론을 내리면 안 돼요. 크리스티나가 미래를 예측했기 때문에 많은 사람이 그녀에게 관심이 있었죠. 크리스티나는 거의 매일 사람들의 인생을 바꿔놓았어요. 히피 마켓 타로 부스에서. 때로는 자기 집에서. 난 늘 그걸 부정적으로 생각했지만 그게 그녀가 사람을 돕는 방법이었죠……."

난 고개를 저었다. "가여운 크리스티나를 죽이고 싶어 했던 사람은 미래를 아주 확신하고 있었어요. 그래서 크리스티나를 죽이고 싶어 했던 거고요. 그녀는 그들이 하고자 했던 일을 막으려 했어요. 크리스티나가 막으려 했던 일이 뭔가요? 이비사섬의 자연이 파괴되는 거죠."

"맞아요." 마르타가 말했다. "그리고 최악의 개발업체는 에잇스 원더죠. 아트 버틀러가 운영하는."

"A가 아트의 A로군." 알베르토가 중얼거렸다.

마르타는 고개를 끄덕였다. "친환경 휴양지랍시고 금전적 여유가 있는 사람에게 명상과 크라이오테라피,* 바이오 해킹,** 숯 스무디를 제공하죠. 이런 위선적인 친환경 호텔은 환경에 미치는 영향을 최소화해 윤리적이고 지속 가능한 방식으로 재료를 조달한다는 레스토랑이 완비됐지만 이상하게 늘 예전 자연보호구역에 세워졌죠. 앞에서는 지속 가능성을 떠들어대면서 뒤로는 미처리 하수를 지중해에 불법 방류하고요."

마르타는 무릎을 꿇고 있었지만 등과 허리를 똑바로 펴고 있었다. 뭔가를 골똘히 생각하는 중이라는 뜻이었다. 그러더니 머리카락 한 가닥을 귀 뒤로 넘겼다. "아트 버틀러는 미국에 호텔 두 개가 있고, 작년에는 발리에 하나를 오픈했어요. 하지만 시작은 이비사였죠. 이젠 이비사에만 호텔이 일곱 개예요. 그에게는 늘 여기가 시험장이었죠. 이비사는 예전부터 사람들에게 야망이 실현되는 장소였어요. 여기서 성공하면 그 핵심을 가져다가 다른 곳에 복제하죠. 늘 그런 식이었어요. 디스코클럽, 비치클럽, 농가 체험, 웰빙 휴양지, 뭐든지요. 이비사의 천국 같은 자연을 개발해 상품을 만들어 떼돈을 버는 거죠."

알베르토는 고개를 끄덕이며 왜 그 연관성을 몰랐는지 의아해했다. 크리스티나가 반대 시위를 했던 대상이 그녀를 위험에 빠뜨렸을 거라는 뻔한 사실을 깨닫지 못하도록 막는 힘은 무엇이었

- ● 신체의 특정 부위나 전신을 극도로 낮은 온도에 노출해 다양한 건강 효과를 얻는 치료법.
- ●● 과학 기술을 총동원해 건강을 극대화하는 방법. 주로 식단과 영양에 중점을 둔다.

을까? 알베르토가 그 연관성을 찾아내지 못했던 이유는 아마도 아트 버틀러가 의도적으로 방해했기 때문일 거라고 그는 추측했다. "그 거물급 영국인." 알베르토가 혼잣말로 중얼거렸다. 그러더니 다시 이렇게 말했다. "우리가 이걸 막아야 해…… 우리가 막아야……."

마르타는 그 말을 듣지 못했다. "이비사에서 아트 버틀러는 하수를 방류해 바다를 오염시켰고, 새와 식물이 멸종하는 데 일조했고, 생태계를 훼손했고, 노동자를 착취했어요. 환경을 전혀 신경 쓰지 않으면서 그런 척만 하죠."

"하지만 그렇다고 해서 정말 그가 크리스티나를 없애려고 했을까? 그건 비약이야."

"아트 버틀러는 대단한 영향력을 행사하는 사람이에요." 마르타가 불길하게 말했다. "그리고 돈도 많죠. 다른 사람이라면 극복하지 못할 장애물을 극복해왔어요. 보호구역이 갑자기 해제되기도 하고, 그는 늘 동물과 서식지를 보존하겠다고 약속하지만 개발 계획이 진행되자마자 모든 게 파괴되죠. 우리가 아는 한 그는 인간이지만, 만약 인간이었다면 크리스티나는 그가 자신을 죽이려 한다는 걸 알았을 거예요. 하지만 크리스티나는 알지 못했죠. 무언가가 그 사람을 보지 못하도록 막는다고 했어요. 얼굴이 없다고."

난 내가 봤던 환영을 떠올렸다. 얼굴 없는 사람과 손에 돈을 쥐고 있던 민방위대 경관. 마르타의 기분이 한층 더 어두워지는 게 느껴졌다.

"이 섬에 정치인이 있었어요." 마르타가 말했다. "리카르도 마르티네스. 에잇스 원더 측에서 세스 페이세스 습지 옆에 신청한 리조트 건축 허가를 막았다가 의문사했죠."

"끔찍하네요." 내가 말했다. "하지만 연관성이 있다고 보기에는……."

내가 이 대화에서 현실적으로 이해할 수 있는 논리를 사용한 것은 이때가 마지막이었다. 바로 그 순간에 내가 알던 현실이 완전히 붕괴되었고, 이제부터 논리에는 초자연적 요소도 포함해야 한다는 걸 깨달았기 때문이었다. 그때 마르타의 주머니에서 휴대전화가 진동했기 때문이었다.

문자메시지였다. 간단한 영어로 적혀 있었다. '살고 싶으면, 멈춰.'

섬뜩한 정적이 흘렀다. 우리는 숨을 죽였고, 주변 공기가 조여드는 듯했다. 마르타의 손이 떨렸다.

"젠장." 마르타가 숨을 내쉬었다.

"그자야." 알베르토가 겁에 질려 말했다. 그러더니 마치 아트 버틀러가 무화과나무 뒤에 숨어 있다는 듯 고개를 이리저리 돌려댔다.

"어떻게 한 거죠?"

"모르겠어요. 하지만 보통 사람은 아니에요. 특별한 힘이 있어요."

"시위를 말하는 거예요. 내가 시위를 그만두기를 바라는 거예요."

"그럼 그만둬야지." 알베르토가 여전히 패닉에 빠진 채 말했다. 그의 입은 부드럽게 움직이며 단어를 만들었지만 목소리는 거의 나오지 않았다. "내 말이 그 말이야. 우린 그만둬야 해. 그자는 아마 섬 어디에서든 자기가 원하는 대로 할 수 있을 거다. 시위를 그만두는 게 현명할 것 같구나."

나도 동의할 수밖에 없었다. "시위를 그만둬요. 그렇게 해요, 마르타. 이건 아버지 말이 맞는 것 같아요."

　"파파, 그건 불가능하다는 거 알잖아요."

　"불가능한 일은 언제나 가능하게 만들 수 있어. 그 문자를 보낸 전화번호가 뭐였지?" 알베르토가 그렇게 묻더니 딸과 함께 목을 빼고 문자를 바라보았다. "번호가 이상하구나. 2, 7, 1, 8, 2, 8, 1……."

　"잠깐만요!" 내가 그의 말을 막았다. "그건 일반 전화번호가 아니에요. 난 그 숫자를 알아요. 2.71828182…… 그렇게 계속 이어지죠."

　"저도 알아요." 마르타가 말했다. 그녀는 물리학자니 수학을 잘 알 것이다.

　난 고개를 끄덕였다. "오일러의 수예요. 자연상수 e. 자연로그 밑에 들어가는 수죠. 사업가들이 가장 좋아하는 수예요. 어떻게 해야 복리를 이용해 자기 재산을 기하급수적으로 불릴 수 있을까 계산할 때 사용되죠. 부자가 더 부자가 되는 이유를 설명해주는 수학적 숫자를 하나 알고 싶다면 바로 이거예요. 또 다른 징후죠. 그자도 알아요. 이게 실제 전화번호가 아니라는 걸 우리가 알아내리라는 걸……. 우리에게 조심하라고 경고하는 거예요."

　알베르토가 땅바닥에서 와인에 젖은 피켓을 줍자 마르타는 그걸 바라보았다. "기하급수적 성장. 그자가 원하는 건 그것뿐이에요. 그런 인간이죠."

　머릿속이 빙빙 돌았다. "허가해준 사람이 누구죠? 그러니까 에스 베드라 개발 허가 말이에요."

"아, 음, 소피아 토레스였어요. 이 섬에서 가장 영향력 있는 정치인이죠."

알베르토는 망가진 피켓에서 와인을 털어내려 했다. "이 섬에서 토레스를 모르는 사람이 없죠. 매일 저녁 똑같은 해산물 식당에서 저녁을 먹습니다."

"거기가 어딘데요?"

"엘 페스카도르. 올드 타운에 있어요."

수학 선생으로서 난 문제를 풀려면 올바른 순서로 풀어야 한다는 사실을 알고 있었다. 그리고 만약 알 수 없는 요소와 주어진 값이 있다면, 전자가 아니라 후자부터 시작해야 한다. 왜냐하면 전자는, 음, 알 수 없기 때문이다. 여기서 알 수 있는 요소는 소피아 토레스였고, 따라서 거기서부터 시작하는 것이 합리적이었다.

"그 식당에 가야 해요." 난 다급하면서도 모험심이 발동했고 우스꽝스러운 기분으로 말했다. 다시 한번 막스앤스펜서를 입은 돈키호테가 된 기분이었다. "오늘 저녁에 거기로 가야 해요."

마인드피싱

우리는 내가 모는 차를 타고 이비사 타운으로 갔다. 멀리 언덕 꼭대기에 요새화된 구시가지 달트 빌라가 보였다. 밤을 향해 서서히 어두워지는 하늘 아래, 성벽과 깔끔하게 각진 요새 뒤로 건물이 옹기종기 모여 있었다.

알베르토와 마르타는 가는 내내 스페인어로 다퉜고, 난 그들이 하는 모든 말, 그리고 하고 싶었지만 하지 않은 모든 말을 알아들을 수 있었다. 이제 난 마치 여기서 태어난 사람처럼 스페인어에 능통했다.

알베르토는 거듭 고개를 저었다. "내일 시위는 하면 안 돼."

"할 거예요. 이미 다 정해졌다고요."

"사람들에게 전화해." 알베르토의 목소리는 걱정으로 잔뜩 긴장돼 있었다. "부탁이다, 마르타. 아드리아와 다른 사람들에게 전화해서 시위에 나오지 말라고 해. 인터넷에 공지도 올리고. 사람들에게 오지 말라고 해. 아트 버틀러의 정체가 뭐든 우린 그의 상대가 안 돼."

"아빠는 살인자와 환경 파괴 테러리스트를 그렇게 대하세요? 그들의 요구에 순순히 굴복한다고요? 아뇨, 파파, 전 할 거예요."

"난 네 아빠고, 널 보호하는 게 내 임무야."

"전 인간이고, 지구를 보호하는 게 제 임무예요."

"넌 구제 불능이구나."

"아뇨. 아빠가 구제 불능이죠."

어떤 상황인지 짐작이 갈 거다. 가족 간의 말다툼. 두 사람의 마음은 서로에 대한 사랑과 염려로 가득했다. 이것이 텔레파시의 장점 중 하나임을 난 깨달았다. 서브 텍스트가 텍스트가 되고, 보이지 않는 것이 보이게 된다. 사랑과 친절이 때로는 분노와 경멸로 포장될 수 있음을 보여주었다. 마르타는 정말로 전혀 두려워하지 않았다.

"즐겁게 지내자고요." 그녀가 도전적으로 말했다. "날씨도 좋잖아요. 우리 모험을 해봐요, 그레이스. 세상을 구하자고요."

"모험이요?" 난 그렇게만 말했다. 마치 내가 나 자신을 모험으로 초대하는 듯했다.

어쨌든, 모리스, 우린 뉴타운 가장자리에 있는 주차장에 주차했다. 난 칼이 늘 추천했던 대로 후진 주차를 했고, 남편이 만족스러워하는 모습을 상상했다.

우리는 엘 페스카도르로 갈 계획이었지만 일부러 멀리 떨어진 곳에 주차했다. 오랫동안 걸으며 많은 사람을 지나치고 싶었다.

마르타가 얼굴을 찡그렸다. "왜 여기에 주차한 거죠?"

"마인드피싱을 해야 하니까." 알베르토가 말해주었다. "뭐 내가 아니라 그레이스가 할 거지만. 나도 내가 할 수 있는 일을 할 거다. 이비사 타운은 마인드피싱을 하기에 딱 좋아. 소피아 토레스 말고도 여기 있는 누군가가 아트 버틀러의 계획이나 어디에 가야 그를 볼 수 있는지 틀림없이 알고 있을 거야."

바쁜 저녁이었지만 오히려 우리 목적에는 더 좋았다.

사람들을 지나치는 동안 나는 나비 같은 그들의 생각을 포착했다. 그리고 나비가 그렇듯이 어떤 생각은 다른 생각보다 더 예뻤다.

"수상한 게 있으면 경계하세요." 알베르토가 말했다. "우리에게 필요한 정보는 어떤 마음에서든 나올 수 있으니까요……."

중심부에 가까이 갈수록 군중은 더 늘어났다.

한 여자는 쇼윈도에 전시된 노란 여름용 원피스를 바라보며 그 옷을 입은 자신의 모습을 상상했고, 신용카드 한도를 좀 더 늘릴 수 있을지 생각했다.

한 아이는 풀이 죽어 왜 부모님이 토끼를 키우지 못하게 하는지 궁금해했다.

한 남자는 배가 나온 것을 걱정했다.

또 다른 남자는 카지노에서 보낼 밤을 미리 생각하며 어젯밤 자신의 돈을 따간 남자에게서 다시 돈을 따오는 상상을 했다.

한 여자는 지금 손을 잡은 남자보다 더 세심한 애인에게 느꼈던 오르가슴을 떠올렸다.

속이 울렁거리는 한 관광객은 홍합을 주문했던 걸 후회했다.

한 남자는 미소 짓고 있었지만 마음속으로는 절박했다.

한 10대 청소년은 휴대전화를 들여다보면서 자신도 이 동영상 속 춤추는 사람처럼 생겼으면 좋겠다고 생각했다.

한 젊은 커플은 숙소인 에어비앤비가 시내와 좀 더 가까웠으면 좋겠다고 동시에 생각했다.

한 바텐더는 야외 테이블을 닦으며 아르헨티나로 돌아가 변호사와 결혼한 옛 애인을 그리워했다. 마르타는 그 남자와 아는 사이였으므로 그에게 인사했다.

"아스타 마냐나(내일 봐요)!" 남자는 그렇게 말하며 내일 시위를 손꼽아 기다린다고 말했다.

"네. 내일 봐요."

개 한 마리가 주인에게 목이 마르다는 사실을 전하려 했다.

바퀴벌레 한 마리가 먹이를 찾아 일찌감치 밤 외출에 나서 술집 옆 깃대를 따라 허둥지둥 달려갔다. 바퀴벌레의 마음은 거의 인간 수준의 공포와 욕망, 허기로 가득했다.

아주 불안해하는 한 남자도 있었는데 그는 죽음을 극도로 무서워했다. 하지만 그의 삶은 읽기가 아주 쉬웠던 터라 나는 그가 앞으로 53년간 죽지 않는다는 사실을 알 수 있었다. 게다가 그는 교토의 고급 호텔에서 자는 도중에 고통 없는 죽음을 맞이할 터였다.

약에 취하고 싶어 하는 세 청년이 있었는데 그중 하나는 친구에게 사랑한다고 고백할 수 있기를 몰래 바랐다.

사과와 빵이 가득 든 캐리어를 들고 가는 한 여자는 집세로 낼 돈이 부족해서 걱정이었다.

어머니가 병원에 입원했는데 자신은 휴가를 왔다는 사실에 죄책감을 느끼는 사람도 지나쳤다. 내게도 익숙한 죄책감이었다. 재미와 즐거움에 대한 죄책감.

나와 동갑인 사람도 지나쳤다. 심각한 우울증에 빠진 스페인 여자였는데 이 세상에서 사라지고 싶어 했다.

난 칼의 장례식이 끝나고, 원하는 것이라고는 오로지 이 세상에 더는 존재하지 않는 것뿐이었던 날들을 생각했다. 당시 난 하나의 개념과 숫자로서의 0에 매료되었다. 고대 이집트인들은 0을 상형문자로 표시했다. 그 상형문자는 아름다움을 뜻하는 상형문자로도 사용할 수 있었다. 당시에는 그 사실이 매력적으로 느껴졌다. 아름다움은 무(無)였다. 무언가 존재하는 순간 문제가 따르기 마련이다. 그리고 고통도.

내가 늘 우울한 기분으로 살았던 이유는 그것이 세상에 대한 도리라고 생각했기 때문이다. 그것이 내 논리였다. 세상에 대한 도리가 아니라면 적어도 죽은 남편과 죽은 아들에 대한 도리.

난 그냥 행복해지면 안 되는 사람이라고 믿었다. 이젠 그런 기분이 들지 않아서 정말로 다행이었다. 하지만 그런데도, 이비사 타운을 가로질러 걷는 동안 희미한 죄책감이 남아 있었다. 한번 마분지에 생긴 얼룩은 아무리 햇볕에 말려도 완전히 사라지지 않듯이.

상심과 숙취

우리는 계속 걸었다. 나는 마주치는 모든 것에서 알아낼 수 있는 모든 것을 알게 되었다. 모래 한 알을 충분히 이해하면 우주 전체에 대해 말할 수 있듯이.

우리는 올드 타운까지 가는 가장 먼 길을 걸어서 그란 호텔 몬테솔의 버터색 외관을 지났다. 난 이 호텔이 섬에서 가장 오래된 호텔이라는 사실을 알았을 뿐 아니라, 아르데코풍으로 만든 호텔의 둥근 모퉁이를 지날 때 세월의 숨결을 느낄 수 있었다. 호텔 모퉁이에서는 세련된 세계 각지의 군중이 캐노피 아래 야외 테이블에 앉아 사람들을 바라보았다. 바라보긴 했지만 나와는 달리 타인을 이해하지는 못했다.

왜냐하면 난 마치 방종과 경험이 활기찬 에너지를 내뿜는 구름 속을 걷는 듯했고, 그 안에서는 건물과 몸에서 말 그대로 기억이 새어 나왔기 때문이었다. 우리는 부둣가로 우회해 의류점과 서서히 손님이 들어차는 식당들, 푸짐한 아이스크림을 먹으며 작은 개를 데리고 산책하는 사람들을 지났다. 상심과 숙취, 지루함과 자극을 지났다. 사랑과 상실, 후회와 수치심, 희망과 절망, 스트레스와 소화불량, 경건함과 난잡함, 열망과 수용을 지났다. 돈, 음악, 슬픔, 반려동물 돌보미, 쑤시는 치아, 약한 방광, 허리 통증, 이명에

대한 생각을 지녔고, 복근에 힘을 준 사람도 지녔다. 아이올리 소
스에 호밀빵, 현지 향토 와인이 주는 소박한 즐거움도 지녔다. 인
공지능 혁명에서 인간이 살아남을 수 있을지 궁금해하는 스웨덴
여자도 지녔다. 신발에 붙은 껌처럼 사람들 머릿속에 콕 박힌 노
래 한 구절, 광고와 바이럴 동영상 한 장면, 원치 않는 대화 한 토
막도 지녔다. 바닷가에서 읽을 책과 비행시간을 생각하는 관광객
들도 지녔다. 한때 키아누 리브스처럼 생겼다는 말을 들었던 남자
도 지녔는데 그는 자신의 셀카 사진을 뒤지며 정말로 키아누 리
브스와 닮은 사진을 찾고 있었다. 눈을 어떻게 깜빡거려야 할지 고
민하던 파리에서 온 발레리나도 지녔다. 가로등 옆에서 온라인 체
스를 두며 퀸을 잡던 이비사 현지인도 지녔다. 자신이 우슈아이아
클럽의 DJ이고, 호텔 수영장 주위에서 춤추는 열광적인 군중을 위
해 디제잉한다고 상상하는 남자도 지녔다. 그날 밤 하이 클럽에서
그리고 24시간 뒤에는 시누아라는 고급스러운 클럽에서 공연이
예정된 실제 DJ도 지녔다. 그가 착용한 주얼리는 눈이 부셨지만
그의 마음은 싱가포르를 경유한 비행으로 인한 시차 때문에 멍한
상태였다. 그는 시카고에 있는 스무 살 딸이 그리웠고, 벤치에 홀
로 앉아 맛도 모른 채 버거킹 베지 버거를 먹으며 언제 딸과 영상
통화를 할 수 있을지 생각했다. 거리에서 공연하는 버스커의 아름
다운 노랫소리가 들려왔는데 이제 난 그 노래가 올리비아 로드리
고의 것임을 알 수 있었다.

우리는 모든 언어로 된 생각과 모든 색깔로 된 감정을 지나쳤다.
이 말이 얼마나 기괴하게 들리는지 안다. 하지만 실제로는 놀랄

정도로 정상적인 일처럼 느껴졌다. 혹은 정상이 아니라면 적어도 자연스럽게 느껴졌다. 이렇게 된 지 불과 이틀밖에 되지 않았는데도 벌써 오랫동안 그렇게 살아온 듯했다.

선물과 저주의 차이는 때때로 그저 관점의 문제일 뿐이었다.

섬은 존재하지 않는다

난 섬이었다. 하지만 이젠 크리스티나와 라 프레센시아 덕분에 섬은 존재하지 않는다는 사실을 깨달았다. 깊이 파보면 모든 것이 연결되어 있다. 이비사와 링컨은 같은 지구에 있다. 우리의 마음은 바다의 수많은 해류처럼 서로를 향해 밀려든다. 우리는 합쳐지고 수렴된다. 누구나 자기도 모르는 사이에 다른 사람에게로 흘러 들어간다. 심지어 바퀴벌레도 제 역할을 한다. 우린 단지 사람이 아니다. 단지 성별이 아니다. 단지 나이가 아니다. 단지 국적이 아니다. 단지 종도 아니다. 우리 사이의 벽은 상상에 불과하다. 나만의 생각이라고 여기는 생각들은 놀랍도록 독특하지만 동시에 놀랍도록 동일한 연속 스펙트럼에 속한다. 사랑, 두려움, 슬픔, 죄책감, 용서. 이것이 인기 있는 레퍼토리다. 이 레퍼토리를 사람마다 각자 조금씩 다르게 변주한다. 우리는 종종 이런 연관성을 모르기 때문에 외롭다고 생각한다. 하지만 살아 있다는 것은 곧 하나의 생명체라는 뜻이다. 삶이라는 뜻이다. 우리는 삶이다. 똑같이 끊임없이 진화하는 삶. 우린 서로가 필요하다. 우린 서로를 위해 존재한다. 삶의 요점은 생명이다. 모든 것이 생명이다. 우린 서로를 돌봐야 한다. 우리가 정말로, 마음 깊이 혼자라고 느낀다면 그때가 바로 우리가 어떻게 연결되었는지 기억하기 위해 무언가를 해야 할 때다.

그래서 우리가 이비사로 오라는 초대를 수락하거나 늙고 외로운 수학 선생에게 이메일을 보내거나 우리에 관한 어이없는 진실을 공유하는 것이다. 언제까지 외로운 껍데기 속에 숨어 아무 소리도 안 낼 수는 없다.

바다에서 헤엄치려면 때로는 물보라를 일으키며 적극적으로 행동해야 한다.

엘 페스카도르

우린 더 많은 식당과 더 많은 관광객, 개를 산책시키는 더 많은 사람을 지나 가장 좁은 골목에 도착했다. 작지만 고급스러운 해산물 레스토랑, 엘 페스카도르가 있는 골목이었다.

식당 앞 울퉁불퉁한 땅에 작은 흰색 나무 테이블이 일렬로 놓였고, 소피아 토레스와 그녀의 남편이—내가 파악한 바로는 이름이 호르헤였다—경사진 길에서 제일 먼 테이블에 앉아 있었다.

마르타는 혹시라도 소피아가 자신을 알아볼까 봐 선글라스를 끼고 그녀를 등진 채 통화 중이었다. 친구와 이야기하며 시위 계획을 세웠다. 나는 마르타를 바라보며 그녀의 미래에 접근하려고 했지만 좀처럼 그럴 수가 없었다. 내가 마음에 들어갈 수 있는 사람 치고는 이례적인 일인 듯했다. 마르타의 미래가 전혀 보이지 않는다니 이상한 일이었다. 그건 마르타의 운명이 활짝 열려 있다는 뜻일까? 다양한 미래가 어느 한쪽으로도 기울어지지 않은 채 균형을 잡고 있는 걸까? 이건 좋은 소식일 수도 있고, 나쁜 소식일 수도 있을 것이다.

"이제 어떻게 할까요?" 알베르토가 내게 물었다. 이젠 내가 대장이라는 사실이 기분 좋았다.

길 위쪽에 빈 테이블 하나와 의자 세 개가 놓인 술집이 보였다.

"저기 앉아서 소피아 토레스를 지켜보죠. 내가 이리저리 뒤져볼게요."

"뒤지기(rummage)!" 알베르토가 말했다. "거참 멋지고 독특한 영어 단어네요." 곰곰이 생각해보니 맞는 말이었다. 정말로 특별했다. "곰팡이(fungus)만큼이나 좋죠." 알베르토가 덧붙였다. "아니면 '줄(queue)'만큼이나. 난 '줄'을 좋아해요. 다섯 글자로 이루어진 단어에 저런 글자를 나란히 배열할 정도로 미친 인간들이 영국인 말고 또 어디 있겠어요?"

"그렇게 따지면 세상에서 느낌표를 거꾸로 쓰는 나라는 스페인뿐이죠." 내가 반박했다.

"물음표도요." 알베르토가 기분 좋게 덧붙였다. "할 말이 없네요. 스페인은 나라 전체가 파티를 좋아해요. 심지어 구두점조차도요. 그리고 우리에게는 '라 마드루가다(la mardrugada)'라는 단어가 있죠……. 이 단어도 영어에는 없어요. 자정 이후부터 동트기 전까지의 시간. 아주 특별하고 마법 같은 시간이죠. 하지만 이걸 영어로 표현하려면 많은 단어가 필요해요. 사실……."

알베르토가 계속 이야기하는 동안 난 일을 시작했다. 소피아 토레스를 몰래 훔쳐보다가 이내 그녀의 마음을 보게 되었다. 마치 어린아이가 포장을 뜯지 않는 선물을 더듬으며 안에 무엇이 들었는지 서서히 알아가는 듯했다. 그녀가 하는 모든 말, 그녀가 먹는 음식 한 입, 마시는 와인 한 모금, 제스처 하나하나가 날 안쪽에서 타오르는 불로 이끄는 연기였다. 우리 대다수는 매 순간 자신의 모든 면을 남김없이 드러내지만, 이런 단서를 이해할 수 있는 사람은 극소수에 불과하다. 그리하여 단서는 결코 이해되지 않는 기표

로만 존재하는데 이는 그토록 많은 인간의 주위를 감도는 외로움, 사람들이 제대로 이해해주길 바라는 외국어와 비슷한 외로움을 부분적으로나마 설명해준다.

어쨌든 우린 그 좁은 골목에 한 시간 동안 앉아 맥주를 마시고, 이쑤시개로 올리브를 찍어 먹으며 소피아 토레스를 지켜봤다. 그녀는 남편과 이야기를 나눴다.

다행히 그녀는 거기, 내 앞에 있었다. 우리 쪽을 보고 있었지만 날 보진 못했다. 왜냐하면 나는 그늘에 잠겨 있고, 그녀는 걱정에 잠겨 있기 때문이었다.

마르타에게서 이미 소피아가 이 섬에서 가장 유명한 정치인이라고 들었다. 원래는 좌파와 우파의 가교 역할을 했으나 지금은 환경을 생각하는 척조차 하지 않았다. 그녀를 보는 것만으로도 마르타에게 들은 것보다 더 많은 사실을 알 수 있었다. 소피아의 마음을 이해하는 것은 그녀의 흰색 리넨 정장, 부풀린 머리, 얼굴에 박제된 미소를 알아차리는 것만큼이나 간단했다. 비록 너무 멀어서 잘 볼 수는 없었지만 지금 그녀가 석류 샐러드나 농어 요리에 집중하지 않는다는 사실은 알 수 있었다.

미소 띤 얼굴에도 불구하고 그녀는 깊은 걱정에 빠져 있었다.

자, 걱정은 믿을 수 없을 만큼 흔하다. 우리가 상상하는 것보다 훨씬 더 흔하다. 텔레파시가 내게 처음으로 가르쳐준 사실 중 하나였다. 외로움과 함께 걱정은 마음을 둘러싼 오염된 공기다. 걱정은 우리에게서 지금 이 순간을 빼앗아 과거와 미래에 동시에 갇히게 한다. 하지만 소피아 토레스의 걱정은 깊었고, 타오를 듯 즉각

적이었다. 그녀의 걱정은 주로 내일 일어날 일에 대한 것이었다. 시위 현장에서 일어날 일. 순간적으로 그녀는 마르타 리바스까지 생각했다. 평소 그녀에 관한 소문은 많이 들었다. 소피아는 마르타가 칼라 욘가 시위와 그 이전에 있었던 탈라망카 시위의 주동자 중 하나라는 사실을 알고 있었다. 천체 물리학자이자 이비사 출신이며 진지하고 언변이 뛰어난 데다 소신이 뚜렷한 사람. 한마디로 정치인에게는 악몽 같은 존재였다. 하지만 이번 시위는 악몽보다 훨씬 더 끔찍한 사건이 될 터였다. 마르타와 대화를 할 수 있다면 좋으련만.

나는 살짝 미소 지었다.

"당신이랑 얘기하고 싶어 하네요." 난 방금 휴대전화를 내려놓은 마르타에게 그렇게 속삭였다.

"내가 여기 있는 걸 알아요?"

"아뇨. 하지만 당신과 얘기하고 싶어 해요. 당신에게 이메일을 보냈지만 답장을 받지 못했어요."

마르타는 자리에서 일어났으나 마음이 바뀌었다. "만약 내가 지금 저쪽으로 가면 소피아 토레스는 그 일만 생각할 거예요."

"맞아요. 여파가 있을 거예요. 그러면 낚시에 방해가 되죠." 내가 말했다.

"우린 영리하게 처신해야 해." 알베르토가 덧붙였다. "지금은 그레이스가 소피아를 관찰하게 두자. 전부 다 알아낼 수 있을 거야. 지금 네가 저 테이블로 가면 넌 더 위험해져. 네가 무슨 말을 하든 소피아 토레스는 멈추지 않을 거야. 네게 관심만 더 쏠릴 거다. 넌 시위를 통해 말해야 해."

그래서 우린 모두 그대로 남아 있었다. 마르타는 고개를 숙인 채 인터넷에 시위에 관한 글을 올렸고, 난 올리브를 먹으며 소피아의 마음을 읽었다.

이제 소피아는 작년에 아트 버틀러와 함께했던 회의를 생각했다. 에스 베드라에 호텔을 짓는 그의 계획은 내일 탈라망카에 있는 에잇스 원더 호텔에서, 그것도 시위가 한창 진행 중일 때 언론과 대중에게 공개될 예정이었다.

에스 베드라에 고급 호텔을 짓는 건 말도 안 되는 일이라고 소피아는 생각했다. 그런데도 그녀는 그 계획에 동의했다. 사실 계약서에 서명한 사람이 그녀였다. 아트 버틀러 월드와이드 같은 이윤을 추구하는 기업에 자연보호구역을 보호하는 일을 맡길 수 있다고 생각했다니 그녀와 마요르카의 국회의원들은 확실히 순진했다.

시위는 이미 인스타그램과 틱톡을 통해 널리 알려졌고, 클럽을 찾아 놀러 온 관광객들도 동참했다. 소피아는 섬 주민들과 함께했던 1990년대 시위를 기억했다. 그때는 그녀도 시위 현장에서 환경운동가들과 어깨를 나란히 했었다. 칼라 도르트 주변 지역이 골프장이 아닌 자연보호구역으로 지정되었을 때 그녀가 얼마나 환호했던가. 하지만 지금 그녀의 모습은 어떤가. 사람들은 그녀를 위선자라고 생각할 것이다.

남편과 대화가 끊길 때마다 그녀의 마음은 칼라 존달 부근의 나무가 우거진 언덕에 있는 별장으로 돌아갔다. 거기 안 간 지 몇 달이 지났다.

말도 안 되게 호화로운, 2천만 유로에 달하는 별장이었다.

흰색 직육면체 모양의 대저택으로 별 특징 없이 마냥 고급스러웠으며 벽은 거의 다 창문이었다.

예전에는 돼지와 토끼가 바글거리던 작은 농장이 딸린 대농원이었으나 지금은 농장의 흔적조차 남아 있지 않았다. 인피니티 풀은 저 멀리 보이는 지중해와 절묘하게 합쳐졌다.

"당신도 별장이 보여요?" 난 올리브를 씹는 알베르토에게 물었다.

"아뇨. 아무것도 안 보입니다." 그가 약간 의기소침해져서 말했다. "소피아와 너무 멀리 떨어져서 전혀 읽을 수가 없어요. 당신 마음을 통해 읽을 수는 있지만 그랬다가 당신을 방해하게 될 수도 있고요."

"아트 버틀러예요. 소피아가 아트 버틀러를 생각하고 있어요. 에스 베드라에 호텔을 지으려는 사람이 정말로 그자예요……."

"역시. 아이 로 티에네스! 우리 짐작이 맞았네요!" 마르타가 말했다.

알베르토의 눈이 부엉이처럼 강렬하게 빛나더니 호기심으로 가득했다. "그자가 어디 있나요? 소피아 토레스가 알고 있어요?"

"모르겠어요. 집중해볼게요……."

아트 버틀러

그래서 난 소피아의 마음속에 있었다. 그 안에서도 에잇스 원더 리조트 대표 소유의 저택과 연관된 기억 속에. 사실 그는 소피아에게 마리나 보타포크에 늘 정박해두는 자신의 요트에서 만날 기회를 주었다. 그가 즐겨 가는 이비사 그란 호텔 옆 카지노에서 마리나 보타포크까지는 금방 걸어갈 수 있는 거리였다. 하지만 왠지 모르게 소피아는 내키지 않았다. 육지에서 그를 만나는 게 더 마음이 편했다. 지금 그녀가 머릿속에 떠올리는, 내가 바라보는 저택에서. 사실 내가 보는 대상이 정확히 그 저택은 아니었다. 저택의 기억이었다. 원래 저택의 먼 친척쯤 되리라. 몇 초마다 저택의 세세한 부분이 바뀌었다. 꽃병의 위치가 바뀌었고, 의자 하나가 사라졌다가 다시 나타났다. 하지만 중요한 세부 사항은 그대로였다. 8개월 전 일이었다. 난 지금 그를, 아트 버틀러를 보고 있었다. 내 마음과 소피아의 마음을 동시에 통해서.

소피아는 늘 그가 특이하게 생겼다고 생각했다. 영국 남자들이 괴상하게 생겼다는 사실을 감안해도 그랬다. 그는 키가 작았고, 바셋하운드처럼 턱 아래 살이 처졌다. 공허한 눈동자. 희끗희끗한 수염과 그가 만지작거리기 좋아하는, 이리저리 뻗친 곱슬머리. 푸른색 셔츠에 치노 팬츠, 플립플롭. 전반적으로 시술을 과하게 해서 붓고 부자연스러운 얼굴이었다. 쉰 살 정도 되었을 텐데 타고난 어린아이 같은 면이 있었다. 이 만남 전에는 그를 딱히 싫어하지 않았다. 그에게는 어딘가 사랑스러운 구석이 있었다. 길을 잃었는데도 겉으로는 전혀 길을 잃지 않은 척하며 모든 게 아주 순조롭다는 듯이 행동하는 어린 소년처럼.

"우린 당신 계획을 거절할 수밖에 없어요." 소피아는 마치 친척의 사망 소식을 전하듯 부드럽게 말했다. "유감스럽게도 에스 베드라는 개발을 고려하는 것조차 불가능해요. 반대 시위가 너무 거셀 거예요. 지금은 시대가 변했어요."

그는 잠시 말이 없더니 부드럽게 미소 지었다. "하지만 소피아, 이건 새로운 이비사예요. 그게 바로 당신이 추구하는 거잖아요……."

"새로운 이비사요? 옛 이비사는 뭔데요?"

아트는 공허한 웃음을 지었다. "당신이 없애려고 했던 모든 것이죠. 약쟁이, 주정뱅이, 시끄러운 음악, 혼돈, 싸구려 패키지여행, 햇볕에 그을린 사람들…… 쓰레기들."

소피아는 살짝 웃었다. 당혹감을 감추기 위한 미소였다. 쓰레기들. 그는 아주 태연하게 사람을 무시했다. "그게 옛 이비사라고요? 글쎄요." 아마 페니키아인과 카르타고인이 들으면 한마디 할 거라고 소피아는 생각했다. 로마인과 아랍인, 해적은 말할 것도 없고. 혹은 여기서 태어난 모든 사람도. "당신은 아주 영국적인 사고방식을 가지고 있어요. 당신이 말한 이비사는 그저 외부인의 인식일 뿐이에요."

그때 아트의 휴대전화가 울렸다. 그는 전화를 받았다. "라지, 다시 전화할게. 응. 응. 브라질 사람들이 대략적인 금액을 제시했지만 여전히 너무 높아. 이 문제는 내일 다시 얘기해……."

원래 소피아는 이 자리에 오고 싶지 않았다. 해결해야 할 문제가 산적해 있기 때문이었다. 선착장 근처 텐트에서 지내는 노숙자 문제, 플라야 덴 보사의 주차 금지 구역에 주차하는 사람들에 대한 분노, 다음 주 화요일 마요르카와 이비사의 보건 기금 불균형을 주제로 해야 할 연설, 이 연설은 필시 발레아레스제도 대통령의 분노를 살 터였다. 지금 그녀에게 가장 필요 없는 것이 아트 버틀러였으나 그래도 자신이 망친 일을 되돌려야 했다. 시위가 일어나면 결국 그녀는 의원직을 내려놓아야 할 것이다. 에스 베드라와 관련된 결정을 뒤집어야 했다.

통화가 끝나자 아트는 다시 소피아에게로 몸을 돌렸다. 이제 그는 좀 더 긴장한 듯했다.

"우린 비전에 대해 말하는 중이었죠." 아트가 교향곡 막바지에 도달한 지휘자처럼 팔을 크게 위압적으로 휘두르며 말했다. "현재 상황에 대한 인식뿐 아니라 미래의 가능성에 대해서요. 이비사는 바뀌고 있어요. 세상은 바뀌고 있습니다. 그리고 우리 같은 사람들이 세상을 바꾸죠."

"여긴 두바이가 아니에요." 소피아가 말했다. 난 그녀의 답답한 마음과 혐오감, 약한 분노를 느꼈다. "라스베이거스도 아니고요. 이비사는 자연을 간직한 섬이에요. 개발자의 변덕에 따라 바뀔 수 없는 곳이라고요. 설사 당신이라고 해도요."

"난 참신한 발상을 도입했어요. 이비사에 생명을 불어넣었죠."

"미안하지만 지금까지 당신이 이비사에 도입한 것은 전혀 새롭지 않아요. 그란 호텔 몬테솔이 1930년대에 문을 연 이후로 사람들은 호텔에 묵어왔어요. 심지어 그보다 훨씬 더 오래전부터 몸과 마음을 치유하고 요가를 하러 이곳을 찾아왔고요. 보호구역에 건물을 지으면서 환경친화적인 미래를 설계할 수는 없어요."

아트는 이를 꽉 물었다. "보호구역을 해제해야 해요, 소피아. 에스 베드라와 그 자매 바위, 그리고 에스 베드라와 칼라 도르트 사이의 바다를요. 할 수 있어요. 지역 주민에게, 이비사 경제에 좋을 겁니다. 알다시피 이건 시작에 불과해요. 이게 표본이 될 겁니다. 다른 곳에도 복제할 수 있는 성공 사례가 될 거라고요."

"그게 무슨 말이죠?"

"소중한 땅을 보호하는 겁니다."

"보호요?" 소피아는 웃음을 터뜨렸다. "내 영어는 당신만큼 유창하지 않아요. 그런데 방금 '보호'라고 했나요?"

"에스 베드라는 신성한 장소이자 자연의 상징이죠. 일단 그 섬이 내 손에 들어오면 난 그곳을 더욱 특별하게 만들 겁니다. 그런 다음에는 어디서나, 어느 정부에나 그 사례를 제시할 수 있을 거예요. '당신의 땅은 내 손에서 안전할 겁니다. 내가 잘 돌보겠습니다'라는 말과 함께요."

"자연이 보존된 장소를 사들이는 데 왜 그렇게 집착하는 거죠?"

"정치인인 당신이 정말로 내게 환경을 어떻게 돌봐야 하는지 강의라도 할 셈인가요? 당신에겐 기회가 있었어요. 그리고 미래는 진정한 비전을 가진 사람들의 몫이 될 겁니다. 자연 속 리조트, 그리고 돈을 내고 그 자연을 보호해주는 관광객들. 일단 에스 베드라가 내 손에 들어오면 어디에서든, 어느 대륙에서든 이 일을 할 겁니다. 가장 소중한 땅을 가져와 사람들이 접근할 수 있게 하면서 동시에 그 땅을 보호할 겁니다. 그게 미래예요. 자본주의와 생태학이 나란히 가는 거죠. 아마존의 가장 깊숙한 지역을 개발할 수 있는 허가도 이미 받았습니다. 내가 그걸 어떻게 따냈는지 알아요? 그들에게 여기 스페인에서 똑같은 일이 일어나고 있다고 말해줬죠. 그리고 당신이 동의했다고요. 동의했죠?"

"네, 맞아요. 내가 구두로 동의했어요. 하지만 모든 문제를 예측하진 못했죠. 왜 당신은 다른 호텔 경영자처럼 이미 개발된 지역으로 가지 않는 거죠? 왜 꼭 순수한 뭔가를 가져가서 파괴해야만 하나요?"

"파괴는 너무 강한 표현이네요."

큼직하고 푹신한 의자에 앉아 있던 소피아가 한숨을 쉬며 몸을 앞으로 내밀었다. 의자는 기억 속 순간에 따라 고리버들 의자와 플라스틱 의자 사이를 오갔다. "버틀러 씨, 여기 이비사에 지구상에서 마지막으로 볼 수 있었던 꽃이 있었어요. 놀레티아 크리소코모이데스 종이었죠. 하지만 당신이 칼라 바사에 첫 호텔을 열고, 거기 야생화 초원에 시멘트를 부으면서 멸종했어요. 그런 경우가 이비사에만 있는 게 아니죠. 당신은 환경 변화에 민감한 장소들을 매입해서 망가뜨렸어요."

"우리 아버지가 식물학자였죠." 아트가 아쉬워하며, 그리고 소피아가 거의 듣지 못할 정도로 아주 부드럽게 말했다. 슬픔이 그림자처럼 그의 얼굴을 스쳐 갔다.

"당신은 환경을 위태롭게 하는 일만 했어요. 에스 베드라는 아주 특별한 장소예요. 사람들의 애착이 강한 곳이죠. 하루 종일 칼라 도르트에서 거기까지 페리로 관광객을 실어 나를 순 없어요. 바다가 얼마나 오염될지 생각해보세요. 그 바다는 가장 특별한 구역이에요. 거기 있는 해초대는……."

아트는 지겹다는 듯이 눈을 굴렸다. "십만 년이나 됐죠. 네. 압니다. 지구에서 가장 오래된 식물, 지중해에서 가장 중요한 서식지, 어쩌고저쩌고. 우린 그 위로 칼라 도르트에서 에스 베드라넬을 오가는 수상 택시를 온종일 운행하고, 에스 베드라넬과 에스 베드라를 연결하는 다리를 놓을 겁니다. 그러면 인간이, 당신네들의 그 귀한 물고기와 해초가 아닌 진짜 인간이 그걸 즐길 거고요."

"이해를 못 하시네요, 버틀러 씨. 그 바다는 아주 특별해요. 포시도니아 해초대는 관광 산업으로 인해 이미 훼손되었어요. 그 지역을 더 망쳤다가는 화를 자초하게 될 겁니다."

아트는 타니트 동상 옆에 커피잔을 내려놓았다. "내가 그 바다에 대해 얼마나 잘 아는지 알면 놀랄걸요. 그곳에 얽힌 이야기는 알고 있습니다. 웬만한 사람보다 잘 알죠."

그 순간, 소피아가 느끼기에는 대화의 분위기가 완전히 바뀌었다. 이제 아트의 표정에는 사납고 위압적인 기색이 있었다.

그는 토끼를 노리는 개의 눈빛으로 소피아를 바라보았다. "내가 칼라 욘가를 어떻게 바꿔놓았는지 보세요. 우리가 오기 전에는 낡고 허름한 장소였던 그곳이 지금은 어떤가요? 이제 이비사는 사람들이 와서 돈을 쓰는 곳이 됐어요. 우린 부자들을 데려와 더 많은 돈을 쓰게 하고 있죠. 시위는 서서히 사라졌어요. 우리 호텔이 오픈하자마자 다들 시위는 까맣게 잊었습니다."

"당신은 이비사 사람들을 몰라요. 당신 제안대로 한다면 시위는 절대 끝나지 않을 거예요. 이런 새로운 형태의 관광이나 슈퍼 리치들은 이비사에 도움이 되지 않아요. 부두에는 석양을 제대로 볼 수 없을 정도로 대형 요트가 즐비하지만 정작 현지인 중에는 월세조차 감당할 수 없는 사람들도 있어요. 게다가 에스 베드라가 어떻게 생겼는지 보세요. 거기에 어떻게 호텔을 짓겠다는 거죠? 당신에겐 우리가 필요 없어요. 당신은 세계 곳곳에 호텔이 있잖아요. 이제 우린 내버려두세요."

"바위를 발파해야죠. 바위에 멋지고 평평한 터를 만들 겁니다. 전에도 한 적이 있어요. 마요르카에서."

"하지만 에스 베드라에는 둥지를 튼 새들이 있어요. 가마우지요."

"정말 지역 경제보다 가마우지가 더 중요하다는 겁니까?"

"당신한테는 그런 줄 알았는데요." 소피아가 약간 떠보는 듯한 말투로 말했다. "그게 원래 당신 의도 아니었나요? 생태학과 자본주의의 공존? 그리고 경제, 경제 하는데 주차장에 텐트를 치고 사는 사람들에게 그렇게 말해보세요. 계획을 승인한 건 처음부터 실수였어요. 내가 여론을 과소평가했죠. 당신은 강력한 저항에 직면하게 될 거예요. 특히 크리스티나 판데르베르크는 굉장한 영향력이 있어요."

그 이름이 아트의 심기를 건드렸다. 얼굴 앞으로 지나가는 말벌과 같았다. 하지만 아트는 무시하듯 손을 가볍게 휘저었다. "양치기가 없으면 양이 따라가지 않죠."

"무슨 말이죠?"

"양치기를 없애면 모든 게 흐지부지됩니다. 이 일을 막을 힘이 있는 사람들은 알아서 멈출 겁니다……."

소피아는 그의 냉랭한 표정을 뜯어보았다. "없앤다고요? 사람을 어떻게 없애나요?"

소피아는 동료 국회의원 리카르도 마르티네스를 생각했다. 그는 세스 페이세스 습지 옆에 에잇스 원더 리조트를 짓는 건축 허가 신청을 막았다가 이틀 뒤에 사망했다. 조사 결과 그의 죽음은 사고사로 결론이 났다. 심장이 멈춘 것이다. 그의 대동맥 판막에 미처 몰랐던 문제가 있었다.

"맞아요." 아트는 그녀의 마음을 읽은 듯 그렇게 말했다. "이 일의 진행을 막지 말아요, 소피아. 당신이나 당신 가족에게 아무런 도움도 안 됩니다."

"이 나라에는 법이 있어요. 경찰도 있고요. 여긴 스페인이에요. 무작정 밀고 들어와서 사람들을 위협할 수는 없어요."

아트가 손가락을 허공에 들어 올리더니 소피아를 가리켰다. 그는 여전히 그녀와 2미터 정도 떨어졌다. 그런데도 소피아는 뭔가를 느꼈다. 틀림없었다. 실제로 손가락이 닿지 않았는데도 그것이 자신의 목에 닿는 것을 느꼈다. 손가락이 그녀의 후두를 향해 밀고 들어오는 듯한 느낌. 그녀는 목을 누르는 보이지 않는 무언가를 향해 손을 뻗었지만 아무것도 잡히지 않았다. 그러자 여전히 2미터 떨어져 있던 아트가 손가락을 거뒀고, 그와 동시에 그녀의 목을 누르던 느낌도 사라졌다.

소피아는 차분하게 호흡하려고 노력했다. "당신, 정체가 뭐야?"

아트는 새어 나오는 미소를 억눌렀으나 그래도 미소는 사라지지 않았다. "리카르도 마르티네스가 죽기 전에 마지막으로 했던 생각."

"당신……." 소피아는 적당한 단어를 찾을 수 없었다.

"그냥 날 미래라고 생각해요." 아트가 위협적이라기보다 슬퍼 보이는 표정으로 말했다. 희미하지만 아주 고통스러운 눈빛이었다. "지는 해처럼 필연적인 존재라고."

다음 순간, 난 기억을 잃었다. 정신도 잃었다. 사라져버렸다. 불현듯 다시 나 자신으로 완전히 돌아왔고, 방금 내가 뭘 본 것인지 의아했다.

불확실한 수량

"아트가 소피아를 협박했어요." 다시 내 마음에 적응하려고 맥주를 한 모금 마신 뒤 무아지경에서 빠져나와 내가 말했다. 알고 보니 소피아는 화장실에 간 상태였고 그래서 기억이 끊어진 것이었다.

난 내가 본 것을 속삭이듯 쏟아냈다. "그자는 누군가를 죽였어요. 정치인요. 아마 한 명이 아닐 거예요. 그리고 크리스티나도 죽이려 했어요. 민방위대 경관이 그의 손아귀에 있어요. 정치인들도요. 그래서 에스 베드라 개발이 가능한 거예요. 그리고 이번 개발은 그에게 새로운 단계의 시작에 불과해요. 아트는 지구상에서 보호받는 구역들을 개발하고 싶어 해요. 그래서 이비사에서 가장 보호받는 구역부터 시작하는 거예요. 지구상의 아름다운 장소를 모조리 더럽히고 싶어 해요, 내가 생각하기에는."

"왜죠?" 알베르토가 의아해했다.

"역겨운 도전 같아서 좋은가 보죠." 마르타가 말했다. "이번 일을 게임으로 보는 거예요. 환경을 파괴하면서 환경을 생각하는 척."

"가끔 인간은 이유도 모른 채 어떤 행동을 할 때가 있죠." 난 나와 에이든 젠킨스, 그리고 학교 비품실을 생각하며 말했다. "그저 주위에 해를 끼치는 것이 자신의 존재 이유라고 생각하기 때문에 그런 행동을 하게 돼요. 제대로 사랑하는 법을 모를 때 갇히게 되는 패턴이죠." 난 얼른 상념에서 빠져나왔다. "그리고 아트에게는 힘이 있어요. 그래서 사람들을 죽일 수 있었죠. 지자체에서는 그자에게 단지 에스 베드라만이 아니라 주변 바다까지 넘기기로 합의했어요. 아트에게는 어딘가 매우 인간답지 않은 면이 있어요. 그래서 크리스티나가 그를 볼 수 없었던 거예요. 어쩌면 그에게도 능력이 있을지 몰라요. 라 프레센시아와 접촉했을 수도 있죠."

알베르토는 고개를 저었다. "라 프레센시아는 착한 사람들만 도와줍니다. 해를 끼칠 수 있는 사람은 절대 돕지 않았을 거예요."

"우린 누구나 해를 끼칠 수 있지 않나요?" 나는 궁금했다.

마르타가 자신의 손을 꼬집더니 손톱자국을 바라보며 만족스러운 미소를 지었다. 마르타에게는 약간 마조히즘적인 면이 있었다. "아뇨." 그녀가 말했다. "아트 버틀러처럼 큰 해를 끼치진 않죠. 하지만 정치인에 대해 하신 말씀은 맞아요. 그자는 틀림없이 다른 국회위원들을 협박했을 거예요. 틀림없어요. 국회의원들이 순순히 굴복했을 리가 없죠."

난 소피아의 마음에서 얻어낸 또 다른 정보도 공유했다. "내일 호텔 착공을 발표할 거래요."

"시위가 있는 날에요?" 마르타가 믿을 수 없다는 듯이 말했다. "제정신이 아니군요."

"그럴지도 모르지." 알베르토가 말했다. "하지만 너도 마찬가지야. 지금도 시위를 할 생각이라면. 우린 허리케인이 오기 전에 그걸 미리 감지한 상어나 다름없어."

이 술집은 사람들이 모여드는 곳으로 관광객과 현지인이 친근하게 어울렸다.

마르타는 고개를 끄덕였다. "네. 하지만 상어와 달리 우린 이 허리케인을 막을 수 있어요."

여자 둘이 지나가며 암네시아에서 리케가 공연한다는 전단지를 테이블마다 놓고 다녔다. (알베르토가 예전에 저런 전단지는 "틱톡이 없던 시절 이비사의 구식 소셜 미디어"라고 말한 적이 있었다. 비록 지금도 여전히 전단지가 존재하긴 하지만. 예전에는 다들 전단지를 통해 무슨 일이 벌어지는지 알았다고 했다.)

전단지를 나눠주던 여자들이 마르타를 발견했다. "올라, 마르타."

마르타는 그들을 보고 반가워했다. "안녕, 얘들아. 내일 시위 있는 거 알아? 에스 베드라 개발을 저지하기 위한 시위 말이야. 카페 마르 이 솔 앞에서 모일 거야."

"아아아, 미안, 우리도 가고 싶은데 내 동생이 내일 칼라 콤테 부근에서 열리는 풀 파티에서 디제잉을 할 거야. 거기 가겠다고 했어." 두 여자 중 하나가 말했다.

마르타의 미소는 찡그린 얼굴에 가까웠다. "노 임포르타(괜찮아), 차오(잘 가)……."

그들이 사라지자 알베르토는 다정하게 딸을 바라보며 어깨를 으쓱였다. "얘야, 시위를 한다고 해서 달라질 건 없을 거다. 게다가 위험부담이 너무 커. 그냥 시위를 취소해."

"파파, 제발. 내 안전을 걱정해서 그러는 거 알지만, 아트 버틀러가 에스 베드라를 차지하면 모두가 위험해져요. 그자가 더 강해질 뿐이라고요. 지금 맞서서 싸워야 해요. 부탁이에요. 아빠가 늘 그랬잖아요. 염소의 좋은 점은 고집스럽게 저항하고, 자신들에게 옳은 일을 하는 거라고요. 염소처럼 행동하세요, 파파. 늘 그랬잖아요. 이제 와서 약해지지 마세요."

알베르토의 눈이 슬픔으로 촉촉하게 반짝거렸다. 그는 딸에게 자신의 병을 무척이나 알리고 싶어 했다. 알리려고 했다. 마르타에게 자신이 암에 걸렸고 결국은 죽을 거라고 말하기 직전이었다. 자신의 능력이 사라진 이유가 암 때문이라고 말하려고 했다.

알베르토는 자신이 딸의 편에 서야 한다는 사실을 깨달았다. 그는 암으로부터 자신을 지킬 수 없었으므로 다른 사람들이라도 안전하게 지켜주고 싶었다. 딸은 곧 서른 살이었다. 어른으로서 존중해줘야 했다. 딸에게 너답게 살지 말라고 말하는 것은 딸을 안전하게 지켜줄 수 있는 방법이 아니었다. 마르타는 시위가 얼마나 위험한 일인지 알았지만 여전히 맞서 싸울 생각이었다. 알베르토는 그런 딸을 둔 것이 무척이나 자랑스러웠다. 마르타는 늘 라 프레센시아의 선택을 받고 싶어 했으나 받지 못했다. 그녀에게는 이번이 더 나은 세상을 만드는 능력을 가질 수 있는 기회였고, 그는 그걸 막지 않을 터였다.

알베르토 내면에서 일어나는 그런 변화를 느끼는 것은 꽤 신선한 경험이었다. 마치 바람이 멈추자 햇볕만 남아, 날이 따뜻하다는 것을 깨닫게 되는 것과 같았다.

"티에네스 라손, 미 비다(네 말이 맞다, 애야). 우리 친구 노스트라다무스가 자랑스러워할 수 있는 사람이 되자. 염소가 되자꾸나."

그러자 마르타는 아주 복잡미묘한 미소를 지으며 아빠를 돌아봤다. 희망과 두려움, 도전, 사랑이 담긴 미소였다.

"고마워요, 파파."

솔직히 고백하건대 그 순간 난 두 부녀의 유대감에 가슴이 저릿할 정도로 질투심을 느꼈다. 그저 평소처럼 대니얼을 향한 강렬한 슬픔이 아니라 가족을 갖고 싶다는 갈망이었다. 소속감에 대한 갈망. 늙고 외로운 그레이스가 되고 싶지 않다는 갈망.

하지만 또한 마르타의 용기에도 감탄을 금치 못했다. 그녀는 자신이 해야 할 일을 알고 자리에서 일어나 소피아 토레스가 있는 레스토랑을 향해 자갈길을 걸어갔다.

"젠장." 알베르토는 욕을 하더니 딸을 따라갔다. "저 애는 미쳤어요." 나도 알베르토를 따라갔다.

우리가 마르타에게 갔을 때 그녀는 호르헤와 소피아에게 방해해서 미안하다고 사과하더니 곧장 본론으로 들어갔다.

"내일 시위가 있을 거예요." 마르타는 서서 스페인어로 말했고 그러자 주변 사람들이 조용해졌다.

소피아는 마르타를 보며 차분한 미소를 지었다. 그녀의 얼굴과 마음은 완전히 별개임을 난 깨달았다. 어쩌면 그 점이 정치인이 되는 데 가장 필수적인 요소인지도 모른다. 속마음이 전혀 드러나지 않는 얼굴을 유지하는 것. "그런다고 달라질 건 없어요. 이 일을 막을 만큼 거리에 사람들이 많이 모일 리가 없어요." 소피아가 말했다.

"배후에 아트 버틀러가 있다는 사실을 알게 되면 사람들이 시위에 참여할걸요." 마르타가 말했다. "특히 그가 칼라 온가를 엉망으로 망친 걸 생각한다면요. 에스 베드라는 특별해요. 주변 바다도 특별하고요. 단지 환경 문제가 아니라 상징적 문제예요. 에스 베드라는 이 섬의 영혼과 같아요. 아트 버틀러가 그 영혼을 훔쳐가기를 바라는 사람은 아무도 없어요. 이비사는 파는 물건이 아니에요."

소피아가 패닉에 빠지는 게 느껴졌다. 그래서 그들은 그동안 이정보가 알려지는 걸 막아야 했다. 시위대를 불타오르게 할 불쏘시개를 주지 않기 위해서.

"외람되지만, 리바스 양, 당신은 지금 상대가 얼마나 무서운 사람인지 잘 모르고 있어요. 시위 관련 소셜 미디어 채널에 들어가서 시위를 취소하라고 강력하게 충고드리죠. 당신을 위해서예요. 이번 일은 여러 정당이 진행하기로 합의했어요."

알베르토가 한숨을 쉬었다. "하지만 당신에게는 영향력이 있잖아요. 이 문제와 관련해서는 당신이 가장 큰 영향력을 행사하고 있어요. 당신이 지지하지 않는다면 이 일은 철회될 겁니다. 국면이 바뀔 거예요. 소피아, 당신은 다수당 국회의원이잖아요. 그것도 당대표죠. 당신이라면 이 일을 막을 수 있어요."

마르타가 흥분해서 왼발을 덜덜 떨었다. 이제 그녀에게는 청중이 있었다. 알베르토와 내가 마르타의 양옆에 서 있는 지금, 우리 모두에게는 청중이 있었다. 레스토랑 손님과 직원 전부가 우릴 보고 있었다.

"몇 명이나 필요하죠?" 마르타가 물었다.

"뭐라고요?"

"에스 베드라의 호텔 착공을 막을 수 있을 만큼 사람들이 많이 모일 리가 없다고 했잖아요. 얼마나 모이면 될지 궁금해서요."

그러자 소피아의 남편이 끼어들려고 했다. 마르타가 분수를 깨닫도록 따끔하게 타이르려고 했다. '입 다물어요, 호르헤.' 내가 마음속으로 명령했다. 그러자 내 말대로 되었다. 이번에도 브라이언과 같은 상황이 재현된 것이다. 호르헤는 껍데기를 꽉 다문 굴처럼 입을 다물었고, 이게 대체 무슨 일인지 의아해하는 눈빛이었다.

소피아의 미소는 흔들렸지만 깨지지 않았다. "지금 무슨 말을 하는 거죠?"

마르타는 흔들림이 없었다. "방금 에스 베드라의 호텔 착공을 막을 수 있을 만큼 거리에 사람들이 많이 모일 리 없다고 했잖아요. 그럼 몇 명이 나오면 충분한가요?"

그때 알베르토가 마르타의 어깨 뒤에서 끼어들었다. "만 명? 1999년 시위에 만 명이 모였죠. 기억나요, 소피아? 우리 둘 다 그 현장에 있었잖아요, 안 그래요? 그땐 당신도 젊었죠, 그렇죠? 환경에 진심으로 관심이 있었고. 결국 우린 공사를 막았어요. 그해 1월에. 황무지를 골프장으로 만들려는 걸 막고 대신 그곳이 보호구역으로 지정되는 데 기여했죠. 기억해요? 칼라 도르트. '골프장, 노!' 다들 그 표어가 적힌 스티커를 차에 붙이고 다녔어요. 그러니까 그 정도면 될까요? 만 명?"

소피아는 살짝 웃었지만 속으로는 갑자기 마음이 약해졌다. 금이 간 달걀처럼. "만 명을 모아 가두행진을 벌이는 건 불가능해요. 설사 가능하다 해도, 아뇨, 철회는 불가능해요."

"2만 명은 어떤가요?" 세계 최악의 협상가처럼 알베르토가 말했다.

"파파." 마르타가 팔꿈치로 부드럽게 그의 배를 찔렀다. 마르타가 무슨 생각인지 난 알고 있었다. 2만 명이 시위에 참여하는 일은 죽었다 깨어나도 없을 거라고 생각하는 것이다. 그 순간 마르타는 1000명만 모여도 좋겠다고, 그것조차도 무리라고 생각했다.

이제 소피아가 정말로 재미있다는 듯이 웃음을 터뜨렸다. "2만 명이요? 2만 명이라. 그건 이비사 전체 인구의 10퍼센트를 훌쩍 넘긴 수치예요. 정말로 2만 명이 모일 거라고 생각하세요? SNS 계정을 봤어요. 아무도 관심이 없던데요. 지금은 1월이 아니라 6월이에요. 다들 재미있게 놀고 싶어 한다고요."

이제 알베르토의 태도는 단호했다. 난 마르타의 단호함이 어디서 왔는지 알 수 있었다. "하지만 만약 그 정도로 모인다면요? 그럼 철회할 겁니까? 그래야만 해요, 맞죠? 왜냐하면 당신은 국민의 말에 귀 기울이니까요, 그렇죠? 그래서 국회의원으로 뽑힌 거잖아요?"

"그 가상의 시나리오에서 당신이 법적 비용까지 지불하는 건가요?"

알베르토는 고개를 끄덕였다. "4만 유로. 그런 일을 철회하는 데 얼마가 드는지 압니다."

"거의 8만 유로예요." 소피아가 미소 지었다. 그녀는 마르타와 알베르토에게 그 정도 돈이 없음을 알고 있었다. 또한 다른 손님이 아이폰으로 이 일을 전부 촬영한다는 사실도 알아차렸다. "그러니까, 맞아요. 당연하죠. 전 국민의 말을 귀담아듣는 사람이에요. 이분들을 증인 삼아서 말할 수 있어요. 국민의 세금으로 내야 하는 법적 비용을 당신이 대신 낼 수 있고, 내일 오후 시위에 2만 명을 모을 수 있다면, 우리의 거래는 성립되는 거예요……. 그렇게 되면 내 지지를 철회하죠."

"우린 할 수 있어요." 알베르토가 말했다. "사람들을 모으고 돈도 마련할 수 있습니다."

소피아의 미소는 흔들리지 않았다. "그거 좋네요. 난 약속을 지키는 사람이에요. 당신이 그렇게 한다면 나도 약속을 지키죠."

우리는 레스토랑에서 걸어 나왔고, 알베르토는 마지막으로 남은 10유로 지폐를 아까 우리가 있었던 술집 앞 야외 테이블에 놓아두었다. 마르타가 아빠를 바라보았다.

"무슨 생각으로 그런 거예요?"

알베르토는 킬킬 웃어넘기려 했다. "걱정 마라. 우린 할 수 있어. 내게 기발한 아이디어가 있다."

현재 알베르토의 머릿속에 있는 모든 기발한 아이디어

전단지

우리가 바 테이블을 지나치는 길에 난 전단지를 봤다.

"암네시아는 인기가 어느 정도예요?" 내가 물었다.

카탈루냐어로 포크송을 부르는 버스커를 지나는 동안 마르타가 곰곰이 생각하더니 대답했다. "여름에는 매일 밤 대략 5000명이 모이죠."

알베르토는 고개를 저었다. "5000명은 2만 명이 아니야."

"내가 몰랐던 수학적 사실을 알려줘서 고맙네요." 내가 빈정거렸다.

"잠깐만요. 그레이스 말이 맞아요." 마르타가 생각에 잠겨 혼잣말을 했다. "매주 수요일 암네시아에는 관광객보다 현지인이 더 많아요. 사실 현지인은 에스 베드라 같은 환경 문제에 관심이 있어요. 그리고 그들에게는 지인과 친구도 있고요. 요즘 세상에는 소셜 미디어라는 게 있어요, 파파."

알베르토가 능글맞게 웃었다. 그는 딸이 자신을 놀릴 때조차도 즐거워했다. 오히려 더 즐거워했다. "그러니까 당신 말은 암네시아에 가고 싶다는 뜻이에요?"

나는 고개를 끄덕였다. "네." 난 마르타의 기분을 북돋워주려고 최선을 다해 알베르토의 성대모사를 했다. "여긴 이비사예요. 뭘 하기에 너무 늙은 사람은 없습니다. 매일 밤 나이트클럽에서 춤추는 아흔 살 노인도 있다고요."

"알았어요. 당신 말이 맞아요. 당신은 너무 늙지 않았어요. 나도 너무 늙지 않았고. 마르타는 당연히 너무 늙지 않았죠. 우린 암네시아에 갈 겁니다."

알베르토가 기대된다는 듯이 셔츠 단추 한 개를 풀자 마르타가 얼굴을 찡그렸다. "너무 과하니?" 그가 딸에게 말했다. "내 온리팬스• 구독자를 위해 아껴둬야 할까?"

마르타는 두 가지 이유로 어리둥절했다. 첫째로 아빠가 어떻게 온리팬스를 알았을까 하는 뜨악함 때문이었고, 둘째로 내가 뭘 하려는지 몰라서였다.

"근데 계획이 뭔가요?" 마르타가 내가 물었다.

"리케. 리케가 계획이에요." 내가 말했다.

알베르토가 하품했고, 나도 덩달아 하품했다. 하품은 전염성이 강하다. "밤에 힘들 테니까 디스코 낮잠을 자둬야 해요. 잠을 많이 잘 필요는 없지만 그래도 자기는 해야죠. 아니면 능력이 발휘되지 않을 겁니다."

마르타가 고개를 끄덕였다. "맞아요. 디스코 낮잠. 우린 디스코 낮잠을 자야 해요."

"디스코 낮잠?" 내가 물었다.

"클럽 가기 전에 자두는 낮잠이요." 마르타가 유치원 선생님처

• 구독자에게 유료 콘텐츠를 제공하는 플랫폼으로 흔히 성인용 플랫폼으로 여겨진다.

럼 천진난만한 미소를 지으며 말했다. "리케가 가장 인기 있는 DJ 니까 새벽 2시나 돼야 나올 거예요. 빨라야 2시죠."

"무슨 밤이 새벽 2시에야 시작되는 거죠?" 내가 물었다.

"이비사의 밤이죠." 알베르토가 껄껄 웃었다. "그러지 말고 라 마드루가다를 받아들이세요. 살아 있다는 걸 느낄 시간이에요, 그레이스."

목적

그래서 난 거기 있었다. 내가 시작했던 곳으로 다시 돌아왔다. 옆으로 차들이 씽씽 지나다니는, 카레테라 산타 에우랄리아에 있는 내 자그마한 새집으로. 10시 2분이었다. 도로가 아직 많이 붐빌 시간은 아니었다. 하지만 집이 어딘가 다르게 느껴지더구나, 모리스. 이젠 여기가 싫지 않았다. 사실은 집처럼 느껴졌다.

집을 아늑하게 만드는 것이 무엇인지 모르겠다. 이 집은 달라진 게 없었다. 길가에 예쁜 꽃이 피었다는 사실 말고는. 현관은 여전히 폐소 공포증이 올 듯했고, 거실도 좁아터졌으며, 낡은 소파와 너덜너덜해진 보헤미안풍 덮개도 그대로였다. 러그는 여전히 빨아야 할 정도로 지저분했고, 거실 천장에 달린 대형 선풍기는 눈에 띄게 먼지가 쌓였으며, 부끄럽게도 난 아직 타일 바닥을 물걸레로 닦지 않았다. 창가의 피아노는 거실 절반을 차지했다. 구식 오디오 그리고 줄줄이 꽂힌 음반과 카세트테이프는 박물관에 전시된 물건 같은 분위기였다. 공기는 여전히 텁텁하고 습하고 긴장감이 흘렀다. 하지만 이젠 달랐다. 왠지 이 집에 있다는 사실이 안심이 되었다.

집에는 이유가 필요하다. 그리고 이젠 내가 여기 있어야 할 이유가, 목적이 있었다. 공항에서 느꼈던 감정을 다시 한번 느꼈다. 왜 크리스티나가 사람들을 돕고 싶어 했는지 이해가 갔다. 이제 난 크리스티나의 표현대로 하자면 보호자였다. 내 주변의 사람과 장소를 보호해야 했다. 그것이야말로 궁극적 이유가 아닐까? 그토록 오랫동안 이 우주에서 불필요한 인간이라고 느꼈던 내가 진정으로 필요한 인간이 된 기분이었다.

그리고 필요한 인간이 된다는 건 기분 좋은 일이다. 정말로 그렇다.

신호

　이젠 벽에 마련된 갤러리가 고마웠다. 잃어버린 친구의 사진으로 가득한 갤러리. 크리스티나의 미소는 자매처럼 따뜻하게 느껴졌다. 난 자매가 없었기 때문에 그 미소가 마음에 들었다.

　곰 인형을 안은 어린 리케의 사진을 보았다.

　"사랑했구나." 리케가 크리스티나를 사랑했다는 것인지, 크리스티나가 리케를 사랑했다는 것인지 나도 알 수 없었다. 아마 둘 다이리라.

　갑작스럽지만 익숙한 아픔에 가슴이 찌릿했다. 난 대니얼을 생각했다. 1980년대에 루크 스카이워커와 한 솔로 피규어를 가지고 놀며 입으로 광선검 소리를 내던 내 아들. 그런 추억은 마음의 경련과 같다. 왜냐하면 결코 단순한 추억으로 오지 않고 늘 내 수치심과 자기혐오의 렌즈를 거쳐서 오기 때문이었다. 따라서 그렇다, 이 집은 다르게 느껴졌고, 나도 다른 사람이 된 기분이었지만 완전히 그런 것은 아니었다.

　심지어 그 집에 대한 새로운 인식조차도 칼이 여기 없다는 죄책감과 함께 왔다. 그게 내 문제였다. 죄책감이 행복과 함께 오거나 그 뒤를 바짝 쫓아왔다.

　난 크리스티나가 파이크스 호텔에서 프레디 머큐리와 함께 찍은 사진을 보며 다시 기분을 끌어올리려 했다. 그녀는 그날 파티에서 공연한 가수 중 한 명이었다. 당시 크리스티나가 느꼈던 흥분을 나도 희미하게나마 느낄 수 있었다. 그리고 이튿날의 외롭고 참담했던 심정도. 당시 크리스티나의 감정은 롤러코스터를 탄 듯해서 바닥에 처박히거나 치솟아 올랐다. 하지만 이내 라 프레센시아가 다가와 그녀의 잠재력을 발견했다.

잠자리에 들기 전, 책꽂이로 가서 알베르토 리바스가 쓴 책을 집어 들었다. 《라 비다 임포시블레》. 영어로는 '임파서블 라이프' 혹은 '라이프 임파서블'. 후자인 일대일 번역으로 하자. 왜냐하면 그 편이 알베르토에게 꽤 잘 어울리기 때문이다. 터무니없이 웅장하고 감상적이며 큰 꿈을 꾸는 듯한 제목이었다.

난 책 표지에 그려진 그림을 보았다. 이제야 그 그림이 칼라 도르트에서 본 바다와 에스 베드라임을 알 수 있었다. 바다 주위로 뻗어 나온 빛은 틀림없이 라 프레센시아를 나타냈다.

153페이지를 펼치자 저절로 스페인어가 읽혔다.

반박할 수 없는 증거가 있는 경우에도, 예를 들어 마니세스 UFO 사건처럼 직접 목격한 대다수 사람의 증언이 있고, 이제 기밀이 해제된 스페인 공군 문서에서 사실로 확인이 되는데도 사람들은 믿지 않는 쪽을 선택한다. 왜냐하면 세계관의 급격한 변화를 감수하기보다는 그 사건을 무시하는 편이 더 쉽기 때문이다.

나는 몇 장 더 넘겼다.

라 프레센시아가 지구에 도착한 이후로 이비사의 자연환경을 보존하기 위해 특별한 행동을 취했다는 증거가 있다. 예를 들어, 한 어부가 '바다의 빛'에 의해 구조되었다가 그 사건으로 인해 초자연적 능력을 얻었고, 1936년 이비사가 프랑코 군대의 공습을 받았을 때 자신의 능력이 강해지면서 보호받는 기분이 들었다는 신문 기사가 있었다. 어부의 이름은 조안 보나노바였다. 그는 푸른 불빛이 자신의 정맥을 통과하는 걸 보았다고 했으며, 또한 기자에게 자신이 이비사의 모든 동물과 연결된 느낌이 들었고, 그들에게 신호를 보냈다고 말했다. 다른 사람들 역시 그날 밤 동물들이 이상하게 행동하는 것을 봤다며 이 기사가 사실임을 입증했다. 그날 밤 온갖 동물이 이비사 타운과 해안의 폭격을 피해 단체로 내륙으로 향했다는 것이다. 심지어 10년 뒤에 염소 떼가 마레 데 데우 데 헤수스 성당 앞에서 한 군인을 공격해 죽였다는 보고도 있었다. 비록 프랑코 정부는 이를 '반민족주의 선전'이라고 일축했지만 말이다.

난 책을 내려놓았다.

신호. 난 속으로 생각했다. 크리스티나가 내게 남긴 편지에서 암시했던 내용과 비슷했다. 흥미로웠다. 과연 내 안에 그런 능력이 있을지, 그 능력을 발휘하려면 어떻게 해야 할지 감히 생각해봤다. 닥터 두리틀이나 타잔을 뛰어넘는, 동물과 이야기하는 능력. 수천 마리의 동물과 동시에 소통하는 능력. 자연을 지키기 위해 자연을 하나로 모으는 능력. 그건 흥미로운 과업이었다. 난 알베르토에게 호감이 생겼지만 그와 함께 침대로 가고 싶진 않았다. 설령 그가 쓴 책이라고 해도. 그래서《몬테크리스토 백작》을 집어 들었다. 앞서 말했듯이 난 어릴 때 그 책을 읽었고 아주 좋아했다. 하지만 다시 읽을 필요는 없음을 깨달았다. 완벽하게 다 알고 있었기 때문이다. 일주일 전만 해도 이 책에서 한 문장도 인용할 수 없었을 텐데 이제는 오디오북처럼 읊어줄 수도 있었다. 머리에서 머리카락을 뽑듯이 어떤 문장이든 뽑아낼 수 있었다.

"이 세상에는 행복도 불행도 없습니다. 오직 다른 상태와의 비교를 통해 행복이나 불행을 느낄 뿐입니다. 극심한 슬픔을 겪었던 사람이야말로 최고의 행복을 누릴 수 있습니다……."

이 구절은 사실이란다, 모리스. 모든 건 상대적이야. 수학에서 숫자는 옆의 숫자보다 높거나 낮을 때 가치를 인정받지. 반면 미술에서 레오나르도 다빈치는 세례 요한에게 떨어지는 빛이 성스럽게 보이도록 주위에 그와 대조되는 어둠이 필요했어. 그게 바로 이탈리아인과 예술 애호가들이 말하는 '키아로스쿠로'야. (오래전 르네상스에 관한 프로그램을 본 후로 이 단어를 알게 됐는데, 내가 알고 있다는 사실조차 몰랐단다. 라 프레센시아가 내 머리에서 이 단어를 끌어내기 전까지는.) 빛과 그림자의 대비. 인생은 전부 키아로스쿠로고, 인생의 의미는 상대적 차이에서 비롯된다.

어쨌든 난 뒤마의 책을 내려놓고 내가 절대 읽은 적이 없는 책을 집어 들었다.《초능력을 얻기 위한 궁극의 가이드 8권》.

그러고는 무작위로 페이지를 펼쳤다. 아니면 그렇게 무작위는 아니었을 수도 있다. 왜냐하면 내가 펼친 페이지의 장 제목이 '죄책감과 간섭'이었기 때문이다.

난 한 문장을 읽었다. "진정으로 자신의 능력을 향상시키고 다음 단계에 도달하기 위해서는 반드시 정신적 오염에서 벗어나야 한다. 죄책감만큼 마음을 철저하게 더럽히고 막는 것은 없다……"

내가 읽은 문장은 이것뿐이었지만 이걸로 충분했다. 왜냐하면 크리스티나가 올리브 병에 대해 했던 말이 생각났기 때문이었다. '난 가끔씩 올리브 병을 침대 옆에 둬요. 머리맡에요. 그렇게 하면 라 프레센시아가 꿈에서 당신에게 이런저런 것을 말해줘요. 당신이 알아야 할 것을요. 꿈은 어느 때보다도 생생하죠. 그리고 우릴 치유해주는 진실로 가득해요.'

마지막 말의 한 구절이 유독 마음에 와닿았다. '우리를 치유해주는 진실.' 내게 필요한 것이 바로 그거였다. 만약 내가 모든 사람이 안전해지도록 도울 거라면, 에스 베드라와 이비사를 아트 버틀러처럼 생명을 파괴하는 자로부터 지킬 거라면, 난 지금까지 결코할 수 없었던 일을 해야 했다. 내 죄책감과 정면으로 맞서야 했다.

이제 진실을 마주할 때였다.

디스코 낮잠

난 라 프레센시아가 담긴 유리병을 들고 뚜껑을 돌려서 연 다음에 작은 서랍장 위에 올려놓았다. 그에 앞서 시들어가는 피스 릴리에게 그 물을 아주 조금 부어주었다. 그런 다음 이불 속으로 들어갔다. 생각할 것이 너무 많았는데도 어느새 잠이 들었다.

그리고 갑자기 찾아왔다. 꿈이.

난 다시 바닷속에 있었다. 정말로 거기 있었다. 차가운 바닷물 속에. 하지만 이번에는 잠수복을 입지 않았다. 그리고 알베르토와 처음 봤던 것을 보았다. 라 프레센시아의 빛줄기. 팔처럼 뻗은 그 빛은 꼬치고기 무리를 통과하며 그들에게 생기를 불어넣었고, 꼬치고기들의 마음은 해방감에 다 함께 신음했으며, 빛줄기는 이내 내게 닿아 움직이는 푸른 빛으로 날 감쌌다.

빛은 내 발목을 감더니 빠른 속도로 바다를 가로질러 빛나는 구름이자 구체를 향해 나를 끌어당겼다. 마침내 나는 그 안에 들어갔다. 하지만 그 안에 들어간 순간 나는 다른 곳에 있었다. 전에 갔던 곳. 해변이 아닌 오렌지색 해변이 있고, 그 옆으로 바다가 아닌 빛나는 바다가 펼쳐지고, 하얀 이파리가 달린 나무들이 있는 곳. 이젠 숨을 쉴 수 있었다. 혹은 그런 기분이었다. 공기는 맑고 달콤했다.

하지만 이 꿈, 너무 생생한 이 꿈에서 내 몸은 시간이 흐를수록 점점 약해졌다. 끊임없이 들리는 죄책감의 목소리와 함께 정신적 고통이 커지면서 몸이 점점 마비되었다. 너무 오랫동안 나와 함께 살았던 죄책감의 목소리였다.

'난 나쁜 사람이야. 난 나쁜 짓을 했어. 난 나쁜 사람이야. 난 나쁜 짓을 했어. 난 나쁜 사람이야……'

내가 아는 사람

잠시 후, 어찌 된 일인지 난 나무 사이에 있었다. 나무는 세쿼이아만큼 키가 컸지만 몸통이 매끈했고, 하얀 이파리 사이로 노란 꽃이 피어 있었다. 저 멀리 살라키아 어린아이 둘의 흐릿하고 뿌연 윤곽선이 보였다. 아이들은 낯선 게임을 하며 낄낄거렸다.

그다음에는 테이블이 보였다. 지구의 테이블과 매우 비슷했다. 그리고 거기에 누군가 앉아 있었다. 긴 머리, 부드러운 미소, 우물에 떨어진 동전처럼 반짝이는 눈동자. 난 마치 어제 만났던 사람처럼 금방 알아보았다.

크리스티나였다.

내가 아는 가장 훌륭한 사람

젊은 날의 크리스티나였다. 칼리 사이먼의 감성에 나나 무스쿠리의 스타일을 겸비한, 훗날의 크리스티나 판데르베르크가 아닌 크리스티나 파파다키스. 〈레이니 데이스 앤드 먼데이스〉를 불러 학생들 입을 딱 벌어지게 만든 크리스티나.

여전히 스타일리시했고, 여전히 비즈 목걸이를 했다. 그녀는 테이블에 앉아 벽돌색으로 칠한 손톱을 나무 상판에 대고 톡톡 두드렸다. 테이블은 숲속에 있었고, 나무에 둘러싸였으며 그 너머에서 아이들이 놀고 있었다.

테이블에 놓인 램프가 눈에 들어왔다. 아랫부분이 파인애플 모양의 도자기였다. 반쯤 남은 블루넌 와인도 있었다.

"안녕, 그레이스."

모래에 파묻힌 내 발은 그 무엇보다도 생생하게 느껴졌다. 나는 지친 몸을 끌고 테이블까지 걸어가 내 옛 친구 맞은편 의자에 털썩 앉았다. "크리스티나? 이거 진짜예요? 당신이 정말로 여기 있는 거예요?"

"그렇기도 하고 아니기도 해요."

나는 기운이 없고 어리둥절했다. "무슨 말이에요?"

"여긴 살라키아예요. 당신은 지금 살라키아를 보고 있고, 여기에는 살라키아인들도 있어요. 그들은 친절하고 날 보살펴줘요. 난 이 세상에 있어요. 무사히 이곳에 왔죠. 불멸의 존재가 될 수는 없지만 가능한 한 오래 건강하게 살 거예요. 여긴 아름다워요. 주민들은 저 나무 너머에 살죠. 그들은 새로 온 사람들을 잘 보살펴줘요. 정말 좋은 사람들이에요, 그레이스. 저들은 우주 전체를 보살펴죠. 한때 당신이 날 보살폈듯이……."

난 말하기가 힘들었다. "지금 내가 다른 행성에 있나요?"

"아뇨. 당신은 여기 있지 않아요. 하지만 상관없어요. 당신이 보고 있는 건 진실이에요. 라 프레센시아가 당신에게 주는 선물이죠. 이건 일반적인 의미의 꿈이 아니에요, 그레이스. 진실이죠."

"그럼 왜 이런 일이 일어나는 거죠? 무엇을 위한 진실인가요?"

"라 프레센시아는 당신이 뭘 할 수 있는지 알았기 때문에 당신이 이비사로 오길 바랐어요. 이곳의 생명을 보존하는 데 당신이 결정적 역할을 하리라는 걸 알았죠. 나도 알았고요. 그래서 당신을 선택한 거예요. 당신이 사람과 동물을 구하고, 이비사도 구할 수 있다는 걸 알았어요. 이게 그 방법이고요. 이렇게 해야 당신은 보호자가 될 수 있어요. 우선 당신 자신을 해방시켜야 해요."

이제 크리스티나 앞에 그릇 하나가 있었다. 파인애플을 얇게 자른 조각이 가득 담긴 그릇이었다. 난 어리둥절해하며 조금 전에는 이 그릇이 없었는지 생각해내려 했다.

크리스티나는 반투명하게 빛나는 바다를 가리켰다.

"의심에서 벗어나세요. 죄책감에서도요. 당신이 한 일에서 벗어나세요. 당신은 저 바다처럼 맑아져야 해요. 그동안 당신은 문제를 잘 풀어왔어요, 그레이스. 이제 당신이 정말로 풀어야 할 문제는 당신 자신이에요. 당신은 여전히 과거에 갇혀 있어요."

"하지만……."

"당신은 수학을 잘 알잖아요, 그레이스. 음수는 양수보다 힘이 더 세요. 음수와 양수를 곱하면 결과는 늘 음수죠. 당신은 상황을 다르게 봐야 해요. 마이너스를 플러스로 만들어야 한다고요."

"그건 불가능해요."

"지금까지 당신이 불가능하다고 생각했던 아주 많은 일이 가능해졌어요. 이게 마지막 숙제예요."

"단지 대니얼 때문만은 아니에요. 난 나쁜 엄마일 뿐 아니라 나쁜 아내였어요." 난 중얼거렸다.

"당신은 좋은 아내였어요. 그리고 훨씬 더 좋은 엄마였고요." 크리스티나는 살짝 웃었다. 그 웃음이 부드러운 멜로디로 들렸다. 그녀가 포크로 파인애플 한 조각을 조심스럽게 찔렀다. "난 누구든 선택할 수 있었지만 당신을 선택했어요. 당신은 내가 아는 사람 중에서 가장 훌륭해요."

"당신은 날 몰라요."

"당신 생각보다 잘 알아요. 난 당신을 다 봤어요. 당신의 미래도 봤고, 당신이 어떤 사람이 될 수 있는지도 봤죠."

"난 일흔둘이에요. 남은 시간이 많지 않아요."

"그렇지 않아요. 당신은 오랫동안 슬픔과 외로움에 잠겨 있었어요, 그레이스. 하지만 꼭 그럴 필요는 없었죠."

난 잉글랜드에서의 내 삶을 생각했다. 아무도 봐주지 않는 삶,

내가 거의 존재하지 않는 삶. 숲에서 소리 없이 쓰러지는 나무였던 삶.

"난 결함 있는 인간이에요."

"제발 그런 말 말아요, 그레이스. 누구나 결함이 있어요. 그게 바로 인간이란 존재예요."

"모든 사람이 그렇지는 않아요."

"아뇨." 크리스티나가 한 치도 망설이지 않고 힘주어 말했다. "모두가 그래요. 모든. 사람이."

그러더니 내 손에 무언가를 꼭 쥐여주었다. 성 크리스토퍼 목걸이였다. "이제 이걸 당신에게 영원히 돌려줄 때가 됐네요."

난 목걸이를 보았다.

다시 고개를 들어보니 파인애플이 담겼던 그릇이 사라졌다. 그리고 크리스티나도. 테이블에는 라지 파빌리온이라는 레스토랑의 메뉴판이 있었다. 나와 칼이 대학생이었을 때 갔던 레스토랑. 그가 내게 처음으로 청혼했던 레스토랑.

완벽한 불완전성

이제 테이블에는 레스토랑처럼 두 사람의 냅킨과 커틀러리가 놓여 있었다.

난 식탁보에 놓인 메뉴판을 보았다. 그러다 고개를 들어보니 그가 바로 앞에 앉아 있었다. 칼. 젊은 시절의 칼. 지미 헨드릭스를 좋아하고, 블랙 사바스에서 리드 기타를 치고 싶어 했던 칼. 검은 머리에 구레나룻을 기르고, 체격은 호리호리하고,《곰돌이 푸》에 나오는 티거처럼 에너지가 넘쳐 의자에 앉아서도 계속 몸을 움직이고, 마치 코로 뜨개질을 하듯 고개를 슬쩍슬쩍 계속 까닥거리던 칼.

"어니언 바지•가 맛있지, 안 그래?" 칼이 메뉴판을 집어 들며 말했다.

느닷없이 웨이터가 나타났다. "주문하시겠어요? 아니면 좀 더 시간을 드릴까요?"

"시간을 주세요." 내가 그렇게 말하는 동안 보랏빛이 도는 남색 깃털이 달린 생명체가 머리 위로 날아갔고, 뒤에서는 살라키아 어린이 둘이 계속 놀았다. 한마디로 내 기억과 심리의 현실이 살라

• 바지는 인도의 튀김 요리이며 종종 전체 요리로 제공된다.

키아의 현실과 중첩되어 내 앞에 펼쳐졌다. 모든 것이 진실의 힘을 중심으로 결합해 올리브 병의 광자력을 통해 내 '꿈이 아닌 꿈'에 스며들었다. 요컨대 어지러울 정도로 혼란스러웠다. 하지만 난 칼에게 집중했다. 몇 년 전 노팅엄 구스 페어•에서 빙글빙글 돌아가는 놀이기구를 타고 어지러웠을 때 어지럼증을 멈추려면 눈앞의 고정된 지점만 바라봐야 한다는 말을 들은 적이 있었다. 내겐 칼이 고정된 지점이었다. 그래서 그에게 집중했더니 나머지는 움직이지 않았다.

"시간은 중요하지." 칼이 내 말에 동의했다. 그는 연애 초기에 보곤 했던 낭만적인 미소를 지었고, 눈동자는 폴 뉴먼처럼 반짝거렸다. "시간은 너무 빨리 흘러서 볼 수 없을 때가 많아."

"난 당신에게 좋은 아내가 아니었어, 칼."

칼은 내 손의 반지를 바라봤다. 가느다란 은반지에 작은 에메랄드가 박혀 있었다.

"진짜 에메랄드를 어떻게 구별하는지 알아?" 칼이 물었다.

"불완전성."

"맞아. 그거야. 주얼리 숍 직원도 그렇게 말했어. 에메랄드는 다른 보석과 반대야. 보석 안의 이물질이 더 많을수록, 균열과 결함이 더 많을수록 더 아름다운 에메랄드가 될 수 있지. 진짜 에메랄드는 결함이 있어서 아름다워. 그걸 완벽한 불완전성이라고 부르지. 오직 가짜 에메랄드만 판에 박은 듯이 완벽해."

• 매년 10월 첫째 주에 약 열흘 동안만 개장하는 놀이공원.

"결함이 너무 많을 수도 있어."

"그게 무슨 말이야?"

"내 말은, 결함만 눈에 보인다면 어떻게 해? 보석이 아니라 그 안의 이물질만 보인다면?" 칼은 날 멍하니 바라보았다. 그래서 난 최대한 분명하게 말했다. "당신은 정말 좋은 남편이었어. 하지만 난 당신에게 좋은 아내가 아니었어."

"무슨 말이야? 대니얼 때문에 그러는 거야? 대니얼이 자전거를 타고 나간 건 당신 잘못이 아니야."

"내가 대니얼을 데리고 시내에 나갈 수도 있었어. 대니얼이 바랐던 대로. 하지만 난 카탈로그에만 정신이 팔렸어."

"그건 나도 마찬가지야. 나도 펍에서 비터를 마시느라 바빴지."

"그날은 비가 왔어. 비 오는 날 대니얼 혼자 나가게 두지 말았어야 해."

"비 오는 날 자전거 타고 다니는 사람이 한둘이야? 대니얼은 그 자전거를 좋아했어. 당신이 말린다고 안 갔을 리가 없어."

난 칼의 말이 별로 와닿지 않았다. 마음 한편으로는 계속 죄책감을 느끼고 싶었다. 혹은 그래야만 했다. 그래서 이렇게 말했다. "에이든 젠킨스 말하는 거야."

"당신 동료?"

"응. 그 사람과 비품실에서 섹스를 했어. 정말 즐거웠지. 하지만 한 번 한 뒤로는 별로 즐겁지 않았어. 왜냐하면 당신을 사랑했으니까. 난 결코 그를 사랑할 수 없었을 거야."

칼은 무심하게 고개를 끄덕였다. "아, 그래. 알아."

"뭐라고?"

"젠킨스가 한 번 전화했어."

"전화를 했다고?"

"술에 취해서."

"술에 취해서?"

"솔직히 말하면 그 일로 기분이 나아졌어."

"나아졌어? 왜?"

"데버라 기억해? 내가 유니언 바에서 당신에게 소개해줬던 여자 말이야."

어렴풋이 기억났다. 이상하게도 수십 년이나 지났는데 그 기억은 아직 남아 있었다. 금발에 눈썹까지 수북하게 내린 앞머리, 뭔가 알고 있다는 듯한 미소. "응."

"음, 난 매주 화요일마다 데버라와 잤어. 또 매주 목요일에도."

이 말을 이해하는 데 잠깐 시간이 걸렸다. "뭐라고? 하지만 그때 당신은 나한테 청혼했잖아."

"응. 이상한 일이라는 거 동의해. 더럽게 미친 짓이지. 죄책감 때문이었던 것 같아. 사람은 죄책감 때문에 이상한 짓을 하거든. 어쨌든 우리가 공유한 과거의 그 순간에 난 좀 개새끼였어, 그레이스. 당신에게는 펍에 간다고 하고선 데버라가 자취하는 집으로 갔지. 우린 싸구려 와인 한 병을 나눠 마시고 마리화나를 피웠어. 그때는 1970년대였으니까. 그러고는 열 번에 아홉 번은 섹스를 했어. 당신이 클로뎃과 만나는 동안에. 하마터면 당신에게 걸릴 뻔한 적도 있었어. 기억나?"

"왜 내게 이런 이야기를 하는 거야?"

"사실이니까. 깨진 대칭 속에서도 완벽한 우리 사랑의 결합 있는 진실. 당신을 사랑해, 그레이스 윈터스. 우리가 저지른 실수가 우리 사랑의 가치를 떨어뜨리진 않아."

"칼……"

"당신은 앞으로 나아가야 해. 들어봐. 날 봐. 이 젊은 날의 날 보라고. 지금 이 모습보다 더 나이 든 나는 당신과 결혼해. 우린 서로 사랑하고, 살면서 정말 좋은 시절, 정말 힘든 시절, 정말 좋지도 힘들지도 않은 시절을 보내지. 우린 아이를 가지려고 노력하지만 실패하다가 마침내 아이가 생겨. 난 약간 무심해지고 짜증이 나고 직업이 싫어졌고, 술을 너무 마시고 그러다 코를 정말로 심하게 골기 시작했지. 당신에게도 직업이 있었어. 나만큼이나 스트레스가 심한 일이었지만 그래도 난 당신이 육아의 대부분을 맡아주기를 은근히 기대했고, 당신은 그렇게 했어. 그것도 아주 잘 해냈지. 우린 행복한 척하다가 마침내 대니얼을 잃었어. 우리가 그런 거야, 그레이스. 우리가. 우리 둘 다 대니얼 곁에 있어주지 않았어. 대니얼은 죽었어. 그건 비극이지만 또한 세상 대부분의 일이 그렇듯 사고였어. 난 슬픔을 잘 받아들이지 못해. 가끔은 소리를 지르고, 주먹으로 벽을 치고, 자리를 박차고 나가버렸지. 난 당신에게 소홀했고, 당신은 어리석은 짓을 저질렀어. 하지만 사람은 누구나 어느 순간 어리석은 짓을 저질러……. 그리고 아무리 죄책감을 많이 느낀다 해도 그 일을 되돌릴 순 없어. 나를 다시 살릴 수도 없고. 난 죽었어. 그리고 난 당신이 살았으면 좋겠어. 살았으면 좋겠다고."

"대니얼은 어디 있어?" 내가 칼에게 물었다. 그런 다음 크리스티나가 듣기를 바라며 더 크게 말했다. "대니얼은 어디 있어? 당신과 얘기하는 것처럼 대니얼과도 얘기할 수 있어? 진짜 대니얼이 아니라는 건 알아. 당신이 진짜 당신이 아니듯이. 하지만 그래도 대니얼의 진실은 알 수 있을 거야. 난 진실이 필요해. 대니얼의 얼굴이 보고 싶어. 대니얼 여기 있어?"

칼은 고개를 저었다. "대니얼은 볼 수 없어. 당신은 여전히 너무…… 슬퍼하고 있어. 그에 관한 진실이 제일 접근하기 어려워. 하지만 내 진실은 이거야. 난 늘 당신을 있는 그대로 사랑했어. 당신의 모든 모습을. 실수든 뭐든."

그 말은 강력했다. 내 안에서 그 말이 진동했다.

"난 늘 당신을 사랑했어." 울지 않으려고 애쓰며 내가 말했다.

칼은 기도하듯 두 손을 깍지 꼈다. "늘 알고 있었어, 그레이스. 당신은 내게 전부 다 말했어. 말하지 않을 때조차도. 하지만 내가 여기 온 건 나도 완벽하지 않다고 말하기 위해서야. 난 내 실수를 받아들였고 날 용서했어. 그러니까 당신도 그래야 해. 당신은 필요한 사람이야. 사랑해, 그레이스. 지금까지 늘 그랬고 앞으로도 그럴 거야. 사랑은 그냥 사라지지 않아. 빛처럼 계속 이동하지. 하지만 당신은 이제 앞으로 나아가야 해. 당신은 날 제대로 기억하지 못해. 죄책감이 늘 당신의 시야를 흐리게 하니까. 우릴 기억하고, 좋은 기억을 간직하려면 죄책감을 놓아야 해, 그레이스. 당신은 살아야 해."

"사랑해, 칼."

"그럼, 제발, 그만 놔줘⋯⋯. 당신은 완벽해지려고 태어난 게 아니야. 우리 다 마찬가지야. 우린 살려고 태어났어. 그러니까 날 놔줘⋯⋯."

"그 전에 당신에게 하고 싶은 말이 있어. 당신이 음악을 크게 틀도록 내버려둘걸 그랬어. 정말 좋은 음악이었는데. 나도 제대로 들어볼걸 그랬어."

칼이 활짝 웃었다. 그의 눈동자는 멀리서 빛나는 두 개의 태양 같았다. 칼을 만나서 반가웠지만 이젠 뭘 해야 할지 알았다. 칼도 마찬가지였다. "이제 그만 가. 얼른."

때가 됐다.

깨어난 아이

라 프레센시아는 모든 걸 원래대로 되돌렸다. 상처를 치유했고, 멸종된 식물을 되살아나게 했다. 지금 내게도 그런 일이 일어났다. 난 깨진 금 사이로 꽃을 피우고 있었다. 나를 되찾고 있었다.

바로 그 순간, 바닷물이 내 발을 찰싹거렸다. 나는 아래를 내려다봤다. 바닷물은 그 형언할 수 없는 푸른색으로 빛나더니 평범한 조수와는 비교할 수 없을 정도로 빠르게 밀려왔다.

다시 고개를 들었을 때는 모든 게 사라져버렸다. 테이블, 해변, 나무, 사람들. 나만 남았다. 난 그 순수한 빛으로 빨려 들어갔고 위로, 위로 계속 올라갔다. 수면 밖으로 나갈 때까지. 그리고 침대에 똑바로 누운 채 잠에서 깼다. 살아가고, 또 다른 이들이 살아가는 걸 도울 준비가 거의 된 채로.

밝은 방

새벽 1시였고, 잠에서 깬 나는 강아지처럼 생기가 넘쳤다.

올리브 병은 그 어느 때보다도 밝게 빛났다.

방 전체가 밝았다. 보통 때라면 고개를 돌려야 할 정도의 밝기였으나 왠지 난 그럴 필요가 없었다. 맞다, 지금은 많이 위험한 상황이었다. 아트 버틀러가 여전히 버티고 있었다. 인간이 아닐지도 모르는 남자 때문에 아마 우리 모두가 어느 정도 위험에 처했으리라. 하지만 이것만은 말해줄 수 있다. 내 시야 전체를 안개로 뒤덮는 내면의 날씨에 비하면 외부 폭풍쯤은 견뎌낼 수 있다. 그리고 이젠 그 안개가 걷혔다. 난 내 자신에게 이미 답을 아는 질문을 던졌다. 오랫동안 연락이 끊겼던 친구가 세상에서 가장 신나는 섬에 남겨준, 추억이 가득한 집보다 더 좋은 게 뭐가 있을까?

처음에는 몰랐는데 침대 옆에 놓인 피스 릴리는 더 이상 생기를 잃은 채 죽어가지 않았다. 이파리가 물기를 가득 머금은 진녹색이었다. 피스 릴리의 존재가 느껴졌다. 정확히 말하면 생각은 느껴지지 않았다. 식물은 우리와 같은 방식으로 생각하지 않는다.

하지만 가장 놀라운 일은 내 손에 쥔 물건이었다. 성 크리스토퍼 펜던트가 달린 목걸이가 내 손바닥에 있었다. 내가 줬던 선물이 돌아왔다. 펜던트에 양각으로 새겨진 성 크리스토퍼가 느껴졌다. 그는 아기 예수를 안은 채 강을 건너고 있었다. 나는 잃어버린 보물을 찾은 듯이 목걸이를 꽉 쥐고 올리브 병을 돌아보며 말했다. "고맙다."

그런 다음 샤워를 하고 목걸이를 걸고 옷을 골랐다. 깔끔한 핀턱 팬츠와 쉬폰 블라우스. 난 거울을 바라보았고, 준비가 되었다.

"가자, 그레이스. 이제 살아야 할 시간이야." 난 내게 그렇게 말했다.

그레이스 윈터스 외 2인

섬은 시끌벅적했다.

암네시아 나이트클럽은 동쪽의 이비사 타운과 서쪽의 샌 안토니오를 잇는 주요 도로에서 약간 벗어난 곳에 있었다. 이 섬의 많은 나이트클럽이 그렇듯이 암네시아도 터무니없을 정도로 컸다. 대성당이나 비행기 격납고 규모였다. 그리고 솔직히 말해서 난 약간 흥분되었다.

내가 마지막으로 나이트클럽에 간 건 1980년이었는데, 링컨에 있는 록시라는 클럽이었다. 거기서 술에 취한 여자가 쿨 앤드 더 갱 음악에 맞춰 내 신발에 토했다.

많은 클러버가 눈에 띄는 의상을 입고 줄 서 있었다. 만약 드레스 코드가 있다면 알아내기 힘들 정도로 제각각이었다. 밝은 초록색 비키니에 밝은 초록색 러닝화를 신은 여자가 있는가 하면 정말로 우아한 빨간색 롱드레스를 입은 여자도 있었다. 검은색 망사 상의를 입은 젊은 남자는 핸드백을 들었다. 검은색으로 차려입은 세련된 커플은 손을 꼭 잡은 채 줄을 서서 오늘이 함께 보내는 마지막 날이 되는 건 아닐지 생각했다. 굳이 필요하지 않은 선글라스를 낀 사람이 많았다. 수국이 가득 핀 화단보다 훨씬 더 알록달록했다. 알베르토는 찢어진 데님 반바지에 플립플롭을 신고, 하와

이안 셔츠를 입었는데 앞 단추를 채우지 않아 꼴사나운 가슴털이 그대로 드러났다. 그의 딸 마르타는 한가운데 작고 파란 지구가 그려진 기발한 흰색 티셔츠를 입었다. 영어로 '창백한 푸른 점'이라고 적혀 있었다. 난 저 글귀를 어디서 인용한 것인지 알고 있었다. 요즘에는 모르는 것이 거의 없기 때문이었다. 칼 세이건의 연설에서 보이저 1호의 우주 탐사선이 촬영한 사진 속 지구를 언급했던 표현이었다.

마르타는 노란색 플림솔•을 신었고, 접란 이파리처럼 초록색과 하얀색이 세로줄 무늬를 이루는 바지를 입었다. 친환경 생분해성 바디 글리터를 볼에 바른 덕분에 말 그대로 반짝반짝 빛났다. 머리카락은 퀄을 만들어 어찌나 풍성하게 부풀렸는지 실눈으로 보면 친절한 메두사로 착각할 정도였다. 한마디로 마르타는 아주 근사했다. 평소 내 나이의 절반도 안 되고 잘 차려입은 사람 옆에 있을 때와 달리, 난 남의 시선을 전혀 의식하지 않았고 내가 촌스럽게 느껴지지도 않았다. 그저 마르타가 멋있다고만 생각했고, 그걸로 끝이었다.

난 알베르토 부녀를 따라 건물—움직이는 여러 색의 스포트라이트와 수선화처럼 노란 암네시아 간판으로 휘황찬란했다—앞에 길게 줄 선 클러버를 지나 덩치가 가장 큰 경비원에게 다가갔다. 그는 덩치가 어찌나 큰지 손에 든 아이패드가 우표처럼 보였다.

"라파엘!"

• 캔버스 천에 고무 밑창이 달린 운동화.

알베르토가 외치자 경비원이 미소를 지었다. 그의 얼굴은 조명을 받아 파랗게 빛났다. "어이, 알베르토!"

라파엘은 알베르토를 껴안았다.

"파파는 예전에 여기 디제이였어요." 마르타가 내 귀에 대고 설명했다. "고릿적 얘기죠. 라파엘은 어릴 때부터 아빠를 알고 지냈어요. 아빠한테 스쿠버다이빙도 배웠고요. 작은 섬이니까요."

"뱀 선물 고마워요. 우리 딸이 좋아하더라고요." 라파엘이 말했다.

"아, 천만에. 그 뱀은 아주 철학적이고 사려 깊은 친구라 좋은 동반자를 만나고 싶어 했어."

라파엘은 맞장구를 치며 그의 말을 받아주었다. 그 뱀이 서랍을 떠나 더 좋은 집으로 갔다니 다행이었다. 하지만 라파엘은 우리에게 길을 내주지 않았다. 닫힌 문처럼 우리 앞에 계속 서 있었다.

이제 알베르토의 미소에 차츰 당황한 기색이 감돌았다. "그래서…… 우릴 들여보내줄 건가?"

"아뇨." 다정한 표정과 대조적으로 라파엘이 말했다.

마르타는 기발한 표현으로 욕했고, 난 그 말을 알아들었지만 여기에 적지는 않겠다. 난 알베르토가 그의 능력을 사용할지 궁금했다. 아니면 내가 나서야 할까? 그러나 전혀 그럴 필요가 없음을 깨달았다.

난 예의 바른 잉글랜드인답게 라파엘을 향해 소심하게 손을 흔들었다.

그는 나와 내 전반적인 겉모습을 보고 아무런 내색도 하지 않으려고 노력했다. 친절한 사람이었다. "네, 부인?"

"안녕하세요, 내 이름이 초대 손님 명단에 있을 거예요."

라파엘은 어리둥절한 얼굴로 날 보았다. 엄밀히 말하면, 알베르토와 마르타도 마찬가지였다.

"네, 화훼 농원에서 우연히 리케를 만났는데 친절하게 내 이름을 초대 손님 명단에 넣어주겠다고 하더군요. 난 그레이스 윈터스예요. 그 외 2인이요."

라파엘은 아이패드를 꼼꼼히 보더니 고개를 끄덕였다. "네, 부인의 이름이 여기 있네요." 그러고는 우리에게 들어가라고 손짓했다. "즐거운 밤 보내세요."

알베르토는 약간 짜증을 냈고, 놀란 상황에서도 점잖게 행동하는 영국인을 흉내 내며 얌전히 영어로 중얼거렸다. "아, 그렇군요. 그래요. 아주 잘됐어요." 하지만 그의 말은 안쪽에서 들려오는 압도적인 소리에 금방 묻혀버렸다.

건망증이 생긴 사람들의 작업실

우린 테라코타 타일이 깔린 바닥을 걸어 입구 근처에 모인 군중 사이로 지나갔다. 대부분 스페인인이었다. 자신의 말이 들리도록 서로 상대의 귀에 대고 외치는 사람들. 땀에 젖은 몸. 들쭉날쭉하고 정신없는 기쁨과 갈망 주위를 맴돌며 날아다니는 생각들. 난 이곳에 있기에는 적어도 200살쯤 나이 든 기분이었지만, 알베르토가 내 마음을 읽은 게 틀림없다. 왜냐하면 마리화나 잎이 그려진 티셔츠를 입은 노인을 가리키며 이렇게 말했기 때문이었다. "디에고예요. 1988년의 역사적인 여름•에 본토에서 여기로 건너와 그 이후로 계속 여기 살았죠. 우리 둘보다 나이가 많아요."

난 잠시 디에고의 마음에 접근했지만 환각을 일으키는 이상한 안개만 보였고, 안개 속의 사이클론에 휘말린 소들처럼 빙글빙글 돌아가는 추상적인 생각으로 가득했다. 그래서 얼른 빠져나왔다.

클럽은 간단히 말해서 두 개의 거대한 방으로 이뤄졌다. 동굴처럼 어두컴컴한 방 하나와 라 테라사(테라스)라는 이름의 더 밝고 더 큰 방이었는데 지붕에 여러 개의 유리창이 있고, 좀 더 야외에 있는 듯한 느낌이 났다. 30분 뒤에 리케가 등장할 예정이었으나 우

• 이비사가 세계적으로 유명한 클럽 문화와 댄스 음악의 중심지로 자리 잡게 된 해를 가리킨다.

린 먼저 비교적 조용한 곳으로 향했다.

"저번에 말했듯이 예전에 이 클럽은 전부 야외였어요." 마르타가 바에서 음료를 주문하는 동안 알베르토는 유리 지붕을 가리켰다. "자연 그대로였죠. 펠리니 감독 영화 같았어요. 사람들이 온갖 음악에 맞춰서 춤추는 농가……. 롤링 스톤스, 재즈, 힙합, 미스틱 록, 마누엘 괴칭, 프린스, 아트 오브 노이즈, 시카고 하우스, 레게, 뉴웨이브, 오래된 아르헨티나 탱고 음악, 플리트우드 맥, 케이트 부시, 신디 로퍼, 톡톡. 난 톡톡을 좋아해요." 그러더니 그가 흥분해서 〈잇츠 마이 라이프〉를 노래하기 시작했다. 그의 눈에 눈물이 글썽였다. "어떤 음악이든 상관없었죠. 발레아레스 하우스.• '토도 발레'가 콘셉트였어요. 무엇이든 다 좋다는 뜻입니다. 경계가 없었죠. 음악이나 사람 사이에 경계가 없었어요. 그냥 모두가 공유할 수 있는 리듬을 찾는 거예요. 온갖 계층과 문화, 정체성, 섹슈얼리티가 다 있었습니다. 좁은 장르에 국한하지 않았고, 음악을 나누거나 구분하지도 않았습니다. 파벌도 없었고요. 자연스럽고 순수하고 재미있었죠. 그저 보편적인 공감대만 찾는 겁니다. 심지어 〈힐 스트리트 블루스〉 주제곡도 틀었어요."

"〈힐 스트리트 블루스〉 주제곡이요?" 난 밤늦게 방영하는 그 드라마의 재방송을 보게 해달라고 졸랐던 대니얼을 생각하며 물었다. 대니얼이 그 주제곡을 얼마나 좋아했던지. 소파에 앉아 몸을 내밀고 그 드라마를 얼마나 열심히 봤던지. 대니얼의 그 기쁨은

• 1980년대에 등장한 DJ가 주도하는 댄스 음악으로, 후에 일렉트로닉 댄스나 하우스 뮤직으로 발전한다.

그때도 생생했고, 지금도 생생히 남아 있으며 우주의 기억 어딘가에 저장되었다.

알베르토는 고개를 끄덕였다. "네. 경찰 드라마요. 내 친구, 아르헨티나 출신의 전설적인 DJ 알프레도는 밤이 끝날 무렵에 그 곡을 자주 틀곤 했죠. 그 주제곡만큼 발레아레스와 잘 어울리는 곡은 없어요……."

이제 알베르토의 마음이 열렸고, 난 그 안을 모두 볼 수 있었다. 그는 독재자 프랑코가 죽고 채 1년도 되기 전인 1976년에 이 섬으로 돌아왔다. 학업을 중단했고 평화주의자가 되었다. 다시 해양 생물학을 공부할 계획이었으나 먼저 즐겁게 놀고 싶었다. 내가 그의 마음을 읽는 걸 알아차린 알베르토가 몇 가지 각주를 달아주었다. "마드리드 출신의 철학자가 시골 한복판에 있는 오래된 대농원을 야외 디스코텍으로 바꿨죠. 그는 클럽을 '엘 타예르 데 로스 올비다디소스', '건망증이 생긴 사람들의 작업실'이라고 했어요. 하지만 너무 길어서 사람들은 그냥 암네시아(기억상실증)라고 불렀죠. 늘 짧은 게 더 좋으니까! 거기 갔던 사람은 모두 잊을 게 있었어요. 온 세상이 트라우마에 시달리는 것 같았거든요. 프랑코, 베트남 전쟁, 핵폭탄이 인류를 멸망시킬 거라는 전망. 차라리 춤추는 게 나았어요. 춤은 단순한 춤이 아니었죠. 자유의 상징이었어요. 당신이 누구든 댄스 플로어에서는 안전해요."

마르타가 음료가 든 유리잔을 들고 돌아오자 매혹적인 육각형 빛이 그녀의 뒤에서 번쩍거렸다. "나다 데 플라스티코. 노 플라스틱. 플라스틱은 악마예요. 플라스틱은 생산된 때부터 폐기될 때까지 지구를 파괴해요. 사악한 미세 플라스틱. 그건 물고기를 죽이죠. 우리도요." 마르타는 물고기를 위해 정말로 전쟁이라도 할 기세였다. "어쨌든 이건 그레이스가 마실 오렌지주스예요."

거의 새벽 2시가 다 된 시간이어서 우리는 인파를 헤치고 테라스 룸으로 향했다. 난 나와 같은 비행기를 타고 왔던 여자들을 지나쳤다. 그들은 춤을 췄고 삶을 사랑했으며 그들의 마음은 즐거움으로 빛을 내뿜었다. 여기 있는 몇몇 사람과 달리 인공 각성제도 복용하지 않았다. 그들은 여기 오기 전에 미리 잠을 자뒀고, 이젠 춤으로 근심을 날려버렸다. 마치 멋진 집단 엑소시즘의 일원이라도 된다는 듯이 눈을 감은 채 몸을 흔들어댔다.

실내는 의심할 여지 없이 덥고, 시끄럽고, 혼잡했지만—원래부터 내가 좋아하지 않는 세 가지—난 정말로 꽤 즐거웠다. 다리는 아프지 않았고, 고관절도 심하게 뻣뻣하지 않았으며, 이명이 들렸는지는 몰라도 그 소리를 들을 순 없었을 것이다. 난 집단적인 에너지에 푹 빠진 나머지 내가 왜 여기 왔는지 잊어버릴 뻔했다.

자기도 모르게 박자에 맞춰 몸을 흔드는 즐거움

마르타가 팔꿈치로 날 찌르더니 DJ 부스를 가리켰다. 거기 그녀가 있었다. 광고판 속 손이 닿지 않는 여신. 화훼 농원에서 봤던 극도로 흥분한 딸. 거대한 부스 속 그녀를 사람들은 콜로세움의 황제처럼 올려다보았다.

그녀는 앞 순서의 DJ와 이야기를 나누며 기계를 만지작거렸고, 음악이 보이지 않는 짐승 떼가 달려오는 발소리처럼 실내를 가득 채웠다. 덩치 큰 청년이 내 시선을 가로막았는데 그의 몸에는 온갖 동물 문신이 있었다. 뱀, 치타, 거북이. 그의 이름은 스테파노였다. 볼로냐에서 온 이탈리아 관광객이었는데 수의사 수련을 받는 중이었고, 힘든 이별 후에 마음을 추스르고 있었다. '왼쪽으로 가, 왼쪽으로 가, 왼쪽으로 가, 왼쪽으로 가…….'

몇 분 뒤, 그가 왼쪽으로 몇 걸음 옮겨 계속 춤을 추는 덕분에 난 리케를 뜯어볼 수 있었다. 하지만 리케와 나 사이에는 너무 많은 것이 있었다. 너무 많은 공간, 너무 많은 사람, 너무 많은 생각과 감정, 감각이 공기 중에 어수선하게 떠 있어 마치 벌 떼 속에서 벌 한 마리만 따로 떼어내서 보려는 듯했다.

알고 보니 난 리케가 틀어주는 음악이 정말로 좋았다. 테크노 음악이라고 했다.

평소 일렉트로닉 음악을 싫어했던 나로서는 놀라운 일이었다. 뭐, 젊은 날에 비치 보이스의 〈굿 바이브레이션스〉를 좋아하긴 했다. 그 노래에는 테레민이라는 악기가 사용됐는데 엄밀히 말해 전자 악기이긴 하다. 하지만 내가 말하는 테크노 음악이 무엇인지 알 것이다. 로봇이 공황 발작을 일으키는 듯한 음악 말이다. 삐삐거리는 음악. 그런데 이 음악에는 내가 놓친 것이 있었다.

테크노 음악에는 수학적 아름다움이 있었다. 수천 명의 몸이 마치 음악의 힘에 종속되어 반응하는 개체처럼 움직이는 동안 난 댄스 플로어 한쪽에 서 있었다.

평소와 달리 난 이 음악을 즉시 이해했고, 이 음악을 향한 집단적 사랑을 느꼈다. 황금빛 순수한 사랑이었다. 키보드 소리 아래로 완벽한 박자를 유지하는 베이스 드럼의 반복적인 소리가 있었다. 둠 둠 둠 둠. 심장 박동의 속도. 그러더니 그 위로 더 가볍고, 두 배 더 빠른 다른 박자가 들렸다. 그보다 정확히 두 배 더 빠르고 더 희미한 박자도 있었다. 한 마디에 네 박자. 각 구간 내에서 시간 간격을 균등하게 나눈 완벽한 비율이었다. 유클리드의 알고리즘이 실현된 것이다.

음악을 이야기할 때 종종 사람들은 자기도 모르게 박자에 맞춰 몸을 흔드는 즐거움을 말한다. 내가 머리를 까닥거리고 군중을 훑어보면서 목격한 것도 바로 그런 즐거움이었다. 불완전한 세상에서 수학적 조화를 경험하는 집단적 희열.

유클리드도 암네시아에서 춤추는 것을 좋아했을 거라고 확신했다. 나도 좋았다. 이 춤추는 사람들 속에 있는 것이 좋았다. 그들의 몸은 자유로웠다. 사랑에 빠진 두 남자가 바 옆에서 부드럽게 키스하는 것도 좋았다. 죽마를 탄 사람들도 좋았다. 모든 사람이 진실하고 다채로운 정체성을 드러내며 옷과 헤어 스타일, 몸, 성욕을 실험하고, 규칙과 생체 리듬에 저항하는 이 공간이 좋았다. 사방에 설치된 바 주위에서 어슬렁거리며 사람들을 지켜보는 조용한 사람들도 좋았다. 조명과 레이저, 심지어 드라이아이스 대포에서 갑자기 펑 터져 나오는 연기도 좋았다.

난 실내 안쪽을 쭉 따라 설치된 발코니를 올려다봤다. VIP 구역이었는데 살짝 슬프고 초자연적인 안개가 감돌았다. 사람들이 테이블 옆에 서 있었고, 남의 시선을 의식하며 아이스 버킷과 빈 샴페인 병 주위로 건들건들 춤을 췄다.

난 다시 DJ 부스를 올려다보았고 간신히 무언가를 포착했다. 부드러운 어둠. 아마 슬픔이리라. 사람들의 팔꿈치와 열정을 피해 인파를 헤치고 리케에게 조금 더 다가갔다. 한낮에 차를 몰아 선착장 부근에 렌트한 아파트로 돌아가는 그녀의 모습이 보였다. 리케는 음악을 듣고 있었는데 그녀가 디제잉하는 종류의 음악은 아니었다. 클래식 기타의 부드러운 선율이었다.

그러더니 갑자기 지금 이 순간, 클럽으로 돌아왔고 리케가 부스에서 고개를 들어 관중을 보다 날 발견했다. 솔직히 아마도 내가 고양이 우리 속 햄스터처럼 눈에 띄었을 테지만 아무튼 리케는 날 알아보는 미소를 지었다. 답례로 난 그녀에게 생각을 주었다. 좀 더 정확히 말하자면 추억을. 크리스티나가 찍은 그녀의 사진, 곰인형을 안은 그녀의 사진에 담긴 추억. 리케의 일곱 살 생일. 사랑과 온기. 어둠 속의 빛.

아니. 내가 또 틀렸다. 내가 그 추억을 준 게 아니었다. 이미 있던 추억을 드러냈을 뿐이었고 그건 쉬운 일이었다. 한 남자에게 자기 다리에 포크를 꽂게 하는 일만큼이나. 일단 하나의 추억이 드러나자 다른 추억이 뒤따르며 가지를 뻗어나갔고, 마침내 다음 곡을 틀기 직전에 리케의 마음속에서는 무언가를 해야만 한다는 필요성이 점점 더 커졌다. 그녀가 자신의 영향력을 선한 일에 쓰길 바랐던 엄마의 소원을 이뤄줘야 할 필요성. 그래서 리케는 다른 곡을 골랐다. 영화 〈블레이드 러너〉의 사운드트랙에 수록된 반젤리스의 〈메모리즈 오브 그린〉. 어릴 때 부모님이 늘 듣던 곡이었다.

그런 다음 마이크를 달라고 했고, 어느새 음악을 튼 채 말하고 있었다. 알베르토가 날 바라봤다. "시작하네요."

난 고개를 끄덕였다.

확실했다.

"안녕하세요, 여러분." 리케가 독특한 억양이 들어간 영어로 어리둥절해하는 클러버에게 말했다. "전 원래 이러지 않아요. 원래 음악을 틀어두고 말하지 않죠. 여러분의 춤을 방해하고 싶지 않거든요. 하지만 여러분에게 꼭 해야 할 말이 있어요. 한 달 전에 저희 엄마가 돌아가셨어요……."

확실히 사람들이 기대했던 밤은 아니었다. 이제 대다수가 휴대 전화를 꺼내 연설 중인 그녀를 촬영했다.

"엄마와 늘 사이가 좋지는 않았어요……. 하지만 엄마는 좋은 사람이었죠. 우리가 사는 이 지구를 걱정했어요. 이비사를 보호해야 한다고 믿었어요. 그리고 에스 베드라도요. 에스 베드라 아시죠? 비행기 타고 이비사에 올 때 내려다봤던 그 멋진 바위요. 음, 거긴 중요한 곳이에요……."

그녀의 말에 동의하는 격렬한 함성이 실내를 가득 채웠다.

"신성한 장소죠. 이비사섬 신화의 일부이기도 하고, 오래전부터 사람의 손이 닿지 않은 곳이었어요. 이제 사람들은 에스 베드라에 건물을 짓고 그 섬에 사는 모든 생명체를 파괴하려 해요. 그리고 거기서부터 칼라 도르트까지 모든 걸 소유하고 싶어 하죠. 바다 전체를요. 세상에서 가장 오래된 유기체…… 수천 년, 수만 년 동안 그곳에 살았던 해초까지 포함해서요. 바다를 보호하고 해변을 보호하고 우리가 숨 쉬는 공기를 보호하는 해초를 그들은 파괴할 거예요." 인상적이었다. 리케는 해양 탄소 흡수원에 대해 연설했는데 그 연설은 사람들에게 활기를 불어넣었다. "……하지만 그런 일은 일어나지 않을 거예요, 여러분. 왜냐하면 우리가 내일 시위에 나갈 거니까요. 우리가 에스 베드라의 자유를 지켜줄 거니까요……. 우리 엄마는 여러모로 특별한 사람이었어요. 여러분이 믿기 힘들 정도로요. 하지만 엄마의 진짜 초능력은 사람과 자연과 생명에 대한 관심이었어요. 소중한 것들에 대한 관심이요. 우린 소중한 걸 보호해야 해요. 우린 내일 오후 3시, 카페 마르 이 솔에서 만나 거리를 행진할 거예요. 그들이 이 땅을 남김없이 파괴하는 걸 막을 거예요. 소셜 미디어에 이 소식을 퍼뜨려주실 분? 우리 엄마의 꿈이 이뤄지도록 도와주실 분?"

이번에도 열광적인 함성이 터져 나왔다. 리케가 날 향해 미소 지었다.

"아는 사람들에게 전부 말해주세요! 내일 봐요!" 리케는 매끄럽게 다른 음악을 섞어 더 빠른 곡으로 만들었고, 쿵쿵거리는 비트가 다시 시작됐다. 그 곡의 제목은 '운석'이었다. "이 곡을 오늘 밤여기 와준 엄마의 친구에게 바칩니다." 리케는 그렇게 말하며 날가리켰다. "그레이스 윈터스에게 감사의 마음을 보여줍시다!"

클럽 전체가 내게 환호와 박수를 보내자 마르타가 내 어깨를 토닥이며 "와우!"라고 외쳤다. 비행기에서 봤던 여자들도 날 알아보고 머리 위로 두 손을 들어 손뼉을 치며 제일 큰 소리로 환호했다.

알베르토가 내게 자부심과 축하의 뜻이 담긴 미소를 지었다.

"자!" 리케가 마이크에 대고 우렁차게 외쳤다. "이제 내일이 '있는' 것처럼 춤춰요!"

그래서 우리는 그렇게 했단다, 모리스. 우린 춤을 췄어. 난 춤을 췄어. 암네시아 한복판에서 쉬폰 블라우스를 입고서. 새로운 두친구와 함께 그다지 피곤하지 않은 팔과 다리를 음악에 맞춰 움직였지.

솔직히 말해서 이렇게 재미있게 논 건 정말 오랜만이었어.

자매님

마르타와 알베르토는 유쾌한 사람들이었다. 알베르토는 엉덩이에 총 맞은 고릴라처럼 정신없이, 활기차게 춤췄는데 그 춤은 대담하게 드러낸 가슴털로 더욱 완벽하게 마무리되었다. 반면 그의 딸은 아버지와 마찬가지로 남의 시선을 의식하지 않는 재주를 타고났지만 훨씬 더 리듬감이 있었다. 그건 그렇고 마르타는 사랑스러운 아이였다. 젊은 사람들은 본능적으로 70대 노인을 무시하거나 가르치려 들기 마련이다. 하지만 마르타는 그러지 않았다. 날 진정한 친구처럼 대했고, 내가 그런 친구를 사귄 지는 꽤 오랜만이었다.

좀 더 춤을 추긴 했지만 어쨌든 우리의 임무는 끝났다. 음, 아직 절반은 남아 있었지만. 시위를 널리 알리는 일을 이보다 더 성공적으로 해낼 수는 없었으나 우리에게는 필요한 것이 또 있었다. 2만 명뿐 아니라 8만 유로. 그것도 내일까지. 이미 내일이 되기는 했다. 지금은 새벽 3시 반이었으니까. 평소에는 자다가 화장실에 갈 때만 깬 적이 있는 시간대였다.

하지만 내겐 계획이 있었다. 넌 기억할 거다. 내가 9학년 학생들에게 세상에서 가장 위대한 과목인 수학이 얼마나 스릴 넘치는지 보여주기 위해 무슨 짓이든 할 수 있는 선생이었다는 걸. 그래서 난 카드 게임에서 볼 수 있는 수학적 원리나 개념에 관해 수업하곤 했지. 피라미드 솔리테어, 분수 전쟁, 사칙연산을 이용해 주어진 네 장의 카드로 특정 숫자에 최대한 근접하는 게임, 그리고 당연히 모든 수학자가 좋아하는 게임인 블랙잭까지. (블랙잭 혹은 21이라고 하지. 하지만 나처럼 숫자를 좋아하는 사람도 왜 블랙잭이라는 명칭을 두고 굳이 21이라고 부르는지 모르겠더구나.)

"이비사에도 카지노가 있지 않나요?" 택시를 잡으러 걸어가며 내가 알베르토와 마르타에게 말했다. 서늘한 미풍이 기막히게 좋았다. 여름 이비사는 새벽 3시 반은 되어야 날씨가 완벽해진다.

"있어요." 약간 피곤한 듯, 또한 내 속셈이 무엇인지 경계하며 마르타가 말했다. "이비사 타운 선착장에요. 한 번 갔다가 대학에서 받은 강의료를 다 날렸죠."

"하지만 그땐 내가 없었잖아요. 우린 이 일을 해야 해요."

알베르토는 마치 내가 지금껏 본 적 없는 새로운 종이라도 된다는 듯 날 바라보았다. "8만 유로를 마련하려고요?"

난 잠시 그의 질문이 허공에 맴돌도록 내버려두었다. 비교적 조용한 곳에 있으니 이명이 평소보다 더 크게 들렸다. 하지만 상관없었다. 즐거운 음악을 들으며 보낸 밤의 이명은 아무 이유 없이 들리는 이명과 완전히 다르니까. 원인 없는 마이너스는 심각한 불행의 원천이 된다. 따라서 마이너스에 동일한 가치의 플러스 원인을 더하면 0으로 상쇄할 수 있다.

8초 뒤에 난 알베르토의 질문에 대답했다.

"음. 네. 정상적 상황에서는 능력을 이런 식으로 쓰는 게 비윤리적이라는 거 나도 알아요. 하지만 지금 상황에서 정상적인 요소는 거의 없죠. 당신 둘은 집으로 가세요. 너무 늦은 데다 내일은 중요한 날이니까요."

마르타는 고개를 젓더니 트림을 억지로 삼켰다. 그녀는 약간 취했고 이마에 색종이 조각이 붙어 있었다. 난 색종이 조각을 떼어주었다. "그라시아스, 에르마나." 마르타가 말했다("고마워요, 자매님." 난 이 표현이 마음에 들었다). "아까 낮잠을 잔 걸로 충분해요. 라 프레센시아의 축복은 못 받았을지 몰라도 전 이비사에서 태어났어요. 생체 리듬은 얼마든지 조절할 수 있다고요."

그래서 우리가 택시에 타자 마르타가 기사에게 이렇게 말했다.

"헬로, 택시 드라이버." 그녀는 나를 웃기려고 잉글랜드인 흉내를 냈다. "카지노 데 이비사로 가주세요, 기사님." 그렇게 우리는 카지노로 떠났고 수중에는 47유로가 전부였다.

월계수

카지노 데 이비사는 골든 마일로 불리는 부촌에 있었다. 난 상쾌한 공기를 들이마시며 고가의 현대식 아파트와 한층 더 고가의 현대식 요트를 둘러봤다. 그 주위로 도로를 따라 일정하게 늘어선 야자수와 깔끔하게 손질된 화단, 군데군데 완벽하게 깎은 잔디밭이 있었다.

택시비를 주고 차에서 내렸더니 고양이 한 마리가 산울타리 아래서 나와 알베르토에게 다가왔다. 흰색과 검은색, 주황색이 얼룩진 길고양이로 질문과 철학, 호기심이 가득했다. 동물들은 알베르토를 좋아했다. 알베르토는 동물을 끌어당기는 자석이었다. 알베르토는 불편한 무릎 때문에 움찔하며 쪼그려 앉더니 고양이를 쓰다듬으며 잠시 이야기를 나누었다.

마르타는 여느 때처럼 그에게 유머 감각이 섞인 짜증을 냈다. "파파, 지금은 닥터 두리틀이 될 때가 아니에요."

"이 녀석이 말하길 헤드라이트를 보는 게 즐겁대. 자동차의 이동하는 불빛과 자신을 부드럽게 쓰다듬는 미풍도 좋다는구나." 알베르토는 고양이에게 작별 인사를 했고, 쥐를 잘 잡기 바란다며 행운을 빌어주었다.

한때는 알베르토가 미치광이라고 생각했지만 이제는 그가 그저 다른 사람들은 이해하지 못하는 걸 이해할 뿐임을 깨달았다.

어쩌면 미친다는 건 그런 것인지도 모른다. 다른 사람은 이해할 수 없는 걸 혼자만 이해하는 외로움.

카지노 자체는 돈을 쏟아부은 주변의 고급스러운 분위기에 뒤지지 않았다. 모던한 디자인이었고, 카지노 앞에 놓인 월계수 화분은 어찌나 깔끔하게 다듬었는지 토피어리• 대회에서 막 우승한 작품인 듯했다. 건물 외관은 풍화된 강철로 만들어 멋스럽게 녹슨 느낌을 주었다. 내부는 볼 수 없었지만 조명이 화려해서 마치 퇴폐적인 천국이 자리한 듯했다.

평생 카지노에는 가본 적이 없었다. 예전에 자원봉사를 하던 가게의 앤절라와 함께 빙고장에 간 적은 있었지만 거긴 카지노와는 딴판이었다. 머리카락을 뒤로 매끈하게 넘기고, 깔끔한 양복 차림에 손목에는 무한대 문신을 새긴 도어맨이 우리에게 카지노에 입장할 수 없다고 했다.

"미안하지만 만석입니다." 도어맨이 말했다. "그리고 여러분 모두 복장이 너무 캐주얼해요." 그는 마르타와 그녀의 얼굴에 바른 글리터를 바라보더니 이번에는 알베르토의 찢어진 반바지와 플립플롭, 앞가슴을 열어젖힌 하와이언 셔츠, 그의 가슴에 무성하게 자란 보기 흉한 털을 가리켰다. "특히 당신. 여긴 격조 높은 장소예요."

마르타는 그에게 스페인어로 말하기 시작했다. 손짓을 많이 해가며 진지하게, 하지만 대화는 잘 풀리지 않았다.

"저 남자의 마음을 돌려봐요." 알베르토가 내게 속삭였다. "나

• 식물을 여러 가지 모양으로 자르고 다듬는 기술.

한테는 너무 어려워요. 저자의 마음은……" 알베르토는 완벽하게 시적인 비유를 찾아 헤맸다. "……꽉 조이는 토끼 항문처럼 들어가기가 힘들어요."

그래서 난, 음, 꽉 조인 도어맨의 마음을 풀어보려고 노력했다. 사실 그건 카지노에 들어가기보다 훨씬 쉬웠다.

그의 이름은 하비에르였고, 원래 카디스 출신이었다. 수영과 종합격투기 관람, 돼지고기와 스페인산 파드론 고추를 좋아했다. 최근에는 플라야 덴 보사 해변에서 만난 스코틀랜드 출신의 관광객과 바람을 피웠다. 그녀의 이름은 앨리스였다.

그래서 난 그를 알지만 이제야 알아본 척했다. "하비에르! 와. 하비에르 맞죠?" 내가 말했다.

그는 의심스럽다는 듯이 날 보았다. 그의 마음은 혼란스러운 오렌지색 사막이었다. "음, 네."

"만나서 정말 반가워요! 난 헬렌이에요!"

하비에르는 얼굴을 찡그렸다. "헬렌? 내가 아는 사람 중에 헬렌은 없어요. 자, 이제 옆으로 비켜주세요……"

"앨리스의 엄마예요." 난 그렇게 말하고는 자신만만해져서 스페인어로 덧붙였다. "라 마드레 데 앨리스."

하비에르는 마치 내게 뺨이라도 맞은 듯 말이 없었다.

"앨리스가 내게 당신과 둘이 찍은 사진을 보여줬어요." 난 최선을 다해 아무것도 모르는 엄마 행세를 했다. "둘이서 낮에 열린 멋진 디스코 파티에서 찍은 사진이요. 아, 그거랑 샌안토니오 바닷가의 붐비는 카페에서 둘이 함께 칵테일을 마시는 사진도요. 카페 맘보였죠.

딸애가 당신은 사랑스러운 남자고, 자기한테 푹 빠졌다고 했어요."

하비에르는 당황했다. 땅딸막한 체격에 냉소적인 표정, 머리가 희끗희끗한 그의 동료가 우리를 재미있다는 듯 바라보고 있었다.

"무슨 말씀이신지 모르겠네요, 부인."

"가여운 앨리스." 나는 계속 말했다. 이젠 이 상황이 꽤 즐거웠다. "그 애는 당신에게 푹 빠졌어요. 온 세상에 알리고 싶다더군요." 난 몸을 내밀어 하비에르의 가슴을 토닥이며 모의하듯 속삭였다. "하지만 내가 그랬죠. 어쩌면 당신은 온 세상에 알리기를 원치 않을지도 모른다고. 특히 어떤 사람에게요."

하비에르가 침을 꿀꺽 삼키고는 고개를 끄덕였다. 내 말을 이해한 것이다. "원하는 게 뭡니까?"

난 숨을 들이쉬었다가 내쉬고는 최대한 합리적인 말투로 말했다. "나와 내 두 친구가 여기서 포커를 하게 해줘요."

하비에르는 패배한 눈빛이었다. 예전에 저런 눈빛을 딱 한 번 본적이 있었다. 막 중성화 수술을 한 우리 포메라니안의 눈에서.

가여운 하비에르는 우리에게 들어가라고 손짓했다.

마르타는 터져 나오는 웃음을 참으며 팔꿈치로 날 찔렀다. 그녀의 졸린 마음은 갑자기 불꽃이 가득한 하늘처럼 활기차게 변했다. "우릴 좀 봐요. 오션스 스리* 같네요." 마르타가 말했다.

"자, 냉정해지자고." 사우나만큼이나 냉정하지 않은 태도로 알베르토가 말했다. "이제 일을 시작하자."

● 열한 명이 모여 카지노를 터는 영화 〈오션스 일레븐〉을 빗댄 농담.

룰렛

카지노 내부는 고요하고 엄숙했다. 성당과 비슷한 분위기였다. 사람들은 테이블 앞에 앉거나 룰렛 돌림판 위로 몸을 내민 채 조용히 기도했다.

우리가 블랙잭 테이블을 지날 때 마르타가 안 할 거냐고 묻는 듯한 표정을 지었지만 난 고개를 저었다. 블랙잭에서는 정직한 방법으로 돈을 따기가 힘들다. 왜냐하면 결단력과 기본적인 덧셈, 뺄셈 기술만 있으면 카드를 세어 속이는 법을 배울 수 있기 때문이다. 자신이 받은 카드가 7보다 낮으면 1을 더하고, 7보다 높을 때는 1을 빼는 방법으로 하면 다음 카드가 높거나 낮을 확률을 계산할 수 있다. 카지노에서는 늘 이런 계산을 하는 사람을 경계한다. 그러니 룰렛이 더 안전하다. 그래서 우리는 룰렛으로 갔다.

다들 검은색이나 빨간색, 혹은 여러 줄에 안전하게 베팅했지만 우리에게는 그 방법이 별로였다. 색깔에 배팅하면 돈을 겨우 두 배밖에 못 버는 반면, 단일 숫자에 베팅하면 35배의 배당금을 받을 수 있다. 따라서 35×47은 1645유로인데 이는 꽤 큰 액수다. 그래서 우리가 룰렛 테이블에 앉았을 때 난 자신감이 넘쳤다.

우린 한동안 게임을 지켜봤고, 알베르토는 돌림판이 돌아간 후에만 결과를 예측할 수 있음을 깨달았다. 반면 나는 두 번, 세 번,

심지어는 네 번까지 앞서서 결과를 예측할 수 있었다. 그러니 이 일은 내게 달렸다. 내가 머릿속에서 본 숫자에 칩을 전부 걸자 사람들은 꽤 당황했다. 내가 선택한 숫자는 33이었다.

"오늘이 제 생일이에요!" 마르타가 날 껴안고 자신의 가짜 생일을 신나게 축하하며 같은 테이블에 앉은 몇몇 사람을 향해 스페인어로 말했다. "텡고 서티스리 아뇨스(제가 서른셋이랍니다)."

"맞아요." 내가 덧붙였다. "이 애는 내 행운의 친구죠! 그러니까 33!"

돌림판이 돌아가고, 구슬이 빙글빙글 돌았다. 난 긴장조차 되지 않았다. 1분 전의 과거를 알 듯 1분 뒤의 미래를 알기 때문이었다.

그래서 내 예상대로 되었다. 구슬은 33에 멈췄다. 믿음직하고 고집스러운 33.

우린 한 판 더 했지만 또다시 단일 숫자에 걸면 사람들이 의심할 게 분명했다. 어쨌든 숫자를 한 번 맞힐 확률은 37분의 1이라서 현실적으로 가능했다. 하지만 두 번 연속으로 맞히기는 확률적으로 훨씬 더 어렵다.

$$\frac{1}{37^2} = \frac{1}{1369}$$

룰렛의 미덕은 선택의 폭이 넓다는 점이다. 하나의 숫자, 두 개의 인접한 숫자, 테이블 매트에 가로로 나란히 적힌 세 숫자, 혹은 세로로 한 줄 전부, 혹은 한 번에 열두 숫자, 혹은 처음 절반 혹은 나중 절반, 혹은 빨간색이나 검은색 전부다. 너무 다양하게 선택할

수 있어서 감질날 정도였다. 인생이 그렇듯이 우린 잠재적 위험과
보상을 따져보고 그에 따라 행동할 수 있다. 룰렛은 대담한 성격
의 사람 못지않게 신중한 사람에게도 흥미를 불러일으킨다.

따라서 알베르토의 제안에 따라 난 단일 숫자가 아닌 두 개의
색에 베팅했다. 그런 다음 마르타가 화장실에 간 사이에 일부러 적
은 액수의 돈을 인접한 두 개의 숫자에 틀리게 베팅했다. 그다음
에는 처음 열두 개의 숫자에 큰 금액을 베팅했다. 이때쯤에는 1만
5000달러 넘게 땄고, 우린 사람들의 주목을 한 몸에 받았다.

"우린 흰동가리•가 아니라 오징어에 가까워야 해요. 지금은 너
무 눈에 띄잖아요." 알베르토가 중얼거렸다.

그러자 예전에 이비사 타운에서 지나쳤던 한 남자가 다시 떠올
랐다. 그는 전날 밤에 카지노에서 돈을 잃었다. 누구에게 돈을 잃
었는지 보려고 했더니 아트 버틀러와 놀랍도록 닮은 남자였다.

"포커." 내가 알베르토에게 속삭였다.

마침 마르타가 유령이라도 본 듯한 표정으로 화장실에서 돌아
왔다. 난 마르타를 보았다. 알베르토도 그녀를 보았다. 우린 단번
에 알 수 있었다.

마르타는 아트 버틀러를 본 것이다. 그는 카지노에 있었다. 포커
룸에.

• 애니메이션 〈니모를 찾아서〉로 유명한 주황색 몸통에 흰색 줄무늬를 가진 물고기.

턴과 리버

우리는 칩을 들고 포커 룸이 있는 내실로 향했다.

"잠깐만요." 들어가기 전에 내가 말했다.

마르타는 고개를 갸웃했다. "왜요?"

"당신은 여기 들어가면 안 돼요."

알베르토가 날 거들었다. "그레이스 말이 맞아. 엘비스 프레슬리, 라디오, 와인 잔. 그건 네게 보내는 경고였어. 넌 뒤로 빠져야 해."

"그리고 당신도 마르타와 함께 있어야 해요." 바카라 테이블에서 우레 같은 박수가 아련히 흘러나왔다. "마르타에게 별일 없도록 당신이 단속해야죠."

마르타는 이 상황을 마음에 들어 하지 않았다. "하지만 그레이스 혼자 들어가게 할 수는 없어요."

"난 어른이에요. 아무 문제 없을 거예요."

알베르토는 마지못해 신음하며 가지고 있던 칩을 내게 주었다. 마르타도 그렇게 했다. "좋아요." 그가 한숨을 쉬었다. "하지만 우린 근처에 있을 겁니다."

그 말과 함께 난 포커 룸의 긴장된 정적과 아트 버틀러의 섬뜩한 미스터리를 향해 걸어갔다.

아트는 구깃구깃한 리넨 셔츠와 그에 어울리는 찡그린 표정으로 다른 참가자들과 함께 앉아 있었다. 그는 자신의 카드를 뚫어져라 바라보았다. 하지만 그 외에는 느껴지는 게 전혀 없었다. 마치 잭슨 폴록의 그림에서 어떤 이미지를 찾아내려는 것과 비슷했다. 그의 마음은 단단히 얽혀 있었고, 접근을 막는 힘으로 웅웅거렸다.

그래서 크리스티나가 자신을 죽이려 했던 사람이 누구인지 끝내 알 수 없었던 것이다. 아트 버틀러는 불가사의에 가까웠다. 그의 마음은 미합중국 육군 기지인 포트 녹스나 다름없었다.

귤색 부채를 든 여자가 그의 어깨에 기대고 있었지만 아트는 그녀의 존재를 거의 알아차리지 못하는 듯했다. 그는 녹아내린 양초처럼 피곤해 보였으나 지금 하는 게임을 이기고 싶은 마음이 확고했다. 그리고 결국 이겼다.

난 자리에 앉아 100유로에 해당하는 검은색 칩을 녹색 펠트가 깔린 테이블에 내려놓았다.

아트는 날 바라보았다. 그가 무슨 생각을 하는지 난 여전히 몰랐지만 그는 확실히 아무 일도 없다는 듯이 행동했다.

난 돈을 좀 따는 동시에 아트의 마음속으로 들어갈 계획이었다.

일석이조.

이야기를 계속하기 전에 이 말을 해야겠구나. 난 평생 포커를 해본 적이 없어. 9학년 때 카드 게임 수업에서도 포커를 다룬 적은 없었고, 카지노에도 가본 적이 없었지. 하지만 갑자기 내가 포커를 할 수 있다는 걸 알았어. 포커가 어느 정도 등장하는 영화와 책을 충분히 접했기 때문에 지금처럼 향상된 정신력으로는 다른 사람의 마음을 읽지 않아도 할 수 있었어.

그래서.

텍사스 홀덤을 했다.

나와 아트 버틀러를 제외하고 우리 테이블에는 여섯 명의 다른 플레이어가 있었다.

50세의 부유한 영미음악 산업 전문 변호사이자 인터넷에서 웰빙 전도사로 활약하며 최근 코카인에 취해 사는 멜리사. 여든한 살의 식당 주인 호세. 이혼한 지 얼마 안 된 독일의 전 억만장자 디트마르. 그는 제약회사를 물려받았고, 여기서 조금만 걸어가면 개인용 요트가 있었다. 감성적 성향에 약간 술에 취한 애틀랜타 출신의 미국 남자는 이름이 벤저민으로 회사에서 공짜로 제공해준 아트 버틀러의 스파 호텔에 묵었다. 그는 방금 전에 근처 나이트클럽에서 춤을 추고 왔지만 개와 엄마와 밀라노에 있는 남자친구가 그리웠다. 불면증에 시달리는 파리지앵 앤도 있었다. 그녀는 자산 관리 회사에서 근무하며 아무에게도 보여준 적이 없는 에로틱한 시를 썼고, 현재 카지노 옆 호텔에 묵었는데 침대에서 읽는 소설도 눈에 안 들어오고, 남편 옆에 우울하게 누워 있기도 싫어서 카지노에 왔다. 그다음은 플라비오라는 이탈리아인 미술상으로 그의 삼두박근은 미켈란젤로가 조각한 듯했다. 내가 이비사 타운에서 지나친 남자가 바로 이 사람이었다. 어젯밤 아트에게 돈을 잃었다가 더 잃으려고 돌아온 남자. 마지막으로 당연히 아트 버틀러가 있었다.

그는 바로 눈앞에 있었지만 동시에 아주 멀게 느껴졌다.

첫 라운드에는 좋은 카드를 받지 못해서 일찌감치 포기했다. 두 번째 라운드도 거의 비슷하게 진행됐고, 아트는 스페이드 플러시 덕분에 큰돈을 땄다. 난 다시 그의 마음을 읽으려 했지만 아무것도 없었다. 정보도, 감정도, 초능력으로 읽을 수 있는 텍스트나 맥락도 없었다. 포커에서 그를 이겨야만 했다. 왜냐하면 그가 내게 져서 마음이 약해졌을 때 그의 마음속으로 들어갈 수 있다는 강렬한 예감이 들었는데 지금 이 시점에서는 도무지 틈이 보이지 않았기 때문이었다. 틈은커녕 아무것도 보이지 않았다.

세 번째 라운드부터 재미있어졌다.

플롭• 이후에 난 6 원페어를 받았다. 그다음에는 바닥에 놓인 다섯 장의 카드 중에서 네 번째와 다섯 번째가 공개되었다. 이를 각각 턴과 리버라 한다(난 포커의 규칙뿐 아니라 다소 시적인 용어까지 알고 있었다). 이젠 내 손에 킹도 두 장이나 들어왔다.

꽤 좋은 패였다.

난 다른 사람들의 카드를 감지했다.

멜리사는 3 원페어를 들고 있었다. 디트마르는 스트레이트라는 강력한 패를 가졌고, 꽤 자신 있게 칩을 쌓아 판돈을 올렸다. 현재 판돈은 1400유로였다. 만약 내가 최소한 디트마르가 추가한 금액만큼 더 추가하지 못하면 여기서 포기해야 했다. 그래서 난 그만큼 더 베팅했다. 앤과 벤저민, 호세는 좋은 카드를 얻지 못해 모두 포기했다. 플라비오는 테이블에 놓인 8 카드와 일치하는 8 카드를

• 텍사스 홀덤에서 바닥에 깔린 다섯 장의 카드 중 처음 세 장을 공개하는 것.

손에 쥐고 있었다. 그는 잠시 고민하더니 역시 포기했다. 아트는 판돈을 올렸다. 멜리사도 그만큼 더 베팅했다.

이제 디트마르의 마음에 의심을 심어줄 차례였다. 그건 쉬운 일이었다. 그는 바닷가 레스토랑에서 만난 가여운 브라이언 이후로 가장 부드럽고 조종하기 쉬운 마음의 소유자였다. 내가 그에게 주입한 의심은 간단했다. '뭔가가 잘못됐어.'

디트마르는 갑자기 너무 긴장돼서 게임을 포기했고, 본인도 어리둥절해했다.

"내가 왜 그랬지?" 그가 영어로 자문했다.

따라서 이제는 멜리사와 아트, 나뿐이었다.

멜리사는 코카인 효과가 떨어져서 이미 스스로 편집증과 불안을 느끼던 차였다. 그래서 휴가가 끝나면 일주일 동안 매일 아슈탕가 요가를 하고, 채소주스를 마시겠다고 다짐하며 이번 라운드를 포기했다. 이젠 나와 아트만 남았다. 그는 날 바라보았다. 나도 그의 눈을 봤다. 이 테이블에 앉은 뒤 처음으로 그의 정신 구조에 틈이, 아주 작은 균열이 생기는 걸 포착했다. 난 그 순간을 놓치지 않았고, 창문으로 침입하는 도둑처럼 곧장 그의 마음으로 들어갔다.

위스키를 홀짝이는 그는 나와 비슷한 패를 가지고 있었다. 원페어가 두 개였다. 4 원페어, 그리고 나처럼 6 원페어. 차이점이라면 내가 가진 킹 두 장이 그의 4 원페어보다 우세하다는 것이다. 하지만 내가 읽고 싶은 것은 그의 카드만이 아니었다. 그래서 난 이 기회를 이용해 더 깊이 들어갔다.

모순

아트 버틀러의 마음은 모순의 숲이었다. 그 안에 딱히 좋은 것
은 없었으나 반대되는 힘이 많았다.

그는 자부심과 수치심, 자존심과 불안함, 냉기와 열기, 두려움과
결단력, 무관심과 열정, 의구심과 충동성, 전부와 무로 가득 차 있
었다. 앉아 있는 역설 그 자체였다. 근본적으로 결함 있는 생명체.
한마디로 인간이었다.

하지만. 하지만 다른 뭔가도 있었다. 그의 마음속에는 내 손이
닿지 않는 무언가가 있었다. 거기에 있지만 거기에 없는 무언가. 보
이지 않는 요소, 어둠과 빛의 경계를 모호하게 하는 무언가, 그의
정신 속 동굴에 도사리는 신비한 반그림자. 아프고 슬프고 부드러
운 무언가가.

아트 버틀러를 너무 수수께끼 같거나 카리스마 넘치는 존재로
만들고 싶지는 않다. 그는 살인자였다. 국회의원 리카르도 마르티
네스를 죽였다. 아마 다른 사람들도 죽였으리라. 기회가 있었다면
크리스티나도 죽였을 것이다. 마르타도 죽일 준비가 되어 있었다.
하지만 지피지기면 백전백승이다. 난 그를 알고 싶었다.

또 하나 인상적인 점은 아트가 정신적 갈망으로 가득 차 있었
다는 것이다. 채우려고 하면 할수록 계속 무너지는 구멍이 연상되

었다. 그는 그 안에 있었다. 구멍 안에. 거기서 영원히 추락했다. 그에게는 8억 8900만 파운드의 자산이 있었는데 그는 그걸 10억 파운드로 불리고 싶어서 못 견딜 지경이었다. 그에게는 초대형 요트가 있었다. 지구 곳곳을 여행했고, 술을 마셨으며, 값비싼 물건을 소비했다. 하지만 그는 사는 게 아니었다. 삶의 개념을 다른 뭔가로, 채울 수 없는 허기로 대체했다.

아트는 자신의 카드를 테이블에 펼쳤고, 난 내 카드를 펼쳤다. 그는 매사 그렇듯이 패배를 자신의 가치와 연결지어 받아들였다. 내가 칩을 가져가자 그의 분노가 커졌다. 내 생각 속에서 그가 느껴졌다. 잔디밭에 드리운 그늘처럼.

우린 다시 게임을 했다. 이번에도 내가 이겼다. 멜리사가 빠지면서 여섯이 다섯이 됐다. 디트마르가 하품하더니 패배한 채 포커 룸을 나서면서 이제 플레이어는 넷이 됐다.

머릿속으로 다른 사람의 카드를 읽을 수 있었기 때문에 난 언제 게임을 계속하고, 언제 포기해야 할지 알 수 있었다. 인생의 모든 비밀을 푸는 열쇠를 얻어낸 기분이었다. 어떤 패일때 계속 베팅하고 어떤 패일 때 포기해야 하는지 알았다. 또 불리한 패로 어떻게든 이기는 법도. 난 심지어 안전하게 플레이하려고 하지도 않았다. 아트의 마음을 약하게 만들고 싶었다. 그를 상처받기 쉬운 상태로 만들고 싶었다. 아트가 화를 낼 위험도 있었지만 그를 두고 가는 게 훨씬 더 위험했다. 그래서 난 게임을 계속했다.

하지만 이제 솔직히 말해야겠다.

난 즐거웠다. 그리고 그건 보통 일이 아니었다.

기쁨이라니!

그것도 나, 심지어 복권 한 장 사는 기쁨도 누려본 적 없는 사람이 말이다. 아마도 새벽 5시에 전직 교사가 옛 제자에게 포커 게임의 즐거움에 대해 말하는 건 부적절한 일일 것이다. 하지만 내가 즐거운 이유는 도박 때문이 아니었다. 늙은 과부가 해서는 안 될 일을 한다는 느낌 때문이었다. 마치 회군하여 루비콘강을 건너는 카이사르의 마음이었다. 턴과 리버.• 마치 오늘 밤 위험을 무릅쓰고 예전의 나를 뒤로한 채 나라는 사람의 영역을 확장한 듯했다. 가끔은 우리가 어떤 사람이 되어야 한다는 규칙을 깨야 한다. 가끔은 더 심오한 무언가에 순종해야 한다. 내가 이비사에 가서 새로 발견한 초자연적 능력으로 사이코패스와 포커 게임을 하겠다고 했다면 칼은 승낙했을까? 아니면 반대했을까? 그러다가 어느 쪽이든 상관없다는 걸 깨달았다. 유령의 강압적인 명령을 따르는 일은 끝났다. 못된 짓을 하는 게 좋을 때도 있었다. 특히 그 못된 짓이 사실은 좋은 일일 때는. 이 테이블에 앉은 지 한 시간 만에 난 아까 룰렛에서 땄던 돈과 합쳐서 총 5만 6000유로를 모았다. 다시 말해 필요한 돈의 절반 이상을 모은 것이다. 난 포커 게임뿐 아니라 수수께끼 같은 아트 버틀러까지 지배하는 느낌이었다.

딜러는 내게 미소를 지었다. 키가 크고 엄마에게 애정 결핍을 느끼는 남자였는데 아트 버틀러를 별로 좋아하지 않았다. 아트는 한마디도 하지 않은 채 그냥 가만히 앉아 있었다. 이제 우리 주위

• 턴과 리버를 회군과 루비콘강에 비유한 것.

에는 사람이 꽤 모여들었다.

다 잘 풀리고 있었다.

하지만 마지막 라운드에서 진 후에 난 아트가 내게 미소 짓는 것을 보았다. 그의 미소를 보자 갑자기 공포가 밀려왔다. 마치 있는 줄도 몰랐던 덫으로 걸어 들어간 기분이었다.

"재미있군." 아트가 테이블 맞은편에서 날 바라보며 처음으로 입을 열었다. "포커의 특징은 상대의 약점을 찾아내야 한다는 거야. 상대의 주의를 분산시킬 수 있는 것. 내가 당신 약점을 찾은 것 같은데? 다른 방에 서 있군."

그러더니 그의 표정이 바뀌었고 출구를 노려보았다. 다른 플레이어도 그걸 알아차릴 정도였다. 하지만 그들은 분명 무슨 일이 벌어지는지 깨닫지 못했다.

바로 그 순간에 일이 터졌다.

왜냐하면 그때 내가 다른 방에서 웅성거리는 소리를 들었기 때문이었다. 비명이 들렸고, 난 알베르토의 마음에서 뿜어져 나오는 강렬한 공포를 느꼈다. 그것은 광경이나 냄새, 패닉에 빠진 사이렌 소리처럼 선명하게 다가왔다.

그러더니 아득한 그의 목소리가 들렸다.

"마르타!"

받아들이기 쉽지 않은 일

단지 어떤 일이 일어났다고 해서 네가 그걸 믿어야 할 의무는 없다. 내가 하려는 일은 그저 기억나는 대로 사실을 나열하고, 그에 대한 해석은 온전히 너에게 맡기는 거야. 다만 이거 하나는 부탁하고 싶구나. 모든 가능성에 마음의 문을 열어두렴. 우린 결코 이해의 결승선에 도달할 수 없어. 삶과 우주에는 늘 우리가 아직 발견하지 못한 것들이 있지. 그게 내가 배운 궁극적 교훈이었단다. 살다 보면 어느 순간이든 여정의 방향이 바뀔 수 있다는 것. 우린 직선으로 가는 데 너무 익숙해져서 그것만이 인생의 길이라고 믿지만 그러다 갑자기 비틀어지거나 방향이 바뀌거나 갑자기 직각으로 꺾이기도 하지.

그러니까.

시작한다.

내가 기억하는 상황은 이렇다.

난 포커 테이블에서 일어나 메인 룸으로 갔다.

거기 가보니 유쾌한 줄무늬 바지에 푸른색 점이 그려진 티셔츠를 입은 마르타가 다이아몬드 무늬 카펫에 등을 댄 채 누워 숨을 쉬려고 안간힘을 썼다. 몇몇 사람이 그녀를 에워싸고 있었다. 난 사람들 사이로 밀치고 들어갔다. 마르타의 뺨에는 희미한 보라색

색조가 감돌았고, 헝클어진 머리는 평소보다 더욱 헝클어졌다. 마치 누군가와 몸싸움이라도 한 듯이. 사람들이 모여들었다. 마르타 옆에 무릎을 꿇고 있던 알베르토는 어린아이 같은 두려움이 담긴 눈으로 날 올려다보았다. 눈을 크게 뜨고서.

"그레이스, 그자가 마르타의 목을 잡고 있어…… 뭐라도 해봐요……. 나도 해봤지만…… 저자는 너무 강해……."

"마르타?"

마르타는 자신의 목을 움켜잡았다. 그녀의 좁아진 숨통이 느껴졌다. 사람들이 직원을 불렀다. 아직 블랙잭 테이블을 지키던 직원 한 명이 전화로 구급차를 불렀다. 하지만 갑자기 그럴 수 없게 되었다. 직원이 쥐고 있던 휴대전화가 불덩이처럼 뜨거워지는 듯하자 그녀가 본능적으로 전화기에서 손을 확 뗐다. 전화기는 땅으로 떨어지며 박살 났고 불타버렸다.

아트의 짓이었다. 그는 아직 포커 테이블에 앉아 있었고, 자신의 정신력을 이용해 원하는 일은 무엇이든 했다. 섬뜩했다. 저런 살인적인 힘을 마주한다는 것이. 저 태연하게 웃는 얼굴이. 법과 현실이라는 평소의 울타리가 존재하지 않는다면 악이 얼마나 자유롭게 돌아다닐 수 있는지 지켜보는 것이.

난 무릎을 꿇었다.

"마르타, 괜찮아, 괜찮아……." 지금 상황에서는 말도 안 되는 헛소리였다. 하지만 내 마음이 성인 남자로 하여금 자기 다리에 포크를 꽂게 하고, 랍스터 수조를 터뜨릴 수 있다면 틀림없이 더 작은 일, 더 가까이에 있는 사람에게도 뭔가 할 수 있으리라. 이를

테면 좁혀진 기도를 말 그대로 몇 센티미터만 더 확장시키는 일 같은. 빨리 행동해야 했다. 만약 마르타가 구급차에 실려 가면 다시는 돌아오지 못할 터였다.

내게는 선택지가 있었다. 다시 포커 룸으로 돌아가 아트를 상대해 무력화시키거나 마르타와 함께 있거나. 밀거나 당기거나. 불을 지르거나 화상을 입거나. 난 마르타 곁에 있기로 했다.

앞에서 너한테 뭐라고 했는지 안다. 이제 내 마음은 몸이나 마찬가지였고, 몸이 물리적 공간을 돌아다닐 수 있듯이 갑자기 내 마음도 장벽을 무시한 채 다른 사람들의 마음속으로 활발히 들어갈 수 있는 듯했고, 내 소원의 에너지에 힘이 생긴 것 같다고 했지. 음, 여전히 그랬어.

하지만 이번 일은 힘들었다. 어떤 일보다 힘들었어. 난 마르타가 자유롭게 숨쉬기를 누구보다 간절히 바랐지만 마치 정신력으로 벽을 미는 기분이었다. 아니다. 비유가 잘못됐다. 그보다는 줄다리기에 가까웠다. 조금씩 진전을 보이다가도 숨이 턱 막히면서 힘이 쭉 빠져버려서 마르타를 도울 수가 없었다.

당연히 모든 소원에는 반대로 작용하는 힘, 반대 방향으로 밀어붙이는 힘이 있기 때문이었다.

그때 방 전체가 조용해졌다. 더는 허공을 가득 메우는 사람들의 목소리도, 생각도 없었다. 왜냐하면 방 안에 있던 사람들이 전부 바닥에 쓰러졌기 때문이었다. 그렇다고 마르타처럼 숨이 막혀서 헐떡거리지는 않았다. 그저 일시적으로 의식을 잃었을 뿐이었다. 최면술사가 잠들게 최면을 건 듯이. 다만 이번에는 한꺼번에, 그리고 주문도 없이 쓰러졌다. 유일한 예외는 알베르토였는데 그의 내면에 능력이 있어서 통제하기가 약간 더 어려웠으리라. 하지만 그 역시 허리케인에 떠밀린 듯이 마르타에게서 멀어져 슬롯머신에 고정되었다.

"그자가 목을 조르고 있어요." 마르타가 내 손을 움켜쥐며 간신히 말하더니 다시 기운이 빠져버렸다. 그녀의 목소리는 쉿소리에 지나지 않았고, 손가락은 꽃잎처럼 벌어졌다. 아트의 계획은 분명했다. 그는 마르타를 죽일 작정이었고, 그러고도 잡히지 않을 터였다. 그런 일이 일어나게 둘 수 없었다.

난 전략을 바꿨다. 마르타의 기도를 넓히는 데 집중하는 대신 포커 룸을 바라보며 아트를 밀어내는 데 집중했다. 하지만 아트는 포커 룸에 있지 않았다.

그는 바로 거기, 쓰러진 군중 위로 우뚝 서 있었다. 위스키가 담긴 잔을 두 손으로 감싼 채 한쪽 입꼬리를 고양이 꼬리처럼 말아 올리며 미소 지었다.

"안녕, 그레이스. 기분이 어때요?" 그가 말했다.

미니어처 술병

내 옆에서 마르타의 숨소리가 희미해졌다. 알베르토는 여전히 과일 슬롯머신에 고정되었고, 아트의 힘과 씨름하며 고통스러운 표정을 지었다.

"당신은 큰 실수를 저질렀어요." 아트가 날 바라보며 진심으로 걱정하는 듯한 목소리로 말했다. "이비사에 오지 말았어야 했어요. 그냥 원래 있던 자리에 쭉 있어야 했어요, 할머니. 당신의 집 소파에."

난 그에게 시선을 고정했다. 그의 안으로 파고들었다. 진실이 보였다. 그가 위협하고 해치고 죽인 정치인과 시위자. 그가 새로운 땅을 선택할 때마다 파괴하는 생명. 하지만 고통도 보였다. 날카롭게 찢기고 벌어진 상처. 강렬하지만 보이지 않는 아픔. 그를 떠나지 않는 기억. 그가 차고에서 발견했을 때의 모습 그대로인 죽은 아버지.

알베르토가 했던 말이 기억났다.

'라 프레센시아가 대낮에 모습을 드러낸 건 그때가 처음이었죠. 그리고 어른이 아니라 소년이었습니다. 영국 소년. 여기로 가족 여행을 왔죠. 소년은 하마터면 익사할 뻔했어요. 해변에서 너무 멀리까지 헤엄친 터라 아무도 그 애에게 갈 수가 없었죠. 아이의 아버지가 그 애를 봤지만 너무 늦었어요. 소년은 가라앉아버렸죠. 7분이나 물속에 있었어요. 사실상 죽은 거죠……'

난 해변에서 노는 어린 아트를 떠올렸다. 당시 그는 아서로 불렸다. 애칭은 아티. 그 해변은 칼라 도르트였다. 그의 어머니는 소설책을, 아버지는《타임스》를 읽고 있었으며, 파도를 가두려고 구멍을 파던 아트는 그 일이 지루해졌다. 그래서 수영하러 바다에 뛰어들었다.

난 그가 점점 더 멀리 헤엄치는 모습을 바라보며 저 기세라면 에스 베드라까지 갈 수 있을 거라고 생각했다. 아트는 주위를 둘러보다가 수심이 매우 깊은 곳까지 왔음을 깨달았다. 물살이 너무 세서 다시 돌아갈 수도 없었다. 더는 휘저을 수 없을 정도로 묵직해진 아이의 팔이 느껴졌다. 아트는 패닉에 빠져 허우적거렸고, 턱이 수면 아래로 점점 가라앉는 동안 엄마와 아빠를 불렀다……. 마침내 그의 아버지가 아트를 보았다. 아버지는 고개를 번쩍 들었고, 손바닥으로 모래를 짚으며 자리에서 벌떡 일어나 바다로 뛰어들었다. 그러고는 자유영으로 헤엄쳐 필사적으로 아들에게 다가갔지만 끝내 다다르지 못했다. 아트는 자신을 더 빨리 발견하지 못한 아버지를 결코 용서할 수 없었다. "아버지만 기다리고 있었다면 난 죽었을 거예요." 그의 아버지는 아들이 하마터면 죽을 뻔했다는 사실, 그리고 알 수 없는 이유로 기적적으로 살아났다는 사실을 잘 받아들이지 못했다. 그는 미칠 듯한 심정으로 술에 의존하다가 결국 목을 맸다. 이 일은 아트에게 큰 상처가 되었고, 그는 한때 성냥갑을 가지고 다니면서 이 일이 생각날 때마다 성냥불을 손바닥에 대 주의를 돌렸다.

위스키를 홀짝이는 아트를 지켜보며 난 그럴 리 없다고 생각했다. 라 프레센시아가 저런 사람에게 능력을 줬을 리가 없다. 저렇게 극단적으로 능력을 이용해 남을 해치는 사람에게.

"그게 바로 당신이 틀려먹은 점이야." 마르타가 점점 의식을 잃는 동안 아트가 카지노에서 여전히 날 굽어보며 말했다. 그는 입으로 말했지만 난 마음으로 그를 느낄 수 있었다. "나도 알아, 그레이스. 당신이 자신을 특별하다고 여기는 거. 사람들이 당신한테 뭐라고 했는지도 알아. 적어도 조안 보나노바 이후로 당신의 능력이 가장 뛰어나다고 했지. 하지만 그건 날조야. 사실이 아니라고. 나에 비하면 당신 능력은 슬프게도 평범한 편이야. 라 프레센시아는 내가 어릴 때 왔어. 난 꼬박 7분 동안 그것과 함께 있었고, 그동안 우리 부모는 내가 죽은 줄 알았지. 바다 전체가 날 살리려고 빛났어. 라 프레센시아는 내 안에 있어. 날 선택했다고. 부모님은 날 보호하지 않았지만 라 프레센시아가 날 보호했지. 내게서 잠재력을 봤기 때문에 날 구해준 거야. 내가 어떤 사람이 될 수 있는지 본 거야. 난 이 섬을 위해 돈을 벌었어. 은혜를 갚았다고. 사람들에게 아름다운 경험을 선사하고……."

"아니." 나는 그렇게 말하며 그의 마음속을 전부 보았다. 마치 어두운 바다가 환해지듯 그의 마음이 환해지는 것이 보였다. "당신은 생명을 빼앗아. 그게 당신이 하는 일이야. 당신은 마르타를 죽이고 싶어 하지. 왜냐하면 내일 마르타가 시위에서 에스 베드라 리조트 건설을 막으려고 하니까. 예전에 크리스티나가 막으려

고 했듯이. 리카르도 마르티네스가 당신의 리조트 허가를 거부하
자 당신은 그도 죽여버렸어. 당신은 바다가 준 힘을 이용해 끔찍
한 짓을 저지르지. 일부러 가장 논란이 많은 장소와 가장 훼손되
기 쉬운 서식지를 선택해. 그래야 자신이 모든 걸 통제한다는 기
분이 드니까. 부모님이 당신을 구하러 오지 않았을 때와 다른 감
정을 느낄 수 있으니까."

"자식을 방치하는 부모가 남 이야기는 아닐 텐데, 그레이스……."

그때 마르타의 숨이 멎더니 그녀가 움직이지 않았다. 미동도 없
는 그 무서운 상태를 난 너무 잘 알았다.

"마르타를 위해 울 거 없어. 그 애는 특별하지 않아. 라 프레센시
아도 그걸 알고 있었어. 선택받지 못한 가여운 마르타……."

아트는 내가 뭐라고 말하기를 바랐다. 내가 그와 소통하기를 바
랐다. 증오는 증오를 원한다. 하지만 난 그럴 필요가 없음을 깨달
았다. 증오와 대화할 필요가 없었다. 왜냐하면 알베르토가 손에
쥔 것이 무엇인지 깨달았기 때문이었다. 미니어처 럼주. 처음 알베
르토를 만났을 때 그가 미니어처 럼주 병을 보여줬던 일이 기억났
다. 그 병이 아내가 죽은 뒤로 술을 끊는 데 도움이 됐다고 설명했
던 일도 기억났다. 알베르토는 지금 그 병을 가지고 있었다. 그 병
을 향해 손을 뻗던 차였다. 아트가 그를 슬롯머신에 단단히 고정
한 터라 알베르토가 손가락을 움직여 내게 그 병을 보여줄 수는
없었다. 하지만 상관없었다. 난 그의 손가락 사이로 새어 나오는
빛을 볼 수 있었으니까. 그게 무엇인지 알 수 있었다. 라 프레센시
아의 기운이 담긴 물.

그래서 난 아트에게 집중하지 않았고, 마르타에게도 집중하지 않았다. 알베르토의 두툼하고 주름지고 햇볕에 그을린 손가락에 집중한 다음 그 손가락을 벌렸다. 그러자 그의 손아귀에서 병이 떨어졌다. 병은 카펫 위에서 깨지지 않았지만 아트는 소리를 들었거나 눈치를 챘고 그의 주의가 잠시 흩어졌다. 그래서 난 마음의 힘으로 그 병을 깨버렸다. 그러자 병에서 물이 해방되었다. 거기에 라 프레센시아가 있었다. 빛을 내뿜는 작은 웅덩이는 어디에도 흡수되기를 거부했고, 이제 마르타를 향해 움직였다.

"멈춰." 아트가 명령했다. "멈춰!"

하지만 라 프레센시아는 멈추지 않았다. 다리가 없고 빛을 내뿜는 수생 생물처럼 기어갔다. 점점 더 밝게 빛나며. 그러다 마르타에게 도달하자 위로 솟구쳐 그녀의 머리카락 사이로 들어갔고, 살갗을 가로질렀으며, 그녀의 입속으로 들어갔다. 그러자 잠시 후 마르타가 기침을 하더니 눈을 떴다. 그녀는 아주 멀쩡하게 살아 있었다.

마르타의 눈은 아트를 응시했다. 내가 아트를 응시하고, 슬롯머신 옆의 알베르토가 아트를 응시하듯이. 그렇게 우린 같은 처지가 되었다. 셋 다 라 프레센시아에게 선택되어 능력을 받은 사람이었다.

그러자 한층 더 믿을 수 없는 일이 일어났다. 마르타의 몸이 빛나기 시작한 것이다. 강렬하지는 않았지만 의심의 여지 없이, 오랫동안은 아니었지만 그래도 꽤 오래. 그녀의 몸은 깜빡거리며 푸른빛을 띠었고, 작은 빛의 얼룩이 혈관을 따라 움직였다. 도시의 헤드라이트처럼. 혹은 나중에 알베르토가 묘사한 대로 하자면 심해를 밝히는 수천 마리의 랜턴 피시처럼.

그러자 내 마음에서 이상한 무언가가 올라왔다. 극도의 평온함이었다. 지금 내가 카지노 한복판에서 무더기로 쓰러진 사람들에게 둘러싸인 채 인간의 능력을 초월하는 힘을 가진 사이코패스와 대결하는 상황이라는 걸 고려한다면 말도 안 되는 일이었다. 그것도 내면의 따뜻함과 연대감이 동반된 평온함이었다. 부족했던 무언가가 비로소 채워진 느낌이었다. 내 손을 봤더니 혈관에서 작은 불빛이 새어 나왔다. 알베르토도 마찬가지였다. 그는 믿을 수 없다는 표정으로 자신의 손을 바라보며 웃었다.

"우리 모두에게 함께 작용하고 있어…… . 우릴 연결하고 있어!"

마르타는 피켓에 썼던 문구를 떠올리며 일어났다. 아직도 라 프레센시아의 불빛이 반딧불처럼 그녀의 몸 안을 떠돌았다. "노스 알사모스 코모 엘 오세아노(우리는 파도처럼 일어선다)."

아트는 당혹감과 혼란이 뒤섞인 표정이었고, 자신의 손을 내려다보더니 그 안에서도 빛이 돌아다니는 걸 보고 안도했다. "너흰 날 건드릴 수 없어!"

그래도 아트는 여전히 걱정되었다. 지금은 공격할 때가 아님을 감지했다. 그리고 너무 걱정스러운 나머지 후퇴하기로 했다. 라 프레센시아가 우리 안에서 희미해지는 동안 그는 뒤로 물러섰다.

"내일." 아트가 우리를 가리키며 말했다. 마치 그 단어에 다가올 운명의 공포가 담겼다는 듯이. "내일이면 다 끝이야."

카지노에 쓰러졌던 사람들은 모두 의식 없는 상태에서 깨어났고, 흐릿한 눈으로 어리둥절해하며 자리에서 일어났다. 실내가 다시 전반적으로 소란스러워졌는데 이번에는 놀라서 숨을 헉 들이쉬는 소리와 나직하게 묻는 질문이 뒤섞였다.

알베르토는 마르타를 보며 얼굴을 찡그렸다. "저자를 그냥 보낼 순 없어. 방금 전에도 널 죽이려고 했잖니. 저자는 살인자야."

"우린 호텔 착공을 막을 수 있어요." 마르타가 말했다. "내일 사람이 충분히 모일 거예요. 돈도 마련했으니 더는 필요 없어요. 칩을 돈으로 바꾸면 돼요. 카지노가 문을 닫지 않는 한……."

문 앞에 도달한 아트 버틀러는 자신을 바라보는 사람들을 둘러보더니 무슨 말인가를 하려고 했다. 그의 움찔거리는 입술 뒤에서 반쯤 형성된 채 부화가 덜 된 상태로 대기 중인 장대한 독백이 느껴졌다. 하지만 그는 생각이 바뀌어 그냥 로비로 나간 다음 경비원을 지나 여명 속으로 걸어갔다.

우린 목격자가 너무 많은 탓에 아무것도 하지 못한 채 그저 떠나는 그를 지켜보았다. 난 칩을 찾으러 다시 포커 룸으로 가면서 '너무 쉬운데'라고 생각했다.

왜냐하면 정말로 그랬기 때문이었다.

집회

    마르타는 아지랑이가 피어오르는 열기 속에서 호수 옆에서 연설했다. 햇살이 수면 위에서 천 개의 보석처럼 흩어졌다.

    라 파우 공원에 있는 작은 호수였는데 우리를 비롯해 시위에 참가한 사람들은 느릿느릿 시끌벅적하게 움직이는 인파를 따라 이비사 타운의 거리를 행진해 이곳에 도착했다.

    《디아리오 데 이비사》는 훗날 그 목요일 오후에 2만 명 이상의 사람이 이비사 타운 거리로 쏟아져나왔다고 했다. 실제로 시위에 참가한 인원은 2만 7452명이었다.

    시위에는 이비사에서 볼 수 있는 모든 유형의 사람이 다 있었다. 노인과 젊은이. 히피와 경영주. 현지인과 외국인. 부자와 가난한 사람. 클러버와 요기. 모더니스트와 전통주의자. 급진주의자와 수구주의자. 철저히 건강을 관리하는 사람과 늘 숙취에 시달리는 사람. 소리 지르는 사람과 침묵하는 사람. 승자와 패자. 가족이나 친구와 함께 온 사람, 외톨이. 그리고 북 치는 사람. 북 치는 사람이 엄청나게 많았다. 솔직히 말해서 북 치는 사람들은 없어도 됐으리라.

    마르타의 연설을 대략 번역한 발췌문은 이러하다.

    "저와 제 친구 크리스티나가 인터넷에서 에스 베드라 건설에 반대하는 시위 참가자들을 모을 때만 해도 100명 정도 예상했습니다. 그런데 오늘 이렇게 많은 분이 모인 걸 보니 정말 놀랍네요. 이 비사는 특별한 곳입니다. 크리스티나도 오늘 이 자리에 있었더라면 얼마나 좋았을까요. 이 광경을 보고 무척 기뻐했을 겁니다. 여기 와주신 모든 분께 감사했을 거예요. 오늘은 우리가 분연히 일어나 권력을 가진 자들에게 자연은 우리가 보호하고 싶은 자산이라고 말하는 날입니다. 왜냐하면 그들이 자연을 파괴할 때 우리의 일부도 파괴되기 때문입니다. 오늘은 소피아 토레스에게 꽃이 멸종되는 걸 원치 않는다고 말하는 날입니다. 우리는 염소가 총에 맞는 걸 원치 않습니다. 이 섬의 가장 소중한 지역을 파괴하는 합의를 더는 원치 않습니다. 아트 버틀러와 이 섬 곳곳을 훼손하며 세워지는 에잇스 원더 리조트도 원치 않습니다. 왜냐하면 이 섬에 좋은 것이 우리에게도 좋기 때문입니다. 우린 이 섬을 특별하게 하는 것을 계속 보호할 겁니다. 우린 파도처럼 계속 일어설 겁니다. 그리고 이미 일어섰습니다. 소피아 토레스와 아트 버틀러에게 걸어가 약속을 지키라고 할 겁니다. 기자회견 전에 2만 명 이상의 사람을 데리고 나타나 8만 유로를 준다면 에스 베드라 개발에 대한 지지를 철회하겠다는 약속이요. 이는 그녀의 정당도 그렇게 할 거라는 뜻입니다. 계약이 성사되지 않을 거라는 뜻입니다. 그래서 우린 그렇게 할 겁니다! 탈라망카 해변 옆에 있는 탈라망카 에잇스 원더 호텔로 행진해서……."

마르타는 연설에 소질이 있었다. 앞뒤로 서성이며 록스타처럼 두 주먹을 불끈 쥐었다. 관중은 적절한 때에 환호성을 질렀다. 모든 것이 순조로웠다. 우리에게는 8만 1000유로가 있었다. 그것도 현찰로, 내 비치백에.

이번에도 난 즐기고 있었다. 사람들은 시위를 뭔가 분노에 차거나, 간절히 바라는 무언가로 생각한다. 하지만 시위는 명상이 될 수 있고, 우리를 치유해줄 수도 있다. 시위는 더 큰 무언가의 일부가 되는 것이다. 진정한 의미에서의 이타심. 틀림없이 청어가 다른 청어와 함께 떼 지어 헤엄칠 때 이런 기분일 것이다.

우리가 할 일은 오후 5시에 에잇스 원더 기자회견이 시작하기 전에 탈라망카에 있는 호텔로 사람들을 끌고 가서 소피아 토레스에게 보여주는 것이다. 8만 유로와 함께. 그러면 그녀는 약속을 지킬 것이다. 아니면 이 섬 전체의 분노를 직면하게 되리라.

하지만 무언가 잘못되었다. 계획에 불협화음이 생겼다.

내가 그걸 알아차릴 수 있었던 건 어떤 기자—로사 피에라, 38세, 건강염려증, 최근에 이혼함, 비 오는 날 어수선한 유원지 같은 마음의 소유자—옆에 서 있었기 때문이었다. 방금 전 그녀는 왓츠앱으로 동료에게 메시지를 받았는데 30분 뒤 칼라 도르트에서 기자회견이 열릴 거라는 내용이었다. 그것도 해변에서.

알베르토도 그걸 알아차렸다. "사람들에게 알려야 해요."

"아뇨. 생각해봐요. 거기까지 차로 20분이에요. 만약 여기 있는 사람들이 전부 거기로 가면 제때 도착하지 못할 거예요. 도로가 막힐 거라고요. 게다가 만약 아트가 사람들에게 무슨 짓을 한다면요? 너무 위험해요. 마르타의 연설이 끝날 때까지 기다렸다가 가요."

알베르토는 한숨을 쉬었다. 나는 그가 무슨 생각을 하는지 알왔다. 그가 미리 들어본 마르타의 연설은 꽤 길었기 때문이다.

"지금 가야 해요. 지금 당장. 마르타는 여기 두고 갑시다. 우리끼리 해결할 수 있어요. 벌써 2만 명 이상 모였으니까 그 부분은 해결됐어요. 우린 소피아에게 돈을 보여주고, 그 장면을 찍기만 하면 돼요. 만약 아트가 문제를 일으키면 우리가 처리할 겁니다. 바모스! 아 라 플라야!(갑시다! 해변으로!)"

모래 한 봉지

기자회견이 시작되기 직전이었다.

해변에 작은 무대가 설치되었고, 기자들은 모래밭에 놓인 의자에 앉아 있었는데 그들 사이에 작은 통로가 있었다. 결혼식처럼. 혹은 장례식처럼. 저 멀리 우뚝 솟은 에스 베드라가 강렬한 존재감을 드러냈다. 검고 강렬하고 아름다웠다. 모호하고 피할 수 없는 진실처럼.

소피아 토레스와 아트 버틀러는 무대 위 종이와 생수병이 놓인 테이블 뒤에 앉아 있었다. 아트 버틀러의 홍보 담당자는 사회를 볼 준비가 되었고, 소피아는 손목시계를 바라보고 있었다.

알베르토는 모래사장을 가로지르며 스페인어와 카탈루냐어, 영어, 알베르토어가 섞인 말로 기자회견을 중단하라고 소리쳤다.

아트 버틀러의 홍보 담당자는 불안정한 성격의 앨리슨이라는 여자였는데 그저 뒷줄에 있는 고용된 경비원을 바라보며 손가락을 딱 튕겼다.

"파코?"

"난 문제를 일으키려는 게 아닙니다." 알베르토가 말을 이었고, 난 모래사장을 가로지르며 그를 따라잡으려고 안간힘을 썼다. "그저 소피아 토레스 씨에게 꼭 해야 할 말이 있어요. 우리가 2만 명의 시위대와 8만 유로를 확보하면 에스 베드라 개발 계획을 중단시켜주겠다고 그녀가 약속한 동영상이 인터넷에 있습니다. 현재 그보다 훨씬 많은 사람이 이비사 타운의 거리를 행진한다는 걸 내가 확인해줄 수 있어요. 그리고 내 친구의 가방에 현찰로 8만 1000유로가 들어 있고……."

소피아는 불편한 기색이 역력한 채로 생수병의 뚜껑을 돌렸다. "그 얘기는 나중에 하죠."

"아뇨." 알베르토가 앞으로 나서며 말했다. "그 이야기는 지금 할 겁니다. 약속했잖아요."

몇몇 기자가 우릴 바라보고 있었다. 내게 집중된 그들의 관심이 꽃을 짓밟으려는 압착기처럼 느껴졌지만 난 꿋꿋이 버텼다. 주위를 둘러봤다. 해변에는 아무도 없었다. 해변의 옷 가게도 텅 비었고, 레스토랑도 비어 있었다. 새로 설치한 수조가 눈에 띄었다. 그리고 새로운 랍스터도. 하지만 알베르토의 보트는 그대로였다. 낡고 부서질 듯한 넵투노가 수면 위에서 깐닥거렸다. 알베르토의 훨씬 더 낡은 보트, 예전에 그의 할머니 소유였던 보트도 저 멀리 해변에서 떨어진 높은 지대에 그대로 있었다.

소피아가 아트를 돌아보았다. "미안합니다."

아트는 미소 지었다. 난 당황했다. 그가 왜 미소를 짓는지 이해할 수 없었다. 어젯밤 그의 마음속으로 들어가는 데 한 시간이나 걸렸지만 저 미소는 진심이라고 확신했다. 어젯밤 그가 자발적으로 카지노를 떠났던 일이 기억났다. 너무 쉽게. 이건 전부 함정이었다. "다 끝났어요, 윈터스 부인." 그가 말했다.

그 말을 들으니 더는 참을 수가 없었다. 난 그들이 앉은 테이블로 급히 다가가 내 비치백을 내려놓았고, 가방을 열어 현찰을 보여줬다. "돈은 여기 다 있어요."

"너무 늦었어요." 소피아가 손으로 마이크를 가린 채 말했다. "이미 계약이 체결됐어요."

"아뇨." 알베르토가 내 편을 들며 말했다. 그러고는 아무 도움도 되지 않는 '아뇨'를 한 번 더 허공에 날렸다. "우리에겐 돈이 있어요. 우리에겐 돈이 있다고요, 소피아."

"불행히도 그렇지 않아요." 소피아가 말했다.

"뭐라고요?"

"카지노에서 그 돈을 회수하고 싶어 해요. 부당한 방법으로 딴 돈이라고 하더군요. 당신이 포커 테이블에 개인 카드를 가져온 걸 본 목격자가 몇 명 있어요."

난 고개를 저었다. "거짓말이에요. 아트가 카지노 관계자들에게 그런 생각을 심어준 거예요. 그런 거라고요."

소피아는 어깨를 으쓱였다. "미안한데 그만 가주세요."

알베르토는 계속 그녀를 쳐다보았다. "당신은 모를 테지만 나도 이 섬의 북쪽 출신입니다. 우린 같은 마을에서 살았어요, 소피아. 산타 아그네스 데 코로나. 당신이 태어나기도 전에 난 이미 어른이었지만 어쨌든 나도 거기 살았죠. 성당 맞은편 작은 집에. 창밖에 아몬드 나무가 있는 집."

"어딘지 알아요……."

난 잠시 알베르토가 뭘 하려는 건지 어리둥절했다. 그러다 소피아의 기억을 보았다. 어린 그녀는 알베르토의 돌아가신 할머니의 시신이 든 관이 길 건너 교회로 옮겨지는 걸 바라보았다.

"나도 당신처럼 이 섬 출신입니다." 알베르토가 말했다. "당신처럼, 그리고 저기 있는 남자와 달리, 나도 이 섬이 잘되길 바랍니다. 예전에는 섬의 북쪽에서 남쪽까지 이동하는 데 반나절이 걸렸죠. 30분이 아니라. 난 그게 좋았어요. 그 시절에는 땅의 형태를 존중해야 했죠. 지형을요. 언덕도 존중해야 했어요. 소나무와 토양도. 모든 것을요. 그게 우리 자신도 온전히 유지하는 데 도움이 됐죠. 주변 자연을 파괴하면 곧 내 안의 자연도 파괴됩니다."

"지금은 시대가 달라요." 소피아가 부드럽게 말하며 해변을 가로질러 민방위대 경관을 바라보았다. 내가 만났던, 그 찡그린 표정에 까다로운 경관이 모래사장을 가로질러 날 향해 걸어왔다. 카를로스 게레로. 사자가 그의 몸에 오줌 싸는 꾸는 꿈을 반복적으로 꾸는 남자.

"카지노에서 부정행위는 불법입니다." 아트가 말했다. "이비사에서는 그 일을 매우 엄중하게 다루죠. 당연히 그래야 하고요."

그런 더위 속에 서 있는 것이 끔찍했다. 내가 나약하고 쓸모없는 인간이 된 기분이었다.

알베르토는 화가 났다기보다 속상한 표정으로 해변에 서 있었고, 아트 너머로 바다를 바라보았다. "개자식."

"난 진실을 말할 거예요." 지금까지 한 번도 경험해본 적이 없는 거침 없는 반항심으로 내가 아트에게 말했다. "경찰에 말할 거예요. 다른 사람들에게도. 말하고 또 말할 거예요. 내 말을 믿어줄

448

때까지. 그리고 난 그들을 설득할 수 있어요."

아트는 내 말을 무시하고 그대로 의자에 앉아 날 올려다보았다.
"아파 보이네요. 피곤해 보여요. 자리에 앉으실래요?"

저자는 뭔가를 꾸미고 있었다. 확실했다. 어젯밤 카지노에서처럼 우리가 그의 우위에 있다고 느낄 때마다 사실은 그게 아트의 의도였음을 난 깨달았다. 그는 우리가 우위에 있다고 느끼기를 원했던 것이다.

"그레이스?" 알베르토의 목소리가 내 머릿속에서 빙빙 돌았다.

소피아가 일어섰다. 내게 다가오는 그녀의 목소리가 들렸다. "괜찮으세요? 자리에 앉으실래요?"

"난……."

그러자 갑자기 모든 게 아주 무겁게 느껴졌다. 마치 하늘이 내 어깨에 얹혀 있고 정말로 무겁다는 듯이. 그러더니 세상이 빙빙 돌았고, 난 균형을 잡으려고 앞으로 비틀거렸다. 아트의 시선이 어디로 향하는지 계속 주목하던 내 눈은 경사진 해변을 따라가다 마침내 거의 바다에 다다랐다. 그 순간 난 쓰러졌다.

살라키아

난 키가 큰 나무와 빛나는 바다 사이에 있었고, 다른 세상에 갇혀버렸다.

진실의 해변

"내가 왜 다시 여기로 돌아왔지?"

난 너무 기운이 없어서 모래사장에 놓인 빨간 자전거를 금방 알아보지 못했다. 난 저 자전거를 안다. 심지어 모델명까지. 내가 이렇게까지 잘 아는 자전거는 세상에서 단 하나뿐이다. 1980년대에 생산된 낡은 빨간색 BMX 자전거.

그때 모래 위 발자국이 눈에 들어왔다.

자전거에서 시작된 발자국은 숲으로 향했다.

난 발자국을 따라 숲으로 들어갔다. 한 걸음 내디딜 때마다 점점 더 힘들었지만 계속 나아갔다. 크리스티나가 약속했던 진실을 알고 싶었다.

마침내 그 애가 나왔다. 책상다리를 하고 땅바닥에 앉은 소년. 아이는 그늘 속에 있었다. 가까이 다가가보니 그 애는 텍스타일 수업 시간에 직접 만들었던 페이즐리 셔츠를 입었고, 얼굴은 시커먼 피로 번들거렸다. 머리카락에도 피가 엉겨 붙었다. 하지만 날 보자 미소를 지었다.

그 애였다. 마침내 그 애를 볼 수 있었다. 그 애의 진실을. 그 애는 살라키아에 있지 않았다. 하지만 이 살라키아 환영 속에 있었고, 이전의 모든 살라키아 환영이 그랬듯이 이것 또한 오랫동안 부정당한 현실을 보여주려 했다.

우리 아들. 아름답고 사랑스러운 우리 아들.

"대니얼."

난 그 애에게 달려가 와락 껴안았다.

"울지 말아요, 엄마. 제발 울지 말아요."

대니얼의 목소리였다. 정확히 그 애의 목소리였다. 마치 지난 32년 동안 아무 일도 없었다는 듯이 생생했다.

"대니얼, 미안하다. 내 잘못이야. 내가 널 챙겼어야 했어. 네가 자전거를 타고 빗속으로 나가게 두지 말았어야 해."

"엄마 잘못이 아니에요. 누구의 잘못도 아니에요. 난 괜히 심술이 났어요……."

"넌 나와 함께 상점에 가고 싶어 했어. 비가 왔으니까."

대니얼은 고개를 저었다. 단호하게. "아뇨. 아뇨. 그러지 않았어요. 난 혼자 가고 싶었어요. 그래서 혼자 나갔어요. 미안하지만 엄마가 있으면 방해가 됐거든요."

"난…… 난……." 죄책감은 떨쳐내기 힘들다. 그래서 난 한동안 더듬거렸다. "그래도 그 폭우에 널 내보내지 말았어야 했어."

"엄마는 내게 나가지 말라고 말할 기회조차 없었어요. 내가 없다는 걸 알았을 때 난 이미 자전거를 타고 래그비 로드를 지나가고 있었는걸요."

사실이었다. 전부 사실이었다. 하지만 무슨 이유에서인지 이 일은 내 기억에서 삭제되었다.

"넌 앞날이 창창했어. 네 죽음이 너무 아까웠다. 매일 널 생각했어, 대니얼."

"꼭 그럴 필요는 없어요. 엄마가 다른 사람보다 더 죄책감을 느낄 만한 일을 한 것도 아닌데요."

"네가 너무 보고 싶었어."

대니얼은 코를 찡그렸다. "엄만 날 그리워했지만 날 보진 않았어요. 그저 엄마의 죄책감만 봤죠. 어른이 된 내 모습만 봤어요. 현실에 존재할 가능성이 전혀 없었는데도요."

나는 할 말이 없었다. 사실이기 때문이었다. 당연했다. 여기에는 오로지 진실만 존재했다.

"엄마는 이 세상에 필요한 사람이에요. 다시 행복해질 수 있어요. 삶이 모래성처럼 무너지게 놔두지 마세요. 옛날에는 엄마도 아주 행복했어요. 다시 행복해질 수 있어요."

'옛날에는.'

"내 마음 깊은 곳에는 죄책감이 있어. 난 네 엄마야. 널 보호했어야 했어."

"난 엄마의 죄책감이 아니라 엄마의 아들로 남고 싶어요. 제발…… 이제 때가 됐어요."

"맞아. 정말 그래." 내가 말했다.

그러자 대니얼의 얼굴과 머리에서 피가 사라졌다.

그 애의 큰 눈과 웃는 얼굴, 기분에 따라 빠르게 변하던 얼굴, 울 때면 스푼으로 깨뜨린 달걀처럼 일그러지던 얼굴. 대니얼은 마지막으로 학교에서 찍은 사진 속 모습처럼 행복하고 건강해 보였다.

"이제 엄마는 이 모습으로 날 기억할 거예요. 순간이 아니라 사람으로. 내 죽음이 엄마 잘못이 아니라는 거 엄마도 알게 될 거예요. 그러니까 이제 그만 가세요. 이제 엄마는 순수해졌어요. 예전에 들었던 이야기에서처럼 신호를 보낼 수 있어요. 엄마 자신과 다른 사람을 구할 수 있어요. 그들에게는 엄마가 필요해요."

그러더니 대니얼은 숲속으로 떠났고, 나는 잠시 더 우두커니 서 있었다. 파랑새 한 마리가 날아다니며 허공에서 춤을 췄다.

이젠 신호를 보낼 수 있다

난 눈을 떴다. 파도가 내 머리카락을 찰싹찰싹 어루만졌다.

아트를 가로막고 선 소피아가 보였다. 그녀는 그에게 말하고 있었다.

아트는 괴로워 보였다. 맞다, 그거였다. 괴롭다. 화가 난 것도 아니고, 차가운 것도 아니고, 악당 같지도 않았다.

"난······."

아트는 그 문장을 끝맺지 못했다. 그가 하지 않은 말이 무엇일지는 영원히 미스터리였다. 하지만 그걸 생각할 겨를이 없었다. 아트의 표정이 바뀌어 소피아를 매섭게 노려봤기 때문이었다. 그는 소피아를 해치려 했다. 소피아가 끼어들지 않았다면 지금쯤 난 죽었으리라는 걸 아는 것이다.

소피아는 당당하게 말했다. "이건 모두 실수였어요. 내가 실수를 저질렀어요. 이 섬은 당신을 원하지 않아요." 어린 소피아가 관절염에 시달리는 할아버지를 의자에서 일어나도록 돕는 모습이 보였다.

아트는 그녀를 해치려 했고, 난 그런 일이 일어나게 둘 수 없었다.

알베르토가 내 옆에 있었다. "그레이스, 이제 당신은 더 강해졌어요. 당신이 누워 있는 동안 라 프레센시아가 당신에게 왔어요.

이젠 신호가 가능해요. 당신은 신호를 보낼 수 있어요. 당신이 모든 것과 연결되었다는 사실을 깨닫기만 하면 돼요. 할 수 있어요, 그레이스."

알베르토가 《불가능한 생명체》에 썼던 구절이 떠올랐다.

'어부의 이름은 조안 보나노바였다……. 또한 기자에게 자신이 이비사의 모든 동물과 연결된 느낌이 들었고, 그들에게 신호를 보냈다고 말했다. 다른 사람들 역시 그날 밤 동물들이 이상하게 행동하는 것을 봤다며 이 기사가 사실임을 입증했다. 그날 밤 온갖 동물이 이비사 타운과 해안의 폭격을 피해 단체로 내륙으로 향했다는 것이다.'

"봐요, 그레이스. 저 바다를 봐요. 바다가 당신을 치유했어요."

그래서 난 바다를 봤다. 사실 이제 모두가 바다를 보고 있었다. 한 번 보면 눈을 떼기가 불가능했기 때문이다.

바다는 도저히 설명할 수 없는 그 푸른색으로 빛나고 있었다. 어느 때보다도 밝고 넓게. 해변에서 에스 베드라까지. 그리고 내가 빛나는 라 프레센시아를 처음 봤을 때처럼 이 바다도 느낌을 바라보는 것과 비슷했다. 하지만 이번에는 그 느낌이 어느 때보다 강렬했다. 그것은 확신으로 변한 강력한 희망이었다.

"전에도 본 적이 있어." 아트가 겁에 질린 채 말했다. 그는 라 프레센시아가 자신을 구해주고 바로 이 해변까지 다시 데려다줬던 날을 기억했다. 순간적으로 그는 다시 열한 살로 돌아간 기분이었다.

난 자리에서 일어났고, 모든 것이 달라졌음을 깨달았다. 조안 보나노바가 떠올랐다. 라 프레센시아가 구해준 어부. 알베르토의 책

뿐 아니라 크리스티나가 남긴 메시지에도 등장했던 사람. 크리스티나는 그가 '지은 죄도 없고 죄책감도 없는 순수한 영혼'이라고 했다. 섬의 모든 동물에게 파시스트 군인과 싸우라는 신호를 보낸 사람.

날 가두는 죄책감과 슬픔, 고통이 사라지니 난 어디에나 있었다. 난 우리였다. 무한의 총합이었다. 모든 마음속에 있었다. 모든 모래알 속에 있었다. 모든 물방울 속에 있었다. 나라는 고립된 요새는 더 이상 존재하지 않았다. 난 여전히 나였지만 다른 모든 사람이기도 했다. 1이 하나의 독립된 숫자이지만 다른 모든 숫자가 1의 반복이듯이. 난 아주 활짝 열려 있었다. 나와 다른 사람 사이에 혹은 인간과 동물 사이에 혹은 동물과 식물 사이에 경계가 없었다. 모든 것이 생명체라는 태피스트리 안에서 연결된 실타래에 불과했다. 그 순간 난 무한한 힘을 느꼈다. 바다가, 라 프레센시아가 허락해준 힘이었다. 난 지구를 구하기 위해 거기 있지 않았다. 내가 곧 지구였다. 우리 모두가 지구이듯이. 다른 점이 있다면 난 그 자리에서 진심으로 그 사실을 느낄 수 있었다. 마치 내게 지구상 모든 생명체와 연결되는 전화선이 있는 듯했다.

그래서 난 도움을 청했다. 정말로 신호를 보냈다.

"이게 뭐야?" 아트는 큰 소리로 의아해했다.

그가 의아해한 대상은 당연히 라 프레센시아의 빛이 아니었다. 모든 기적이 그렇듯이 장엄한 동시에 터무니없는 현상을 말하는 것이었다. 새로 가득한 하늘을.

난 다른 사람처럼 그의 시선을 따라갈 필요가 없었다. 가마우지

들이 내 말 없는 희망에 응답해 아트를 향해 날아가고 있음을 알기 때문이었다. 빛나는 검은 날개를 다급히 퍼덕이고, 긴 목은 같은 각도로 앞으로 내민 채.

"가마우지." 아트는 가마우지가 에스 베드라에 둥지를 틀었다는 소피아와의 대화를 떠올리며 숨을 헉 들이쉬었다.

하지만 하늘에는 가마우지만 있는 게 아니었다.

갈매기도 있었다. 황조롱이 두 마리, 홀로 지내는 매 한 마리, 그리고 놀랍게도 여름을 맞아 최근 세스 살리네스 인근 소금 호수로 이동한, 눈에 띄는 분홍색 플라밍고 한 무리도 있었다. 가마우지보다 훨씬 더 큰 플라밍고의 날개가 화살촉처럼 뒤로 꺾인 채 하늘에서 힘차게 퍼덕였다.

이비사에 도착한 첫날, 택시 기사가 플라밍고에 대해 했던 말이 기억났다. '꼭 보셔야 해요.'

"지금 보고 있어요, 파우. 지금 보고 있어요." 내가 속삭였다.

아트는 뒤로 물러서다가 돌부리에 발이 걸려 엉덩방아를 찧었고, 그 때문에 주의를 하늘로 돌리게 되었다.

그때 해변에는 다른 동물들이 나타났다. 그중에는 염소 한 마리도 있었다. 주차장 너머, 아틀란티스 스쿠버와 실망스럽게도 비어 있는 사료 그릇 옆 그늘에서 나타난 염소는 노스트라다무스였다. 노스트라다무스는 갈라진 발굽으로 모래사장을 절뚝절뚝 가로질렀는데 평소 인간에 대한 그의 혐오감 외에도 결연한 의지와 심지어 희망까지 느껴졌다. 정말로 반경 1.6킬로미터 안에 있는 모든 동물이 감염된 상처에 모여드는 백혈구처럼 단합해 허둥지둥 일어서는 아트를 향해 갔다.

랍스터들은 다시 레스토랑의 새 수조를 부수고 나와 서둘러 해변으로 향했다.

큰돌고래 한 마리가 수면 위로 뛰어올랐다가 다시 바다로 뛰어들며 우리 쪽으로 빠르게 다가왔다.

토끼들은 모래 위를 깡충깡충 뛰면서 도마뱀붙이, 도마뱀, 뱀과 같은 방향으로 이동했다.

나방과 나비가 날개를 파닥이며 해변을 향해 춤추듯 날아왔고, 그 사이로 모기와 퍼진 구름처럼 모여든 매미가 흩어져 있었다. 모든 동물이 주저없이 아트에게 향했다. 마치 쇳가루가 자석에 이끌리듯이.

소피아는 군중에게 안전을 위해 해변을 떠나달라고 말했으나 아무도 그녀의 말을 듣지 않았다. 민방위대 경관만 제외하고. 야생동물을 두려워하는 그는 주차장으로 도망쳤다.

알베르토는 다 안다는 듯한 표정으로 날 보았다. "해냈네요, 그레이스. 신호를 보냈어요."

아트를 돌아보니 그는 모래사장을 가로질러 달아나려 했지만 첫 번째 가마우지가 그에게 다가가 부리로 쪼아대며 공격했다. 가마우지는 그를 바다 쪽으로 밀어내려 했다. 하지만 아트는 침착하게 서서 마음의 힘으로 가마우지를 밀어냈고, 가여운 새의 목을 부러뜨렸다. 죽은 가마우지가 모래 위로 툭 떨어졌다. 아트는 토끼를 발로 차더니 여러 곤충을 발로 쿵쿵 밟았다. "죽어." 아트는 그 말로 자신을 위로할 뿐 아니라 명령으로 사용했다. "죽어, 죽어, 죽

어, 죽어……." 이 말은 오늘 모인 기자와 여행 블로거들 앞에서 그가 하려던 지속 가능성과 책임 있는 관광에 대한 연설에서도 크게 벗어나는 발언이었다. 기자와 여행 블로거들은 그들 주위로 걸어 다니고 달리고 미끄러지고 날아다니는 동물을 보며 여전히 충격으로 말문이 막힌 상태였다.

하지만 이미 아트에게는 너무 늦어버렸다. 알베르토가 암네시아 경비원에게 준 것과 비슷한 몽펠리에 뱀이 그의 발목을 문 것이다. 이제 라 프레센시아는 그에게 줬던 빛을 거둬들였다. 뱀이 그의 몸에 낸 상처에서 빛이 새어 나와 물속으로 퍼져 나갔다.

"안 돼!" 아트가 큰 소리로 외쳤지만 상처받고 연약한 목소리였다. "돌아와! 돌아와! 돌아와!"

그는 리넨 정장 차림으로 바닷속으로 더 깊이 들어갔다. 손으로 짠 바닷물을 떠서 꿀꺽 삼켰다. 마치 라 프레센시아의 빛을 어떻게든 다시 몸 안에 넣을 수 있다는 듯이.

이제 해변 전체는 동물로 바글거려서 마치 군대를 보는 듯했다. 기묘하고 다양한 동물 군대.

하지만 결국 아트에게 치명적이었던 존재는 육지 동물이 아니었다. 이비사 해역에서 7년 넘게 발견되지 않았던 작은부레관해파리였는데 맹독성 가시 세포가 달린 긴 촉수가 아트를 감싸고 그의 종아리와 허벅지 안쪽을 여러 차례 찔렀다.

"내가 더 뛰어났어!" 아트가 울부짖었다. 그의 마음은 쥐며느리를 괴롭히던 아득하고 어쩌면 슬프기도 한 기억으로 가득 찼으나 이내 고통이 극심해져서 그는 바닷속으로 주저앉았다.

'내가 더 뛰어났어.' 모호한 말이었다. 많은 것을 의미하고 가리킬 수 있는 말이었으나 두려움과 분노, 약간의 후회가 뒤섞인 그의 감정 상태에서는 어떤 의미로 한 말이었는지 명확하게 파악할 수 없었다. 그러자 그의 입에서 또 다른 소리가 나더니 몸 전체가 쇼크 상태에 빠졌고, 아트는 얼굴을 물속에 박은 채 쓰러졌다.

그는 사람들에 의해 다시 해변으로 옮겨졌다. 나와 알베르토도 합세했다. 난 아트가 죽기를 바라지 않았다. 그것만큼은 네게 약속할 수 있다. 비록 그가 계속 살았다면 마르타와 자신을 방해하는 다른 사람을 몰래 죽이려고 했을 테지만, 난 더는 나로 인해 누군가 죽는 걸 원치 않았다. 심지어 알베르토는 심폐소생술까지 실시했다. 하지만 대자연은 나와 생각이 달랐다. 그리고 이내 그의 중요한 장기는 기능을 멈췄다. 난 마지막 몇 분 동안 그의 마음을 읽으려 했지만 불가능했다. 마치 이제 막 썼다가 빗물에 흐려진 글씨를 읽는 듯했다.

모든 동물은 평소처럼 인간을 향한 무관심 상태로 돌아갔다. 인간만 제외하고. 그들은 아직도 어리둥절한 침묵 속에서 우두커니 서 있었다. 이제 해변과 에스 베드라 사이의 바다 전체에 퍼졌던 라 프레센시아의 빛은 사라지고 내가 맨 처음 라 프레센시아를 만났던 지점 위에만 희미하게 고동치는 빛이 남았다. 그러다 그 빛마저 완전히 사라지고 해초 위를 맴도는 구름 겸 구체로 돌아가 또 개입이 필요한 다음 일을 기다렸다. 수면은 아무 일도 없었다는 듯 그저 잔잔한 파도와 반사된 태양의 평범한 섬광만 떠돌았다.

하늘에서는 곧 새들이 사라졌고, 허공에는 더 이상 매미도 보이지 않았으며, 뱀들은 모래밭을 가로질러 스르르 떠났다. 죽은 가마우지만 남았는데 칠흑 같은 깃털이 황금빛 모래와 극명한 대조를 이루었다. 가마우지의 목은 부자연스러운 각도로 비틀어졌고, 머리는 바다로, 에스 베드라로, 라 프레센시아로 향했다.

오로지 염소인 노스트라다무스만이 진정한 관심을 보이는 듯했다.

노스트라다무스는 잠시 우두커니 서서 죽은 인간을 바라보았다. 나는 그런 노스트라다무스에게서 호기심과 안도감으로 해석되는 감정을 느꼈다. 그러다 노스트라다무스는 평소처럼 다시 인간 혐오로 돌아갔고, 평화를 찾아 이 소동과 인간들에게서 멀어졌다.

살아 있다

넌 당연히 내가 안 죽었다는 걸 알 거야. 그건 늘 스포일러였지. 만약 내가 죽었다면 이 글을 쓸 수 없었을 테니까.

난 '스포일러'라는 단어가 참 좋더라. 안 그러니? 무슨 일이 일어날지 미리 알면 즐거움이 사라진다는 개념 말이야.

이상하게도 우리는 영화를 보거나 책을 읽을 때는 스포일러를 원치 않으면서 정작 자신의 삶에서는 스포일러를 찾으려 하지. 우리가 사랑에 빠질지, 건강해질지, 멋지게 학위를 마칠지, 좋은 직장을 얻을지, 편안한 노후를 보낼 정도로 연금을 받을지 알고 싶어 해. 우린 해결책을 원해. 모든 것이 계획되어 있기를 원해. 결말이 해피 엔딩이라는 걸 알고 싶어 해. 미스터리는 최대한 사라지고 모든 면에서 스포일러가 망쳐버리길 바라지. 하지만 그러면 무슨 재미가 있겠니? 세상 모든 사람의 예지력을 합친 것보다 더 뛰어난 예지력을 가진 내 말을 믿으렴. 세상에 진짜 스포일러는 없단다. 늘 관찰자 효과•만 있을 뿐이야. 모든 일에는 늘 미지의 변수가 존재하고, 그 미지의 변수는 종종 나 자신이야. 미스터리를 받아들이라는 게 나의 충고란다.

• 양자 물리학에서 빛이 파동의 특징을 보이다가 관찰하는 순간 입자의 특징을 보이는 현상으로, 관찰자의 의도가 상태에 영향을 미친다는 이론.

모든 일의 불가능한 면을 받아들이렴.

알지 못하는 상태를 즐겨.

결혼이나 죽음, 아멘을 서두르지 마.

하지만 그래, 물론 이건 유령이 쓴 글이 아니야. 난 아직 멀쩡히 여기 있고, 아직 멀쩡히 살아 있단다. 사실 태어나서 그 어느 때보다도 팔팔하게 살아 있어.

우리가 만드는 운명

그래서 에스 베드라는 자연이 의도한 그대로 남아 있었다. 더는 염소가 죽는 일도 없었다. 석회암이 폭파되어 형태가 변하는 일도 없었다. 서식지도 파괴되지 않았다. 포시도니아 해초대 위로 수상 택시가 분주히 오가도록 허용되는 일도 없었다.

소피아 토레스는 팔마의 지역 의회로 돌아갔고, 아트 버틀러의 사망으로 인해 더는 에잇스 원더와의 계약이 유효하지 않다고 선언했다. 그런 다음 놀랍게도 '생태적 또는 문화적 중요성'이 있는 지역에서는 향후 호텔 개발을 위한 어떤 계약도 체결할 수 없다고 명시하는 초당적 법안을 추진하자면서 투표를 진행했다. 법안은 통과됐다.

카지노에서는 우리를 상대로 한 모든 고소를 취하하기로 했다. 예전에 증인이라고 나섰던 사람들이 이제는 자신이 어떤 부정행위도 본 적이 없고, 왜 그런 말을 했는지 모르겠다고 했기 때문이었다. 법률 비용은 예상보다 훨씬 적어서 우리는 남은 돈의 절반 이상을 이비사 보존 기금에 기부했다. 쇼핑에 쓸 돈을 조금 남겨두긴 했지만.

그리고 재미있게도 기자회견에 참석했던 기자 중에서 딱 한 명만 자신이 본 것을 정확히 보도했는데 그는 곧 '망상적 사고'를 이

465

유로 해고되었고, 정신과 치료를 권유받았다. 두 명의 기자는 충격받은 상태에서도 간신히 휴대전화로 모든 걸 녹화했다. 그 영상에는 결연한 의지의 동물로 가득 찬 하늘과 해변도 담겨 있었다. 하지만 나중에 그걸 본 사람들은 이것이야말로 AI가 생성한 영상이 얼마나 정교해졌는지 보여주는 사례라고 했다.

이 사건의 공식적인 설명은 영국의 유명한 호텔 경영자 아트 버틀러가 신경쇠약을 겪고 있었고, 바다로 들어갔다가 해파리에 쏘였다는 것이었다. 라 프레센시아나 빛나는 바다는 언급되지 않았다. 알베르토는 외계 체험이 늘 이런 대접을 받는다고 말했다. "한 덩어리에서 시작한 진실은 고작 한 줌 부스러기로 줄어들죠."

어쨌든 그날 오후 해변에서 있었던 일에 대해 네게 한 가지 더 말해줘야겠구나.

아트의 시신이 수습된 후 마르타가 해변에 도착했다. 그녀는 새로 발견한 능력 덕분에—내 능력만큼이나 강력한 듯하다—무슨 일이 있었는지 정확히 알았다. 따라서 시위대에서 빠져나올 수 있게 되자 곧바로 칼라 도르트에 온 것이다.

"신호를 보냈던 거죠?" 우리를 발견하자 마르타가 말했다. 이제 해변은 다시 정상으로 돌아가, 도마뱀 몇 마리와 어쩔 줄 모르는 기자들만 남아 있었다.

"네." 내가 말했다. "네. 그랬던 것 같아요. 하지만…… 그가 죽기를 바란 건 아니었어요."

알베르토는 고개를 끄덕였다. "네. 네, 당신은 바라지 않았죠. 그리고 당신이 죽인 게 아닙니다. 작은부레관해파리가 죽였죠. 혹은 라 프레센시아가요. 그리고, 맞아요, 나와 마르타도 그렇듯이 당신 안에는 라 프레센시아가 있어요. 하지만 라 프레센시아는 당신을 통해 이 섬을 구했습니다. 당신은 에스 베드라를 구했고, 이비사의 미래도 구했어요. 아트 버틀러는 살인자였어요, 그레이스. 만약 계속 살았다면 우리도 죽였을 겁니다." 알베르토는 한 팔로 마르타를 감싸며 그녀에게 말했다. "훌륭한 연설이었다."

"고마워요, 파파."

알베르토는 수염이 덥수룩한 얼굴로 환하게 미소 지었다. "대단한 가족이죠?"

나는 희미해지는 바다의 불빛을 지켜보며 미소 지었다. "네, 부전여전이네요."

알베르토는 고개를 저었다. "그레이스, 마음을 읽는 사람치고는 눈치가 없네요. 난 우릴 말한 겁니다. 이제 우린 전부 가족이에요. 나, 당신, 마르타, 바다, 노스트라다무스도요." 그는 흙먼지가 날리는 해변 길을 바라보았다. 그 길에서 노스트라다무스가 귀리를 채워주기를 기다리고 있었다. "우린 한 팀이에요."

오랜만에 처음으로 아주 또렷하면서도 희망에 찬 느낌이 들었다. 모든 것이 정확히 제자리에 있다는 느낌. 하지만 그 느낌은 오래가지 못했다. 왜냐하면 그 순간에 알베르토의 기분이 바뀌었기 때문이었다. 그는 마르타를 돌아보았다. 웃고 있었지만 동시에 찡그린 얼굴로. 그러더니 손으로 모래를 떠서 손가락 사이로 새어 나가는 걸 바라보았다.

"파파, 왜 그래요?" 마르타가 물었다. 하지만 알베르토가 대답하기도 전에 마르타는 모든 걸 보았다. 내가 모든 걸 보았듯이. 라 프레센시아가 준 선물은 저주이기도 했다. 마르타가 제일 먼저 느낀 감정은 고통스러운 상황을 직면했을 때 가장 쉽게 나타나는 감정이었다. 분노.

"파파, 왜 나한테 말 안 했어요? 어떻게 그럴 수가 있어요? 파파가 죽어갈 리가 없어요. 그럴 리가 없어……."

나는 믿지 못하는 마르타의 심정을 이해했다. 우리가 깊이 사랑하는 사람은 내 삶의 기본 요소가 된다. 그 사람이 더는 존재하지 않으리라는 말을 듣는 것은 공기나 바다가 사라진다는 말을 듣는 것과 같다. 우주에 치명적 혼란이 발생하는 듯한 느낌이다.

알베르토는 상처에서 유리조각을 빼내는 사람처럼 얼굴을 찡그렸다. "로 시엔토 무초, 시엘로(정말 미안하다, 얘야). 네게 동정의 눈길을 받고 싶지 않았어. 여기 있는 동안에는 네 옆에서 살아 있고 싶었다. 하지만 너한테는 알렸어야 했는데."

"사랑해요, 파파."

"날 기다리는 운명이 무엇이든 기다리라고 해. 지금은 살아보자."

마르타는 한동안 흐느꼈다. 알베르토도 흐느꼈다. 난 자리를 피해 담벼락에 앉아 바다를 내다보았다. 왠지 모르게 아주 오래전, 숲속을 산책하던 어린 대니얼이 떠올랐다. 민들레 홀씨를 날리며 햇볕 아래서 까르르 웃던 모습이.

이것이 인생

　우리는 넵투노를 타고 바다에 나갔다. 이른 아침이었다. 이비사는 멀리 떨어진 초록색과 흰색 꿈처럼 보였다. 알베르토는 다이빙 장비를 다 갖춰 입었지만 아직 고글을 내려 쓰지 않았고, 레귤레이터 마우스피스도 착용하지 않았다. 자신을 촬영하는 딸의 휴대전화를 바라보고 있었기 때문이다. 아직 살날이 며칠 더 남았지만 다이빙을 할 정도의 힘이 남아 있는 건 지금이 마지막일 것이다. 한마디로 이번이 마지막 기회였다.

　"녹화 시작했니?"

　마르타는 고개를 끄덕였다. 마르타는 아이스박스에 앉아 그를 향해 카메라를 들어 올리고 있었다.

　"지금?"

　"네."

　알베르토는 최선을 다해 미소를 지었다. 그런 다음 스페인어로 먼저 말하고 영어로 다시 말했다. 가능한 한 많은 사람이 그의 메시지를 이해할 수 있도록.

　"제 이름은 알베르토 리바스입니다." 그가 말했다. 데크에 앉은 난 그의 슬픔을 느낄 수 있었다. 하지만 그의 목소리에서는 그런 슬픔이 묻어나지 않았다. 알베르토는 사실 거의 강연하듯이 꽤 사무적인 목소리였다. 다만 기운이 없고 피곤한 기색이었다. 꼭 그의 병 때문만은 아니었으리라. "전 해양 생물학자이자 《불가능한 생명체》의 저자입니다. 전 우주의 다른 행성에 지적 생명체가 존재한다고 굳게 믿습니다. 또한 이비사섬에 그를 뒷받침하는 직접적 증거가 있는데도 간과되었다고 주장합니다. 그것이 저의 강한 신념이고, 이 신념 때문에 전 직업과 학계에서 명성을 잃었습니다." 알베르토는 말을 멈추고 숨을 돌렸다. 이제 그의 목소리가 약간 갈라졌다. "현재 전 죽어가고 있습니다. 하지만 이 아래, 지중해에는 19세기에 바다에 도착한 외계 생명체가 있습니다. 우린 그걸 라 프레센시아라 부릅니다." 머리 위로 비행기 한 대가 날아가는 동안 그는 잠시 기다렸다. "라 프레센시아는 자비로우며 생명을 보호하는 힘으로, 우리가 살라키아라고 부르는 행성에서 왔습니다. 로마 신화에 등장하는 바다의 여신을 따서 지은 이름이죠. 라 프레센시아가 바다에 떨어진 이유는 바다가 생명의 보고이기 때문입니다. 지구에서 생활권은 세제곱미터 기준으로 99퍼센트가 바다에서 발견됩니다. 그래서 우리는 바다를 보호해야 합니다. 또한 그래서 라 프레센시아가 바다에 있는 겁니다. 우리가 생명을 보호하도록 돕기 위해서요. 이 아래 해초가 생명을, 모든 생명을 보호하듯이요. 비록 인간은 외계 생명체가 포식 동물처럼 위험하다고 상상하는 경향이 있지만 그건 지금까지 우리가 만난 미지 생명체의 실체라기보다 우리의 포식자 같은 본성이 반영된 결과라고 봐야 합니다."

알베르토는 말을 멈추더니 바다를 가로질러 이비사와 칼라 도르트의 황금빛 모래사장, 그 너머 나무가 늘어선 경사면을 바라보 았다.

"지금 이 영상을 녹화하는 이유는 제 실종에 어떤 미스터리도 남지 않기를 바라기 때문입니다. 전 라 프레센시아의 광자력이 여기서 이 세상을 보호하도록 우릴 도울 뿐 아니라 다른 세상으로 가는 포털 역할도 한다고 믿습니다. 그 포털을 통해 살라키아로 가는 것만이 제가 치유되어 어떤 형태로든 살아 있을 수 있는 유일한 방법이기 때문에⋯⋯."

그가 다시 말을 멈췄다. 이번에는 좀 더 긴 침묵이 흘렀다.

"파파?" 마르타가 휴대전화 뒤에서 그를 쳐다보았다.

그녀는 이미 느낄 수 있었다. 나도 마찬가지였고. 알베르토의 마음이 변한 것이다.

"안 되겠다, 안 되겠어." 알베르토는 고개를 저으며 갈등했다. "아냐. 아냐. 그만해야겠다. 못 하겠어. 다 헛짓이야."

"파파? 왜 그러세요?"

알베르토는 숨을 들이쉬었다. 눈을 감고 공기를 음미했다. 그러다 다시 눈을 뜨고 우리 뒤로 아찔하게 솟은 거대한 바위를 우두커니 바라보았다. 이제 카메라에는 관심이 없었다.

"저걸 봐라. 에스 베드라를 봐. 정확히 있어야 할 모습 그대로야. 우리가 해냈어. 우리가 지킨 거야. 원래 모습 그대로. 저 형태를 보렴. 저 윤곽선을 봐. 정말 완벽해. 너무 크지도, 너무 작지도 않아. 내 인생도 저렇게 완벽했어. 그렇게 되도록 마르타 네가 도와줬지. 네 엄마도. 당신도요, 그레이스. 당신도 내 삶의 일부였어요. 난 받은 것 이상을 갖고 싶지 않아. 왜냐하면 너무 많이 받았으니까. 내 삶은 이상한 형태였지만 난 만족해. 내 삶은 그런 형태여야만 했어. 살라키아는 아름답겠지. 하지만 난 살라키아인이 아니야. 난 여기, 지구에 속해 있어. 난 운이 좋게도 이 아름다운 행성을 여기저기 돌아다녔어. 난 인간이야. 나무 안에 낳은 뱀 알처럼 내게 맞지 않은 다른 생태계로 가고 싶지 않아."

마르타는 무슨 말을 해야 할지 몰랐다.

"하지만 당신이 살라키아로 가면 우린 다시 만날 기회가 있을 거예요. 때가 됐을 때요. 당신은 가능성을 열어둘 수 있어요. 생명이 있는 곳에 가능성이 있으니까요." 내가 말했다.

그러자 알베르토가 날 보고 낄낄 웃었다. "참 나. 냉장고 자석에 적힌 감상적인 글귀는 싫다고 하지 않았나요, 그레이스?"

"글쎄요. 이젠 마음이 바뀌었어요. 당신이 감상적인 남자라는 걸 자랑스러워하듯이 이젠 나도 감상적인 여자가 돼서 행복해요." 그러자 그에게 해야 할 말이 기억났다. "크리스티나가 자기는 잘 지낸다고 했어요. 더할 나위 없이 건강하다고. 당신도 그렇게 될 수 있어요."

알베르토는 마치 내가 요점을 놓쳤다는 듯이 날 보며 웃었다. "우리가 속한 곳은 여기예요. 다른 은하계가 아니라. 살라키아로 떠난 크리스티나의 결정은 옳았어요. 자신을 쫓는 사람이 누구인지 몰랐으니까요. 여기 있었더라면 수명이 많이 짧아졌을 겁니다. 크리스티나는 잠재력이 많았어요. 하지만 난 아닙니다. 나 자신을 추방할 필요가 없어요. 할 일은 다 했습니다. 그 누구보다도 실컷 춤추고 다이빙하고 사랑했어요. 나 자신에게 솔직하게 살았습니다. 앞으로 몇 주는 힘들 테지만 그래도 난 여기 있어야 해요. 여기 남아서 두 사람과 함께 있어야 해요. 내게 남은 것이 무엇이든 그걸 즐겨야 해요. 다른 곳에서 평생 사느니 지구에서 하루를 더 살겠어요. 여기가 내 천국이에요."

그의 말투는 단호했다. 반박할 수 없는 확고함이 있었다. 바다에 솟아 있는 저 석회암처럼.

알베르토는 자리에 앉았다. 피곤해 보였다. 그는 마르타가 앉은 아이스박스 쪽을 보았다. "이제 그만 가자. 포르 파보르, 시엘로(부탁이다, 애야). 시원한 레모네이드 한 잔 마시고 싶구나."

날 위해 살아줘

열흘 뒤 우리는 병원에 있었다. 마르타는 죽어가는 알베르토의 손을 잡아주었다. 마지막 날 알베르토는 고통스러워했지만 죽기 직전에는 이 하나가 빠진 친근한 미소를 지었다. 그리고 그 미소는 진심이었다. 그의 몸 구석구석이 미소 지었고, 그가 느끼는 감사함이 병실을 가득 채웠다.

아빠와 딸은 서로 사랑한다고 말했다.

알베르토는 만약 내가 이비사에 계속 머물 거라면 마르타를 살펴봐달라는 부탁도 했다. 난 그러겠다고 했다.

"비베 포르 미(날 위해 살아줘)." 알베르토가 딸에게 말했다. 그러더니 날 보며 또 그렇게 말했다. 그것이 우리에게 남긴 그의 마지막 소원이었다. '날 위해 살아줘.'

마르타는 울음을 터뜨렸다. 마르타의 여자친구 리나도 지금은 이비사로 돌아왔다. 마르타가 리나의 어깨에 기대 우는 동안 둘은 잠시 껴안았다. 그러다 내게도 오라고 손짓했고, 우리 셋은 함께 껴안았다. 마르타의 몸이 들썩이는 동안 그녀의 고통이 너무도 날카롭고 생생하게 느껴졌다. 난 그걸 전부 느꼈다. 마르타는 고통을 피하지 않았다. 그 삭막한 병원에서 달 아래 늑대처럼 울부짖었는데 이상하게도 내가 알베르토를 처음 만났을 때 그가 울부짖던 소리와 비슷했다. 여린 동물들. 그리고 난 방금 알베르토와 했던 약속을 꼭 지키겠다고 조용히 다짐했다. '내가 곁에 있어줄게, 마르타. 내가 할 수 있는 일은 전부 할 거야.' 우리는 그렇게 서서 마르타가 울게 내버려두었다. 때때로 우리가 해야 할 일은 그것이 전부다.

재

어두워진 후에 우린 그의 유골을 바다에 뿌렸다. 바닷물이 살짝 빛났다. 해저에서 규칙적으로 밝아졌다가 어두워지는 은은한 불빛이 흘러나왔다. 난 알베르토가 좋든 싫든 어차피 라 프레센시아가 그를 살라키아로 데려갔을 거라고 내 멋대로 생각했다. 그의 원자를 재구성한 다음 웜홀을 통해 그를 살라키아로 보냈을 거라고. 아니면 우리처럼 그냥 작별 인사를 했을 수도 있고.

우린 한동안 보트에 타고 있었다. 마르타는 작은 스테레오를 가져와 아빠에게 의미 있는 노래들을 틀었다. 밥 말리의 〈리뎀션 송〉, 아주 멋진 옛 카탈루냐 노래로 마리아 델 마르 보네가 부른 〈페르 우나 칸소〉, 톡톡의 〈잇츠 마이 라이프〉, 더 큐어의 〈더 라스트 데이 오브 서머〉, 플리트우드 맥의 〈랜드슬라이드〉, 호세 파디야의 〈아디오스 아이에르〉, 롤링 스톤스의 〈비스트 오브 버든〉, 그리고 〈프라미스드 랜드〉라는 댄스 곡. 마르타와 리나는 배 위에서 그 음악에 맞춰 춤췄다.

둘 다 날 일으켜 세웠다.

"함께 춰요, 그레이스." 마르타가 말했다. 그녀의 마음은 온갖 감정이 다 모인 우주였다.

우리는 함께 춤을 췄다. 수면은 내가 균형을 잡을 수 있을 정도로 잔잔했다. 노래가 끝나자 마르타는 날 돌아보며 말했다. "아빠를 잊고 싶지 않아요."

"안 잊을 거야. 난 매일 남편과 아들을 그리워하지만 그 어느 때보다도 두 사람이 더 또렷이 보여. 좋은 시절을 기억하면서 그들과 함께 살았다는 사실에 감사하지."

"사랑해요, 그레이스. 고마워요."

우리는 다시 껴안았고, 난 마르타의 어릴 때 추억을 보았다. 알베르토가 어린 딸과 아내를 데리고 포르멘테라섬으로 가는 배에서 그녀에게 노래를 불러주는 추억이었다.

"포르멘테라섬에 꼭 가보세요." 내가 그 추억을 본다는 걸 알고 마르타가 말했다. "그레이스도 아주 좋아할 거예요."

나도 있다

마르타와 난 번갈아서 노스트라다무스에게 먹이를 주기로 했다. 격일 아침마다 내가 피아트 판다를 타고 가서 그릇에 귀리를 가득 부어주면, 노스트라다무스는 염소가 할 수 있는 선에서 최대한 고마워한다. 다시 말해 별로 대단히 고마워하지는 않지만 그 정도도 어디냐 싶다.

어느 날 아침, 노스트라다무스에게 가려고 집을 나섰다가 뭔가를 발견했다. 놀레티아 크리소코모이데스가 자랐을 뿐 아니라 지극히 아름다운 노란색 하트 모양의 꽃을 활짝 피웠다. 하지만 거기서 멀리 떨어진 파티오에도 타일 틈새 사이에 하나가 더 자라고 있었다. 그리고 거기서 조금 떨어진 곳에도. 저기도, 저기도. 모두 합해 아홉 개였다.

그날은 화요일이었다.

그건 그렇고 매주 화요일이면 난 마르타가 추천해준 대로 이비사 타운에서 포르멘테라로 가는 배를 타고 그 섬에서 하루 종일 시간을 보낸다. 그냥 떠나기 위해서다. 포르멘테라까지는 채 30분이 걸리지 않으니 염소에게 먹이를 주고도 시간이 충분하다. 그리고 포르멘테라에서는 아무 일도 일어나지 않는다. 그게 그 섬에 가는 이유다. 그러니까 내 말은 짜증 나는 일은 일어나지 않는다는 뜻이다. 물론 다른 모든 곳에서와 마찬가지로 거기서도 일이 일어난다. 공기가 흐르고, 외딴 곳에 카페가 있고, 노간주나무 덤불이 자라고, 밀밭이 펼쳐지고, 모래 언덕이 이어지고, 염전이 있고, 양떼가 풀을 뜯고, 석호가 잔잔히 빛나고, 나도 그 안에 있다.

　알베르토는 우리 모두가 살기를 바랐다. 그리고 기쁘게도 난 살아 있다고 느낀다. 좋은 쪽으로든 나쁜 쪽으로든. 여기서 난 이 매혹적이고 다채로운 작은 섬을 방문한 행운의 손님이다. 알베르토를 포함해(심지어 선탠로션 냄새만 맡아도 그가 생각난다) 내가 아끼는 많은 사람이 떠난 상황에서 나 홀로 존재한다는 것은 달콤하면서도 씁쓸한 일이다. 하지만 그게 우리가 죽음을 이기는 방법이다. 우린 여기 있는 동안 삶으로써 죽음을 이긴다. 죽음은 무한할지 모르나 알다시피 무한은 상대적 개념이다. 우린 삶에서 더 큰 무한을 창조할 수 있다. 바로 느낌으로써. 그리고 난 매일 느낀다. 뼛속 깊이, 강렬하게. 내가 느끼는 감정은 감사다. 이비사에, 스페인에, 세상에, 사람들에게, 자연에, 삶에, 우주의 보이지 않는 힘에 감사한다. 그러다 보면 앞으로도 자연의 모든 사물을 보호하고 소중히 여기고 싶어진다.

파랑새

지난번 이메일에서 넌 네가 어둠 속에 있고 빛이 필요하다고 했지? 너무 서두르지는 마라. 언젠가는 빛이 비칠 거야. 가끔은 이미 빛이 있는데 우리가 깨닫지 못한 것일 수도 있어. 사람들이 라 프레센시아와 그 광자력 위를 매일 배로 지나다니지만 그 존재를 결코 모르듯이. 지금은 불가능하게 느껴지는 일이 늘 그렇지는 않을 거야. 하지만 나쁜 시기가 좋은 시기와 무관하다고 생각하지는 마라. 어둠이 있어야 빛을 볼 수 있어. 우리에겐 대비가 필요하단다. 낮에는 별을 볼 수가 없잖니. 안 그래?

별 이야기가 나왔으니 말인데 어제 마르타와 재미있는 대화를 나눴단다.

마르타는 정원 일을 도와주러 우리 집에 들렀어. 정원이라고 해봐야 손바닥만 한 땅덩어리에 불과하지만 이젠 제법 예뻐 보인다. 한때 멸종됐던 꽃은 그저 시작에 불과했다. 마르타는 날 돕고 싶어 했다. 그녀는 원예만큼 마음을 치유해주는 일은 없다고 했고, 나도 그 말이 맞다고 생각한다. 두 손을 흙 속에 넣고 생명을 가꾸다 보면 세상 모든 것과 근본적으로 연결되었다는 느낌이 든다. 마르타는 화훼 농원에서 구입한 화분 몇 개를 가져왔다. 분홍빛이 도는 붉은색 꽃이 가득 핀 작은 히비스커스 덤불과 라벤더, 그리고 파슬리, 민트, 바질, 로즈메리 같은 허브 화분이었다. 이 모두가 올리브 병에 담긴 라 프레센시아 물의 도움을 약간 받아 훌륭하게 자라고 있다.

그들에게서는 신성한 향이 난다.

어쨌든 우리는 수학 이야기를 하고 있었다. 피보나치수열과 그 나선이 어떻게 식물과 꽃의 이파리와 꽃잎에서 보이는지 이야기하며 시작되었다. 마르타는 나와 마찬가지로 수학에서 늘 위안을 받았지만—그녀가 천체 물리학을 공부하게 된 이유 중 하나—수학이 왜 그렇게 위로가 되었는지는 최근에야 이해했다고 했다. 수학을 공부하다 보면 모든 것에 균형과 대칭이 존재한다는 것을 깨닫기 때문이었다. 설사 혼돈이나 고통처럼 느껴지는 상황에서도.

"고대 그리스인들은 수학이 이상을 대변한다고 여겼기 때문에 수학을 숭배했죠." 마르타는 대충 그런 식으로 말했다. "그리고 수학은 일상생활보다 더 순수한 것으로 여겨졌기 때문에 늘 종교와 연결되었어요. 그래서 피타고라스는 일종의 영적 지도자였죠. 하지만 전 라 프레센시아가 우리로 하여금 수학적 순수성이 어디에나 있다는 사실을 깨닫게 해줬다고 생각해요. 우리는 그 안에 있어요. 세상에 무작위는 없죠. 삶도, 죽음도 무작위가 아니에요. 심지어 무작위 그 자체도. 여기서 이 흙으로 정원을 만드는 우리 둘조차도. 모든 것이 연결돼요. 모든 것이 이 전체, 이 아름다운 직물의 일부죠. 천국은 다른 곳에 있지 않아요. 우리 곁을 떠난 사람들도 마찬가지예요. 우린 그들과 연결되었고, 그 끈은 우리 안에 있죠. 제 말이 이해가 되세요?"

"응. 완벽하게 이해가 돼." 난 그렇게 말했고, 내 말은 진심이었다. 내가 마르타의 마음을 읽을 수 있듯이 그녀도 내 마음을 읽을 수 있으므로 그녀 앞에서 난 진심만 말해야 했기 때문이었다.

어쨌든 마르타가 떠난 뒤에도 난 이 소박하지만 사랑스러운 정원을 바라보았고, 지금까지 있었던 어떤 이상한 일보다도 이것이 진정한 변화라고 느꼈다. 내가 다시 정원을 가꾸다니.

정원만이 아니었다. 집 안도 마찬가지였다. 난 집을 수리했다. 라스 달리아스의 히피 마켓에 다시 가서 자비네가 그린 에스 베드라의 그림을 샀다. 과일 그림도 샀다. 이제 침실에는 거대한 오렌지 그림이 걸려 있다. 두 번째로 짧게 다녀온 카지노에서 딴 돈으로 다른 물건도 샀다. 이를테면 밝은색 옷들.

하지만 이 집에서 크리스티나의 추억을 완전히 없애버리고 싶지는 않았다. 대신 소중히 간직하기로 했다.

그래서 이비사 타운에 있는 세탁소에 가서 크리스티나의 보헤미안풍 덮개와 러그를 수선했다. 수선을 마친 덮개와 러그는 화사하고 예뻐 보였다. 거실에 있는 대형 선풍기의 먼지를 털어내고, 바닥 타일도 물걸레질했다. 창가의 낡은 피아노는 여전히 거실의 절반을 차지했지만 없애고 싶지 않아서 다른 방법을 찾아냈다. 내가 피아노를 연주하기 시작한 것이다.

그렇다, 난 이제 피아노를 칠 수 있다. 꽤 쉽게 칠 수 있었다. 내가 가장 즐겨 연주하는 곡은 〈블랙버드〉다. 하지만 아직 노래는 못한다. 라 프레센시아의 힘은 강력하지만 그 정도로 강력하지는 않다.

네게 할 말이 하나 더 있다. 난 한때 문신을 혐오했지만 지금은 아니란다. 최근에 플라야 덴 보사에 있는 문신 가게에 갔다. 어머니의 날에 대니얼이 그려준 파랑새 그림을 가져가서 똑같은 그림을 손목에 새겨달라고 했다. 그래서 이젠 빨간 자전거를 볼 때마다 손목을 내려다보며 좋았던 기억을 떠올린다.

정말 사랑스러운 문신이다. 이 새는 어디든 나와 함께 다닌다.

불길

어제는 비가 왔다.

산타 게르트루디스에서 장을 보고 있었는데 밖으로 나왔더니 비가 내렸다. 세차게 내리는 비는 위로가 되었다. 난 길을 따라 약간 떨어진 곳에 주차해둔 터라 암네시아에서 공연한다는 리케의 빛바랜 포스터 아래로 걸어갔다. 잠시 뒤에는 분홍색과 자홍색 부겐빌레아가 담벼락 위로 흘러넘치고, 대문 쇠창살 사이로 수영장이 보이는 저택을 지나쳤다. 난 걸음을 멈추고 수영장 수면 위에서 통통 튀며 춤추는 빗방울을 바라보았다. 타악기로 연주하는 음악 같았다. 잠시 넋이 빠진 채 수면을 바라보았다. 하늘을 올려다보며 입을 살짝 벌리고 빗방울의 미네랄 맛을 음미했다. 지금 난 그런 삶을 살려고 노력한다. 순간을 최대한 즐기려고 한다. 지나가는 사람들이 보기에는 미친 사람처럼 보이더라도.

알베르토가 죽기 직전에 난 그와 함께 해변에 앉아 있었다. 우린 수박을 함께 먹었다. 그는 더 늙고 쇠약해 보였으며 고통스러워했다. 하지만 우리가 앉아서 가장 찬란하고 복잡한 색조의 노을을 보는 동안 그는 저무는 햇살 속에서 꽤 차분하고 현명하며 잘생겨 보였다. 해적이라기보다는 철학자 같았다.

난 책임감을 느낀다고 말했다. 아마존 열대우림이나 남극, 적도 아프리카 혹은 내게 주어진 능력을 사용할 수 있는 다른 곳으로 가야 하지만 내 능력은 여기, 라 프레센시아 곁에서 더 강해지리라는 걸 알고 있다고.

"라 프레센시아는 당신이 여기 있길 바라고 있어요." 그가 말했다.

"알아요. 그래서 여기 머물 것 같아요."

알베르토는 말을 멈췄고, 우리는 침묵 속에 앉아 있었다. 그는 바다와 에스 베드라 위의 하늘을 바라보았다.

"기적 같네요." 잠시 후에 그가 말했다. "이비사에는 매일 저런 노을이 펼쳐지는데 난 저걸 당연히 여겼어요. 이해가 돼요?"

이해가 됐다. "갈릴레오는 자연이라는 책을 적어나간 언어가 수학이라고 했어요. 우린 그 책 안에 갇혀 있고요. 우린 그 언어의 단어들이죠. 그러니까 우리가 몸담고 있는 곳, 또한 우리에게 익숙한 것을 읽고 이해하고 감탄하기는 어려워요. 마르타가 말했듯이 사방에 패턴이 있거든요."

"패턴, 맞아요. 마르타랑 비슷한 말을 하네요. 그것도 패턴인 것 같아요."

난 그 말을 곰곰이 생각했다. 자연에서 반복적으로 나타나는 수학적 요소들. 소용돌이와 솔방울에서 발견되는 피보나치 나선. 남극의 혹등고래는 사냥을 할 때 이 피보나치 나선과 유사한 패턴을 형성한다. 우리의 혈관은 여러 갈래로 뻗어나가는 번개와 나뭇가지처럼 프렉털 형태다. 우주의 구조는 프렉털로 짜여졌고 우리도 그렇다. 우주에는 우리만 홀로 있는 것이 아니며, 지구에도 우리만 홀로 있는 것이 아니다. 우린 단지 서로 연결되었을 뿐 아니라, 또 단지 영장류와 연결됐을 뿐 아니라 모든 것과 연결되었다. 염소와 랍스터와 민들레 홀씨와. 넌 패턴 속에 갇힌 느낌이 든다고 했지. 수열 속에 갇혔다고. 사실이야. 하지만 이 수열은 아주 광대하고 장엄해. 너와 우주의 모든 것을 하나도 빠짐없이 연결하지. 언젠가 넌 그 광활함에 놀랄 거다.

우리가 해변에 앉아 있는 동안 하늘에는 아직 빛이 남아 있었다. 빛의 흔적에 가깝기는 했지만. 기묘한 검붉은색이 어둠 속으로 번져나갔다.

"하늘이 아주 고요해 보여요. 곧 밤이 될 텐데도요." 내가 말했다.

알베르토가 날 보며 혀를 찼다. "밤은 생각하지 말아요, 그레이스. 아직은."

난 붉은 하늘을 바라보며 경이로움을 강렬하게 느꼈다. 숨을 들이마시는 것마저도 위험할 듯했다. 숨을 들이쉬는 순간 내가 우주에 녹아들 것 같았기 때문이었다.

"맞아요." 내가 동의했다. "저 하늘은 기적이에요."

네가 이 순간을 이해했으면 좋겠구나. 이 익숙하면서도 낯선 우리 행성에서 기적은 주변 곳곳에 있어. 하늘에서 떨어지는 모든 빗방울과 흩어진 빛의 입자에도. 삶은 노래하고 타오르지. 우리가 삶에 무감각할 때도, 삶을 외면할 때도, 삶이 너무 시끄럽고 고통스러울 때도, 우리가 삶을 느낄 준비가 안 되었을 때도 삶은 우릴 기다려. 우리가 삶을 소중히 여기고, 보호해주기를. 밤이 되기 선 우리에게 적어도 한 번 더 폭발적인 아름다움을 선사할 준비를 하면서.

친애하는 모리스에게

　내가 전송 버튼을 클릭한 지 10분밖에 안 되었으니 네가 아직 내
글을 읽지 않았으리라는 건 알지만 한 가지 더 말하고 싶구나.
　내가 이전 글에서 쓴 사건들은 우리가 비현실적이고 심지어 불가
능하다고 믿도록 배운 것들이야. 초자연적 힘. 바다 밑에서 지구를
보호하는 힘. 난 그 일을 직접 경험했지만 그 어떤 것도 이미 지구
에 존재하는 것보다 더 혹은 덜 놀랍거나 우스꽝스럽지 않았어.
　신선한 오렌지주스의 맛. 무화과. 꽃이 핀 광경. 음악 소리. 마룻
바닥에 드리우는 햇살 한 조각. 고양이와 개, 염소, 도마뱀, 돌고래.
해리슨 포드의 얼굴. 네가 이런 것이 없는 행성에서 왔다고 상상해
보렴. 세상 모든 것이 얼마나 경이로워 보일지 상상해봐. 눈앞의 모
든 것이 얼마나 새로워 보일지. 노을 그림이 더는 식상해 보이지 않
을 거야. 과수원 산책만으로도 유토피아에 온 것 같겠지. 무더운
날 불어오는 시원한 바람은 복권에 당첨된 기분일 거야. 모든 새의
노래는 교향곡처럼 들리겠지.
　우린 우리 자신을 외계인으로 여겨야 해, 모리스. 왜냐하면 다른
행성에서는 우리가 그런 존재니까.
　그리고 내가 진작 말했어야 했는데, 이비사에 오고 싶다면 내게 말
해다오. 널 다시 만나면 정말 반가울 거야. 네가 잘 지내길 바란다. 모

든 일이 다 잘되기를. 네 인생은 잘 풀릴 거라는 느낌이 드는구나.

너의 친구이자 선생님,

그레이스 윈터스

＊추신: 내게는 더 이상 필요 없는 집이 링컨에 한 채 있단다. 너라
면 좋은 값에 팔 수 있을 거야. 넌 메일에서 재정적 어려움
은 언급하지 않았지만―그냥 '다른 문제도 있다'고만 썼
지―난 네가 어떤 어려움을 겪는지 알아. 아무도 말해주
지 않는 온갖 것을 내가 다 알듯이 말이야. 이 집이 네 문
제를 해결하는 데 도움이 됐으면 좋겠구나. 그 집에는 너
무 많은 추억이 담겨 있어서 네게 주고 싶어. 너도 알다시
피 나도 스페인에 있는 집을 물려받았는데 그로 인해 내
인생이 바뀌었잖니. 그래서 네게도 비슷한 제안을 하고 싶
구나. 카지노에서 내가 뭘 할 수 있는지 안 뒤로 난 돈 걱
정은 하지 않는단다.

그레이스 선생님께

　여러 번 말씀드렸지만 집을 제게 주셔서 말로 다 표현할 수 없을 만큼 깊은 감사를 드립니다. 어제 계약이 체결됐어요. 궁금하실 것 같아서 알려드립니다. 정말 제 인생이 바뀌는 제안이었고, 그 돈으로 제 여동생을 많이 도울 수 있을 것 같아요.

　하지만 그것 말고 선생님의 이야기에도 감사드려요. 믿기지 않는 이야기였지만 이상하게 전부 믿게 되더라고요. 선생님은 제가 패턴을 깰 수 있게 도와주셨어요. 혹은 적어도 더 나은 패턴으로 바꿀 수 있도록요. 그래서 전 이비사에 갈 거예요. 모험을 즐기는 마음으로 데니아까지 기차를 타고 가서 페리를 탈 거예요. 배로 도착하는 게 제일 좋다고 들었어요. 9월 둘째 주에 도착할 거예요. 느낌이 좋아요. 예감이라고 할 수도 있겠네요. 간밤에 바다가 나오는 꿈을 꿨어요. 바다가 빛나더군요. 라 프레센시아가 선생님을 불렀듯이 절 부르는 건지도 몰라요.

　곧 뵙길 바랍니다.

무한한 감사를 드리며,
모리스 드림

감사의 말

모든 책은 팀의 노력으로 만들어진다. 이 책은 특히 더 그렇다. 그래서 감사해야 할 사람이 꽤 많다.

먼저 내 훌륭한 편집자 프랜시스 빅모어에게 감사하고 싶다. 프랜시스는 15년 전《래들리 가족》을 출간한 이후로 모든 책을 함께 작업해왔고, 어떻게 해야 내가 이야기를 가장 잘 풀어내는지 알며, 내 이상한 아이디어를 받아들이도록 허락해준다. 또한 패트릭 놀란, 도리스 얀센, 아이리스 투폴메와 같은 뛰어난 인재들의 귀중한 의견을 포함해 해외 출판사들의 의견을 일찍부터 들을 수 있었던 것도 큰 행운이었다.

처음부터 이 아이디어에 공감하고 내가 하려는 일을 이해해준 문학계의 전설이자 내 에이전트 클레어 콘빌에게도 감사의 마음을 전한다.

언제나처럼 제이미 병과 캐논게이트북스의 모든 분에게 감사의 말을 전하고 싶다. 제니 프라이, 앨리스 쇼틀랜드, 루시 저우, 제시카 닐, 찰리 테이크, 비키 러더포드, 조 로드, 사샤 콕스로 구성된 훌륭하고 없어서는 안 될 팀에게도 고마움을 전한다.

책 곳곳에 짧게 등장하는 스페인어는 실비 바렐라가 친절하게 살펴봐주었다.

그리고 늘 그랬듯이 아내 안드레아 셈플에게 감사하지 않을 수 없다. 내 첫 독자이자 편집자, 가장 친한 친구이며 젊을 때 이비사에서 고락을 함께 겪은 사람이기도 하다. 그리고 해초와 스페인 역사에 대해 흥미를 유발하려는 날 참아준 펄과 루카스에게도 고맙다.

이 책은 이비사에 대한 나의 사랑에서 비롯된 것이 분명하고, 그 섬에서 내가 알고 지냈던 모든 분에게 감사의 인사를 전하고 싶다. 1990년대에 처음 그곳에 살면서 일했던 시절부터 이비사에 대한 내 사랑을 재발견한 최근 몇 년까지 거기서 만난 수많은 옛 친구와 새로운 친구, 그리고 이비사섬 자체에 감사한다. 지중해의 마법적이고 신비로우며 다양한 매력을 지닌 이 섬은 언제나 선입견을 뛰어넘는 곳이다.

그리고 섬의 생태를 보호하기 위해 많은 노력을 기울이는 사람들에게 감사의 말을 전하고 싶다. 특히 이비사 프리저베이션을 언급하고 싶은데 이 단체는 이비사섬의 도마뱀 개체수 보호, 이비사와 포르멘테라의 플라스틱 오염 감소, 멸종 위기에 처한 귀중한 포시도니아 해초 초원을 오염과 선박 및 해안 도시화로 인한 피해로부터 보존하기 위한 주요 프로젝트를 통해 거의 20년 동안 섬의 서식지 보호에 앞장서왔다.

마지막으로 독자 여러분에게 감사의 말을 전하고 싶다. 내 이야기를 함께 나눌 수 있는 독자 여러분이 있어 정말 행운이다. 난 몇 년 동안 글쓰기를 쉬고 있었다. 하지만 독자들의 성원이 있었기에 이 이야기가 탄생할 수 있었다. 여러분도 이 이야기를 좋아하길 바란다. 감사합니다! 그라시아스 포르 토도(모든 것에 감사합니다).

라이프 임파서블

초판 1쇄 2024년 11월 28일

지은이 | 매트 헤이그
옮긴이 | 노진선

발행인 | 문태진
본부장 | 서금선
책임편집 | 허문선 편집 3팀 | 이준환

기획편집팀 | 한성수 임은선 임선아 최지인 송은하 김광연 송현경 이은지 원지연
마케팅팀 | 김동준 이재성 박병국 문무현 김유희 김은지 이지현 조용환 전지혜
디자인팀 | 김현철 손성규 저작권팀 | 정선주
경영지원팀 | 노강희 윤현성 정헌준 조샘 이지연 조희연 김기현
강연팀 | 장진항 조은빛 신유리 김수연 송해인

펴낸곳 | ㈜인플루엔셜
출판신고 | 2012년 5월 18일 제300-2012-1043호
주소 | (06619) 서울특별시 서초구 서초대로 398 BnK디지털타워 11층
전화 | 02)720-1034(기획편집) 02)720-1024(마케팅) 02)720-1042(강연섭외)
팩스 | 02)720-1043 전자우편 | books@influential.co.kr
홈페이지 | www.influential.co.kr

한국어판 출판권 ⓒ ㈜인플루엔셜, 2024

ISBN 979-11-6834-247-7 (03840)